詩詞寫作教程

張海鷗 主編

中山大學出版社
·廣州·

版權所有　翻印必究

圖書在版編目（CIP）數據

詩詞寫作教程/張海鷗主編．—廣州：中山大學出版社，2011.4

（大學實用教程）

ISBN 978-7-306-03846-3

Ⅰ. 詩… Ⅱ. 張… Ⅲ. 詩詞—創作方法—中國—高等學校—教材　Ⅳ. I207.21

中國版本圖書館 CIP 數據核字（2011）第 024964 號

出 版 人：	祁　軍
策劃編輯：	劉麗麗
責任編輯：	劉麗麗
封面設計：	林綿華
責任校對：	劉麗麗
責任技編：	何雅濤
出版發行：	中山大學出版社
電　　話：	編輯部 020-84111996，84111997，84113349，84110779
	發行部 020-84111998，84111981，84111160
地　　址：	廣州市新港西路 135 號
郵　　編：	510275　傳　真：020-84036565
網　　址：	http://www.zsup.com.cn　E-mail：zdcbs@mail.sysu.edu.cn
印 刷 者：	广东虎彩云印刷有限公司
規　　格：	880mm×1230mm　1/32　11.875 印張　271 千字
版次印次：	2011 年 4 月第 1 版　2024 年 1 月第 9 次印刷
印　　數：	15001~15600 冊　　定　價：28.00 圓

如發現本書因印裝質量影響閱讀，請與出版社發行部聯繫調換

編　委

（依姓氏音序）

曹　旭（上海師範大學）　　陳建森（華南師範大學）
胡可先（浙江大學）　　　　馬大勇（吉林大學）
潘海東（深圳大學）　　　　彭玉平（中山大學）
沈金浩（深圳大學）　　　　譚步雲（中山大學）
王曉衛（貴州大學）　　　　汪夢川（南開大學）
楊子怡（惠州學院）　　　　楊賽（上海音樂學院）
趙維江（暨南大學）　　　　趙松元（韓山師範學院）
曾大興（廣州大學）　　　　張海鷗（中山大學）
朱　剛（復旦大學）　　　　鍾　東（中山大學）

特邀審閱人

陳永正（中山大學）　　黃坤堯（香港中文大學）
朱　剛（復旦大學）

前　言

新中國成立後，中國大陸一切學校不開設格律（舊體）詩詞寫作課程，但港澳臺學校仍有之。近一二十年間，中華國學在大陸有所復興，傳統格律詩詞創作者也日漸增多。在一些大學裏，格律詩詞課程悄然恢復。與此相應，陸、港、澳、臺大學間聯合舉辦大學生格律詩詞賽事已歷數次。

二〇一〇年，中山大學文體學研究中心召集海內外學者詩人於梁啟超故鄉——廣東省新會市舉行"中華詩教國際學術研討會"，共商在大學恢復格律詩詞教育之事，並成立"中華詩教學會"。會上議定合作編寫一部適合大學生的教材，名爲《詩詞寫作教程》，以補此項教育之空白。共襄此舉的二十位教授詩人來自十六所大學。

書名雖爲"詩詞寫作"，實不含二十世紀以來興起的自由體詩歌。目前國人習慣稱自由體詩歌爲"新詩"，古代詩詞則稱爲"舊"。然新、舊之稱，一時估且用之尚可，久則表意難明，試想數百千年之後，"新"、"舊"之謂當如何理解？故本教材不用"舊體詩詞"這個表述方式。那麽古代各體詩詞，今後當如何稱謂呢？詩詞界商榷已久，迄今未得良策。若迴避時間的含義，以"自由體詩詞"和"格律詩詞"對舉並稱，或許體例區別比較清晰。雖然古代詩詞又有"古體"、"近體"之別，但其"古體"

與二十世紀以來體式完全自由的詩歌相比，也還是有句式和韻式限制的，可與"近體"並稱爲廣義的"格律詩詞"，從而永遠區別於"自由體詩歌"。

本書實乃入門教材，因而不刻意求新，唯求準確實用。內容具體務實，力求知識全面、講解細膩規範。多用作品實例，解析文字適當融入編寫者個人的研究和寫作心得。

行文用現代文。行文風格力求簡明扼要，點到輒止。

因涉及用韻等問題，所以本書使用繁體字。若遇同一個字有正體與異體之分、正體與通假之分，則儘量使用正體。

詩、詞標點只用逗號、句號兩種。非韻腳用逗號，韻腳處皆用句號。韻腳處不另標示韻部。但在講解時若涉及韻部問題，中古以下作品依照《廣韻》—《平水韻》系統，漢魏以前作品參用郭錫良編著《漢字古音手冊》。

上編涉及格律詩譜式時，用"平、仄"表示。因爲專門講解了"一三五不論"的規律，所以在可平可仄的位置不再標示表示"不論"的平、仄符號。

下編所用詞譜，全部依照清代王奕清等所編《欽定詞譜》（中國書店據清康熙五十四年內府刻本影印，一九八三年三月第一版）。該《譜》用"○"表示平聲，"●"表仄聲，"◐"表本平可仄，"◑"表本仄可平。

除《欽定詞譜》外，詞譜之書還有很多，參看諸書，可知在必須平仄之處通常比較一致，略有差異而已，但對"可平可仄"的標示，差異很大，句逗也有差異。故本書謹依《欽定詞譜》以明所據。但也有幾首例詞《欽定詞譜》中沒有合適的譜式，只好借助龍榆生《唐宋詞格律》或李新魁《實用詩詞曲格律詞典》，並於譜旁注明所據之書。希望讀者依譜填詞時，最好多參考一些版本。

　　作爲教材，自然須對詩詞格律之基礎知識詳細分析講解，比如粘對、拗救、孤平、對仗、起承轉合等等，有時不免過分死板瑣碎，自非創作之佳境。但對學習者而言，切不可不知規則而急於"從心所欲"。

　　所選作品，未必都是名篇佳作。因爲初定編寫體例時，擔心選例太"熟"以致讀者生厭。現在看來，有些編委以選名作爲主，有些編委則迴避名作。其實各有利弊，但求說明體例就可以了。

　　自分工以來，諸位編委在半年內交稿。統稿工作由我承擔。由於教學事務冗雜，統稿工作時斷時續，又持續半年。編寫這樣一部教材，統稿的難度遠遠超過了我的預想。由於我最初擬的"編寫體例"過於簡單粗糙，甚至不太明確、不夠確定，所以每位編委的文稿風格既不一致，體例也不盡相同。而我天賦不足，學養又淺，且毫無編寫此類教材的經驗，雖字斟句酌，還是時刻擔心誤人子弟，統稿工作自然極其緩慢。爲了使全書有個大體一致的體例和文風，並且次序清晰，避免重複，統稿時竟不能完全遵照每位編委的初稿，有些部分改動較大，這令我深懷歉意。

　　把全部文稿合成一編之後，又請各位編委復審一次，並特別邀請陳永正教授、黃坤堯教授、朱剛教授通審文稿。蒙諸位不憚煩勞，皆仔細審閱並及時回復。在此謹致謝忱！

　　寫作之學，實無涯涘，一冊教材難能詳盡。且創作之道貴在心領神會，尤須熟練，往往難以言說，而教材卻須強爲言說，謬誤自然難免。敬待方家指摘。

　　　　　　　　　　　　　　張海鷗謹識於二〇一一年三月

目　　録

上編　詩體與創作

第一章　詩體的流變與穩固 …………………………… 3
　　第一節　字數與音節 …………………………………… 5
　　第二節　字音與聲律 …………………………………… 8
　　第三節　格調與誦讀 ………………………………… 10

第二章　古體詩的體裁和寫作 ………………………… 15
　　第一節　概說 ………………………………………… 15
　　　　一、古體詩的概念 ………………………………… 15
　　　　二、古體詩的體裁 ………………………………… 17
　　第二節　四言古詩講解 ……………………………… 29
　　　　一、詩經·邶風·谷風 …………………………… 29
　　　　二、（晉）陸士龍與鄭曼季贈答詩 ……………… 31
　　　　三、停雲和陶四首（清·陳衍虞）……………… 32
　　　　附：停雲并序（《陶淵明集》卷一）…………… 34
　　　　本節練習 …………………………………………… 35
　　第三節　五言古詩講解 ……………………………… 36
　　　　一、北方有佳人（漢·李延年）………………… 36

二、上山採蘼蕪（漢樂府詩・佚名）……………… 37
三、別范安成（南朝梁・沈約）…………………… 38
四、擬詠懷（二十七首之四）（北朝・庾信）…… 39
五、感遇（十二首之七）（唐・張九齡）………… 41
六、夢李白（二首之二）（唐・杜甫）…………… 42
七、汝墳貧女（宋・梅堯臣）……………………… 43
八、寒食雨（二首之二）（宋・蘇軾）…………… 45
九、浮萍兔絲篇（清・施閏章）…………………… 46

第四節　七言古詩講解 ……………………………… 48
一、柏梁詩（西漢・漢武帝等）…………………… 50
二、四愁詩（東漢・張衡）………………………… 53
三、擬行路難（南朝宋・鮑照）…………………… 56
四、閨怨篇（南朝陳・江總）……………………… 58
五、封丘作（唐・高適）…………………………… 59
六、山石（唐・韓愈）……………………………… 60
七、遊金山寺（宋・蘇軾）………………………… 62
八、三月十七日夜醉中作（宋・陸游）…………… 64
九、昨夢李昌谷彈琴（清・黎簡）………………… 65
十、項王廟（清・王曇）…………………………… 66

第五節　樂府與歌行解析 …………………………… 68
一、短歌行（漢末建安・曹操）…………………… 72
二、燕歌行（三國魏・曹丕）……………………… 74
三、美女篇（三國魏・曹植）……………………… 76
四、長歌行（西晉・陸機）………………………… 78
五、出自薊北門行（南朝宋・鮑照）……………… 79
六、走馬川行奉送封大夫出師西征（唐・岑參）
　　……………………………………………………… 81

第三章　格律詩的體裁和作法 …… 83

第一節　格律詩體裁概說 …… 83
一、名稱概說 …… 83
二、體裁概說 …… 85
三、形態概說 …… 87

第二節　格律詩的譜式 …… 92
一、五律平仄譜 …… 92
二、七律平仄譜 …… 94
三、五絕平仄譜 …… 96
四、七絕平仄譜 …… 98

第三節　格律詩的律法 …… 99
一、何處可平可仄 …… 100
二、聯與粘對 …… 101
三、拗與救 …… 102
四、出律 …… 104
五、對仗 …… 111
六、詩法舉隅 …… 116

第四節　律詩、絕句講解 …… 126
一、和晉陵陸丞早春遊望（唐・杜審言）…… 126
二、漢江臨泛（唐・王維）…… 127
三、琴臺（唐・杜甫）…… 129
四、半山春晚即事（宋・王安石）…… 130
五、謁先主廟（唐・杜甫）…… 132
六、登鸛雀樓（唐・王之渙）…… 135
七、獨坐敬亭山（唐・李白）…… 135
八、江雪（唐・柳宗元）…… 136

九、長信秋詞（唐·王昌齡）……………………… 137
十、移家別湖上亭（唐·戎昱）…………………… 138
十一、赤壁（唐·杜牧）…………………………… 139
十二、隴西行（唐·陳陶）………………………… 140
十三、登高（唐·杜甫）…………………………… 141
十四、錦瑟（唐·李商隱）………………………… 143
十五、雨中至華下宿王山史家（清·顧炎武）… 144
本節練習……………………………………………… 146

下編　詞體與創作

第四章　詞體流變及若干常識……………………… 151

第一節　詞名釋例……………………………… 151
　一、曲子……………………………………… 151
　二、長短句…………………………………… 152
　三、詩餘……………………………………… 153
第二節　詞的起源……………………………… 154
　一、詩詞同源………………………………… 155
　二、詞文體形成於隋唐之際………………… 155
第三節　詞的體性……………………………… 157
　一、胡夷里巷之曲…………………………… 157
　二、詞爲豔科………………………………… 158
　三、要眇宜修………………………………… 159
第四節　詞的體制……………………………… 160
　一、小令、中調、長調……………………… 160
　二、令、引、近、慢………………………… 161

三、詞調與結構⋯⋯⋯⋯⋯⋯⋯⋯⋯⋯ 162
第五節　詞的風格⋯⋯⋯⋯⋯⋯⋯⋯⋯⋯⋯⋯ 164
一、本色與非本色⋯⋯⋯⋯⋯⋯⋯⋯⋯⋯ 165
二、婉約、豪放的語源及發展⋯⋯⋯⋯⋯ 165
三、從風格到流派⋯⋯⋯⋯⋯⋯⋯⋯⋯⋯ 167

第五章　詞法概說⋯⋯⋯⋯⋯⋯⋯⋯⋯⋯⋯⋯ 169

第一節　立意、選詞牌、選韻⋯⋯⋯⋯⋯⋯⋯ 169
一、立意與選詞牌⋯⋯⋯⋯⋯⋯⋯⋯⋯⋯ 169
二、立意與選韻⋯⋯⋯⋯⋯⋯⋯⋯⋯⋯⋯ 173
第二節　詞題和詞序的使用⋯⋯⋯⋯⋯⋯⋯⋯ 174
一、詞題的使用⋯⋯⋯⋯⋯⋯⋯⋯⋯⋯⋯ 174
二、詞序的使用⋯⋯⋯⋯⋯⋯⋯⋯⋯⋯⋯ 175
第三節　詞的謀篇佈局⋯⋯⋯⋯⋯⋯⋯⋯⋯⋯ 177
一、起承轉合⋯⋯⋯⋯⋯⋯⋯⋯⋯⋯⋯⋯ 177
二、歇拍、過片、換頭⋯⋯⋯⋯⋯⋯⋯⋯ 180
三、煞拍⋯⋯⋯⋯⋯⋯⋯⋯⋯⋯⋯⋯⋯⋯ 181
第四節　詞的句法⋯⋯⋯⋯⋯⋯⋯⋯⋯⋯⋯⋯ 182
一、領字⋯⋯⋯⋯⋯⋯⋯⋯⋯⋯⋯⋯⋯⋯ 182
二、問答句⋯⋯⋯⋯⋯⋯⋯⋯⋯⋯⋯⋯⋯ 183
三、節奏⋯⋯⋯⋯⋯⋯⋯⋯⋯⋯⋯⋯⋯⋯ 183
四、倒裝句⋯⋯⋯⋯⋯⋯⋯⋯⋯⋯⋯⋯⋯ 184
五、對仗⋯⋯⋯⋯⋯⋯⋯⋯⋯⋯⋯⋯⋯⋯ 184
第五節　詞的修辭⋯⋯⋯⋯⋯⋯⋯⋯⋯⋯⋯⋯ 186
一、比喻⋯⋯⋯⋯⋯⋯⋯⋯⋯⋯⋯⋯⋯⋯ 186
二、象徵⋯⋯⋯⋯⋯⋯⋯⋯⋯⋯⋯⋯⋯⋯ 187

三、用典與用事 ……………………………… 187

　　四、對比 ……………………………………… 188

　　五、擬人 ……………………………………… 189

　　六、烘托 ……………………………………… 190

　　七、對偶 ……………………………………… 191

第六節　詞的煉字 ……………………………………… 192

　　一、詞眼 ……………………………………… 192

　　二、名字 ……………………………………… 193

　　三、動字與靜字 ……………………………… 194

　　四、色字 ……………………………………… 195

　　五、聲字 ……………………………………… 195

　　六、虛字 ……………………………………… 196

第六章　平韻格二十種及例詞講解 …………… 197

　　一、憶江南 …………………………………… 197

　　二、浪淘沙 …………………………………… 199

　　三、長相思 …………………………………… 200

　　四、浣溪沙 …………………………………… 202

　　五、采桑子 …………………………………… 204

　　六、阮郎歸 …………………………………… 206

　　七、眼兒媚 …………………………………… 207

　　八、少年遊 …………………………………… 210

　　九、鷓鴣天 …………………………………… 212

　　十、臨江仙 …………………………………… 214

　　十一、一剪梅 ………………………………… 216

　　十二、江城子 ………………………………… 218

十三、滿庭芳…………………… 220

　　十四、水調歌頭………………… 223

　　十五、漢宮春…………………… 227

　　十六、鳳凰臺上憶吹簫………… 229

　　十七、八聲甘州………………… 232

　　十八、揚州慢…………………… 235

　　十九、望海潮…………………… 238

　　二十、沁園春…………………… 240

第七章　仄韻格二十種及例詞講解………… 244

　　一、點絳唇……………………… 244

　　二、卜算子……………………… 246

　　三、憶秦娥……………………… 248

　　四、燭影搖紅…………………… 250

　　五、醉花蔭……………………… 253

　　六、木蘭花……………………… 255

　　七、釵頭鳳……………………… 257

　　八、鵲橋仙……………………… 260

　　九、蝶戀花……………………… 262

　　十、蘇幕遮……………………… 264

　　十一、青玉案…………………… 266

　　十二、祝英臺近………………… 268

　　十三、洞仙歌…………………… 271

　　十四、滿江紅…………………… 274

　　十五、聲聲慢…………………… 278

　　十六、念奴嬌…………………… 281

十七、水龍吟 …………………………… 284
十八、雨霖鈴 …………………………… 288
十九、摸魚兒 …………………………… 291
二十、賀新郎 …………………………… 294

第八章 平仄韻交錯格十種及例詞講解 …………… 299

一、南鄉子 …………………………… 299
二、菩薩蠻 …………………………… 302
三、清平樂 …………………………… 304
四、虞美人 …………………………… 306
五、西江月 …………………………… 308
六、減字木蘭花 ……………………… 310
七、相見歡 …………………………… 312
八、定風波 …………………………… 314
九、最高樓 …………………………… 315
十、渡江雲 …………………………… 318

附　錄 ………………………………………… 321

附錄一　推薦參考書目 ……………… 321
附錄二　詩韻常用字表 ……………… 325
附錄三　詞韻簡編 …………………… 340
附錄四　編委撰稿分工 ……………… 359
附錄五　中華詩教學會理事會名單 … 361

上編　詩體與創作

第一章　詩體的流變與穩固

詩原本又叫詩歌或歌詩，在中國早期的文獻中，詩往往與歌並舉，比如《尚書·舜典》云："詩言志，歌永言。"《國語·周語下》云："詩以道之，歌以詠之。"《漢書·藝文志·六藝略》："誦其言謂之詩，詠其聲謂之歌。"《文心雕龍·樂府》："凡樂辭曰詩，詩聲曰歌。"意思是，詩、歌本爲一體，讀出來是詩，唱起來是歌，或者說，其文字是詩，其曲調是歌。用今天的話說，詩就是歌詞。那麼，詩體的流變也就是歷史上歌詞體制的變化過程了。略去一些細節不言，我們今天常說的唐詩、宋詞、元曲，就標誌了中國傳統歌詞體制的三個階段：詩、詞、曲，按現代的觀念，都可以稱爲詩歌。

不過，這樣寬泛的詩歌觀念，按中國傳統觀念可能不容易被普遍接受。詩畢竟是語言的精華，與一般的語言形態有別，所以，某種詩體一旦形成，便有穩固化的傾向，使人們長久地認爲，符合這一體制的作品纔是詩。自從最早期的詩歌被結集成一部《詩經》後，多數人就認定只有《詩經》或與其體制相似的作品纔配叫做詩。孟子說："詩亡然後《春秋》作。"他以爲詩有一個終點。《詩經》中最晚的作品，也許是《秦風·黃鳥》，其所詠之事發生在公元前六二一年。自那以後，詩就沒有了。當然，現在的中國詩歌史會在《詩經》後面接著寫楚辭，但其實兩者在時間上相隔好幾百年，而且後者自有名稱，叫楚辭，不叫詩。詩曾經面臨終點，肯定是古代世界的一件大事，只因年代久遠，我們不太能體會到而已。西漢末劉歆撰《七略》，東漢班固據此作《漢書·藝文志》，其中《詩賦略》收錄了"歌詩二十八家"。他們根據詩就是歌詞的觀念，把漢代的樂府歌詞也叫做詩。——這大概值得讚許爲歷史上一次偉大的思想解放，不但詩的歷史得到了延續，而且自此以後，詩的所指主要是新興的五言、七言體制，而不是《詩經》採用最多的四言體制了。

然而，五、七言詩體的觀念又逐漸穩固下來，而且這一次幾乎是凝固不化了。雖然後來產生了詞、曲，也有些作者宣稱詞、曲與詩相通，甚至本質無異，但畢竟它們被喚作詞、曲，不喚作詩。以五、七言爲詩的觀念凝固了大約兩千年，至二十世紀初新詩出現，纔獲解凍。所以，在回顧詩體流變的時候，我們不免要追問：爲甚麼在那麼長久的時期內，漢語詩歌的體制必須是五、七言？是甚麼原因阻止人們把詞、曲納入詩的範疇？它們究竟有甚麼嚴格的區別？

今天的人們不難發現詩、詞、曲三種體裁的共同性：除了都要押韻外，每篇的句數、每句的字數、每字的聲調，或寬或嚴都有一些規定。換句話說，它們都符合一般的詩歌形式。當然，歷史上產生的順序是先有詩，然後有詞，最後纔出現曲，而在詩的體制上，是先有四言詩，後來五、七言代興。這裏的"言"就是字數，那麼，爲甚麼漢語詩歌如此在意每句的字數？我們從這個問題開始說起。

第一節　字數與音節

　　與歌合爲一體的歷史，使詩帶有一個與生俱來的特徵：音樂性。即便後來與音樂脫離，這音樂性也仍被大多數詩歌理論所強調。而以語言文字來傳達的音樂性，是通過語詞的音節來表現的。所以，世界各民族的古典詩歌，對每句的音節數及其長短、輕重的配置，大抵都有講究。拿與中國古典詩歌關係頗爲密切的印度梵語詩歌來說，就有一種"八音節詩"，即每句包含八個音節，而以四句構成一章，形式上很像中國的絕句。著名的作品有馬鳴（Asvagosa）的 *Buddhacarita*，通篇用這樣的詩體。中國北涼的和尚曇無讖將它譯成漢語，名《佛所行贊》，他用五言詩去對譯八音節詩，得九千三百多句，可謂洋洋大觀。如今，這部巨著現存的梵文本殘缺嚴重，而漢語譯本則非常完整，堪稱中國對於世界文學的一個偉大貢獻。

　　由此來看，漢語詩歌對字數的講究，正好與講究音節數的性質相同，因爲漢字是單音節文字，一個字一個音節，故字數等於音節數。那麼，講究字數決不意味著中國人寫詩比外國人更受限制。現在要討論的是，四言、五言、七言這幾種最主要的詩歌形式在音節（字）的配組上各有甚麼特點。

　　漢語詩歌早期的主要體式是四言詩，《詩經》中的作品就以四言句式爲主。現在看來，這應該跟漢字在組詞造句上體現的特點相關，到今天爲止，流行的大多數成語仍是四言的。中古時代僧人們翻譯佛經時，也很喜歡用四言句。這個現象頗能說明問題，因爲從未有人規定必須用四言句去翻譯，其在譯文中的大量出現，全屬自然。就詩歌方面來說，儘管五言和七言後來已成爲一般的詩體，但仍有人喜歡做幾首四言詩。而且在文章方面，中國曾長期流行一種以四字、六字句為主的駢文，又稱"四六"。無論如何，對於用漢語寫作的人來說，四言句式具有相當大的吸引力。

五、七言是最常見的漢詩體式。傳統的觀點認為五言從《詩經》演化而來，七言從《楚辭》演化出來。《詩經》的四言句再添一字就成為五言，楚辭有些帶虛詞的句子讀起來就是七言詩。但從《詩經》、《楚辭》到五言、七言的過程中是否真的存在一個"演化"的關係呢？似乎也很難追究。至少，在四言、五言、七言詩體都出現後，有的詩人既寫五、七言，也寫四言，如果你認為他的四言詩是從五言刪去一字，他必然不肯承認，他會強調四言的寫法如何跟五言不同，不是增刪一個字的問題。這就好像七言詩並非五言詩加兩個字，道理一樣。

從表達方面來看，四言顯得古老、莊重、樸素。但鑒於漢語常以兩個字為一個閱讀單位，故四個字的音節組合方式幾乎只有"二二"一種，"一三"或"三一"的方式比較少見。五言雖祇多了一個字，卻等於多出一個音節單位，其與另兩個閱讀單位的組合也頗為靈活，像"白日依山盡"讀起來是"二二一"，"烽火連三月"是"二一二"，另有少量的"一二二"之句，如韓愈《南山》詩中"時天晦大雪"那樣。有時候，三個字也不妨構成一個閱讀單位，比如曹操《苦寒行》開篇"北上太行山"和第三句"羊腸阪詰屈"，因為"太行山"和"羊腸阪"是固定的地名，當然不能拆作兩截，這樣就又增添了"二三"或"三二"兩種組合方式。總之，五言句在結構上具有豐富的可能性，適於構思精巧的句子。相對來說，七言字數雖多，通常情況下倒真的是五言句再加一個音節單位而已，組合方式上未必有多少花樣翻新,它的好處一是流暢,宜於表現一瀉千里的氣勢,二是畢竟增加了閱讀單位,全句就能容納更多的曲折、層次,就是古人所謂的"頓挫",大概李白和杜甫的七言詩便各自發揮了這兩種特長。

就藝術上成熟的作品產生的時間來說,四言自是最早,隨後是五言詩在六朝時期大獲發展,最後纔是七言詩在唐代的成熟。這方面確實有先後。就在五言詩充分展現其魅力後,南朝人沈約獲得了他對於詩歌史的總結:

> 夫五色相宣,八音協暢,由乎玄黃律呂,各適物宜。欲使宮羽相變,低昂互節,若前有浮聲,則後須切響。一簡之內,音韻盡殊;兩句之中,輕重悉異。妙達此旨,始可言文……自騷人以來,此秘未睹,至於高言妙句,音韻天成,皆暗與理合,匪由思至。張、蔡、曹、王,曾無先覺,潘、陸、謝、顏,去之彌遠。世之知音者,有以得之,知此言之非謬。如曰不然,請待來哲。①

他的表述看上去很複雜,其實意思簡單:所謂詩歌,一要好看,二要好聽。以前的詩人做到了好看,却不懂怎麽纔好聽。有的作品雖然也好聽,却是偶然天成,並非詩人自覺追求的結果。所以,此後的詩歌創作應該朝好聽的方面去努力。

必須注意的是,沈約要求的好聽,不是指詩與音樂相配的效果,而是指詩句本身在音韻上體現的音樂性。換句話說,這音樂性並不訴諸樂曲,而是訴諸字音。很顯然,產生此種理論的背景,是詩與歌已經分裂,詩已經不僅僅是歌詞,所以詩現在需要

---

① 沈約:《宋書·謝靈運傳論》。

一種不必借助於歌唱的音樂性。從此開始，詩走上了講究聲律的道路，這方面的成功，使詩與歌詞判然相別。當詩可以用自己的方式去獲取音樂性的時候，它就不必改變自己的形態去追隨歌詞的流變。從漢魏六朝隋唐的樂府詩，到唐宋詞，到金元散曲，歌詞形態代興，但五、七言詩則保持了體制上的穩定，因爲它跟歌詞有不同的藝術追求。當然，後起的歌詞如詞，也難免逐漸脫離樂曲，而走上與詩相似的講究字音、聲律的道路，但即便如此，詩、詞也大抵不相混合。這個問題下文再詳，接下來先談字音和聲律。

第二節　字音與聲律

沈約對於聲律的探求極爲精深。後人評價說，南北朝的人文文化大抵不足取，而"惟此學獨有千古"。即詩歌聲律之學，是這個時期的中國留給後世最有價值的東西。沈約的理論一般被歸結爲四個字："四聲八病"。

先說"四聲"。這是漢語的特色，自當爲漢語所固有；但其被發現，則不得不有待於他種語言的對照。恰好此時"五胡亂華"，操著各種語言的人奔馳在中原大地，加上因佛教的傳播而爲僧人們努力研習的梵文及西域各國語言，中國人可以接觸的語言已相當豐富。反過來，當然也會有許多異族人需要學習漢語。在此情形下，四聲的問題肯定會被關注。不過當時的漢語發音與今天的普通話有很大差別，而接近於現在南方的方言。今天普通話的四聲是陰平、陽平、上聲、去聲，當時所謂四聲則是平聲、上聲、去聲、入聲。就聲音而論，估計平聲有點像現在的陰平，即按一定的音高可以持續延長的，而上聲、去聲則有或升高或降低的變化，入聲只有很短促的發音，一發就收。這三種聲調都不能按一定的音高持續延長，所以被歸納爲仄聲，仄就是不平之意。就字數來說，大概平聲字和仄聲字數量相當，故後來詩歌的聲律只講平仄，對上、去、入三聲的區分不太嚴格。

再說"八病"。上面所引沈約的話中有"一簡之內，音韻盡殊；兩句之中，輕重悉異"的說法，意謂詩句中的平聲字和仄聲字要交錯使用，方爲動聽。如果使用不當，就不好聽。"八病"就是八種難聽的效果（詳見本書第三章第三節），寫詩時要求避免。不過，據說沈約自己的詩歌也不能完全避免這八種毛病，所以現代人對這個理論頗有指責。其實，古人對待它的態度比我們要巧妙得多。沈約的說法是針對所有詩歌而言的，此後的詩人則允許一部分詩歌基本上不必顧忌"八病"，謂之古詩；而另外專創一種"近體"，就是五、七言的律詩和絕句，嚴格講究聲律，講究的方式卻不是消極地迴避"八病"，而是更爲積極地制定平仄交替和用韻的規則，供人遵守。對於沈約的理論來說，這是既有揚棄，又有發展，體現了較高的智慧。

近體詩聲律規則的完全形成，大概要到唐代，但形成之後，唐人也並不完全遵守。其完全被遵守，自宋人始。有關這些規則的詳細講述，見於後面的章節。這裏要說明的是，按照漢字的字音來製定平仄交替的規則，原本基於一個事實：即在發音方法上，平是可以按一定的音高持續延長的聲音，仄是發聲過程中有高低變化或者不能延長的聲音，將這兩種質地不同的聲音交替佈置，整首詩便具有動聽的音樂效果。但是，我們知道漢字的發音有歷史變化，即便聲調仍存在，同一種聲調的發音方式也有今古區別，比如現代普通話的陽平字，大抵是從前的平聲字，但現代陽平一調的發音方式，便不是按一定音高平穩地延長。即便是同一個時代，各地的方言也有很大的差異。所以，實際寫作時，並不是按照詩人自己的發音，而是按照國家編定的韻書。這韻書把甚麼字編在甚麼聲調，那就是甚麼聲調；這韻書把哪些字編在同一個韻部，它們就是押韻的。爲了追求統一，看來也只好如此，如果自己的發音與韻書不同，那也只好硬記韻書。唐代詩歌創作繁榮，韻書也就極其暢銷，因爲還沒有雕版印刷，據說便有人以抄寫韻書爲生。按理，隨著語音的歷史變化，應該適時編輯新的韻書，但實際上編輯工作相當滯後，而且往往以沿襲前代韻書爲主，因此，從詩歌遵循聲律的情況看，宋元明清幾代的詩人一直是基本沿襲隋唐韻書的語音系統進行創作。這大概使方言中保存了較多古音的南方詩人占了很大的便宜。當然，像戲曲那樣必須追求實際演唱效果的作品，其押韻和聲調方面，就遠比詩更符合實際的發音。

　　不同時代的語音總是有些變化的。對於現在的人們而言，按前代的聲律規則去體會詩的音樂性，其效果一定有些折扣。不過，畢竟語音的變化也是有規律的，所以那音樂效果也不會蕩然無存。更重要的是，以這樣的方式追求音樂性，不必依賴與詩歌相配的樂曲，這一點值得反覆強調。當然，從進化的角度說，新興的歌詞是更具音樂性的，它們與體制穩固的詩之間，關係如何呢？

第三節　格調與誦讀

　　詞在唐代稱爲曲子或曲子詞，就是流行音樂的歌詞。雖然從前的樂府詩也可以配樂演唱，但這曲子詞的配樂方式與樂府詩不同。簡單地說，樂府詩是選辭配樂，就是詩人只管做詩，到配樂時,樂工要對這首詩做些剪裁,使它適合於音樂的旋律;而曲子詞則是由樂定聲,詞人主動地按音樂的節拍來確定詞句的長短,按曲調的變化來斟酌用字的聲調,所以作詞又叫填詞,一個"填"字形象地表達出由樂定聲的創作方式。不過,要求填詞的人都是音樂上的行家,顯然也不合實際,所以,詞的創作方式後來也與詩相似,就是將一個詞牌中每個字的平仄、每句的長短,以及用韻之處記錄下來,形成詞譜,對音樂不太精通的人,根據詞譜亦可以填詞。在曲調失傳後,尤其如此。這樣,只要習慣了長短句式,填詞與做律詩的差別其實不是很大。

那麼,詩、詞之間的差別就很微妙了。脫離了音樂的詞基本上就是特殊的格律詩,其與詩的區別,從體制上說,只有句格。上文提到過,五言詩句的結構方式,主要有"三二"、"二三"或者"二一二"、"二二一"等,也有像韓愈"時天晦大雪"那樣"一二二"的句式,但這種句式在詩中畢竟少見,就連韓愈也不曾多用。可到了詞裏,這個句式便極其常見,比如柳永《八聲甘州》中就有"漸霜風淒緊"、"望故鄉渺邈"、"嘆年來蹤跡",王安石《桂枝香》也有"正故國晚秋"、"嘆門外樓頭"。王詞還有"背西風酒旗斜矗"、"但寒煙衰草凝綠"那樣"一二二二"的七字句式,這在七言詩中幾乎沒有。同樣,詞中的四字句,雖也多為"二二"結構,但如柳詞中"倚闌干處"那樣的"一二一"結構,亦並不罕見。此類不同於詩句的句式出現於詞中,當然不是詞人有意破壞句子的格調,而是婉曲入樂的需要所致。

不過,在這個問題上,僅以詩詞對比,恐怕還不能窺見全貌。如果我們把元代以後的散曲也納入視野,可能更容易看得清楚。元人鄭光祖有《正宮·塞鴻秋》三首,錄其二、三兩首曲詞如下：

　　　　雨餘梨雪開香玉，風和柳綫搖新綠，日融桃錦堆紅樹，煙迷苔色鋪青褥。王維舊圖畫，杜甫新詩句，怎相逢不飲空歸去。

　　　　金谷園那得三生富，鐵門限柱作千年妒，汨羅江空把三閭污，北邙山誰是千鐘祿。想應陶令杯，不到劉伶墓，怎相逢不飲空歸去。

一樣的曲調，但後一首的前四句都多出一字，演唱時不過快一些而已，其實無妨。然而，就句子的格調來說，這一字之多實在非同小可，前一首讀起來仍像詩詞，後一首則一望而知其為散曲。在詩詞中，除偶然情況下，大多為單音節、雙音節詞語，而元曲則有大量三音節詞，鄭光祖曲中就連用"金谷園"、"鐵門限"、"汨羅江"、"北邙山"，而正是這些三音節詞語使曲句變得不像詩句，更通俗的還有"恰便似"、"滿口兒"、"做些個"、"響噹噹"、"兀的不"、"也麼哥"之類，它們的加入使句子的節奏感被完全改變，從比較極端的情形來說，可以把詩句的格調捨棄無餘。還是舉鄭光祖的作品為例，其《雙調·駐馬聽近·秋閨》的《尾》曲，寫蟋蟀的叫聲惱人：

　　　　一點來不夠身軀小，響喉嚨針眼裏應難到。煎聒的離人，鬥來合噪。草蟲之中無你般薄劣把人焦。急睡著，急警覺，緊截定陽臺路兒叫。

真可謂沒有一句像詩了。反過來再看詞，雖然句式比詩靈活，句子的節奏感卻仍與詩相近。固然也有一部分詞作，包含了類似元曲的異樣句格，但總體上仍被控制在詩句或近似詩句的格調中，不至於十分放縱。所以，若把詞放在詩和曲之間來觀察，我們便不得不認為，詞與詩的句格更接近些。

其實，明代以後散曲也呈現出向傳統詩詞格調回歸的趨向，走上文雅化、格律化一途。除少數例外，一般作者還是比較習慣於詩詞的那種簡明平穩而又不失靈活的節奏感，他們傾向於用這樣的節奏感來填曲。同時，歌詞還在繼續流變，民歌俗曲層出不窮，由此一路走去，或者可以到達現代的白話詩、流行歌詞。明代已有少數文人視詩詞曲爲前代遺留之詩體，把《挂枝兒》、《羅江怨》等俗曲視爲本朝的"真詩"。二十世紀初"文學革命"觀念的影響，更使民間歌謠受到重視，除《歌謠》雜誌的創刊、《中國俗曲總目》的編纂外，明清時期刊刻的一些俗曲時調集子也被發掘出來，如明馮夢龍輯《山歌》，清乾隆時刊《時尚南北雅調萬花小曲》、《霓裳續譜》，道光時刊《白雪遺音》等。這裏面的歌詞，有的純然便是白話詩，有的則跟元散曲相似。欣賞此類作品的學者說這是"活文學"。相對而言，詩詞便是"死文學"了。

毫無疑問，這樣談論死活，實在過於簡單化。百年以來，民間歌謠受到如此推崇，其間也確實有非常優秀的作品，但其影響總不如唐詩宋詞，這未必皆因傳統偏見之故。從元曲起，捨棄詩詞句格，大量採納口語，擴大篇幅，固然有耳目一新的效果，但在接受方面也帶來問題，因爲口語一旦過時，就比文言更難懂，而曲調失傳後，或者不熟悉曲調的人，面對沒有斷句的文本簡直無法閱讀，即便由專家加上新式標點，勉強可以閱讀，那缺乏穩定節奏感的作品也不易背誦。正如當前的流行歌曲，曲調流行時，人們可能因熟悉曲調而同時記得歌詞，但曲調過時後，歌詞也就被忘記。元曲也好，明清時調也好，五四以來的白話新詩也好，觀念上既獲肯定，事實上亦多有佳作，但至今很少有人能大量背誦。新中國成立以來，"厚今薄古"，但很長時期內，人們背得最多的不是新詩，而是毛主席詩詞，這也不能僅僅歸結爲意識形態方面的原因；當前一般學生能背誦的新詩數量，與能背誦的唐詩宋詞數量恐怕也遠遠不能相比，儘管他觀念上也許更肯定新詩。當然，篇幅長短是個問題，但也不僅如此。反觀傳統的詩詞，特別是五、七言詩，其簡明平穩而又不失靈活的節奏感，確實是最適合於背誦的。詩歌的生命力恰恰在於其被人背誦，只有常能被人背誦的作品，纔是真正擁有恆久生命力的"活文學"。

到此爲止，我們已不難領會到一個基本的事實：傳統詩詞特別是五、七言詩體所鑄就的格調節奏，即用單音節字、雙音節詞語的兩到四個單位組合爲一句，對於漢語詩歌來說，確實是最適宜的長度，再加上聲律上的平仄協調、隔句用韻、修辭上的對仗手法等，我們的祖先成功地塑造了一種最適合於誦讀、最易於背誦的詩體。乃至於剛剛學會說話的嬰兒，都很容易熟誦大量的絕句，完全不解其義，卻可以按人類天生的對節奏、韻律的感受能力，去記住絕句，比記住現代新編的兒歌還要容易得多。從這個意義上說，只要還有漢語，只要詩歌的誦讀活動依然存在，五、七言"詩"便不死。

第二章 古體詩的體裁和寫作

第一節 概說

一、古體詩的概念

詩至唐代,以五、七言律詩、絕句爲主的格律詩形成,唐人稱之爲"今體詩"(宋以後改稱"近體"),遂稱唐前之詩爲古體,包括《詩經》、《楚辭》、先秦古歌、漢魏晉南北朝樂府詩歌和文人詩歌。

後代有專門收錄唐以前古體詩的總集,比如明人馮惟訥輯上古至三代漢魏迄於陳隋諸詩總名曰《古詩紀》。其後臧懋循又據《古詩紀》另編《詩所》,分體編排爲各體樂府歌辭、N言古詩、騷體古詩等等。

有人不同意將樂府、騷體統歸爲古體詩,是出於更細微地區別辨析研究之意。本書大而觀之,將格律詩詞之外的古代各體詩歌統稱爲古體詩。

格律詩出現後,古體詩並未消失,二者一直並行並存。與格律詩相比,古體詩的形式比較自由,這自由主要表現在以下五個方面:

一是篇無定制，即篇幅長短自由。短如虞歌《卿雲》："卿雲爛兮。糺縵縵兮。日月光華，旦復旦兮。"長如《離騷》三百七十多句，近二千五百字。

二是句無定字。人們習慣根據句子的字數稱"N言詩"，古體詩有二言、三言、四言、五言、六言、七言、九言、雜言、騷體等形式。不過就普遍情況而言，先秦以四言爲主，漢以後以五言、七言爲主。

三是韻式比格律詩自由。可押平聲韻，可押仄聲韻，一首詩中還可以平仄韻互押、轉韻、鄰韻通押等。

四是不太講究平仄。不講平仄不是沒有平仄交替，而是不像格律詩那樣有固定的格式和聲病的禁忌。因此也就沒有格律詩那樣的粘對規律。

五是不求對仗。不求不是不許，也不是沒有對偶句，只是可有可無，自然而然。即便出現大體對仗句子，也不像格律詩那樣嚴格講求位置和形式。

與格律詩相比，古體詩就是古代的自由詩，但與現代自由詩相比，它的格式規範還是有一些的，主要是句式基本整齊，必須押韻。

唐以後的古體詩，爲了區別於盛行的格律詩，往往有意在字數、用韻、平仄、對仗等方面儘量避免格律化，也就是有意迴避格律句法，比如故意使用律詩不用的拗句、孤平句、三平尾、三仄尾等。又如故意押仄聲韻，或者平、上、去聲互押。又如避免格律詩的粘、對銜接方式，等等。總之格律所避，古體不避；格律所用，古體慎用。如此，使古體詩儘可能顯得古樸些、自由些，不要太像格律詩。

唐以前的古詩，是既具時代之古又具體態之古的古體詩。後世學詩者以此爲範式學習之，可以更接近古意古韻。昔人所謂"取法高古"，即指效法六朝以前的詩。

實際上唐代以後的古體詩有兩種類型。一是故意不入律，即在近體詩流行起來之後，有意不受格律約束。這在李、杜、韓筆下常見。二是不避格律，即在格調上仿效古體而在格律上並不刻意迴避近體格律，這在高適、王維、元稹、白居易等人集中不少見。

如此，現代人學作古體詩就有了三種範式：原古體、仿古體、有點律化的古體。三種之中，通常是以《詩》、《騷》、漢樂府、魏晉六朝古體詩爲正宗。

二、古體詩的體裁

古體詩的體裁，有二言、三言、四言、五言、六言、七言、九言、雜言、騷體。其中四言、五言、七言較常見。以下擇其主要者分別簡介，以便略知各體。

這裏需要先特別說明韻的問題。各時代都有古體詩，其用韻自然是按當時的音韻標準。後世語言學家稱先秦時期的音韻爲上古音韻，北京大學郭錫良教授特別編著過一本《漢字古音手冊》以便查考。六朝以下爲中古音韻（各朝代都有朝廷規定全國通用的韻書）。兩漢魏晉時期的音韻比較特殊，是從上古音到中古音的轉變時期。

漢語音韻在數千年的演變中，有些字的聲韻變化很大，有些字的聲韻變化不大。所以後人讀前代詩歌，大體上可以體會其押韻的情況。但若想將那些變化較大的字十分準確地標出當時的讀音，其實是不可能的。音韻學家勉強標其大概以便體會而已。所以本書引用各時代的詩歌，韻腳字一般不標示其當時的韻部，以免將模糊讀音誤導爲準確讀音。

二言詩很少見。《文心雕龍·章句》："二言肇於黃世，《竹彈》之謠是也。"這裏指的就是古《彈歌》："斷竹。續竹。飛土，逐宍。"①"竹、土、宍"屬上古"覺"韻。劉勰認爲是黃帝時期的歌。《易經》也有二言韻句。二言詩實不多見，陶宗儀《輟耕錄》卷四記載元代大才子虞集在宴席間偶爾談及蜀漢故事，因命紙筆亦賦一曲曰：

　　　　鷔興。三顧。茅廬。漢祚。難扶。日暮。桑榆。深渡。南瀘。

　　　　長驅。西蜀。力拒。東吳。美乎。周瑜。妙術。悲夫。關羽。

　　　　雲殂。天數。盈虛。造物。乘除。問汝。何如。早賦。歸歟。②

記錄者敬佩地說："蓋兩字一韻，比之一句兩韻者，爲尤難。先生之學問該博，雖一時娛戲，亦過人遠矣。"

　　確實有才。因爲韻太密集，所以作起來當然是尤其有難度，讀起來又不如四、五、七言好聽，不太像詩，像文字遊戲。所以不能成爲常用詩體。

　　三言詩也不多見，但比二言多些。《文心雕龍·章句》："三言興於虞時，《元首》之詩是也。"《元首》之詩載於《尚書·虞書·益稷》，是舜與大臣皋陶唱和之歌，共三段。其第一段：

　　　　股肱喜哉。元首起哉。百工熙哉。

---

① 此詩文本及標點有異："續竹"，《北堂書鈔》作"屬木"。逯欽立輯校《先秦漢魏晉南北朝詩》斷成四字句。從用韻與意思來看，當以斷爲二言詩爲宜。

② 又見清趙翼《陔餘叢考》卷二十三。

"喜、起、熙"三字同屬上古"之"韻。加上每句第四字"哉",後世音韻學家稱之爲富韻。按字數算,這是四言,但劉勰認爲是三言。

《詩經》中有三言詩句,如《詩經·魯頌·有駜》中間的幾句:
　　振振鷺,鷺于飛。鼓咽咽,醉言歸。

四言詩比二言、三言更符合漢語詩歌的音節規律,所以起源甚早,並且一直是先秦以前漢語詩歌的主要形式。《文心雕龍·章句》説:"四言廣於夏年,《洛汭》之歌是也。"《洛汭》之歌產生於夏代,歌詞見於《尚書·夏書》等典籍,共五首,基本是四言句式,如其三:
　　惟彼陶唐。有此冀方。今失厥道,亂其紀綱。乃底滅亡。
《左傳·哀公六年》引用這幾句,文字略異。還有相傳舜帝時代的《擊壤歌》:
　　日出而作,日入而息。鑿井而飲,耕田而食。帝力於我何有哉。
至於成書於春秋時代的"詩三百",多爲四言句式,而且格調古樸,自然蒼勁,達到了較高的詩藝境界。劉勰説四言詩當得雅潤正體,鍾嶸也説四言詩文約義豐。後世四言詩藝術不斷成熟,但卻很難像"詩三百"那樣古樸了,加之五、七言詩成爲主要的詩歌形式,四言詩便漸漸少了。不過像銘文等應用文體追求古樸意味和整齊的句式,所以不乏使用四言韻語者。[1] 但四言

---

[1] 洪邁:《容齋隨筆》卷十三《東坡羅浮詩》條,錄蘇軾與洪邁所作詩銘,可以參考。

韻語未必是詩，如南朝梁代周興嗣等所編童蒙讀物《千字文》、北宋時期的《百家姓》等，使用四言語體，並且押韻，但不是詩。

　　五言句式在《詩經》中就出現了。《詩·召南·行露》兩段頭尾皆四言，中間五言：
　　　　誰謂雀無角，何以穿我屋。誰謂女無家，何以速我獄。
　　　　誰謂鼠無牙，何以穿我墉。誰謂女無家，何以速我訟。
　　先秦時期還有五言句式的歌、謠，但其音節節奏與五言詩有異，如《國語·晉語二》中的《暇豫歌》：
　　　　暇豫之吾。吾不如鳥烏。人皆集於菀，已獨集於枯。
"吾、烏、枯"屬上古"魚"韻。

　　鍾嶸《詩品序》把五言詩完成的功績歸之於蘇武、李陵。對此，學者多存疑問。後來《昭明文選》收錄了漢代文人的五言詩十九首，並冠名爲《古詩十九首》，是體制成熟、藝術水平很高的五言古體詩。自東漢到建安時期，五言詩繁榮而且取得很高的藝術成就。古人云："五言之興，源於漢，注於魏，汪洋乎兩晉，混濁乎梁、陳，風斯下矣。"[①] 五言詩比四言僅多了一個字，但表現力卻大大提高，本書第一章已經分析了其中道理，茲不贅。五言古詩一直以來都是詩人們鍾愛的體式。

[①] 詳見清郎廷槐編詩話《師友詩傳錄》。

六言句式在《詩經·周南·卷耳》中也出現過，其詩四言爲主，但每段夾有一個六言句："我姑酌彼金罍"、"我姑酌彼兕觥"。至漢代，有司農谷永擅長六言，曹丕、曹植俱有六言，後陸機亦有作。唐代張說、劉長卿等人作過六言八句，王維、皇甫冉作過六言四句。宋代黃庭堅的六言詩《蟻蝶圖》比較有名：

　　　　蝴蝶雙飛得意，偶然斃命網羅。羣蟻爭收墜翼，策勳歸去南柯。

　　六言詩以整齊爲美，雖有駢儷形式的特殊韻律，然而緊湊不如四言，變化不及五言，豐富不及七言，所以未成常用體式。

　　七言詩句出現很早，相傳舜彈五絃琴造《南風》詩："南風之薰兮，可以解吾民之慍兮。南風之時兮，可以阜吾民之財兮。"① 若去掉"兮"字，便有兩個七字句式，不過其節奏與後世的七言詩句完全不同。《詩經·秦風·黃鳥》首句"交交黃鳥止于桑"，有人認爲是七字句。七言詩在先秦和漢代已經不少見了，最初與騷體關係密切。如《荊軻歌》：

　　　　風蕭蕭兮易水寒，壯士一去兮不復還。②

宋玉《諷賦》載主人之女歌：

　　　　歲將暮兮日已寒。中心亂兮勿多言。
　　　　內怵惕兮徂玉牀。橫自陳兮君之傍。
　　　　君不御兮妾誰怨。死日將至兮下黃泉。③

　　從先秦到漢代，一些帶虛字或不帶虛字的七言詩歌從音節到

---

① 見逯欽立輯校《先秦漢魏晉南北朝詩》，中華書局一九八三年九月第一版，第一冊，第二至三頁。
② 《戰國策》卷三十一，四庫全書本。
③ 《文選補遺》卷三十一，四庫全書本。

句法，從韻式到詠嘆情調，都在自然而然地孕育著七言詩。尤其是署名東漢人趙曄所撰《吳越春秋》復仇故事中的幾首七言歌詞，在七言詩的發展史上，值得特別關注。《吳越春秋》載楚樂師扈子責備荊王信讒誤國，乃援琴爲楚作《窮劫之曲》：

　　王耶王耶何乖烈。不顧宗廟聽讒孽。
　　任用無忌多所殺。誅夷白氏族幾滅。
　　二子東奔適吳越。吳王哀痛助忉怛。
　　垂涕舉兵將西伐。伍胥白喜孫武決。
　　三戰破郢王奔發。留兵縱騎虜荊闕。
　　楚荊骸骨遭掘發。鞭辱腐屍恥難雪。
　　幾危宗廟社稷滅。嚴王何罪國幾絕。
　　卿士悽愴民惻悷。吳軍雖去怖不歇。
　　願王更隱撫忠節。勿爲讒口能謗褻。

越王句踐苦其身心準備復吳之仇。採葛之婦乃作《苦何之詩》：

　　葛不連蔓棻臺臺。我君心苦命更之。
　　嘗膽不苦甘如飴。令我採葛以作絲。
　　女工織兮不敢遲。弱於羅兮輕霏霏。
　　號絺素兮將獻之。越王悅兮忘罪除。
　　吳王歡兮飛尺書。增封益地賜羽奇。
　　機杖茵蓐諸侯儀。羣臣拜舞天顏舒。
　　我王何憂能不移。饑不遑食四體疲。

句踐滅吳之後，號令齊、楚、秦、晉皆輔周室。軍人悅樂，遂作《河梁之詩》：

　　渡河梁兮渡河梁。舉兵所伐攻秦王。
　　孟冬十月多雪霜。隆寒道路誠難當。

>   陣兵未濟秦師降。諸侯怖懼皆恐惶。
>   聲傳海內咸遠邦。稱霸穆桓齊楚莊。
>   天下安寧壽考長。悲去歸兮河無梁。

《吳越春秋》雖類小說家言，但歷代學者都承認是東漢時吳人趙曄根據多種史籍所撰。此三首詩歌就算不是吳越時期的真實文本，至少也是趙曄改編或創作（清代學者趙翼《陔餘叢考》認爲應是趙曄作）。這三首詩的篇制、句式、韻式、辭采文風皆相類，整飭的七言句式、句子的節奏分佈，都非常接近成熟的七言詩。其用韻尤其值得特別注意，通篇句句押韻、一韻到底（有鄰韻通押），韻部與中古以後的韻書很接近。

這幾首詩早於曹丕《燕歌行》，應該是七言詩形成過程中的重要文獻。

《史記》所載項羽《垓下歌》、劉邦《大風歌》也是七言，並且與成熟的七言詩音節節奏類似，但句中有個"兮"字。漢武帝嘗於柏梁殿與羣臣聯句，每句七言，句句押韻，後世稱之"柏梁體"。張衡的《四愁詩》四首，就是每句押韻的七言詩，只是每首七句，與成熟的七言詩偶句成章略異。其首章曰：

>   我所思兮在太山。欲往從之梁父艱。側身東望涕
> 霑翰。
>   美人贈我金錯刀。何以報之英瓊瑤。路遠莫致倚逍
> 遙。何以懷憂心煩勞。

魏曹丕《燕歌行》是比較成熟的七言詩，但仍句句押韻，與成熟的七言詩偶句押韻不同。六朝時期七言詩得到充分發展，鮑照堪稱典範。唐代七言古體、格律體完全成熟，並且繁榮興盛，此後與五言詩並爲詩歌的主要體式。

九言詩，《文章緣起》稱是魏高貴鄉公作。高貴鄉公即曹髦，魏文帝孫。在此之前，單句九言已見於《尚書·五子之歌》、《詩經·大雅·泂酌》。在此之後，九言也不多。其聲調和節奏散緩，句子長，較難寫作。明楊慎《升菴詩話》卷一曾言釋明本中峯有九言詩，又說自己曾口占九言詩。今錄其自作一首：

    玄冬小春十月微陽回。綠萼梅蕊早傍南枝開。
    折贈未寄陸凱隴頭去，相思忽到盧仝窗下來。
    歌殘水調沉珠明月浦，舞破山香碎玉凌風臺。
    錯恨高樓三弄叫雲笛，無奈二十四番花信催。①

  古詩又有雜言體，是與齊言相對的概念。雜言詩形式最爲自由，篇幅、字數皆不限，句式可長可短，形式多樣，一切皆視抒情敍事之需要。如漢樂府詩《上邪》：

    上邪！我欲與君相知，長命無絶衰。山無陵，江水爲竭。冬雷震震，夏雨雪。天地合，乃敢與君絶。

  漢樂府詩中雜言體較多。唐代詩人作古體時，有時也用雜言體，如李白《蜀道難》、《遠別離》、《梁甫吟》等。但因此類詩以七言爲主，所以有人認爲應歸爲七古一類。又如李賀《將進酒》：

    琉璃鍾。琥珀濃。小槽酒滴真珠紅。
    烹龍庖鳳玉脂泣，羅屏繡幙圍香風。
    吹龍笛，擊鼉鼓，皓齒歌，細腰舞。

---

① 四庫全書本《升菴集》卷三十題作《詠梅》，自注：“元僧高峯有此詩而不佳特賦一首，九言。”

况是青春日將暮。桃花亂落如紅雨。
勸君終日酩酊醉,酒不到劉伶墳上土。

由於雜言詩形式的自由性相對較大,古人也有借此玩文字遊戲者。如唐人張南史作"寶塔體"《雪》、《月》、《花》、《草》。其《雪》詩如下:

雪,雪。
花片,玉屑。
結陰風,凝暮節。
高嶺虛晶,平原廣潔。
初從雲外飄,還向空中咽。
千門萬戶皆靜,獸炭皮裘自熱。
此時雙舞洛陽人,誰悟郢中歌斷絕。①

雜言古詩句式長短參差,或許對唐宋時興起的詞文體有影響。如唐傳奇《迷樓記》載煬帝宮女侯夫人《看梅》二首:

砌雪無消日,捲簾時自顰。庭梅對我有憐意,先露枝頭一點春。

香清寒艷好,誰識是天真。玉梅謝後陽和至,散與群芳自在春。

清人萬樹編《詞律》,就把這種"五五七七"的格式名爲《一點春》詞牌,並錄其一爲範例。

又如李白《三五七言》詩:

秋風清。秋月明。落葉聚還散,寒鴉棲復驚。相思相見知何日,此時此夜難爲情。

清人編《欽定詞譜》定此格爲《秋風清》詞牌,"單調三十字,

---

① 《全唐詩》卷二百九十六。

六句四平韻"。

　　騷體詩是個比較獨特的詩歌體式。因《離騷》之故，後人將這種句式不太整齊、句中多用虛字的詩稱爲"騷體"。如劉勰《文心雕龍》專立《辨騷》一篇，又於《樂府》篇稱："延年以曼聲協律，朱馬以騷體製歌。"梁任昉《文章緣起》說："韻語之中又有散文、四言、六言、雜言、騷體、儷體之不同。""騷體"一語爲後世通用。又因西漢劉向編《楚辭》一書，後人有時也稱"楚辭體"。

　　說騷體詩獨特，可從兩方面理解。一是騷體詩充分發揮了古體詩的自由性，上文所言古體詩的五大自由，騷體皆有之，其中更爲自由的是句式。古體詩句式雖然比較自由，但一篇之內，通常是比較整齊的，早期四言詩居多，後來五言詩、七言詩漸成主體。騷體詩往往在一篇之內句式即可長短自由。僅此一點，就比整齊句式的古體詩自由多了。如屈原《九歌·湘君》：

　　帝子降兮北渚。目眇眇兮愁余。
　　嫋嫋兮秋風，洞庭波兮木葉下。
　　登白薠兮騁望。與佳期兮夕張。
　　鳥何萃兮蘋中，罾何爲兮木上。
　　沅有芷兮澧有蘭。思公子兮未敢言。
　　荒忽兮遠望，觀流水兮潺湲。
　　麋何爲兮庭中，蛟何爲兮水裔。
　　朝馳余馬兮江皋，夕濟兮西澨。
　　聞佳人兮召予，將騰駕兮偕逝。
　　築室兮水中，葺之兮荷蓋。
　　蓀壁兮紫壇，匊芳椒兮盈堂。

桂棟兮蘭橑，辛夷楣兮藥房。
罔薜荔兮爲帷，擗蕙櫋兮既張。
白玉兮爲鎮，疏石蘭兮爲芳。
芷葺兮荷屋，繚之兮杜衡。
合百草兮實庭，建芳馨兮廡門。
九疑繽兮並迎，靈之來兮如雲。
捐余袂兮江中，遺余褋兮澧浦。
搴汀洲兮杜若，將以遺兮遠者。
時不可兮驟得，聊逍遙兮容與。

二是句中常常使用"兮、之、其、而"之類虛字。這些虛字的作用可謂奇妙，它夾在句中或綴於句尾，可補足音節，從而改變詩句的結構；可對句子的音節節奏起分隔延宕作用，改變誦讀效果，增強音樂感。例如見於西漢劉向《列女傳》的《黃鵠歌》：

悲夫！黃鵠之早寡兮，七年不雙。
宛頸獨宿兮，不與眾同。
夜半悲鳴兮，想其故雄。
天命早寡兮，獨宿何傷。
寡婦念此兮，泣下數行。
嗚呼哀哉兮，死者不可忘。
飛鳥尚然兮，況於貞良。
雖有賢雄兮，終不重行。

如果沒有這些"兮"字，這就是一首基本整齊的四言詩，讀起來沒有變化，詠嘆的韻味也就差多了。

有些帶兮字的七言詩，若去掉"兮"字，就會變成兩個三言句，如本節上文所引《荊軻歌》會變成"風蕭蕭，易水寒。

壯士一去不復還"；宋玉《諷賦》所載主人之女歌會變成"歲將暮，日已寒。中心亂，勿多言。內怵惕，徂玉床。橫自陳，君之傍。君不御，妾誰怨，死日將至下黃泉"；劉邦《大風歌》會變成"大風起，雲飛揚。威加海內歸故鄉，安得猛士守四方"；項羽對虞姬唱的歌就變成"力拔山，氣蓋世。時不利，騅不逝。騅不逝，可奈何。虞，虞，奈若何"。

居中的"兮"字將兩個三言句聯成一個七言句，讀起來音節節奏就流暢多了。改變詩句結構的另一種情況，如屈原的《橘頌》若去掉虛字"兮"和"其"就變成整齊的七言句式："后皇嘉樹橘徠服。受命不遷生南國。深固難徙更壹志。綠葉素榮紛可喜。"

虛字雖無實在的意思，但其作用很重要，虛字的有無可能影響到讀起來像不像詩。比如屈原《離騷》中的"路漫漫其修遠兮，吾將上下而求索"會變成"路漫漫修遠，吾將上下求索"，不像詩歌了。

補足音節、改變詩句結構和分隔延宕音節、改變誦讀效果這兩個作用一般是相輔相成的。有了這些虛字，詩歌就更適合配合音樂歌唱了，或者說更具歌詞性質了。比如見於西漢劉向《說苑》的《越人歌》：

　　今夕何夕兮搴洲中流。
　　今日何日兮得與王子同舟。
　　蒙羞被好兮不訾詬恥。
　　心幾煩而不絕兮得知王子。
　　山有木兮木有枝。
　　心悅君兮君不知。

今人讀這首歌，即便沒有音樂，沒有演唱，讀的時候也感覺是歌，似乎隱隱有音樂旋律相伴。如果沒有"兮"字，就與讀四言詩無異。

另外，騷體詩中的虛字可以補充一個音節，卻不必承擔一個音節的實際内容，這實際上可以使作者少費一個字的斟酌。省一字之精力，對詩人來說，寫作就容易多了。

在古體詩中，騷體詩擁有最大自由度，最具音樂性，最宜於歌唱，因而一直爲歷代文人所鍾愛，寫作者很多，至今還是一種生命力很強的詩體。

第二節　四言古詩講解

一、詩經·邶風·谷風①

（此詩共六章，每章八句，這裏選其第一、二、四章。）
習習谷風，以陰以雨。②黽勉③同心，不宜有怒。
采葑采菲，無以下體。④德音莫違，及爾同死。⑤

注釋

①《詩經》時代的邶國大約在今河北南部、河南北部一帶。毛詩序說《谷風》"刺夫婦失道也"。陳子展《詩經直解》說是男子"棄舊憐新，棄婦訴苦，有血有淚之傑作"。《詩經》中有兩篇同題《谷風》，另一篇是《小雅·谷風》，寫"朋友道絕也"。

②習習（sù）：同"颯颯"。谷風：朱熹《詩集傳》云："東風謂之谷風。"後人又釋爲"生長之風也"。以：又。

③黽（mǐn）勉：勉力。

④葑：蔓菁。菲：蘿蔔。下體：根莖。"體"一作"禮"。這句說我要採葑和菲，但卻都沒了根。

⑤德音：美譽，美好的名聲。本章最後兩句說：希望你別毀了自己的好聲譽，我願意和你同生同死。

行道遲遲，中心有違。①不遠伊邇，薄送我畿。②
誰謂荼苦，其甘如薺。③宴爾新昏④，如兄如弟。

注釋

①遲遲：走得很慢。違：違悖願望。

②伊：語氣詞。邇：近。薄：稍微。畿（jī）：門檻。這兩句說他並不遠送我，只送到門檻。

③荼（tú）：苦菜。薺：甜菜。

④宴爾新昏：歡樂的新婚。"昏"同"婚"。

就其深矣，方之舟之。①就其淺矣，泳之游之。
何有何亡，黽勉求之。②凡民有喪，匍匐救之。③

注釋

①方：小筏子。舟：船。

②亡：無。黽（mǐn）勉：努力。

③喪：凶禍之事。匍（pú）匐（fú）：《詩集傳》云："手足並行，急遽之甚也"，指非常盡心盡力。

作法提示

詩題取自首句。全詩六章，用第一人稱方式——棄婦自敘。丈夫另娶新歡，被冷落的女人滿懷哀怨和委曲。第一章敘說自己對丈夫"黽勉同心"、願同生死的感情。第二章敘述丈夫"宴爾新昏"，冷落了自己。第四章申說自己做媳婦克盡婦道，並無過錯。

《詩經》有兩首棄婦詩，另一首是《衛風·氓》。《氓》中的女性比較堅強、矜持、果絕。《谷風》的女性比較柔弱、依戀、哀怨。二者都勤勞善良、勤懇持家、克守婦道,都遭遇丈夫情變,但因性格不同,所以態度也不同。

《谷風》和《氓》都是自敘體,用賦的方法,"敷陳其事而直言之"。也運用了比興手法。此詩用谷風起興,用"采葑采菲"、"荼甘如薺"、"方舟泳游"等比喻或隱喻。詩歌敘事與小說敘事不同,詩多選取片斷或細節、大量的跳躍和留白,給讀者更多想象的空間。主人公的心理獨白細膩微妙。

"舟之、游之、求之、救之",音韻學家稱爲"富韻"。

二、(晉)陸士龍與鄭曼季贈答詩①

谷風(陸士龍第一次贈鄭曼季五章,這裏選第一首)

　　谷風懷思也。君子在野,愛而不見,故作是詩言其懷而思之也。

習習谷風,扇此暮春。玄澤墜潤,靈爽煙熅。②
高山熾景③,喬木興繁。蘭波清涌,芳澍增涼。
感物興想,念我懷人。

鴛鴦(鄭曼季第一次答陸士龍六章,這裏選第六首)

　　鴛鴦美賢也。有賢者二人,雙飛東岳,揚輝上京。其兄已顯登清朝,而弟中漸,婆娑衡門。然其勞謙接士,吐握待賢,雖姬公之下白屋,洙泗之養三千,無以過也。乃肯垂顧,惠我好音,思樂結永好之歡云爾。

鴛鴦于飛,載和其鳴。④懷爾好音,寡我中情。⑤
人亦有言,心得遺形。授我木瓜,報爾瑤瓊。⑥
匪縶⑦曰報,永好千齡。

注釋

①晉代陸士龍作詩贈鄭曼季。陸雲，字士龍，與兄陸機齊名。鄭豐，字曼季。事跡不詳，清人陳祚明《采菽堂古詩選》卷十一說他是"吳人之隱居不仕者"。鄭回贈，二人往返四次：第一次，陸贈五首，鄭答六首；第二次，陸贈四首，鄭答五首；第三次，陸贈五首，鄭答五首；第四次，陸贈四首，鄭答四首。陸效《詩經》四言體，並引《詩經》典故，表達對友人的珍惜與欣賞。陸詩題目分別爲《谷風》、《鳴鶴》、《南衡》、《高崗》。鄭曼季每次都用同樣的方式酬答，詩的題目分別是《鴛鴦》、《蘭林》、《南山》、《中陵》，用以表達對陸士龍欣賞的報答與歡好。詳參四庫全書《陸士龍集》卷三、《先秦漢魏晉南北朝詩》。

②玄澤：原指聖恩，此處猶言好雨。煙熅：即氤氳。

③熾景：指陽光照耀的景象。

④"于"、"載"都是語氣助詞。

⑤宴：清純。此句說使我內心清純。

⑥《詩經·衛風·木瓜》："投我以木瓜，報之以瓊琚"，"投我以木桃，報之以瓊瑤"。

⑦繄：語氣助詞。

作法提示

陸贈鄭詩直接借用了《詩經·谷風》題目，並用其四言體式，還模仿其比興手法，甚至直接引用"習習谷風"原句，有意把詩作得古樸，以突出淳厚的懷思之情。

鄭詩以鴛鴦比喻深厚的友誼和詩人唱和的方式。也借《詩經》句意回答對方，形式一樣，情感相通，但引用《詩經》的句子卻並不重複，新穎巧妙。這是很見學識和巧思的寫法。

三、停雲和陶四首（清·陳衍虞①）

登彼南岡，望望停雲。停雲杳藹②，旅雁紜紜。

人非麋鹿,誰能久羣。持此素心③,以照高雯④。

停雲既散,月滿北窗。有酒不飲,莫問春缸⑤。
彼美伊阻⑥,偶影成雙。良會難遘⑦,我心如撞。

森森榮木,有鳥棲止。好音喈喈⑧,宵晨⑨入耳。
言念伊人,山椒河涘⑩。搔首待之,共搴⑪蘭芷。

翩翩楊柳,先秋萎黃。松耶柏耶,反傲雪霜。
誰短誰修,物故難量。浮丘羨門⑫,或在醉鄉。

注釋

①陳衍虞(1599—1688),字伯宗,號園公,廣東海陽(今潮安)人。明崇禎壬午(1642)舉人,入清歷官番禺教諭、廣西平樂縣知縣。是清初潮州著名詩人,附名復社,又與同志結京社、晉社、偶社,盟友眾多,皆一時名流。此詩選自曾楚楠主編《蓮山詩集點注》。

②杳藹:雲霧縹緲貌。

③素心:樸素清真之心。

④高雯:高空的雲彩。

⑤春缸:酒缸。

⑥伊阻:阻隔。《詩經·邶風·雄雉》:"我之懷矣,自詒伊阻。"

⑦難遘:難相遇。

⑧喈(jiē)喈:鳥之鳴聲。

⑨宵晨:夜晚與早晨。

⑩河涘:河邊。

⑪搴(qiān):採摘。

⑫浮丘、羨門:皆傳說中古之仙人。

作法提示

　　這是和陶詩之作,從立意、遣詞到結構,皆模仿陶淵明原詩。但沒有依陶詩原韻。面對自然和人生,每個人有每個人的審美意趣。陶詩寫人在自然中休閑、飲酒、交友之樂。陳詩雖然是仿古,但也是在寫自己在自然休閑的生活中體會到的真實的樂趣。陶詩和陳詩,用韻都是一首一換,有平韻,有仄韻。

　　附:停雲并序(《陶淵明集》卷一)
　　停雲,思親友也。罇湛新醪,園列初榮。願言不從,嘆息彌襟。
　　靄靄停雲,濛濛時雨。八表同昏,平路伊阻。
　　靜寄東軒,春醪獨撫。良朋悠邈,搔首延佇。

　　停雲靄靄,時雨濛濛。八表同昏,平陸成江。
　　有酒有酒,閒飲東窗。願言懷人,舟車靡從。

　　東園之樹,枝條再榮。競用新好,以怡余情。
　　人亦有言,日月于征。安得促席,說彼平生。

　　翩翩飛鳥,息我庭柯。斂翮閒止,好聲相和。
　　豈無他人,念子實多。願言不獲,抱恨如何。

　　劉後村曰:"四言自曹氏父子王仲宣陸士衡後,惟陶公最高。《停雲》《榮木》等篇,殆突過建安矣。"又曰:"四言尤難,以三百五篇在前故也。"高元之曰:"以《停雲》名篇,乃周詩六義,二曰賦、四曰興之遺義也。"

本節練習

閱讀以下作品並加標點，分析其用韻、換韻、對仗、平仄、修辭等情況。

1.《彈歌》：斷竹續竹飛土逐宍

2.《魯連子》：心誠憐白髮玄情不怡艷色媸

3.《孔子頌》：麛裘而韠投之無戾韠之麛裘投之無郵袞衣章甫實獲我所章甫袞衣惠我無私

4. 曹植《野田黃雀行》：高樹多悲風海水揚其波利劍不在掌結友何須多不見籬間雀見鷂自投羅羅家得雀喜少年見雀悲拔劍揥羅網黃雀得飛飛飛飛摩蒼天來下謝少年

5. 孔融《六言詩三首》其一：漢家中葉道微董卓作亂乘衰僭上虐下專威萬官惶布莫違百姓慘慘心悲

6. 儲光羲《新豐主人》：新豐主人新酒熟舊客還歸舊堂宿滿酌香含北砌花盈尊色泛南軒竹雲散天高秋月明東家少女解秦箏醉來忘卻巴陵道夢中疑是洛陽城

7. 孫鑛《題呂美箭畫扇》：錦帶繫腰間緩行循浦灘童子抱琴隨仙翁猶未彈西風來何急松枝盡披靡月光流樹上影映水底對月堪弄琴琴因風送音披襟當快風風邀月入襟詩中有畫誰拈出置身畫裏宜摩詰松聲莫使雜琴聲山色仍須留月色曾聞風月不用一錢買此景由來買不得（提示：前邊是五言，後六句是七言）

8. 以《江渚白鷺》或其他為題，寫一首四言古體詩，句數不限。

第三節　五言古詩講解

一、北方有佳人（漢·李延年[①]）

北方有佳人，絕世[②]而獨立。
一顧傾人城，再顧傾人國。
寧不知傾城與傾國。[③]佳人難再得。

注釋

[①]李延年：籍中山（今河北保定西，漢景帝時置中山國於此）。因薦妹而驟至親貴，享二千石之祿。此即其薦妹之歌。後"坐法腐刑，給事狗監中"（《漢書·佞幸傳》）。

[②]絕世：冠絕一世。蔡邕《陳太丘碑文》："潁川陳君，絕世超倫。"

[③]寧：豈。傾城：《詩·大雅·瞻卬》"哲夫成城，哲婦傾城。"鄭箋："城，猶國也。"傾城即傾國。

作法提示

歌本無題，後人仿《詩經》例取首句爲題。《詩經·周南·關雎》正義："名篇之例，義無定準，多不過五，少纔取一。或偏舉兩字，或全取一句。"

此詩每句五言，唯多"寧不知"三字。《玉臺新詠》卷一錄此歌沒有"寧不知"三字，說明當時有整齊的五言文本。"寧不知"三字類似後世詞曲的襯字，可能是爲與樂曲演唱配合而附加上去的。

此歌雖然只有六句，但起承轉合隱然有序：前二句以佳人引起，中二句渲染佳人美的程度，第五句強調佳人之美，第六句總結。歌詞妙在不做任何具體描繪，只強調美的程度和效果。總共纔三十三個字,卻不惜重複,反覆強調那幾個核心詞。果然讓漢武帝動了好奇好色之心,召見佳人。佳人"實妙麗善舞,由是得幸"(《漢書·外戚傳》)。

此歌韻字是"立、國、得。國、得",上古音屬"職"部。"立"在鄰韻"緝"部。古體詩鄰韻通押的情況很多。

二、上山採蘼蕪① (漢樂府詩·佚名)

上山採蘼蕪。下山逢故夫。
長跪問故夫。新人復何如。
新人雖言好,未若故人姝。
顏色類相似,手爪②不相如。
新人從門入,故人從閤③去。
新人工織縑,故人工織素。④
織縑日一疋⑤,織素五丈餘。
將縑來比素,新人不如故。

注釋

①蘼蕪:又名薇蕪。晉郭義恭《廣志》:"薇蕪,香草,魏武帝以藏衣中。"

②手爪:指手工活計。

③閤(gé,舊讀入聲):《漢書·公孫弘傳》:"開東閤以迎賢人。"注:"閤者,小門也。"

④縑、素:皆絹類,素潔白,縑雜色。

⑤一疋:四丈。

作法提示

詩以首句爲題。蘼蕪晾曬而香,棄婦以之自喻。採蘼蕪意在持香自矜,不降志氣,是本詩主旨。

通篇對話體。用對比修辭方式，問答之間，通過故夫的感受將新人與舊人的相貌、能力相比，得出"新人不如故"的結論。漢代還有同類的《古豔歌》："煢煢白兔，東走西顧。衣不如新，人不如故。"這是針對人類喜新厭舊品性而引發的生活話題——人在新舊取捨之際，該如何面對呢？詩中似乎沒有道德評判的意味，只有價值判斷，背後隱含著許多微妙的意思，可謂言簡意深含蓄雋永。

全篇十六句，仍屬短章。首句是"興"的藝術手法。"興者，先言他物以引起所詠之詞也。""採蘼蕪"就是"他物"，一如《詩經》之"采采苯苢"、"采采卷耳"，在詩中並非描述婦女勞作，而是隱喻。隱喻甚麼呢？"採蘼蕪"隱喻的是女子被遺棄的遭遇、自珍自愛的志氣，以及內心揮之不去的傷痛。由這個看似自然的行爲"採蘼蕪"，引出隱喻所關涉的另一位人物——"故夫"，從而引發詩的話題。接下去自然就是與故夫的對話，話題就是新人舊人的色、藝對比，結論就是"新人不如故"這句她最想說的話。

據《漢字古音手冊》，此詩韻屬"魚"部，只有"姝（覺）、入（緝）"屬鄰韻。若以《廣韻》比較，這些韻腳字則分屬四部：上平"九魚"（如、餘）、"十虞"（蕪、夫、姝），去聲"九禦"（去）、"十一暮"（素、故）。

三、別范安成① （南朝梁·沈約）

生平少年日，分手易②前期。
及爾同衰暮③，非復別離時。
勿言一樽酒，明日難共持。

夢中不識路④，何以慰相思。

注釋

①范安成：范岫，曾任安成內史，故稱范安成。
②易：容易。此言少年時沒把分手看做多麼難的事。
③衰暮：衰老遲暮。
④夢中不識路：《韓非子》記戰國時張敏夢中尋覓好友高惠，中途迷路。

作法提示

詩題明示別者。詩句平易，明白順暢，體現了沈約的文章觀："文章當從三易：易見事，一也；易識字，二也；易誦讀，三也。"（《顏氏家訓·文章篇》引）全詩無一對偶，《文鏡秘府論》稱為"總不對之詩"。

全篇五言八句，平聲韻，已近律詩體制，唯未求對仗，平仄也不全似格律詩。究其章法，一二句從"分手"寫起，言少年頻繁聚散；三四句對比而出，從少年到衰暮，時空已歷宋、齊、梁三代，風雲變幻，心情當然大大不似少年別離之時。後四句由轉到合，不要說難再同飲，就連夢中再見也難了。全詩緊扣"別"字，在易與難、少與老的對比中寫出豐富的離別情懷。

用韻屬《廣韻》上平"七之"部。《廣韻》與隋代陸法言之《切韻》、南朝《四聲切韻》是同一韻系。

四、擬詠懷（二十七首之四）（北朝·庾信）

楚材稱晉用①，秦臣即趙冠。②
離宮延子產③，羈旅接陳完。④
寓衛非所寓⑤，安齊獨未安。⑥
雪泣悲去魯⑦，悽然憶相韓。⑧

唯彼窮途慟⑨，知余行路難。

注釋

①《左傳·襄公二十六年》："雖楚有材，晉實用之。"杜預注："言楚亡臣多在晉。"此喻自己本爲南臣卻爲北用。

②《後漢書·輿服志下》："秦滅趙，以其君冠賜近臣。"此喻西魏滅己故國，而己猶事西魏。

③《左傳·襄公二十一年》，鄭大夫子產相鄭伯至晉，受優禮。喻己在北方亦受禮遇。

④《左傳·莊公二十二年》，陳公子完奔齊，以"羈旅之臣"不肯受卿之高位。喻己亦如此。

⑤《詩經·邶風·式微》毛序："黎侯寓於衛，其臣勸以歸也。"

⑥《左傳·僖公二十二年》，晉公子重耳奔齊，有安居之意，亦爲臣諫。

⑦《韓詩外傳》卷三："孔子去魯，遲遲乎其行也。"喻不捨故國。

⑧《史記·留侯世家》：張良"以大父、父五世相韓"而欲爲韓復仇。庾信父庾肩吾在梁亦官至尚書，自己卻無以報梁，故悽然。

⑨《晉書·阮籍傳》：籍"時率意獨駕，不由徑路，車跡所窮，輒痛哭而反"，喻己亦至窮途也。

作法提示

題中"擬"字存疑。《藝文類聚》作《詠懷》，倪璠《庾子山集注》作《擬詠懷》。余冠英《漢魏六朝詩選》認爲阮籍《詠懷》寄易代之感，庾信此詩述喪亂之哀，並非摹仿，加"擬"字錯。北周代魏後，庾信官至驃騎大將軍、開府儀同三司，但卻每有故國之悲，故以詩詠懷。

全詩十句有八句以典故對仗，平仄雖然不像后世格律詩的對仗那麼工整，但已經很接近了。"離宮延子產，羈旅接陳完"是標準的律句。可知詩至此時，格律漸成。明楊慎《升菴詩話》

卷三曰："庾信之詩，爲梁之冠冕，啓唐之先鞭。"

前四句寫身受敵國優待禮遇，是因事而起；中二句言非寓、未安，是以感相承；再二句憶舊而深愧故國，是情緒高潮；末二句哀途窮，是難解之結。這種感懷，已迥異其早年華麗輕豔的"徐庾體"，因此杜甫說"庾信文章老更成"、"暮年詩賦動江關"。

五個韻腳字，在《廣韻》屬"寒"、"桓"二部，此詩通押。

五、感遇（十二首之七）（唐·張九齡）

　　江南有丹橘，經冬猶綠林。
　　豈伊地氣暖①，自有歲寒心②。
　　可以薦嘉客，奈何阻重深。③
　　運命唯所遇，循環不可尋。
　　徒言④樹桃李，此木豈無陰⑤。

注釋

①豈止是因爲南方地氣溫暖。

②《論語·子罕》："歲寒然後知松柏之後彫也。"

③《詩經·小雅·白駒》："所謂伊人，于焉嘉客。"毛序："大夫刺宣王也"，鄭箋："刺其不能留賢也"。如此，則"嘉客"乃自喻，要獻給君王，卻無奈"阻重深"。

④徒言：衹說。

⑤陰：同"蔭"。

作法提示

詩題"感遇"，與"離騷"、"詠懷"類似。屈原作《離騷》，阮籍作《詠懷》詩八十二首，陳子昂作《感遇》詩三十八首，都是自寫所遇所感。沈德潛《唐詩別裁》："《感遇》詩，正字（陳子昂）古奧，曲江（張九齡）蘊藉，原本同出嗣宗（阮籍），而精神面目各別，所以千古。"劉熙載《藝概》論"曲江之《感遇》出於《騷》"。張九齡爲粤北曲江人，當時名相，開元二十四年因李林甫讒毀，出爲荆州長史，故作《感遇》抒懷。

整齊的五言古體句式，每句均爲上二下三節奏，不依平仄格律，不作對仗。韻屬《廣韻》下平聲"侵"部。

全詩效屈原《橘頌》，詠物言志。詩意分四層：前四句贊美南國之橘，有耐寒的品性和自立的志節。張九齡是嶺南人，贊美丹橘實即自明志趣。五六句以怨語轉折。七八句爲感悟、感慨：運與命只能隨緣隨遇，不可執意尋求。末二句以桃李喻得勢者，以丹橘自喻。

六、夢李白（二首之二）（唐·杜甫）

浮雲終日行，遊子久不至。①
三夜頻夢君，情親見君意。
告歸常局促，苦道來不易。
江湖多風波，舟楫恐失墜。
出門搔白首，若負平生志。
冠蓋②滿京華，斯人獨憔悴。
孰云網恢恢③，將老身反累。
千秋萬歲名④，寂寞身後事。

注釋

①李白《送友人》："浮雲遊子意，落日故人情。"
②冠蓋：代指達官貴人。班固《西都賦》："冠蓋如雲，七相五公。"
③《老子》第七十三章："天網恢恢，疏而不失。"

④阮籍《詠懷》之十九："千秋萬歲後，榮名安所之？"

作法提示

李白於乾元元年（758）春定罪長流夜郎，杜甫亦於同年六月坐房琯事出京，次年七月又因饑饉棄官，至秦州（今甘肅天水）作此詩及《天末懷李白》等。"斯人獨憔悴"實乃"斯人同憔悴"，可謂詩人相惜，同病相憐。

杜詩句式無一不精，雖五言短句，仍從容宛轉。如"三夜頻夢君，情親見君意"，上句夢君，且一連三夜，不免有單相思之嫌；下句一轉，從對方說過來：因為你知道我牽掛你，你就頻入我夢。這思念的意思就豐富多了，雙方互為知己，情親意重，心有靈犀。

全詩十六句，結構為二、八、四、二。前二句寫夢前，說浮雲終日飄蕩，朋友久未相遇了。李杜最後一次見面至此已經十五年，這是惹夢的原因。中八句寫夢境：暌違久而情愈深，因而頻頻夢中相會，而夢裏辭別一如醒時，依依難捨，互道珍重。"出門搔白首"是離別時的一個細節，逗出"若負平生志"，從夢境自然轉到現實，引發"冠蓋滿京華"以下四句怨憤之語。這是李、杜共同的遭遇。結尾忽然頓挫振起，以個人寂寞與流芳千古對比，意沉而氣雄。

此詩用仄聲韻，韻屬《廣韻》"寘、至、志"三部，通叶，後《平水韻》合為去聲"寘"部。

七、汝墳①貧女（宋·梅堯臣）

時再點弓手，老幼俱集。大雨甚寒，道死者百餘人，自壤河至昆陽老牛陂，僵屍相繼。

汝墳貧家女，行哭②音悽愴。

自言有老父，孤獨無丁壯。
郡吏來何暴，縣官不敢抗。
督遣勿稽留，龍鍾去攜杖。
勤勤囑四鄰，幸願相依傍。
適聞閭里③歸，問訊疑猶強。
果然寒雨中，僵死壞河上。
弱質無以託，橫屍無以葬。
生女不如男，雖存何所當。
拊膺呼蒼天，生死將奈向④。

注釋

①汝墳：汝河河岸。《詩經·周南·汝墳》正義引："墳謂厓岸狀如墳墓。"又"汝墳"爲舊縣名，北齊改秦代所置昆陽縣爲汝墳縣，即今河南葉縣。

②行哭：邊走邊哭。

③閭里：鄰家。按《周禮》"五家爲比"、"五比爲閭"說，每閭二十五家。

④奈向：何向。

作法提示

詩以"汝墳"爲題，並冠於句首，是有意借用《詩經·汝墳》典故。《詩經·汝墳》以女性口吻抱怨家中"君子"奉王命行役在外，顧不上家人。司馬光《論義勇六劄子》之一："康定慶曆之際，趙元昊叛亂……國家乏少正兵，遂籍陝西之民，三丁之內選一丁以爲鄉弓手……骨肉流離，田園蕩盡。"之五論抽丁後仍須交納軍糧，"是一家而給二家之事。"汝墳雖非陝西，但因西夏戰事也難免徵兵。據詩序所言，天災人禍交加，詩人乃有此作。

詩從第三句"自言"以下，均爲貧女哭訴悲慘情景。風格類似杜甫"三吏"、"三別"詩，質樸無華。但也有欠自然之處，如"問訊疑猶強"、"生死將奈向"等句。

全詩四層：首二句以貧女出場起；接八句述家寒、吏暴、老父被徵；再八句寫父死女孤，女兒自責無用。由此引發生死的困惑。

押仄韻，在《廣韻》屬可同用之"四十一漾"、"四十二宕"，唯"杖"在上聲"三十六養"，可見宋代古體詩鄰韻通押仍爲常例。

八、寒食[①]雨（二首之二）（宋·蘇軾）

春江欲入戶，雨勢來不已。
小屋如漁舟，濛濛水雲裏。
空庖煮寒菜，破竈燒濕葦。
那知是寒食，但見烏銜紙。[②]
君門深九重[③]，墳墓在萬里。
也擬哭途窮，死灰吹不起。[④]

注釋

①寒食：北魏賈思勰《齊民要術》："之推忌日爲之斷火，蓋清明前一日是也。"

②烏鴉叼着人們祭奠的紙錢。

③《楚辭·九辯》："君之門兮九重。"

④《史記·韓長孺傳》："其後安國坐法抵罪，蒙獄吏田甲辱安國。安國曰：死灰獨不復然乎？田甲曰：然即溺之。"按：韓安國後來起復，如死灰復燃。

作法提示

以寒食苦雨爲題，標明淒寒之意。蘇軾因"烏臺詩案"貶黃州團練副使安置。居黃期間，"神宗數有意復用，輒爲當路者沮之"（《宋史·蘇軾傳》）。蘇軾時年四十七，久貶難復，悲憤爲詩。

蘇詩句式，每駢散自如："小屋如漁舟，濛濛水雲裏"是散，"空庖煮寒菜，破竈燒濕葦"是駢，"那知是寒食，但見烏銜紙"是散，"君門深九重，墳墓在萬里"是駢。且敘事與用典關聯自然，不雕琢害句。故趙翼《甌北詩話》贊其"天生健筆一枝，爽如哀梨，快如并剪，有必達之隱，無難顯之情，此所以繼李、杜後爲一大家也"。

共十二句，爲二四四二結構：前二句以江勢、雨勢之急領起；接下四句以所居、所食之苦爲承；再下四句因前言燒煮，故接以"那知是寒食"，表示苦熬中連時日都已忘卻，從而引出"烏銜紙"的淒慘景象，進而引出君門深不能盡忠、墳墓遠不能盡孝的大哀怨，是爲轉；末二句以途窮、死灰作結，示絕望。

通篇上聲韻，六個韻腳字無一能開口呼，可見灰暗心態。其韻字，在《廣韻》分屬"四紙"（紙）、"六止"（已、裹、里、起）、"七尾"（葦）三個韻部，亦是鄰韻通押之例。

九、浮萍兔絲①篇（清·施閏章）

李將軍言部曲②嘗掠人妻，既數年，攜之南征，值③其故夫，一見慟絕；問其夫已納新婦，則兵之故妻也。四人皆大哭，各反其妻而去。予爲作《浮萍兔絲篇》。

浮萍寄洪波，飄飄東復西。
兔絲冒喬柯④，嫋嫋復離披⑤。
兔絲斷有日，浮萍合有時。
浮萍語兔絲，離合安可知。

健兒⑥東南征，馬上傾城姿。
輕羅作障面，顧盼生光儀。
故夫從旁窺，拭目驚且疑。
長跪問健兒，毋乃賤子⑦妻。
賤子分已斷，買婦商山⑧陲。
但願一相見，永訣從此辭。
相見肝腸絕，健兒心乍悲。
自言亦有婦，商山生別離。
我戍十餘載，不知從阿誰。
爾婦既我鄉⑨，便可會路歧。
寧知商山婦，復向健兒啼。
本執君箕帚⑩，棄我忽如遺。
黃雀從烏飛，比翼長參差。
雄飛占新巢，雌伏思舊枝。
兩雄相顧詫，各自還其雌。
雌雄一時合，雙淚沾裳衣。

注釋

①兔絲：藤本，多纏繞他物，喻舊時女子依附丈夫。
②部曲：部屬。
③值：遇。
④罥（juàn）：本爲捕鳥獸的網，引申爲纏掛。喬柯：高枝。
⑤離披：離開，披散。
⑥健兒：掠人妻的兵士。
⑦賤子：故夫自稱。
⑧商山：商山在今陝西，商山縣（北宋建隆元年置）在今河南，詩指

何處不明。

⑨我鄉：我的同鄉。

⑩執箕帚：做灑掃之事，指爲妻。

作法提示

這是與戰爭有關的作品。將軍部下掠人之妻，自己的妻子卻因戰爭別離而另嫁他人。詩如戲劇，兩對夫妻因戰爭而錯位，最終又復位。詩人以詩記事，同時寄託平復戰爭創傷的善意。

詩以"賤子"爲敍事者，全篇主要是對話體，這是杜甫"三吏"、"三別"的語體。結構多有跳躍，省略了許多情節，這是詩與小說之別。

全詩四十句，前八句以比興起，"浮萍"與"兔絲"相疊，意在離合不止一對夫妻。接二十八句，具體寫兩對夫妻離散錯位又偶然相遇。末四句寫兩對夫妻各還舊位。

平聲韻，韻以"四支"部爲主，加用"五微"一字（衣）、"八齊"三字（西、妻、啼），可見古體詩押韻一直比格律詩寬容一些。

第四節　七言古詩講解

通常說七言古詩，包括七言古體和七言歌行。有人認爲七言古體和七言歌行是一回事。如明代胡應麟《詩藪》云："七言古詩，概曰歌行。"清代王士禎《古詩選》把古體與七言歌行並置爲古體一類。但也有不少學者探討七言古詩與七言歌行的差異，辨析兩者產生之源流、體式特點、文學風貌等方面的不同。

七言古詩與七言歌行形體相近，同中有異。兩者有許多細緻微妙的區別，讀者和習作者是應該注意的。

歌行講究一氣奔注，婉轉流動，縱橫多姿。用韻則平仄相間，頻頻轉韻。明吳訥《文章辨體序說》云："（唐）有歌行、有古詩。歌行則放情長言，古詩則循守法度，故其語句格調亦不能同也。"又說："放情長言曰歌"，"體如行書曰行"。

七古講究立意古樸，格調典雅，意象渾雄，氣勢蒼勁，脈絡頓挫拗折。敍述、議論、抒情交織融洽，力忌平鋪直敍，務須跌宕騰挪，鋪陳展衍，顛倒順逆，馳驟疾徐。有時以文爲詩，較少轉韻。《文章辨體序》說："七言古詩貴乎句語渾雄，格調蒼古。"《詩藪》論七古："古詩窘於格調，近體束於聲律，惟歌行大小短長，錯綜闔闢，素無定體，故極能發人才思。李、杜之才，不盡於古詩而盡於歌行。"清代方東樹《昭昧詹言》云："七言古之妙，樸、拙、瑣、曲、硬、淡，缺一不可。總歸於一字曰老。"比如杜甫《寄韓諫議注》、盧仝《月蝕詩》、韓愈《謁衡嶽廟遂宿嶽寺題門樓》、李商隱《韓碑》等與王維《桃源行》，李白《夢遊天姥吟留別》，白居易《長恨歌》、《琵琶行》，韋莊《秦婦吟》等相比，一勁一肆，一警一曼，一硬一暢，一樸一麗，涇渭自明。特別是自韓愈以古文筆法作古風之後，這種古體與歌行體的區別更顯現出來。

當然，以上辨析主要是就唐之古體而論。其實唐代古體與之前的古體是有差異的。唐以前無論七古還是歌行，都有古樸之風，押韻較寬；而唐代七古與歌行律化比較明顯，押韻也比較嚴格。唐代七古和歌行盛行而且體制成熟，相比之下，漢代七古還處在初創階段。漢代從《柏梁詩》到魏文帝的《燕歌行》，都是句句爲韻，一直到鮑照的《擬行路難》，才有隔句爲韻的七言詩。隔句押韻的七言詩出現於南北朝，成熟於唐代。

以下選歷代七古共十首試爲解析。

一、柏梁詩（西漢·漢武帝等）①

日月星辰和四時（帝）
驂駕駟馬從梁來②（梁王）
郡國士馬羽林③材（大司馬）
總領天下誠難治（丞相）
和撫四夷不易哉（大將軍）
刀筆之吏④臣執之（御史大夫）
撞鐘伐鼓聲中詩（太常）
宗室⑤廣大日益滋（宗正）
周衛交戟禁不時⑥（衛尉）
總領從官柏梁臺⑦（光祿勳）
平理請讞⑧決嫌疑（廷尉）
脩飾輿馬待駕來（太僕）
郡國吏功差次之⑨（大鴻臚）
乘輿御物主治之（少府）
陳粟萬石揚以箕⑩（太司農）
徼道宮下隨討治⑪（執金吾）
三輔⑫盜賊天下危（左馮翊）
盜阻南山⑬爲民災（右扶風）
外家公主不可治（京兆尹）
椒房率更領其材⑭（詹事）
蠻夷朝賀常會期⑮（典屬國）
柱枅欂櫨相枝持⑯（太匠）

枇杷桔栗桃李梅（太官令）
走狗逐兔張罘罳⑰（上林令）
齧妃女脣甘如飴⑱（郭舍人）
迫窘詰屈⑲幾窮哉（東方朔）

注釋

①相傳這是漢武帝和丞相、梁王、大司馬、御史大夫等羣臣在柏梁臺上聯句之作。《東方朔別傳》記載："孝武元封三年，作柏梁臺。詔羣臣二千石有能爲七言者乃得上坐。"但清顧炎武《日知錄》根據《史記》、《漢書》的紀傳年表考證，認爲此詩年代官人都相牴牾，是後人偽作。而逯欽立認爲，《漢書·武帝紀》中"大司農"官名同樣有牴牾處，"不得獨疑此詩"（逯欽立輯校《先秦漢魏晋南北朝詩》，中華書局一九八三年九月版，第九十七頁）。且此詩出自《東方朔別傳》，此別傳即班固《漢書·東方朔傳》所本。王力根據該詩的押韻考證，認爲該詩用先秦古韻，因此"即使不出於武帝時代，也不會相差太遠"（王力《漢語詩律學》，上海教育出版社二〇〇二年九月版，第十五頁）。此說如可成立，那麼七古比形成於東漢的五古還早。詩中多頌聖之語，歌頌皇帝聖明威嚴，天下太平和樂，宗室日益興旺，國富民殷，四夷臣服，河清海宴。羣臣所對內容和語氣大多與官員身份吻合。

②驂駕：三匹馬駕的車。駟馬：四匹馬拉的車。梁：郡、國名，漢高祖五年（前202）改碭郡爲梁國，治所睢陽，即今河南商丘。

③羽林：皇帝禁衛軍。漢武帝太初元年置建章營騎，掌宿衛侍從。後改名羽林騎，取其羽翼如林之意。

④刀筆之吏：刀、筆在古代都是書寫工具。上古時期用刀刻文字於龜甲或竹木簡。後來用筆寫在簡帛上，因此往往刀筆合稱。刀筆之吏，指主辦文案的官吏，後世稱訟師爲刀筆，意謂筆利如刀，最能傷人。

⑤宗室：指皇室。

⑥周衛：四面保護。禁不時：禁止砍伐、捕獵失時。

⑦柏梁臺：《三輔黃圖‧臺榭》："柏梁臺，武帝元鼎二年春起此臺，在長安城中北門內。"《三輔舊事》："以香柏爲梁也。帝嘗置酒其上，詔羣臣和詩，能七言乃得上。太初中臺災。"

⑧讞（yàn）：議罪。古代下級官吏遇到疑難案件不能決斷，請求上級裁定，稱爲"請讞"。

⑨差（cī）次之：分別等級，依次排列。

⑩箕（jī）：簸箕，揚米去糠的器具。

⑪徼（jiào）道：巡行警戒之道。討治：即懲治。

⑫三輔：郡名。指京兆尹、左馮翊、右扶風，因所轄皆京畿之地，合稱三輔。治所同在長安城中。

⑬南山：指終南山，秦嶺主峯之一。

⑭椒房：皇后所居宮殿，以椒和泥塗壁，取溫、香、多子之義。率更：即率更令，古代掌漏刻計時之官。《漢書‧百官公卿表》上："屬官有太子率更。"

⑮蠻夷：荒蠻邊夷，指四方少數民族。常：借作"掌"。

⑯枅（jī）：柱上方木，承托棟梁。欂（bó）：壁柱。櫨（lú）：梁上短柱，即斗拱。枝持：支持，謂支撑。

⑰走：使奔跑。罘罳（fú sī）：捕獲禽獸的網。

⑱齧（niè）：啃。妃女脣：喻櫻桃。飴：糖。

⑲詰屈：屈曲多折，形容文詞艱澀生硬。宋章樵注《古文苑》卷八："朔善諧謔，此語蓋戲弄羣臣也。"

作法提示

此詩雖然產生年代說法不一，仍可視爲現存最早的一首七古，保持了拙樸之風。此詩是聯句之祖。首句由武帝首倡，冠冕堂皇，自是一種帝王氣象。以下全由羣臣賡和，或言志，或規警，或戲噱，所述各切其職。和者雖衆，但思路一致，並不散漫。"日月星辰"以下數句，頌天下太平，羣臣拱衛，四夷臣服。"撞鐘伐鼓"以下數句，寫禮樂相繼，宗室日滋，禁衛森然。君總領柏梁，君臨天下；臣請讞決疑，恭敬待駕。排功御物，陳粟揚箕，一片升平氣象。鋪排中寄寓心志。"徼道宮下"以下數句，寫出憂國之心：三輔地區，盜賊時發，阻民爲災；外戚難治，不無隱憂。頌聖中寓含規警。"柱枅樽櫨"以下末尾數句，寫柏梁臺所見：樓閣峨峨，樽櫨相扶，梅李爭豔，櫻如妃脣，或張網田獵爲樂，或語寋言詰而詞窮。誇飾中有戲噱。

全詩用賦體，辭多頌聖，鋪陳展衍，備足無餘。語無藻飾，頗見穩健，樸實典重，肆意直陳。詩句多散文化，與唐代七古格律化重作法不同，早期七言的古樸之風於斯可見。對七古之形成起了發軔作用。

本詩開句句用韻、一韻到底之先例，後人稱爲"柏梁體"。據《漢字古音手冊》，屬上古"之"部韻。只有"危"字屬相鄰之"歌"部，通押。

二、四愁詩（東漢·張衡[①]）

我所思兮在太山[②]。欲往從之梁父艱。[③]
側身東望涕霑翰[④]。
美人贈我金錯刀。[⑤]何以報之英瓊瑤。[⑥]
路遠莫致倚[⑦]逍遙。何爲懷憂心煩勞[⑧]。

我所思兮在桂林[⑨]。欲往從之湘水深。
側身南望涕霑襟。
美人贈我琴琅玕。[⑩]何以報之雙玉盤。
路遠莫致倚惆悵。何爲懷憂心煩怏[⑪]。

我所思兮在漢陽⑫。欲往從之隴阪⑬長。
側身西望涕霑裳。
美人贈我貂襜褕⑭。何以報之明月珠⑮。
路遠莫致倚踟躕⑯。何爲懷憂心煩紆⑰。

我所思兮在雁門⑱。欲往從之雪紛紛。
側身北望涕霑巾。
美人贈我錦繡段⑲。何以報之青玉案。
路遠莫致倚增嘆⑳。何爲懷憂心煩惋㉑。

注釋

①張衡（78—139），東漢人。《昭明文選》錄此詩，詩前有後人所作序云："張衡不樂久處機密，陽嘉中，出爲河間相。時國王驕奢，不遵法度。又多豪右併兼之家。衡下車，治威嚴，能内察屬縣，姦猾行巧刼，皆密知名，下吏收捕，盡服擒。諸豪俠遊客，悉惶懼逃出境。郡中大治，爭訟息，獄無繫囚。時天下漸弊，鬱鬱不得志，爲《四愁詩》，效屈原以美人爲君子，以珍寶爲仁義，以水深雪雾爲小人，思以道術爲報，貽於時君，而懼讒邪不得以通。"序的解釋甚合詩意。

②太山：即泰山。

③從之：追隨所思之人。梁父：山名，是泰山下的小山。《文選》李善注說以上兩句以泰山比君王，以梁父比小人。

④翰：借指衣襟。

⑤美人：《文選》六臣注呂向說是比喻君王。錯：鍍金。金錯刀：黃金鑲嵌刀環或刀柄的佩刀。一說指錢幣，即鍍金之刀幣。以前說爲宜。

⑥英：美石似玉者。瓊、瑤：都指美玉。

⑦倚：通"猗"，語助詞。下與此同。

⑧勞：憂傷。

⑨桂林：漢郡名，治郡即今廣西省桂林市。
⑩琴琅玕（láng gān）：用琅玕（一種珠狀美石）裝飾著的琴。
⑪怏：心情不暢快。
⑫漢陽：後漢郡名（前漢叫天水郡），郡治在今甘肅省甘谷縣南。
⑬隴阪（bǎn）：地名。山坡叫阪。隴阪是隴山之大阪，在天水郡。隴阪古以迂迴險阻著稱。
⑭貂襜褕（chān yú）：用貂皮製的直襟袍子。襜褕，古代有一種單衣有直裾和曲裾二式，男女通用的便服，寬大而長稱爲襜褕。
⑮明月珠：即寶珠名。
⑯踟躕（chí chú）：徘徊貌。
⑰紆：紆曲，此指心情煩亂。
⑱雁門：漢郡名，在今山西省西北部。
⑲錦繡段：成段的錦繡。
⑳增嘆：一再嘆息。
㉑惋：幽怨。

作法提示

此詩效屈原《離騷》，運用比興手法委婉地抒寫難遇明主，壯志不酬的憂思。作者欲報之以"英瓊瑤"、"雙玉盤"、"明月珠"、"青玉案"，但終"路遠莫致"。

詩用賦體，鋪敍展衍，分別從東、南、西、北四個方位鋪陳"我所思"的居處。每個方位選擇一個代表性的地名，並寫出通往該地的險阻。欲往太山，梁父險阻；欲往桂林，湘水阻隔；欲往漢陽，隴阪路長；欲往雁門，大雪塞途。通過鋪敍，渲染了通往明主的道路十分艱難。條條大道都被阻隔，不禁憂心如焚。

此詩不僅借用賦的鋪敍手法，還借用了《詩經》回環複沓的章法，反復詠嘆，渲染氣氛，既顯形式之美，又加強了抒情力度。此外，每章開頭有帶"兮"字的騷體句，中間反復疊用語助詞"倚"(猗),表明受詩、騷影響甚深。

結構整飭,語句流暢,敍述委婉,與《柏梁詩》的直陳、古樸稍異。

全詩句句押韻,但中間有換韻。有時鄰韻相押。據郭錫良編《漢字古音手册》,第一首前三句"山、翰"屬"元"部,"艱"屬"文"部,通押。後四句"刀、瑶、遥、勞"屬"宵"部。第二首前三句"林、深、襟"屬"侵"部,四五句"玕、盤"屬"元"部,六七句"悵、快"屬"陽"部。第三首前三句"陽、長、裳"屬"陽"部,後四句"褕、珠、蹰"屬"侯"部,"紆"屬"魚"部通押。第四首前三句"門、紛、巾"屬"文"部,後四句"段、案、嘆、惋"屬"元"部。

三、擬行路難① (南朝宋·鮑照)

璇閨玉墀上椒閣②。文窗繡戶垂羅幕。③
中有一人字金蘭④,被服纖羅蘊芳藿。⑤
春燕差池⑥風散梅,開幃對景弄春爵。⑦
含歌攬涕恒抱愁⑧,人生幾時得爲樂。
寧作野中之雙鳧⑨,不願雲間之別鶴⑩。

注釋

① "行路難",樂府《雜歌謠》曲名。鮑照(414—466)所作組詩《擬行路難》共十八首,從第一首序詩與最後一首所說"對酒敍長篇"看,這組詩不是一時所作。其內容大都爲歌詠人世的種種憂患和抒發被壓抑的不平之感。這是其中第三首,寫門第社會中貴婦人愛情得不到滿足的幽怨,頗似後來的宫怨詩。

② 璇(xuán)閨:用美麗的玉石砌成的閨門。璇,一種美玉。閨,屋中小門。玉墀(chí):用玉石砌成的臺階,或指殿前的空地。椒閣:用香

椒塗壁的房間。

③文窗：雕刻著花紋的窗戶。文，通"紋"。羅幕：用綺羅做的帷幕。

④金蘭：《周易·繫辭上》："二人同心，其利斷金。同心之言，其臭如蘭。"用以喻交情之深。此用爲女子名字，兼有贊譽其美貌和重情兩層意思。

⑤被服：身穿。被，通"披"。蘊：藏。藿：藿香，香草名。

⑥差池：一作"參差"，時高時低地飛翔的狀態。《詩經·邶風》有"燕燕于飛，差池其羽"。

⑦景：通"影"，太陽。弄春爵：賞玩春鳥。弄，逗玩。爵，同雀。一作"禽爵"。

⑧含歌：指低聲吟唱。南朝宋劉裕《華林清暑殿賦》："含歌受辭，歌曰云云。"齊丘巨源《詠七寶畫圖扇詩》："拂盼迎嬌意，隱映含歌人。"攬：揩拭。此句寫金蘭女一邊低聲唱歌，一邊泫然淚流。

⑨鳧（fú）：野鴨。

⑩別鶴：失偶之孤鶴。古以鶴爲貴禽，鳧爲賤鳥。

作法提示

首二句以"璇閨玉墀"、"文窗繡戶"描寫貴婦所處樓閣建築堂皇，富麗華美，暗示其身份地位。此爲起。中四句寫貴婦人字金蘭，服美體香，在燕飛梅落、春回庭園的時節，開幛戲雀，悠閑孤獨。此爲承。七八句突然轉寫閨秀情懷，提出一個生命哲學問題：怎樣纔快樂？以下自然綰合，以雙鳧、別鶴爲對比性隱喻，表示對愛情的期待。

此詩結構團團旋進，層層遞轉。層次清晰，語句流暢，既有古樸之格，又有民歌流肆之風。句尾多仄平仄、平仄平、平仄仄、平平仄、平平平，古風之味甚濃。

首句起韻，雙句押韻，不換韻。韻腳"閣、幕、藿、爵、樂、鶴"屬中古音韻入聲"藥"部。

四、閨怨篇[①]（南朝陳・江總）

寂寂青樓大道邊。[②]紛紛白雪綺窗[③]前。
池上鴛鴦不獨自，帳中蘇合遍空然。[④]
屏風有意障明月，燈火無情照獨眠。
遼西[⑤]水凍春應少，薊北[⑥]鴻來路幾千。
願君關山及早度，念妾桃李片時妍。

注釋

[①]這是南朝陳江總（519—594）的詩，描寫閨中少婦思念遠征的丈夫。

[②]青樓：曹植《美女篇》："借問女何居？乃在城南端。青樓臨大路，高門結重關。"

[③]綺窗：雕飾花紋的窗子。

[④]蘇合：香名，產於大秦國。《後漢書・西域傳》："（大秦國）多金銀奇寶。……合會諸香，煎其汁，以爲蘇合。"然：通"燃"。

[⑤]遼西：秦、漢郡名，戰國燕置。秦漢治所在陽樂（今遼寧義縣西）。

[⑥]薊北：指北方邊地。秦置薊縣，治所在今北京西南，後爲幽州治所。

作法提示

閨怨題材大多寫思婦孤獨幽怨之情。此篇分兩層。前六句一層，以青樓、綺窗、錦帳、屏風、燈火點染思婦生活環境，鏡頭由遠及近，漸轉漸晰，聚焦於獨眠之思婦。後四句一層，翻空傳意，設想被思念者的處境：遼西春短花期有限，薊北路遙雁書難傳，唯願征人早歸，不然我的青春就消逝了。

此詩雖爲七言古體，但律化明顯，對仗較多，律體齊整。首句起韻，雙句押韻，一韻到底。"邊、前、然、眠、千、妍"屬中古音韻平聲"先"部。

五、封丘作① （唐·高適）

我本漁樵孟諸野，②一生自是悠悠者③。
乍可狂歌草澤中，寧堪作吏風塵下。④
祇言小邑無所爲，公門百事皆有期。⑤
拜迎長官心欲碎，鞭撻黎庶⑥令人悲。
悲來向家問妻子，舉家盡笑今如此。
生事應須南畝田，世情盡付東流水。⑦
夢想舊山安在哉，爲銜君命日遲迴。⑧
乃知梅福徒爲爾⑨，轉憶陶潛歸去來。⑩

注釋

①這是高適（約702—765）任封丘縣尉時所作。封丘：縣名，即今河南省封丘縣。縣尉在縣令之下，主管治安緝察。詩寫任職時內心深刻的矛盾和痛苦，充滿抑鬱不平之感和對窮苦百姓的同情。題一作《封丘縣》。

②漁樵：打漁砍柴。孟諸：澤名，在今河南省商丘市東北。高適出仕前曾在這裏住過很長時間。《別韋參軍》詩："歸來洛陽無負郭，東過梁宋非吾土。兔苑爲農歲不登，雁池垂釣心長苦。"即指此。孟諸野：孟諸的山野之人。

③悠悠者：無拘無束的人。

④寧堪：怎能忍受。風塵：喻指紛擾的世事。

⑤公門：官署。期：期限。

⑥黎庶：百姓。

⑦這句是說本應靠種田謀生，不問世事。

⑧這句是說因身負君命而每日晚回。

⑨梅福：字子真，西漢末壽春人，曾爲南昌尉，後棄官歸家，隱居讀書。王莽時拋棄家室，變姓名爲吳市門卒。事見《漢書·梅福傳》。徒爲

爾：只是爲了這個緣故。

⑩陶潛爲彭澤令，後辭官歸隱，作《歸去來兮辭》。

作法提示

首四句起，抒久抑之情，高亢激越。"祗言"四句承上，接"寧堪"意，申述不願拜迎官長、鞭撻黎庶之志。"悲來"四句轉，悲憤無處申述，只好回家向親人訴說。不料妻室兒女不當一回事，笑自己不諳世事。既如此，只有棄此微官，歸耕南畝了。末四句合，借梅福、陶潛之典申述歸隱之意。

此詩句法極有特色。隨轉韻自然成段。每段一二句爲散文句，三四句爲律化之對句，駢散交替，經緯成文，既流動勁健，又雅飭凝重。四段連結，反復回環。偶句對仗而不死板，或工對或半對。一句一意或一句一事，整飭精煉，虛詞照應有法，讀來氣勢流轉。

四句一轉韻，每四句中第一句起韻，二、四句押韻。依次爲仄聲"馬"部（野、者、下）、平聲"支"部（爲、期、悲）、仄聲"紙"部（子、此、水）、平聲"灰"部（哉、迴、來）。平仄相間，抑揚有致。情感隨音韻起落而變化，增加了詩之情韻與美感。

六、山石① （唐·韓愈）

山石犖确行徑微。②黃昏到寺蝙蝠飛。
升堂坐階新雨足，芭蕉葉大梔子③肥。
僧言古壁佛畫好，以火來照所見稀。
鋪床拂席置羹飯④，疏糲⑤亦足飽我飢。
夜深靜臥百蟲絕，清月出嶺光入扉⑥。

天明獨去無道路⑦,出入高下窮煙霏。⑧
山紅澗碧紛爛漫⑨,時見松櫪⑩皆十圍。
當流赤足蹋澗石⑪,水聲激激⑫風吹衣。
人生如此自可樂,豈必局束爲人鞿⑬。
嗟哉吾黨二三子⑭,安得至老不更歸。

注釋

①這是唐代韓愈(768—824)的一首紀遊詩,以首句"山石"爲題。方世舉《韓昌黎詩集編年箋注》定爲貞元十七年(801)七月韓愈離開徐州到洛陽途中所作。也有人據詩中景物懷疑是南遷陽山或潮州時所作。

②犖(luò)确:險峻不平貌。行徑微:山路狹窄且不明顯。

③梔(zhī)子:茜草科常綠灌木,夏日開花。梔,一作"支"。

④羹飯:泛指菜飯。

⑤疏糲:粗糙的食品。糲,糙米。

⑥扉:門戶。

⑦無道路:晨霧中辨不清道路。

⑧窮:盡。煙霏:流動之煙雲。

⑨山紅:指山花。澗碧:指溪水。

⑩櫪(h):同"櫟",植物名,一種落葉喬木。

⑪赤足蹋澗石:杜甫《早秋苦熱》詩:"南望青松架短壑,安得赤腳蹋層冰。"

⑫水聲激激:漢樂府《戰城南》:"水聲激激,蒲葦冥冥。"

⑬爲人鞿(jī):受別人控制。鞿,套在馬口上的韁繩。

⑭《論語·公冶長》:"吾黨之小子。"又《述而》:"二三子以我爲隱乎?"

作法提示

本詩紀遊,敍事、寫景、抒懷。黃昏到寺,夜深宿寺,天明離寺,依時順敍,層次清晰。"山石"四句起,敍到寺即景,點出山、寺、黃昏、新雨。"僧言"以下六句承，寫夜宿山寺。"天明"四句轉寫離寺所見，如一幅山澗霧中早行圖。末四句合，抒發感慨。

　　句法呼應有法。"出入高下"應首句"山石犖确"，"無道路"應"行徑微"；因逢"新雨"，故夜月清光入扉，山有煙霏；天明日出，"山紅澗碧"，故可"當流赤足"。寫景濃麗，抒懷多淡語。濃淡相間，純任自然，似不經意，卻極講究。詩用散文筆法，娓娓敘來，一句一景，如美妙畫圖次第展開，是有韻之遊記。敘寫簡妙，純是古文手筆，句法高古矯健，在唐七古中別具一格，非大手筆無以至此。七古至韓愈，愈顯示出與七言歌行之區別。

　　首句起韻，雙句押韻，不換韻。"微、飛、肥、稀、飢、扉、霏、圍、衣、機、歸"同屬平聲"微"部。

七、遊金山寺① （宋·蘇軾）

　　我家江水初發源②，宦游直送江入海。③
　　聞道潮頭一丈高，天寒尚有沙痕在。④
　　中泠南畔石盤陀⑤，古來出沒隨濤波。
　　試登絕頂望鄉國⑥，江南江北青山多。
　　羈愁畏晚尋歸楫⑦，山僧苦留看落日。
　　微風萬頃靴文細⑧，斷霞半空魚尾赤。⑨
　　是時江月初生魄⑩，二更月落天深黑。
　　江心似有炬火明。飛焰照山棲烏驚。⑪
　　悵然歸臥心莫識。非鬼非人竟何物。
　　江山如此不歸山。江神見怪警我頑。⑫

我謝⑬江神豈得已。有田不歸如江水。⑭

注釋

①金山寺：在今江蘇鎮江金山上，原名澤心寺，又名龍遊寺、江天寺，俗稱金山寺。宋神宗熙寧四年（1071），蘇軾（1036—1101）通判杭州，途經鎮江時，遊金山寺訪寶覺、圓通二僧，夜宿作此詩。

②古人認爲長江發源於四川岷山。岷山在四川北部，岷江發源於岷山羊膊嶺，南流經眉山，至樂山入長江。蘇軾家鄉在眉山，故云"江水初發源"。

③宦遊：因作官而遊歷他鄉。江入海：長江至鎮江以東，江面寬闊，愈近海。

④這句是説冬天水位低落，沙岸上尚有漲潮的痕跡。

⑤中泠（líng）：泉名，在金山西北。石盤陀：指金山。

⑥鄉國：家鄉。

⑦羈愁：旅愁。歸楫：歸船。

⑧這句是説江面波紋細如靴上之皺紋。

⑨斷霞：殘霞。魚尾赤：比喻晚霞形狀和色彩。《詩經·周南·汝墳》："魴魚赬尾。"赬（chēng），赤色。

⑩初生魄：剛剛有點亮光。《禮記·鄉飲酒義》："象月之三日而成魄。"

⑪"江心"二句下作者自注："是夜所見如此。"

⑫見怪：責怪我。一説"見"同"現"，即呈現出怪異的樣子。警我頑：對我的頑固表示警誡。"警"一作"驚"，即驚訝。

⑬謝：告訴。

⑭《左傳·僖公二十四年》，晉公子重耳對狐偃曰："所不與舅氏同心者，有如白水。"是指水發誓之意。

作法提示

首二句以宦遊引起，"將萬里程、半生事一筆道盡"（汪師韓《蘇詩選評箋釋》卷一）。繼而寫江景，兼寓鄉思。依白晝、夕陽、夜色的時序，次第描寫長江之瑰麗多姿、波瀾壯闊。因江水來自家鄉而引發鄉思，進而歸結出歸田隱居之念。

詩的結構清晰又波瀾變化，所見、所感、所思交織，景、情、理融洽貫通，大開大闔，既有生動細緻的真實刻畫，又有開闊超妙的奇思逸想，富含自然、歷史、人生之哲思理趣。

詩中起承轉合接續自然，以宦遊起，以歸田結，中間以"望鄉國"相縮繫，騰挪變幻而又處處呼應，層次井然。

詩多散文筆法而夾以律句，流肆而整飭。敍中夾議，議論精警，體現宋代七古好議論的特色。

此詩用韻多變，頻頻換韻。首四句"海、在"屬仄聲"賄"部，以下"陀、波、多"屬平聲"歌"部，"楫、日、細、赤"屬入聲"質"部，"魄、黑"屬入聲"陌"部，"明、警"屬平聲"庚"部，"識、物"屬入聲"物"部，"山、頑"屬平聲"刪"部，"已、水"屬仄聲"紙"部。

八、三月十七日夜醉中作^①（宋·陸游）

前年膾鯨東海上。^②白浪如山寄豪壯。
去年射虎南山秋。^③夜歸急雪滿貂裘。
今年摧頹最堪笑。華髮蒼顏羞自照。
誰知得酒尚能狂，脫帽向人時大叫。
逆胡未滅心未平。孤劍牀頭鏗有聲。
破驛夢回燈欲死^④，打窗風雨正三更。

注釋

①宋孝宗乾道九年（1173）春，陸游（1125—1210）權理蜀州（治所

在今四川省崇慶縣）通判，曾因事至成都，在驛館"醉中作"此詩。

②宋高宗紹興末年，陸游官寧德縣主簿，曾在福州泛海。膾（kuài）鯨：食鯨膾。膾，切細的魚肉。

③乾道八年（1172），陸游曾入四川宣撫使王炎幕，駐南鄭（今陝西漢中），積極籌劃北伐。在軍中他經常出外射獵。其《懷昔》詩記："挺劍刺乳虎，血濺貂裘殷。"南山：即終南山。

④這句是說破舊的驛站中，燈光昏暗欲滅。

作法提示

此詩回憶昔日之經歷，慨嘆目前之處境，抒發國仇未報、壯志難酬的悲憤。首四句寫昔日豪情壯舉，中四句寫現在的衰老頹唐，是對比句法。後四句寫報國無門的處境。全篇以豪壯的氣概反襯深沉的悲涼，大起大落，表現激動不平的心態。

此詩"夜歸"、"華髮"、"誰知"、"脫帽"、"孤劍"、"破驛"、"打窗"等句，律化明顯。

用韻自由隨意，平仄韻交替使用。

九、昨夢李昌谷彈琴① （清·黎簡）

年無幾夢十九惡。昨夜何人媚魂魄。
長爪諸孫秀眉綠。②圍玉神麟腰一束。③
鳴絃古寒動秋屋。隴山④月黑叫孤鵩。
昌谷雲深啼老竹。⑤紅絲剩血彈澀吟。
千年以還吾識音。車行確確雷碾心。⑥
行雲已去銀浦⑦淺，出門獨愁碧海深。

注釋

①這是清代作家黎簡（1747—1799）的一首七古。詩人十分崇拜唐代詩人李賀（河南昌谷人），乾隆四十八年（1783）他重批《李長吉集》並

自題:"余幼好長吉,非長吉詩不讀,且學爲之,甚肖也。……長吉詩似小古董,不足貢明堂清廟,然使人摩挲憑弔不能已,其體未純而情有餘也。"某日他夢見李賀彈琴,就寫下此詩,酷肖長吉體。

②"長爪"句:狀李賀修長的手指和秀麗的眉毛。李商隱《李長吉小傳》:"長吉細瘦,通眉,長指爪。"李賀《金銅仙人辭漢歌》序自稱"唐諸王孫李長吉"。

③"圉玉"句:指李賀腰間繫著一條雕有麒麟的玉帶。

④隴山:在今寧夏南部,主峯在固原、隆德兩縣境內。

⑤"昌谷"句:形容琴聲如昌谷老竹在陰雲中搖曳悲啼。昌谷是李賀故里,今屬河南省宜陽縣。

⑥"車行"句:形容李賀行車之聲如雷碾天心。確確(què):此處形容車聲堅實響亮。

⑦銀浦:天上銀河的渡口。李賀《天上謠》:"銀浦流雲學水聲。"

作法提示

首四句寫夢見李賀。首句以好夢難成鋪墊,次句轉說好夢,是跌宕起伏之法。以下三至十句寫夢中的李賀,從容貌裝束到琴聲,全用李賀筆法,怪異奇詭,可與李賀《李憑箜篌引》參讀。末二句寫夢回之悵惘。"愁"爲詩之結穴。詩既述李賀事,亦效李賀詩的風格,怪怪奇奇,神形酷肖。有些詞句直接取自李賀詩,如"長爪"句、"紅絲"句、"車行"句,又如"綠"、"黑"、"碧"等形容詞。

前七句韻腳"惡、魄、綠、束、屋、竹"屬入聲"屋"韻,後五句"吟、音、心、深"屬平聲"侵"韻。平仄相間,頗顯奇崛不平之氣。用韻求變一如長吉。

十、項王廟① (清·王曇)

立馬一呼千人號。咸陽大火不足燒。②

十八諸侯作臣子③,如何不舞鴻門刀。④
陳平美奴張良女。⑤淮陰之少小兒乳。⑥
功臣反面見君王,吾亦傷心老亞父⑦
君王如玉妾如花。君馬一走天下瓜。⑧
赤蛇不死白蛇死⑨,妾骨空闌垓下沙。⑩
兒女英雄兩不足。水廟山煙吾來宿。
八千子弟大風來,父老江東到今哭。⑪

注釋

①這是清代詩人王曇(tán,1760—1817)憑弔項羽的七言古詩。

②《史記·項羽本紀》:"項羽引兵西屠咸陽,殺秦降王子嬰,燒秦宮室,火三月滅。"不足燒:此言不必燒秦宮室。

③項羽滅秦入關後封雍、塞、翟、韓、殷、代、齊、漢、燕、西魏、河南、九江、衡山、遼東、膠東、濟北、臨江、常山等十八諸侯王,自立爲西楚霸王。

④公元前206年項羽於秦朝都城咸陽郊外的鴻門(今西安市臨潼區新豐鎮鴻門堡村)設宴,欲除劉邦,未果。

⑤陳平出身微賤而有美色。張良"狀貌如婦人好女"。

⑥這句說淮陰侯韓信。劉邦起初並不禮敬韓信,蕭何便批評劉邦"拜大將如呼小兒"。《漢書·高帝本紀》載,劉邦說魏將柏直"口尚乳臭"。

⑦亞父:指項羽主要謀士范增。鴻門宴除劉即他的主張。後來項羽中劉邦離間計,君臣反目,范增一氣而走,憂憤而死。

⑧君王:指項羽。妾:指虞姬。項羽失敗,劉邦分封天下。

⑨傳說劉邦斬白蛇起兵,白蛇是"白帝子",劉邦是"赤帝子"。事見《史記·高祖本紀》。

⑩指虞姬死於垓下。

⑪項羽當年八千子弟兵多已戰死,無顏面對江東父老。劉邦唱《大風歌》很得意。

作法提示

詩承《史記》情感傾向，同情項羽，對劉邦及其功臣有點不屑。全詩四次轉韻自成四段，依次寫項羽故事。唯詩與史敍事有別，詩歌只能擷取片斷，進行詩意化的敍事。《史記》故事成爲這首詩的敍事背景。

首段四句韻腳"號、燒、刀"屬平聲"豪"部。以下"乳、父"屬仄聲"虞"部，"女"屬"語"部鄰韻通押，"花、瓜、沙"屬平聲"麻"部，"足、宿、哭"屬入聲"屋"部。

第五節　樂府與歌行解析

樂府與歌行皆屬古體詩。

樂府本是古代官府管理音樂事務的機構。秦代樂官中已有樂府一職，漢初因秦之制，設樂府令。漢武帝時擴大並完善樂府功能，以之採集歌謠，製作歌詞，制禮作樂。

由樂府配樂的歌詞，在漢代稱歌詩，六朝始稱樂府，以與不合樂的"徒詩"區別。因此，樂府是指合樂的歌詞，不受三言、四言、五言、七言等句式的限制，與前面按句式介紹的各體古詩都可能有類似的句式。因爲與音樂密切相關，所以句式靈活多變，往往隨感情的起伏跌宕而參差變化。如漢樂府《鐃歌》十八曲的《上邪》：

　　上邪，我欲與君相知。長命無絕衰。（知，支韻；衰，微韻）

　　山無陵，江水爲竭。冬雷震震，夏雨雪。天地合，乃敢與君絕。（竭、雪、絕，月韻）

句式有兩言、三言、四言、五言、六言、七言，靈動自如。

到唐代，樂府的含義有所擴大，人們把那些與音樂無關，但襲用樂府舊題或摹仿樂府風格的古詩稱爲樂府。有用樂府舊題的，如《將進酒》、《關山月》、《折楊柳》。有自命新題的。如白居易將自己的新題樂府五十首都爲一編，題目有《賣炭翁》、《秦吉了》等。

樂府詩歌自東漢起，句式也有逐漸整齊的趨勢，如無名氏《焦仲卿妻》、《陌上桑》，曹操《蒿里行》等，皆通篇整齊五言。整齊的四言樂府詩也很多。當然，因爲樂府詩歌原本是歌詞，歌詞需要與音樂配合，所以句式往往參差不齊，即便是後來徒詩性質的樂府體詩歌，也始終未棄雜言句式。

在格律詩出現之後，詩人們創作樂府體詩歌，仍依古體詩的體例。

唐宋時期，詞文體興盛，詞即歌詞，有人稱爲"樂府"。同理，元代也有人將散曲稱爲"樂府"。

歌行在漢魏晉時代屬於樂府類，南北朝以後漸漸有了獨特的詩體含義。宋郭茂倩《樂府詩集》一百卷，收錄"歷代樂府上起陶唐下迄五代"，其中有一百五十四種以"行"名題的樂府歌詩，如《董逃行》、《善哉行》、《孤兒行》、《苦寒行》、《飲馬長城窟行》、《從軍行》、《相逢行》等。其中有十八種並稱"歌行"，如《長歌行》、《短歌行》、《燕歌行》等。

究其源流，"歌"的概念自上古有詩歌起就常用了，經秦漢魏晉南北朝，一直是歌詞的意思。因爲音樂失傳，只有文字記錄的歌詞流傳下來。歌詞體式因時而變，豐富多樣，篇幅有短有長，篇名或稱"歌"或不稱"歌"，但都配合音樂進行歌唱，如屈原《九歌》，《吳越春秋》中的《窮劫之曲》、《苦何之詩》、《河梁之詩》，漢樂府歌詞中的《郊祀歌》、《安世歌》等（參張海鷗《先秦古歌的敍事性和文體形態》，載《蘭州大學學報》二〇一〇年第五期）。

用"行"標示歌詞，大約是漢樂府時代纔有的。標題加個"行"字，表示是與某類樂曲配合歌唱的歌詞。"歌、行、引、弄"或許是並列的概念，分別表示有所區別的樂曲種類。由於樂曲失傳，後人只能根據歌詞來揣摩一些文體意義上的異同。如宋姜夔《白石詩說》："體如行書曰行，放情曰歌，兼之曰歌行。"明吳訥《文章辨體》："體如行書曰行，放情長言曰歌。"明徐師曾《文體明辨序說》："放情長言，雜而無方者曰歌，步驟馳騁，疏而不滯者曰行，兼之曰歌行"。明胡震亨《唐音癸籤》："歌，曲之總名。衍其事而歌之曰行。歌最古。行與歌行皆始漢，唐人因之。"明胡應麟《詩藪·內編·七言》云："則知歌者曲調之總名，原於上古。行者歌中之一體，創自漢人明矣。"

漢樂府中的歌行篇幅比較自由，句式也多樣，用字用韻都比較自由隨意。如《郊祀歌》、《董逃行》爲三言，《安世歌》、《善哉行》爲四言，《長歌行》爲五言，《孤兒行》以四言爲主，間有十句六言，《燕歌行》爲七言。可見漢魏時期，所謂歌行，基本屬於樂府詩歌中的一部分。

自曹丕《燕歌行》以整齊的七言詩面目出現，七言古詩漸次發展，漸漸脫離樂曲，成爲以七言長篇爲主的歌行體詩歌，未必一定是歌詞了。自唐代以後，歌行基本以七言長篇爲主，與七言古詩漸爲同類，題目有時稱"歌、行"，有時不稱"歌、行"。所以有人認爲唐代以後七言古體詩就是歌行，或者說歌行就是七古。如明胡應麟《詩藪·內編·七言》："七言古詩，概曰歌行。"唐以後的七言古體和七言歌行的確較難區別，許多實爲七言歌行的詩，題目中並無"歌、行"標誌。

學作歌行，須熟讀歷代經典作品，仔細揣摩。唐代如駱賓王《帝京篇》，盧照鄰《長安古意》，張若虛《春江花月夜》，王維《老將行》，李頎《古從軍行》，高適《燕歌行》，岑參《走馬川行奉送封大夫出師西征》，杜甫《兵車行》，韓愈《山石》，李賀《將進酒》、《致酒行》、《金銅仙人辭漢歌》；宋代蘇軾《遊金山寺》、陸游《關山月》；元代王冕《勁草行》；明代高啓《明皇秉燭夜遊圖》、李夢陽《林良畫兩角鷹歌》、陳子龍《易水歌》；清代吳偉業《圓圓曲》、王士禎《南將軍廟行》、黃景仁《圈虎行》、鄭珍《江邊老叟詩》、黃遵憲《下水船歌》；等等。

名曰"歌、行"的詩，未必都是長篇，比如王昌齡的《從軍行》，就是七言絕句。還有詩題名"行"，並非歌行之意，而是實際行走、行路之意，如杜牧《山行》等。

表示詩體意義的歌行，通常都是篇幅略長於律、絕的古體詩。或爲整飭的七言，如白居易《長恨歌》、《琵琶行》，或以七言爲主間雜少量長短句，如李白《將進酒》、《夢遊天姥吟留別》。

歌行體以七言爲主，也有四言、五言、雜言體的。這可以理解爲漢樂府歌行體式的遺存，至今還有詩人創作非七言體的歌行。

寫作歌行與寫作傳統的四、五、七言古體詩有微妙的區別。古詩力求古樸，寧願拗折樸素。歌行則講究氣韻流暢渾成，風神搖曳，鋪陳華麗，或如江河氣勢磅礴，或如長歌詠嘆纏綿，即便不用音樂配合，誦之讀之也隱約似有韻律，如歌如唱如泣如訴。歌行的篇幅可以自由伸展，方便詩人們揮灑詩才，敍寫較豐富的故事，淋灕盡致地抒情寫意。因爲最初是從歌詞發展來的，所以常常有反復詠嘆的特點，章節可能複沓，詞語和意思也可能反復。

既是古體,自然不求平仄和對仗,用韻也可平可仄,而且講究換韻,一首詩中如何換韻,全無定式,可謂自由。

以下選講樂府歌行六篇。

一、短歌行①(漢末建安·曹操)

對酒當歌②。人生幾何。譬如朝露,去日苦多。
慨當以慷。③憂思難忘。何以解憂,唯有杜康④。
青青子衿。悠悠我心。⑤但爲君故,沉吟至今。
呦呦鹿鳴。食野之蘋。我有嘉賓,鼓瑟吹笙。⑥
明明如月。何時可掇⑦。憂從中來,不可斷絕。
越陌度阡,枉用相存⑧。契闊談䜩⑨,心念舊恩。
月明星稀。烏鵲南飛。繞樹三匝,何枝可依。
山不厭高,海不厭深。⑩周公吐哺,天下歸心。⑪

注釋

①《短歌行》,樂府舊題,是酒宴上的祝酒歌。曹操(155—220)字孟德,漢沛國譙(今安徽亳縣)人。初任洛陽北部尉等,後加對黃巾軍和董卓的打擊,實力漸強,遂至挾漢獻帝以行朝令。官渡之戰後,統一了北方。建安十三年(208)爲丞相,二十一年(216)進位爲魏王。曹丕代漢稱帝,尊曹操爲魏武帝。曹操長於樂府詩,風格慷慨蒼勁,散文亦勁健。

②當歌:對著歌舞。

③慷慨:是連綿詞,本不可分割,但詩歌爲音節氣韻需要,可以適當活用。

④《謝氏詩源》:"杜康造酒,因名酒曰杜康。"

⑤衿:衣領。《詩經·鄭風·子衿》:"青青子衿,悠悠我心。""青青子佩,悠悠我思。"

⑥此四句是引用《詩經·小雅·鹿鳴》原句。蘋：藾蕭。

⑦掇（chuò）：通"輟"，停止。

⑧相存：相問候。

⑨契闊：聚散離合。《詩經·邶風·擊鼓》："死生契闊，與子成說。"讌（yàn）：同"宴"。

⑩《管子·形勢》："海不辭水，故能成其大；山不辭土石，故能成其高；明主不厭人，故能成其衆。"

⑪《韓詩外傳》記周公言："吾文王之子，武王之弟，成王之叔父也。又相天下。吾於天下亦不輕矣！然一沐三握髮，一飯三吐哺，猶恐失天下之士。"

作法提示

　　此詩作於酒宴賓客時。作者巧選歌曲，以切場景及寄意，詩中兩用《詩經》成句，而且其中《鹿鳴》是宴羣臣嘉賓的樂歌，可謂用典得體。又連用戰國秦漢典故以喻志，可謂典雅。古典與今情相契，以表現統一天下、渴求人才的周公之志。

　　謀篇佈局緊密照應，又不局促偏枯，能放善收，舒捲自如。先言人生短促，以引發憂懷。然後蕩開一筆，引用《詩經》成句，以寓懷思人才，明言所憂正在於此。又蕩開一筆，再引《詩經》句，關合當下場景，照應前面所引詩句。又似於宴席之上擡頭望月，巧以月之輪轉無窮，喻己之幽思不已。再寫酒宴現場，與嘉賓敍友情。又以烏鵲南飛引出"何枝可依"句，以明才士盼得明主之狀。最後連用典故，表明自己思賢若渴、亟盼天下歸心的周公之志。

　　詩以四句爲一小節。若按上古音韻判斷，第一節"歌、何、多"，屬"歌"部。第二節"慷、忘、康"，屬"陽"部。第三節"衿、心、今"，屬"侵"部。第四節"鳴、笙"屬"耕"部，"蘋"屬"真"部，鄰韻相通。第五節"月、掇、絕"屬

"月"部。第六節"阡、恩"屬"真"部,"存"屬"文"部,鄰韻相通。第七節"稀、飛、依",屬"微"部。第八節"深、心",屬"侵"部。除第八節首句不入韻外,第一至第七節首句都起韻。

二、燕歌行① (三國魏·曹丕)

秋風蕭瑟天氣涼。草木搖落露爲霜。②
羣燕③辭歸鵠南翔。念君客遊思斷腸④。
慊慊⑤思歸戀故鄉。何爲⑥淹留寄他方。
賤妾煢煢守空房。⑦憂來思君不敢忘。
不覺淚下沾衣裳。⑧援琴鳴絃發清商⑨。
短歌微吟不能長。明月皎皎照我牀。⑩
星漢西流夜未央。⑪牽牛織女遙相望。⑫
爾獨何辜限河梁。⑬

注釋

①《燕歌行》在《樂府詩集》中編在《相和歌辭·平調曲》。清朱乾《樂府正義》:"《燕歌行》與《齊謳行》、《吳趨行》、《會吟行》俱以各地聲音爲主。後世聲音失傳,於是但吟風土。而燕自漢末魏初遼東西爲慕容垂所居,地遠勢偏,征戍不絕,故爲此者往往作離別之詞,與《齊謳行》又自不同。"曹丕同題作品兩首,此選其一。曹丕(187—226),字子桓,沛國譙(今安徽亳縣)人。曹操次子,曹植同母兄。建安十六年爲五官中郎將、副丞相;二十二年立爲太子。二十五年曹操死,繼任魏王、丞相,同年代漢即帝位,史稱魏文帝。建安中爲文壇領袖。今存詩賦文章百餘篇,所作《典論·論文》爲最早的文學批評專論。

②宋玉《九辯》:"悲哉秋之爲氣也,蕭瑟兮草木搖落而變衰。"蕭瑟,本指秋風吹起的聲音,引伸爲空寂淒涼。

③燕：雁，即鴻雁。一作"鵠"。《禮記·月令》：仲秋之月"鴻鴈來，玄鳥歸"。玄鳥即燕。

④思斷腸：一本作"多思腸"。

⑤慊慊（qiǎn）：幽怨、不滿足。

⑥何爲：爲甚麽。一本作"君何"。

⑦賤妾：古代已婚婦女自謙之稱。熒熒（qióng）：孤獨。

⑧《古詩十九首·明月何皎皎》："引領還入房，淚下霑衣裳。"

⑨清商：樂調名。清吳淇《六朝選詩定論》："其絃因有四調：曰慢宮，曰慢角，曰緊羽，曰清商。"短歌"音節短促，長謳慢詠，不能遂焉，故云"。

⑩《古詩十九首·明月何皎皎》："明月何皎皎，照我羅牀幃。"

⑪星漢：星空、銀河。銀河又稱河漢。未央：未盡。

⑫牽牛星與織女星在銀河兩邊遙遙相對。

⑬辜：罪過。限河梁：因銀河無橋梁而被限阻。

作法提示

文學史家通常認爲這是最早的完整的七言詩，意即通篇整齊的七言句式，並且不像騷體七言句中用"其"、"兮"之類虛字。這一說法未必準確，前文引述《吳越春秋》中的三首七言歌詞，值得與此詩斟酌比較。

曹丕此詩不僅句式全用完整的七言，還十分輕鬆地調遣漢樂府及漢末古詩中的語詞典故，融貫自如，的確標誌著早期七言歌行體的成熟。明胡應麟《詩藪》稱此詩"開千古妙境"。

此詩以思婦口吻抒發對久戍不歸的丈夫的思念。用典自然恰當，寫景抒情敍事，兼用比興，營造出一派淒清悲涼的氣氛，具有很強的感染力。先寫深秋之景，引發相思之苦，再寫思婦心態、行爲，真切細膩，很有現場感。最後四句以宇宙星空之浩瀚襯托有情人距離之遙遠，以牛、女故事比況自己，幽怨又無奈。

全詩句句用韻，全用陽部韻，一韻到底，氣韻流貫。王夫之《薑齋詩話》卷下評："傾情，傾度，傾色，傾聲，古今無兩。"

三、美女篇[①]（三國魏·曹植）

美女妖且閑。[②]採桑歧路間。
柔條紛冉冉，落葉何翩翩。
攘袖見素手，皓腕約[③]金環。
頭上金爵釵[④]，腰佩翠琅玕[⑤]。
明珠交玉體，珊瑚間木難[⑥]。
羅衣何飄飄，輕裾[⑦]隨風還。
顧眄[⑧]遺光彩，長嘯[⑨]氣若蘭。
行徒用息駕[⑩]，休者以忘餐。
借問女何居，乃在城南端。
青樓臨大路，高門結重關。[⑪]
容華耀朝日，誰不希令顏。[⑫]
媒氏何所營，玉帛不時安。[⑬]
佳人慕高義，求賢良獨難。[⑭]
衆人何嗷嗷，安知彼所觀。
盛年處房室，中夜起長嘆。

注釋

①此篇模仿漢樂府相和歌辭《陌上桑》，自創新題，以首句名篇。《樂府詩集》歸於《雜曲歌辭·齊瑟行》。曹植（192—232）字子建，沛國譙（今安徽亳縣）人。曹操第四子，曹丕同母弟。年輕時以才學爲曹操所重，幾欲立爲太子。及曹丕、曹叡相繼爲帝，備受猜忌打擊，鬱鬱不得志而死。以最後封陳王，諡思，故世稱陳思王。他是建安文學成就最高的作

家，鍾嶸《詩品》卷一稱其詩"源出於國風，骨氣奇高，詞彩華茂。情兼雅怨，體被文質。粲溢今古，卓爾不羣"。

②妖：豔麗。"閑"同"嫻"，嫻靜。

③約：束。

④金爵釵：雀鳥形狀的金釵。"爵"同"雀"。

⑤琅玕（láng gān）：似玉的美石。

⑥木難：明楊慎《丹鉛錄》："木難，按其形色，則今夷方所謂祖母綠是也。"

⑦裾（jū）：衣服的前襟或衣袖。

⑧眄（miǎn）：斜視。一作"盼"。

⑨嘯：吹口哨或長吟。此處當指吟唱。《詩經·小雅·白華》："嘯歌傷懷，念彼碩人。"

⑩行徒：行路之人。用：因此。

⑪青樓：塗飾清漆的高樓，富貴人家。重關：兩道門閂。

⑫希：羨慕。令：美。

⑬玉帛：求親的聘禮。時：及時。安：定聘。

⑭慕：追求。良：實在。

作法提示

此詩寫美女不僅形象美麗迷人，而且情懷高雅，寧願孤獨也絕不委屈隨俗。以此寄託自己胸懷大志卻倍受壓抑，雖然難遇知己依然孤獨高傲。

全詩用美女象徵理想，類似屈原《離騷》"香草美人"筆法。結合曹植的身世遭遇及其全部創作來讀此詩，可知這並不是具體地敘寫一位美女的生活際遇，而是象徵性地寫人生對美好理想的追求。甚麼理想呢？抽象而不具體。他的《洛神賦》正可與此詩參讀。

前二十四句用鋪陳筆法，隨勢賦形，又效《陌上桑》對比映襯手法，表現美女之淑美。後六句寫佳人美得孤獨，美得清高，寧願孤獨也堅持清高，無怨無悔。結尾言盡而意未盡，令人掩卷長思。

首句入韻，以下偶句用韻，一韻到底。韻腳字除"翩"字屬上古"真"部外，餘皆屬上古"元"部，"真"、"元"鄰韻通用。

四、長歌行① （西晉·陸機）

逝矣經天日，悲哉帶地川。
寸陰無停晷②，尺波豈徒旋。
年往迅勁矢，時來亮急弦。
遠期鮮克及，盈數固希全。③
容華夙夜零，體澤坐自捐。④
茲物⑤苟難停，吾壽安得延。
俛⑥仰逝將過，倏忽幾何間。
慷慨亦焉訴，天道良自然。
但恨功名薄，竹帛無所宣。⑦
迨及歲未暮⑧，長歌乘我閑。

注釋

①《長歌行》，樂府舊題，屬相和歌辭。《樂府詩集》收《長歌行》十二首，陸機此作最有氣象。陸機（261—303），字士衡，吳郡華亭（今上海市松江縣）人。祖陸遜爲三國吳丞相，父陸抗爲吳大司馬。吳亡後與弟陸雲同至洛陽。張華賞識其文才，薦爲祭酒。後爲成都王司馬穎後將軍、河北大都督，率兵攻長沙王司馬乂，戰敗，爲穎所殺。

②晷（guǐ）：日影。

③遠期：長壽。盈數：好運氣。盈，圓滿。
④容華：面容的光華。體澤：肌體的光澤。坐：因。捐：棄。
⑤茲物：指容華、體澤。
⑥俛：同"俯"。
⑦竹帛：指史籍。宣：記載。
⑧趁年歲未老。

作法提示

此詩言宇宙無窮，人生短暫，功名難竟，姑且長歌以慰憂懷。這是東漢《古詩十九首》及漢魏樂府經常詠嘆的題旨。開篇二句頗有氣勢。以"逝"字領起，以顯光陰之速；以"悲"字承之，覆蓋全篇悲苦情愫。以下次第鋪陳悲情，不離逝、悲二意。讀者自可逐層領會。結尾說及時長歌，悲惋中略帶達觀，與曹操"對酒當歌，人生幾何"意同。結尾"長歌"與開篇"經天日"、"帶地川"相呼應，構成宏大開闊的悲涼氣象。

此詩偶句入韻，一韻到底。"川"屬"文"部，"旋"屬"真"部，餘皆屬"元"部。"真"、"文"、"元"鄰韻通押。

五、出自薊北門行① （南朝宋·鮑照）

羽檄起邊亭②，烽火入咸陽。③
征騎屯廣武，分兵救朔方。④
嚴秋筋竿勁⑤，虜陣精且強。
天子按劍怒，使者遙相望。
雁行緣石徑，魚貫度飛梁。⑥
簫鼓流漢思，旌甲被胡霜。⑦
疾風衝塞起，沙礫⑧自飄揚。
馬毛縮如蝟，角弓不可張。

時危見臣節，世亂識忠良。
投軀報明主，身死爲國殤⑨。

注釋

①《出自薊北門行》，樂府雜曲歌名。《樂府解題》："《出自薊北門行》，其致與《從軍行》同，而兼言燕薊風物及突騎勇悍之狀。"鮑照（？—466），字明遠，本上黨人，後遷東海。享年五十餘。出身寒門，二十餘歲獻詩臨川王劉義慶，擢爲國侍郎。最後任臨海王劉子頊前軍參軍，子頊作亂，兵敗爲亂兵所殺。秉性孤直，一生受皇權專制和門閥制度的雙重壓迫，鬱鬱不得其志。作品多懷才不遇的憤懣之感，充滿悲情色彩，風格峻峭。

②羽檄：加插羽毛的緊急軍事公文。邊亭：邊境哨所。

③烽火：邊防報警的信號。咸陽：戰國時秦孝公建都城咸陽，故址在今陝西省長安縣之渭城故城。

④廣武：今山西省代縣西。朔方：郡名，治所在今內蒙古自治區伊克昭盟西北部。

⑤嚴秋：嚴寒的深秋。筋：弓絃。竿：箭。

⑥雁行：像大雁一樣列隊而行。緣：沿著。魚貫：形容一個接一個。飛梁：橋梁。

⑦流漢思：流露出漢軍的心情。被：覆蓋。

⑧礫（lì）：碎石。

⑨國殤（shāng）：爲國犧牲者。

作法提示

此詩寫將士之壯志與征戰之艱辛。詩敍事性筆法，但詩篇不能像史傳或小說那樣敍事，只能選取一些標志性的情節或細節，詩意地敍事。最後四句是全詩的重心。"身死爲國殤"是主題句。詩歌風格勁健峻峭。

偶句押韻，一韻到底，韻字皆屬"陽"部。

六、走馬川行奉送封大夫出師西征^①（唐·岑參）

君不見走馬川行雪海^②邊。平沙莽莽黃入天。輪臺^③九月風夜吼。一川碎石大如斗。隨風滿地石亂走。匈奴草黃馬正肥。金山^④西見煙塵飛。漢家大將西出師。將軍金甲夜不脫。半夜行軍戈相撥。風頭如刀面如割。馬毛帶雪汗氣蒸。五花連錢^⑤旋作冰。幕中草檄^⑥硯水凝。虜騎聞之應膽懾。料之短兵不敢接。車師^⑦西門佇獻捷。

注釋

①走馬川：在新疆境內，具體地點未詳，當與下文雪海屬同一區域。行：歌行。封大夫：封長清，當時北庭都護，天寶十三載（754）朝命攝御史大夫，故稱封大夫。岑參（715—770），棘陽（今河南沁陽）人。天寶三載（744）進士，授右率府兵曹參軍，官至嘉州（今四川樂山）刺史，後世因稱岑嘉州。曾兩度從軍，充任安西節度使府掌書記，安西、北庭判官，熟悉邊陲情形，以邊塞詩見長，與高適齊名。岑詩意新語奇，實勝於高。

②《新唐書·地理志》："雪海，又三十里至碎卜戍，傍碎卜水。五十里至熱海。"則雪海距熱海不足百里。熱海即今吉爾吉斯斯坦國境內的伊塞克湖，地處天山山脈，當時屬唐安西都護府。

③輪臺：今新疆輪臺縣，時屬北庭都護府。

④金山：阿爾泰山，在新疆北部。突厥語呼"金"爲"阿爾泰"。

⑤五花連錢：指馬的斑駁毛色。唐開元、天寶年間，講究馬之裝飾，常剪馬棕毛爲花瓣形，其旋作五瓣者爲五花馬。毛色斑駁，深淺相交，旋如錢幣相連者，自魏晉起即稱連錢驄。

⑥草檄：起草討敵檄文。

⑦車師：時爲安西都護府治，在今新疆吐魯番。

作法提示

此詩題目交代詩屬歌行體，創作背景有三：一爲送別之人——封大夫，二爲送別之由——出師西征，三爲西征綫路——走馬川。

主要采用烘托手法，層層渲染，凸顯戰事之艱難，表達必勝之豪情。先鋪敍西征綫路氣候環境之惡劣，再鋪敍行軍途中的艱難困苦，然後展望戰場之必然勢態，以"車師西門佇獻捷"終篇。"佇"字含義微妙：佇立送行，佇立以待凱旋，言已盡而意無窮。

岑參歌行善於營造此類意境。同爲其歌行體代表作的《白雪歌送武判官歸京》，也是用烘托手法凸顯送別情境，鋪陳敍寫，結尾"輪臺東門送君去，去時雪滿天山路。山回路轉不見君，雪上空留馬行處"也是佇立望遠，將讀者思緒引向更久遠的時空。

此詩每三句爲一個用韻單元，三句間句句押韻。三句一換韻。"川、邊、天"屬平聲"先"韻；"吼、斗、走"屬上聲"有"韻；"肥、飛"屬平聲"微"韻，"師"屬平聲"支"韻，"支、微"鄰韻通押。"脫、撥、割"屬入聲"曷"韻；"蒸、冰、凝"屬平聲"蒸"韻；"懾、接、捷"屬入聲"葉"韻。全詩所用六組韻，正好構成平仄—平仄—平仄交錯的結構。

第三章　格律詩的體裁和作法

第一節　格律詩體裁概說

一、名稱概說

"格律"一詞，原用於律法與音律。自唐代以來，就有人以格律稱詩。白居易《戲贈元九李二十》："每被老元偷格律，苦教短李伏歌行。"元稹《作詩之大旨》："杜詩最多，可傳者千餘首。至於貫穿古今，覼縷格律，盡工盡善，又過於李焉。"

格律詩是與古體自由詩相對的概念。自唐代形成的格律詩，在篇幅、句式、平仄、押韻、對仗等方面都有嚴格而且明確的規定。王世貞《藝苑卮言》："律如音律、法律，天下無嚴於是者。"錢木庵《唐音審體》："律者，六律也。謂其聲之協律也，如用兵之紀律，用刑之法律，嚴不可犯也。"宋長白《柳亭詩話》："律之爲用，見於樂與兵與刑，而詩亦遵之。一字弗當，一音弗當，與破律失律背律等。"

格律詩定型於唐代。胡應麟《詩藪》："曰風、曰雅、曰頌，三代之音也。曰歌、曰行、曰吟、曰操、曰辭、曰曲、曰謠、曰諺，兩漢之音也。曰律、曰排律、曰絕句，唐人之音也。詩至於唐而格備，至於絕而體窮。故宋人不得不變而之詞，元人不得不變而之曲。"

格律詩在唐代稱爲今體詩，宋代以後稱爲近體詩。如張籍《酬秘書王丞見寄》："今體詩中偏出格，常參官裏每同班。"李商隱《請盧尚書撰故處士姑臧李某志文狀》："自弱冠至於夢奠，未嘗一爲今體詩。"

從古體詩到格律詩，中國詩歌經歷了漫長的演變。嚴羽《滄浪詩話》："風雅頌既亡，一變而爲離騷，再變而爲西漢五言，三變而爲歌行雜體，四變而爲沈、宋律詩。"魯九皋《詩學源流考》："梁繼齊統，何遜、沈約、范雲、任昉、江淹、柳惲、吳均一時並起。諸子之才，水部（何遜）爲冠。休文（沈約）審定音韻，特標五聲八病，遂爲律詩濫觴。"齊梁時期是格律詩定型之前的醞釀階段。陸時雍《詩鏡總論》："古人法變，而唐以格律之。"辛文房《唐才子傳》："自魏建安迄江左，詩律屢變。至沈約、鮑照、庾信、徐陵以音韻相婉附，屬對精緻。及佺期、之問，又加靡麗。回忌聲病，約句準篇，著定格律，遂成近體，如錦繡成文，學者宗尚。"初唐時期，沈佺期、宋之問、杜審言等人都爲格律詩的定型作出了貢獻。其後杜甫是唐代格律詩的集大成者。徐增《而庵說唐詩》："太白以氣韻勝，子美以格律勝，摩詰以理趣勝。"

格律詩定型以後，古體自由詩並未消亡，而是一直與格律詩並存。但古體詩有時會受格律詩影響，有些作品有律化的痕跡，如王勃古體詩《滕王閣》：

滕王高閣臨江渚，佩玉鳴鸞罷歌舞。
　　畫棟朝飛南浦雲，珠簾暮捲西山雨。
　　閒雲潭影日悠悠，物換星移幾度秋。
　　閣中帝子今何在？檻外長江空自流。

此詩近似一首七律，只是前四句押兩個仄韻，後四句轉押兩個平韻，可看做律化的古體詩。古體詩律化的情況並不少見，如王維、李頎、王昌齡、孟浩然等人的五言古體詩中都有不少律句、律聯。這種情況後世也常見。不過詩人寫作古體詩，往往有意避免格律化。

二、體裁概說

格律詩分絕句和律詩兩種，絕句每首四句，律詩每首八句。還有一種排律，是在律詩基礎上加長篇幅而成。絕句、律詩又分五言和七言。如此，則常見者有四體：五絕、七絕、五律、七律。

五絕如王勃《山中》：
　　長江悲已滯，萬里念將歸。況屬高風晚，山山黃葉飛。
七絕如李白《早發白帝城》：
　　朝辭白帝彩雲間，千里江陵一日還。
　　兩岸猿聲啼不住，輕舟已過萬重山。
五律如杜甫《春夜喜雨》：
　　好雨知時節，當春乃發生。隨風潛入夜，潤物細無聲。
　　野徑雲俱黑，江船火獨明。曉看紅濕處，花重錦官城。
七律如李商隱《錦瑟》：
　　錦瑟無端五十絃。一絃一柱思華年。
　　莊生曉夢迷蝴蝶，望帝春心託杜鵑。

滄海月明珠有淚，藍田日暖玉生煙。
此情可待成追憶，只是當時已惘然。

　　排律主要是五言排律，七言排律較少見。排律兩句一韻，除首尾兩聯不必對仗外，中間每聯都須對仗，兩句一聯，一聯一韻，韻押平聲，通篇不換韻。由於格律詩通常是以四句爲一個格律單元，所以排律也以四句遞增爲常例，那麼句數至少十二句，即六韻。唐代科舉考試所試律詩就是六韻十二句排律，稱爲試帖詩，不但命題，韻部也是指定的。考試之外，排律當然不止十二句，有數十韻甚至百韻的。王士禛《池北偶談》："唐人省試應制排律，率六韻，載諸《英華》者可考。至杜子美、元、白諸人，始增益至數十韻，或百韻。"

　　杜甫最早作長篇排律，如其《贈李八秘書別三十韻》：
往時中補右，扈蹕上元初。反氣凌行在，妖星下直廬。
六龍瞻漢闕，萬騎略姚墟。玄朔迴天步，神都憶帝車。
一戎纔汗馬，百姓免爲魚。通籍蟠螭印，差肩列鳳輿。
事殊迎代邸，喜異賞朱虛。寇盜方歸順，乾坤欲晏如。
不才同補袞，奉詔許牽裾。鴛鷺叨雲閣，麒麟滯玉除。
文園多病後，中散舊交疏。飄泊哀相見，平生意有餘。
風煙巫峽遠，臺榭楚宮虛。觸目非論故，新文尚起予。
清秋凋碧柳，別浦落紅蕖。消息多旗幟，經過嘆里閭。
戰連脣齒國，軍急羽毛書。幕府籌頻問，山家藥正鋤。
台星入朝謁，使節有吹噓。西蜀災長弭，南翁憤始攄。
對揚抗士卒，乾沒費倉儲。勢藉兵須用，功無禮忽諸。
御鞍金騕裹，宮硯玉蟾蜍。拜舞銀鉤落，恩波錦帕舒。
此行非不濟，良友昔相於。去旆依顏色，沿流想疾徐。
沈綿疲井臼，倚薄似樵漁。乞米煩佳客，鈔詩聽小胥。

杜陵斜晚照，滴水帶寒淤。莫話清溪發，蕭蕭白映梳。

杜甫還寫過百韻長排，如《秋日夔府詠懷奉寄鄭監李賓客一百韻》：

絕塞烏蠻北，孤城白帝邊。飄零仍百里，消渴已三年。
雄劍鳴開匣，羣書滿繫船。亂離心不展，衰謝日蕭然。
……（中間九十二韻，即一百八十四句，每韻兩句爲對聯）
顧凱丹青列，頭陀琬琰鐫。眾香深黯黯，幾地肅芊芊。
勇猛爲心極，清羸任體孱。金篦空刮眼，鏡象未離銓。

後來元稹、白居易以百韻長篇唱和，是中唐詩壇一大景觀。作長篇排律是很需要詩才和學問的事。

三、形態概說

1. 用韻

格律詩區別於古體自由詩的形態特徵主要有五方面：篇幅、句式、押韻、對仗、平仄。古體自由詩在這五方面都比較自由，格律詩則都不自由。格律詩區別於古體自由詩的最嚴格的因素是押韻、對仗、平仄。

格律詩從唐代就成爲考試文體，所以國家統一規定用韻標準，自唐至清，格律詩的聲韻系統基本是《切韻》—《唐韻》—《廣韻》—《平水韻》—《佩文詩韻》這個體系。格律詩的韻通常須押平聲，每個字的平仄也須依照這個體系來判斷。

平聲可以延長，便於曼聲歌唱。《平水韻》中平聲有三十個韻部：

上平聲： 一東、二冬、三江、四支、五微、六魚、七虞、
　　　　　八齊、九佳、十灰、十一真、十二文、十三元、
　　　　　十四寒、十五刪。

下平聲：一先、二蕭、三肴、四豪、五歌、六麻、七陽、八庚、九青、十蒸、十一尤、十二侵、十三覃、十四鹽、十五咸。

格律詩要求一韻到底，中間不能換韻，一首詩裏不能有重複的韻腳。除首句可以起韻外，奇句不許押韻，偶句必須押韻。七絕如王昌齡《從軍行》（押十五刪韻）：

秦時明月漢時關。萬里長征人未還。

但使龍城飛將在，不教胡馬度陰山。

五律如李白《塞下曲》（押十四寒韻）：

五月天山雪，無花只有寒。笛中聞折柳，春色未曾看。

曉戰隨金鼓，宵眠抱玉鞍。願將腰下劍，直爲斬樓蘭。

歷代韻書體系也有發展變化。隋代陸法言編《切韻》，唐人修訂爲《唐韻》，共分二百六韻。《唐韻》修成，《切韻》遂亡佚。宋人將《唐韻》修訂爲《大宋重修廣韻》，簡稱《廣韻》，仍爲二百六韻。南宋淳祐年間，江北平水人劉淵編寫《壬子新刊禮部韻略》，將《廣韻》二百六韻合併爲一百七韻，後人稱爲"平水韻"。金、元人又歸併一韻，剩一百六韻。清人改稱《佩文詩韻》。國家考試用這樣的韻書做標準，人們平時學詩作詩自然也依此標準。

這個韻書體系當然也適用於同時代的古體詩和詞。但因古體詩和詞不是考試文體，所以對韻部的區別比較寬容，許多鄰近的韻部可通押。清人戈載因此總結編纂了《詞林正韻》，反映了自唐代以來詞體文學用韻的規律，從而被公認爲詞韻的標準。他的貢獻其實就是明確用"平水韻"作詞韻時，哪些相鄰的韻部可以通用。

二十世紀以來，漢語"官話"發生了一些變化，大陸稱爲

"普通話",港、臺稱"國語"。這個新的聲韻體系由於被官方指定爲通用語,因而影響廣泛,不僅中華教育以此爲"現代漢語"教育的規範,全世界學漢語的人都須以此爲規範。

這樣一來,對寫作中華傳統格律詩詞的人來說,考慮平仄和用韻時就存在依照新聲韻還是舊聲韻的問題。詩詞界對這個問題的爭論已近百年。從理論上說,兩種意見相持,各說各的道理。舊韻派主張作格律詩要嚴格遵守平水韻(或佩文詩韻),日本甚至有詩社使用《廣韻》。作詞須依《詞林正韻》。作古體自由詩可寬限到詞韻。新韻派主張完全依照現代漢語普通話(國語)的聲韻。還有許多詩家持寬容態度,認爲用舊韻或新韻皆可,只是不要在一首作品中新、舊聲韻混用。

但在實際創作時,學作格律詩詞者仍以用舊韻者居多,就連許多堅決主張用新韻的老詩人,也往往是依舊韻作格律詩詞。當然也有人不管舊韻,只用新韻。也有人新舊韻都用,若用新韻則注明"用新韻"。

本教材主張學習寫作格律詩詞,應依舊韻入門。

2. 對仗

對仗,又稱"對偶"。對仗原指古代達官貴人出行時的儀仗隊,分成兩列,相對位置的旗牌儀仗相同,兩兩相對。詩歌的對仗,是指出句與對句兩兩相對。

對仗分爲工對與寬對。工對要求詞性、結構相同,詞義對應(或同或反),平仄相反。工對即工整嚴格的對聯,寬對即相對寬容一些的對聯。

對仗是格律詩的要素之一,但並非始自格律詩。古詩中時常有對仗句子。如《詩經·小雅·采薇》:

　　昔我往矣,楊柳依依。今我來思,雨雪霏霏。

《九章·涉江》：

  與天地兮同壽，與日月兮同光。

《離騷》：

  朝飲木蘭之墜露兮，夕餐秋菊之落英。

《古詩十九首》：

  迢迢牽牛星，皎皎河漢女。

只是這些對仗句子還不像格律詩所要求的那麼嚴格。到了六朝詩歌中，比較嚴格的對仗就漸漸用得更多了。如謝朓《新亭渚別范零陵雲詩》：

  洞庭張樂地，瀟湘帝子遊。雲去蒼梧野，水還江漢流。
  停驂我悵望，輟棹子夷猶。廣平聽方籍，茂陵將見求。
  心事俱已矣，江上徒離憂。

庾信《烏夜啼》：

  促柱繁弦非子夜，歌聲舞態異前溪。
  御史府中何處宿，洛陽城頭那得棲。
  彈琴蜀郡卓家女，織錦秦川竇氏妻。
  詎不自驚長淚落，到頭啼烏恆夜啼。

由於六朝時期格律詩的規矩尚未形成，所以儘管對仗句越來越多，但與格律詩形成之后的對仗句還有一定區別，常常對得不太講究，每聯之間也沒有相粘。

格律詩規定頷聯、頸聯必須對仗，首聯、尾聯不要求對仗。例如杜甫《登岳陽樓》：

  昔聞洞庭水，今上岳陽樓。吳楚東南坼，乾坤日夜浮。
  親朋無一字，老病有孤舟。戎馬關山北，憑軒涕泗流。

3. 平仄

漢語是有調的語言，其聲調有平、上、去、入之別，音韻學稱之爲四聲。在一些講究聲調韻律的文體中,主要如詩、詞、對聯,則將四聲分平、仄兩大類。《平水韻》系統將平聲分上平聲、下平聲,與現代漢語說的陰平、陽平不是對等的概念。仄聲包括上、去、入三聲。

大約在宋末元初,在中國北方許多地區,漢語的聲調發生了一些變化,"入聲"消失,分別變成了"平聲"、"上聲"和"去聲"。而"平聲"中清音聲母的字則變成了"陰平",濁音聲母的字變成了"陽平"。今天普通話的四個聲調,"陰平(ˉ)"、"陽平(ˊ)"、"上聲(ˇ)"和"去聲(ˋ)",大體上就是那個時候開始形成的。音韻學上有句話很好地概括了這個語音變化,叫做"平分陰陽,入派三聲"。

北方也有個別地方至今仍保留入聲,如晉方言。

入聲雖然在北方方言中大體消失,可是它還保留在南方諸方言(吳、閩、粵、客家、贛、湘)中。古人描述入聲:"入聲短促急收藏。"入聲字的讀音較爲短促,明顯存在氣流阻塞的現象,因爲入聲字的韻尾都是塞音(或稱爲"閉止音"):[p、t、k]或[ʔ]。郭芹納《詩律》(商務印書館,二〇〇四年九月)對入聲字有很好的分析。

寫作舊體詩詞,須注意那些變成平聲的入聲字,例如"陰平"中的"屋、昔、錫、貼、饕、薛、潑"等,陽平中的"覺、狹、黠、輯、合、燭、德、盍(曷)、狎、乏、石、活、泊、勺"等。至於變爲上聲、去聲的入聲字,仍屬仄聲,對於寫格律詩沒有多大影響,但對寫作限押入聲韻的詞卻有影響。例如上聲的"索、辱、筆、骨、鐵、雪、血、法"等,去聲的"沃、質、物、月、屑、藥、陌、職、葉、洽、術、末、麥、熱、烈"等。也就是說,在限定入聲韻的詞調中,只能用入聲韻,不能通用上聲和去聲。

格律詩詞有平仄譜式,每個字都須符合譜式規定。詩詞的平仄變化是有規律的,其基本規律是一句中平仄交替,兩句之間平仄相對。這就是《宋書·謝靈運傳》所謂"若前有浮聲,則後須切響。一簡之內,音韻盡殊,兩句之中,輕重互異"。格律詩的平仄譜式詳見下節。

第二節　格律詩的譜式

一般認爲,格律詩不押仄聲韻(學界意見並不一致)。根據首句平起或仄起、入韻或不入韻的情況,格律詩分爲四種平仄譜式:平起不入韻式、平起入韻式、仄起不入韻式、仄起入韻式。

五律和五絕以首句不入韻者爲正體,首句入韻爲變體。七律和七絕正相反,以首句用韻者爲正體,首句不入韻爲變體。王力《漢語詩律學》說這兩種情形各有歷史背景:五言詩自古是隔句押韻的,譬如《古詩十九首》,首句都不入韻。七言詩在古代是句句押韻的,演變爲隔句用韻後,首句依然以入韻爲正體。

一、五律平仄譜

(1) 平起不入韻。後四句平仄譜式完全重複前四句。

譜1　　平平平仄仄　　秦川朝望迥
　　　　仄仄仄平平　　日出正東峯
　　　　仄仄平平仄　　遠近山河淨
　　　　平平仄仄平　　逶迤城闕重

平平平仄仄	秋聲萬戶竹①
仄仄仄平平	寒色五陵松
仄仄平平仄	客有歸歟嘆
平平仄仄平	悽其霜露濃

——李頎《望秦川》

（2）平起入韻。只是首句第三與第五字平仄換了位，其餘七句完全與譜1一樣。

譜2
平平仄仄平	天官動將星
仄仄仄平平	漢地柳條青
仄仄平平仄	萬里鳴刁斗
平平仄仄平	三軍出井陘
平平平仄仄	忘身辭鳳闕
仄仄仄平平	報國取龍庭
仄仄平平仄	豈學書生輩
平平仄仄平	窗間老一經

——王維《送趙都督赴代州》

（3）仄起不入韻。後四句平仄譜式完全重複前四句。

譜3
仄仄平平仄	賤妾如桃李
平平仄仄平	君王若歲時
平平平仄仄	秋風一已勁
仄仄仄平平	搖落不勝悲
仄仄平平仄	寂寂蒼苔滿
平平仄仄平	沉沉綠草滋
平平平仄仄	繁華非此日

---

① 迥（jiǒng）：遠。出、竹：入聲。

　　　　仄仄仄平平　　　指輦竟何辭
　　　　　　　　　　——嚴武《班婕妤》

（4）仄起入韻。只是首句第三與第五字平仄換位，其餘七句完全與譜3一樣。

譜4　　仄仄仄平平　　萬壑樹參天
　　　　平平仄仄平　　千山響杜鵑
　　　　平平平仄仄　　山中一夜雨
　　　　仄仄仄平平　　樹杪百重泉
　　　　仄仄平平仄　　漢女輸橦布
　　　　平平仄仄平　　巴人訟芋田
　　　　平平平仄仄　　文翁翻教授
　　　　仄仄仄平平　　不敢倚先賢
　　　　　　　　——王維《送梓州李使君》

二、七律平仄譜

七律的平仄譜是在五律譜式的基礎上，每句開頭按平仄交替的規律增加兩個字，即仄仄前加平平，平平前加仄仄。

（1）平起不入韻。後四句平仄譜式完全重複前四句。

譜1　　平平仄仄平平仄　　巴山楚水淒涼地
　　　　仄仄平平仄仄平　　二十三年棄置身
　　　　仄仄平平平仄仄　　懷舊空吟聞笛賦
　　　　平平仄仄仄平平　　到鄉翻似爛柯人
　　　　平平仄仄平平仄　　沉舟側畔千帆過
　　　　仄仄平平仄仄平　　病樹前頭萬木春
　　　　仄仄平平平仄仄　　今日聽君歌一曲
　　　　平平仄仄仄平平　　暫憑杯酒長精神
　　　　　——劉禹錫《酬樂天揚州初逢席上見贈》

(2) 平起入韻。只是首句第五與第七字平仄換了位，其餘七句完全與譜1一樣。

譜2　　平平仄仄仄平平　　雲開遠見漢陽城
　　　　仄仄平平仄仄平　　猶是孤帆一日程
　　　　仄仄平平平仄仄　　估客晝眠知浪靜
　　　　平平仄仄仄平平　　舟人夜語覺潮生
　　　　平平仄仄平平仄　　三湘愁鬢逢秋色
　　　　仄仄平平仄仄平　　萬里歸心對月明
　　　　仄仄平平平仄仄　　舊業已隨征戰盡
　　　　平平仄仄仄平平　　更堪江上鼓鼙聲

　　　　　　　　——盧綸《晚次鄂州》

(3) 仄起不入韻。後四句平仄譜式完全重複前四句。

譜3　　仄仄平平平仄仄　　歲暮陰陽催短景
　　　　平平仄仄仄平平　　天涯霜雪霽寒宵
　　　　平平仄仄平平仄　　五更鼓角聲悲壯
　　　　仄仄平平仄仄平　　三峽星河影動搖
　　　　仄仄平平平仄仄　　野哭幾家聞戰伐
　　　　平平仄仄仄平平　　夷歌數處起漁樵
　　　　平平仄仄平平仄　　臥龍躍馬終黃土
　　　　仄仄平平仄仄平　　人事音書漫寂寥

　　　　　　　　——杜甫《閣夜》

(4) 仄起入韻。只是首句第五與第七字平仄換了位，其餘七句完全與譜3一樣。

譜4　　仄仄平平仄仄平　　永巷長年怨綺羅
　　　　平平仄仄仄平平　　離情終日思風波
　　　　平平仄仄平平仄　　湘江竹上痕無限

```
仄仄平平仄仄平    峴首碑前灑幾多
仄仄平平平仄仄    人去紫臺秋入塞
平平仄仄仄平平    兵殘楚帳夜聞歌
平平仄仄平平仄    朝來灞水橋邊問
仄仄平平仄仄平    未抵青袍送玉珂
                ——李商隱《淚》
```

三、五絕平仄譜

古人說："絕，截也。"絕句實際上就是從律詩中截取四句。所以古人有稱絕句為截句者，如清許培榮《丁卯集箋注》卷四列"五言截句"，卷八列"七言截句"。清陳美訓《餘慶堂詩文集》卷六列"五言截句"，卷七列"七言截句"。清鄂爾泰《雲南通志》卷二十九之十四為"五言截句"、"七言截句"。清華希閔《延綠閣集》卷十二為"五言截句"、"七言截句"。清翟均廉《海塘錄》卷二十五為"五言截句"、"七言截句"。清人文集此類甚多，說明他們是接受"絕，截也"之古訓的。

既然是從律詩截取出來的，當然就須像律詩一樣講究格律了（截取古詩者又當別論）。問題是截取律詩的哪部分呢？若是截取首尾二聯組成四句，則無須對仗；若是截取首、頷二聯，則頷聯須對仗；若是截取頷、頸二聯，則須全對仗，例如杜甫的《絕句》、王之渙的《登鸛雀樓》；若是截取頸、尾二聯，則頸聯須對仗，例如李益的《夜上受降城聞笛》、歐陽修的《晚過水北》。定型後的五絕譜式，以截取首尾兩聯者為通例，不要求對仗。不要求對仗不是說不允許對仗，如果詩人喜歡作對仗的絕句，當然不算違規。

五絕平仄譜式也有四種。

(1) 平起不入韻。

譜1　　平平平仄仄　　寒川消積雪
　　　　仄仄仄平平　　凍浦暫通流
　　　　仄仄平平仄　　日暮人歸盡
　　　　平平仄仄平　　沙禽上釣舟
　　　　　　　——歐陽修《晚過水北》

(2) 平起入韻。只是首句第三與第五字平仄換了位，其餘三句完全與譜1一樣。

譜2　　平平仄仄平　　江青白鳥斜
　　　　仄仄仄平平　　蕩槳胃蘋花
　　　　仄仄平平仄　　聽唱菱歌晚
　　　　平平仄仄平　　迴塘月照沙
　　　　　　　——顧況《江上》

(3) 仄起不入韻。

譜3　　仄仄平平仄　　白日依山盡
　　　　平平仄仄平　　黃河入海流
　　　　平平平仄仄　　欲窮千里目
　　　　仄仄仄平平　　更上一層樓
　　　　　　　——王之渙《登鸛雀樓》

(4) 仄起入韻。只是首句第三與第五字平仄換了位，其餘三句完全與譜3一樣。

譜4　　仄仄仄平平　　寥落古行宮
　　　　平平仄仄平　　宮花寂寞紅
　　　　平平平仄仄　　白頭宮女在
　　　　仄仄仄平平　　閒坐說玄宗
　　　　　　　——元稹《行宮》

四、七絕平仄譜

與七律五律的關係一樣，七絕的平仄譜是在五絕譜式的基礎上，每句開頭按平仄交替的規律增加兩個字，即仄仄前加平平，平平前加仄仄。

（1）平起不入韻。

譜1　　平平仄仄平平仄　　蒼龍闕下陪驄馬
　　　　仄仄平平仄仄平　　紫閣峯頭見白雲
　　　　仄仄平平平仄仄　　滿眼流光隨日度
　　　　平平仄仄仄平平　　今朝花落更紛紛
　　　　　　——元稹《與吳侍御春遊》

（2）平起入韻。只是首句第五與第七字平仄換了位，其餘三句完全與譜1一樣。

譜2　　平平仄仄仄平平　　巴陵一望洞庭秋
　　　　仄仄平平仄仄平　　日見孤峯水上浮
　　　　仄仄平平平仄仄　　聞道神仙不可接
　　　　平平仄仄仄平平　　心隨湖水共悠悠
　　　　　　——張說《送梁六自洞庭山作》

（3）仄起不入韻。

譜3　　仄仄平平平仄仄　　相國已隨麟閣貴
　　　　平平仄仄仄平平　　家風第一右丞詩
　　　　平平仄仄平平仄　　笄年解笑鳴機婦
　　　　仄仄平平仄仄平　　恥見蘇秦富貴時
　　　　　　——王韞秀《夫入相寄姨妹》

（4）仄起入韻。

只是首句第五與第七字平仄換了位，其餘三句完全與譜3一樣。

譜4　仄仄平平仄仄平　　客舍并①州已十霜
　　　　平平仄仄仄平平　　歸心日夜憶咸陽
　　　　平平仄仄平平仄　　無端更渡桑乾水
　　　　仄仄平平仄仄平　　卻望并州是故鄉
　　　　　　——賈島《渡桑乾》

古代也有押仄聲韻的絕句，那就不能視爲"截句"了。今人作絕句，通常押平聲韻。

作格律詩須熟記上列譜式，但卻不必死記硬背。因爲所有格式其實都只是四個五言句式的變化而已，即：

　　　　仄仄平平仄
　　　　平平仄仄平
　　　　平平平仄仄
　　　　仄仄仄平平

這四句中，"平平平仄仄"一句的後三字"平仄仄"可以變化爲"仄平仄"。記住這四個基本句式，再明白三個規律就行了。三個規律是：何處可平可仄、如何粘對、拗與救，以下一一說明。

第三節　格律詩的律法

上節講了格律詩的各種譜式。這些譜式都是遵循一定的規律和法度而成立的。同時，規律和法度有時可以靈活變通，有時必須嚴格遵守。以下略陳其要。

---

① 并，bīng。

一、何處可平可仄

作格律詩有個簡明的說法："一三五不論，二四六分明。"這是指七言句式說的，即雙字（第二、四、六）平仄分明，單字（第一、三、五）可平可仄。對五言句式，則是"一三不論，二四分明"。無論五言、七言句式，尾字都是分明的，入韻則平，非韻則仄。

這說法不知始於何時何人。王力《漢語詩律學》說元劉鑑《經史正音切韻指南》後面有這句話（查該書《四庫全書》本無此語，不知王先生所據何本）。從唐宋人所作格律詩看，單章節的平仄的確靈活多變，可證唐宋人是承認這個規律的。由於簡明易記，所以很有影響。但由於"一三五不論"的說法不能應用於一切句式，即在某些句式中不適用，所以也一直有人批評這個說法"害人"。

這是一個既有一定概括力但又不太嚴謹的說法。其合理之處在於反映了漢語詩歌語音節奏的規律。漢語詩歌講究聲調交替變化，通常是兩兩交替的，格律詩依照這樣的自然規律定型爲"平平仄仄"。在兩兩交錯的聲調變化中，又以雙音節處爲節奏重點，因而形成了單音靈活、雙音嚴謹的規律。這個規律在詞譜裏也存在，但因爲詞譜千變萬化，句型長短參差，尤其是有領字，所以很難簡單地說單字不論。

這個說法有不嚴謹之處。在四個基本的五言句式中，"平平仄仄平"這句的第一字不可以靈活變化。這句第一字如果變爲仄聲，就成了"仄平仄仄平"，除尾字之外，前四字只有一個平聲，這就是"犯孤平"，是律詩之大忌。

七言句式是在五言句式之前加兩個字，則其第一字全都可平可仄。第三字就要注意了："平平仄仄平"這句擴展爲七言後，就是"仄仄平平仄仄平"，則其第三字若變平爲仄，同樣也是"犯孤平"。但是"仄仄平平仄"變爲七言"平平仄仄平平仄"後，第五字就可以不論，如果變平爲仄，就不犯孤平。

一般說來，只要不犯孤平和三平尾，一三五就可以不論。

二、聯與粘對

在格律詩中，聯是指單句和雙句構成一聯。律詩有八句四聯。通常稱一、二句爲首聯，三、四句爲頷聯，五、六句爲頸聯，七、八句爲尾聯。每聯的單句是出句，雙句是對句。出句與對句的平仄相對立，這就是"粘對"概念中的"對"。仍以五言爲例，如：

    首聯出句：仄仄平平仄
    首聯對句：平平仄仄平

"粘"是指上聯對句與下聯出句相同位置的平仄一致，即平粘平，仄粘仄。具體說來，就是在一聯之後，緊接一聯出句一二字的平仄要與前面一聯對句一二字的平仄一致。按照一句之中平仄兩兩交替的規律，第三字的平仄必須與前兩字不同。繼續上例就是：

  首聯出句：仄仄平平仄　　國破山河在
  首聯對句：平平仄仄平　　城春草木深
  頷聯粘出：平平平仄仄　　感時花濺淚
  頷聯對出：仄仄仄平平　　恨別鳥驚心
  頸聯粘出：仄仄平平仄　　烽火連三月
  頷聯對出：平平仄仄平　　家書抵萬金
  尾聯粘出：平平平仄仄　　白頭搔更短

尾聯對出：仄仄仄平平　　渾欲不勝簪

　　　　　　　　　　　　　　——杜甫《春望》

如果是寫排律，就按粘對規律一直排下去。

七律（絕）的粘對是在五律的基礎上每句前面增加兩個平仄交替的字。如：

　　首聯出句：平平仄仄仄平平　　何年部落到陰陵
　　首聯對句：仄仄平平仄仄平　　奕世勤王國史稱
　　頷聯粘出：仄仄平平平仄仄　　夜捲牙旗千帳雪
　　頷聯對出：平平仄仄仄平平　　朝飛羽騎一河冰
　　頸聯粘出：平平仄仄平平仄　　蕃兒襁負來青塚
　　頷聯對出：仄仄平平仄仄平　　狄女壺漿出白登
　　尾聯粘出：仄仄平平平仄仄　　日晚鸊鵜泉畔獵
　　尾聯對出：平平仄仄仄平平　　路人遙識郅都鷹

　　　　　　——李商隱《贈別前蔚州契苾使君》

三、拗與救

在格律詩中，平仄不合格律的字稱爲拗字。寫詩難免拗字，一個很好的詞語，但有一字拗了，若改換成其他的字，意思就變了。這時詩人爲了不以文害意，就寧願不改這個拗字。於是就想出了補救的辦法。

1. 本句自救

本句自救有兩種情況：

一是"平平仄仄平"句式的第一字用了仄聲，第三字便以平聲救之，以免犯孤平。這樣就變成了"仄平平仄平"，七言"仄仄平平仄仄平"變成"仄仄仄平平仄平"。五言如李白《宿五松山下荀媼家》："跪進雕胡飯，月光明素盤。"金昌緒《春閨怨》:"打起黃鶯兒,莫教枝上啼。"七言如王昌齡《浣紗女》:"錢塘江畔是誰家,江上女兒全勝花。"加標示的字就是拗字和救字。

二是"平平平仄仄"句式的第三字用了仄聲,則第四字改爲平聲,變成"平平仄平仄"。如張籍的《涼州詞》:"邊將皆承主恩澤,無人解道取涼州。"劉禹錫《石頭城》:"淮水東邊舊時月,夜深還過女牆來。"王之渙《涼州詞》:"羌笛何須怨楊柳,春風不度玉門關。"杜甫《詠懷古跡五首》:"千載琵琶作胡語,分明怨恨曲中論。"

2. 對句相救

對句拗救有兩種情況:

一是"仄仄平平仄"句式的第四字用了仄聲,或三四兩字都用了仄聲,本句難救,就將對句的第三字改爲平聲來補救,變成"仄仄平仄仄,平平平仄平"(注意不是在相對應的位置救)。如白居易《賦得古原草送別》:"野火燒不盡,春風吹又生。"七言則成爲"平平仄仄平仄仄,仄仄平平平仄平"。如黃庭堅《次韻裴仲謀同年》:"舞陽去葉才百里,賤子與公俱(讀jū、jù皆可)少年。"

二是"仄仄平平仄"寫成了"仄仄仄仄仄",對句"平平仄仄平"則要變成"平平平仄平"。如李商隱《登樂遊原》:"向晚意不適,驅車登古原。"七言如杜牧《江南春絕句》:"南朝四百八十寺,多少樓臺煙雨中。"

拗救是格律詩平仄變化的特殊情況。格律詩句的某些位置是不能拗的:無論五言還是七言,第二字不能拗,韻腳字不能拗,"平平仄仄平"句式的第一字必用平聲不能拗,"仄仄仄平平"句式的第四字必須用平聲不能拗。爲了避免三平尾,"仄仄仄平平"句的第三字必須用仄聲，不能拗。

拗救問題，細說起來很複雜，有興趣者可細讀王力《漢語詩律學》中"拗救"一節。簡要地說，在平仄分明的位置上拗了，就得救，或本句自救，或對句相救。但不能前一聯的對句拗，下一聯的出句救。

初學作詩，最好先不急於拗救。

四、出律

出律是指平仄、韻律等不符合律詩的規範。在平仄方面，凡不符合格律詩四種譜式，又沒有進行拗救的情況，都算是出律，如犯孤平、三平尾、三仄尾、失粘（折腰體）等等。該對仗而沒對仗或對得不合規則，是失對。該押韻不押韻，或誤用不同韻部相押，是出韻，又稱落韻、走韻、嫌韻。近體詩首句起韻時可用鄰韻字，但除首句外還用鄰韻，就是出韻。以下介紹幾種出律的情況。但首先要說說格律詩定型之前的"八病"。

1. 四聲八病

南齊永明年間，周顒著《四聲切韻》，提出平上去入四聲。《南史·陸厥傳》稱："時盛爲文章，吳興沈約、陳郡謝朓、琅琊王融，以氣類相推轂。汝南周顒善識聲韻，約等文皆用宮商，將平上去入四聲，以此製韻，有平頭、上尾、蜂腰、鶴膝。五字之中，音韻悉異，兩句之內，角徵不同，不可增減。世呼爲永明體。"後世有人將這些人關於詩歌聲病的講究概括爲"四聲八病"說。其實以上引文表述的只有"四病"。

"八病"之說見於唐、宋人的著述，記載或簡或詳。比較清晰細緻的如南宋人祝穆撰《古今事文類聚》別集卷十文章部載"本朝李淑《詩苑》"（即《詩苑類格》）：

梁沈約曰：詩病有八。一曰平頭，第一第二字不得與第六第七字同聲，如"今日良宴會，歡樂難具陳。"今、歡皆平聲也。二曰上尾，謂第三字不可與第十字同聲，如"青青河畔草，鬱鬱園中柳。"皆上聲也。三曰蜂腰，謂第二字不得與第五字同聲，如"聞君愛目甘，竊欲自修飾。"君、甘皆平聲，欲、飾皆入聲也。四曰鶴膝，謂第五字不得與第十字同聲，如"客從遠方來，遺我一札書。上言長相思，下言久離別。"來、書皆平聲。五曰大韻，如聲鳴爲韻，上九字不得用驚傾平字。六曰小韻，除本韻一字外，九字中不得兩字同韻，如遙、條不同句。七曰旁紐，八曰正紐，謂十字內兩字雙聲爲正紐，若不共一字而有雙聲爲旁紐，如流、六爲正紐，流柳爲旁紐。八種唯上尾、鶴膝最忌，餘病亦通。

查沈約現存著述，並無"八病"之說。今查"八病"之說，可見隋王通《中說·天地》篇載李伯藥謂薛收曰："吾上陳應、劉，下述沈、謝，分四聲八病，剛柔清濁，各有端序。"可知在唐代以前即有"八病"的說法了。

唐代最早完整記載"八病"內容的典籍，現在可見的是日本僧人空海（774—835，俗姓佐伯直，入唐朝從惠果法師，受名遍照金剛）所著《文鏡秘府論》。其書"西"部《論病》論及"文二十八種病"，其中前八種即與宋代詩家所謂"八病"次序一樣，但舉例多不同。空海是日本的漢學天才，又到中國較長時間，對詩病理論的理解極其細緻，舉例也非常博洽。但他並未將"八病"單獨列出，也未說明是沈約之論。從他對"八病"的論說和引文看，他接受的應該是從南朝到初盛唐許多詩家的說法。比如隋劉善經《四聲指歸》、唐元兢《詩髓腦》等。空海對元兢詩學極其推崇，認爲元兢是唐代最優秀的詩學家之一。元兢《詩髓腦》和編著《古今詩人秀句》的情況，正是通過《文鏡秘府論》的記載纔傳諸後世的。

當代學者對"八病"說起於何時頗多爭論，有認定爲沈約創始者（如日本學者清水凱夫《沈約八病真僞考》），有說是自沈約時代四聲理論出現後，經過若干詩家總結而形成的。可以肯定的是，齊、梁時代的詩人已經開始從聲韻角度探討詩歌格律化問題，"八病"之說因此而形成。"八病"之說雖然還不能準確而且全面地反映格律詩的規矩，但對格律詩的定型卻產生了很大的影響。

"八病"的說法在"永明體"時代及唐代前期有一定的規範作用，而當格律詩定型之後，"八病"之說就沒有實際操作的意義了。

2. 孤平

何謂孤平，前人說法不一。王力《漢語詩律學》的說法最能爲大家接受。他說："五言的'平平仄仄平'不得改爲'仄平仄仄平'；七言的'仄仄平平仄仄平'不得改爲'仄仄仄平仄仄平'。如果近體詩違犯了這一個規律，就叫做'犯孤平'。因爲韻腳的平聲字是固定的，除此之外，句中就單剩一個平聲了。孤平是詩家的大忌。"

"孤平"主要是針對韻句而言，出句一般不受此限制。

3. 三平尾

三平尾又稱"尾三平"、"犯三平"、"三平調"、"三平腳"、"下三連"，指詩句末尾三字都是平聲。在近體詩中，倘若五言仄起平收（仄仄仄平平）句式的第三字、七言詩平起平收（平平仄仄仄平平）句式的第五字之仄聲被改爲平聲，使末尾三字俱平，就違反了平仄規則。唐人格律詩中三平尾頗爲罕見，如杜甫《釋悶》："四海十年不解兵，犬戎也復臨咸京。"

作格律詩要避免三平尾。但唐人作古詩卻多用這種形式，如李白《月下獨酌》："花間一壺酒，獨酌無相親。舉杯邀明月，對影成三人。"杜甫《歲晏行》十韻，有六句用了三平尾。唐以後詩人作古體詩，不僅不避三平尾，甚至可能是有意爲之的。

有時侯，某些可平可仄的字出現在格律詩詞中，如果讀平聲，就成了"三平尾"，如李商隱《錦瑟》首聯："錦瑟無端五十絃，一絃一柱思華年。"按現代語言學家們確定的規範，"思"做名詞讀去聲，做動詞讀平聲。這裏的"思"是回想之意，但若讀平聲，就是三平調了。怎麼讀是個問題。李商隱很可能是按去聲用的。後人按仄聲讀也不會覺得是三平尾。王士祿的《南歌子·鴉鬢》化用這一句爲："已覺一絃一柱，思華年。"（載《炊聞詞》卷上）按詞譜，這裏的"思"只能用爲仄聲，而不能苟且。這種特例可以理解，但學詩者還是儘量勿以爲法。

4．三仄尾

三仄尾是指一句詩最後三個字都是仄聲。例如王灣《次北固山下》："潮平兩岸闊，風正一帆懸。"沈佺期《古意呈補闕喬知之》："誰爲寒愁獨不見，更教明月照流黃。"不過，"三仄尾"算不算出律，學界尚無統一意見。許多談及格律的著作，包括大學通行的古代漢語教材，都不把"三仄尾"當作出律。其中一個重要原因是"三仄尾"的律詩作品實在太多，按照"例不十法不立，例外不十法不破"的原則，把"三仄尾"界定爲出律，缺乏理據。

清人董文渙《聲調四譜》稱："唯上句三字拗仄爲'平平仄仄仄'句，乃正拗律而非借古句者。"又說："若再拗首字爲'仄平仄仄仄'句，或又三四拗救爲'仄平仄平仄'句，則拗極矣。而下句則斷用'平仄仄平平',不可易也。"這樣的例子在唐詩中不少。如崔顥《送單于裴都護赴西河》:"單于莫近塞,都護欲臨邊。"又《題潼關驛樓》:"川從陝路去,河繞華陰流。"劉脊虛《寄江滔求孟六遺文》:"偏知漢水廣,虛與孟家鄰。"王維《送梓州李使君》:"山中一夜雨,樹杪百重泉。"岑參《首春渭西郊行呈藍田張二主簿》:"秦女峯頭雪未盡,胡公陂上日初低。"杜甫《崔氏東山草堂》:"盤剝白鴉谷口栗,飯煮青泥坊底芹。"李山甫《寒食》:"有時三點兩點雨,到處十枝五枝花。"以上出句都是三仄尾。不僅如此,唐詩中還有四仄、五仄、六仄收尾的情況。四仄句如杜甫《又雪》:"南雪不到地,青崖霑未消。"李商隱《落花》:"腸斷未忍掃,眼穿仍欲歸。"五仄句如李白《自遣》:"對酒不覺暝,落花盈我衣。"杜甫《夜雨》:"小雨夜復密,迴風吹早秋。"李商隱《登樂遊原》:"向晚意不適,驅車登古原。"杜牧《江南春絕句》:"南朝四百八十寺,多少樓臺煙雨中。"

5. 失粘(折腰體)

律詩前一聯對句與下一聯出句的第二字平仄必須相同,稱作"粘",違者稱"失粘"。明徐師曾《文體明辨序說》稱:"按律詩平順穩帖者,每句皆以第二字爲主,如首句第二字用平聲,則二句、三句當用仄聲,四句、五句當用平聲,六句、七句當用仄聲,八句當用平聲;用仄反是。若一失粘,皆爲拗體。"

解決失粘的辦法,清人冒春榮《葚原詩說》卷三述及五言排律的聲調:"總以句中第二句爲紐,首句平,次句仄,三句次字用仄,四句次字又用平,五句次字又以平接,如此類推,可無失粘之慮。"

唐詩失粘的現象很多,這與唐人作詩追求變化有關。他們既重視詩律，又不縛於詩律。仇兆鼇《杜詩詳注》卷一一引劉逴之語頗爲精當："律詩自有定體，不可失粘。然盛唐諸家，出奇變化，往往不縛於律，非但杜詩爲然。如李頎《題璿公山池》前二聯俱失粘。如崔顥《黃鶴樓》，前三聯俱失粘。如李白《別中都明府》與《鳳凰臺》，頷聯失粘。如王維《積雨輞川莊》、高適《送李宷少府》，頸聯失粘。如王維《和溫泉寓目》、岑參《送李司馬歸扶風》，後二聯失粘。如王維、賈至《早朝》，起結俱失粘。如杜審言《春日京中有懷》、王維《訪呂逸人》，四聯俱失粘。如李白《題東溪隱居》、王維《酌酒與裴迪》、岑參《送嚴河南》，雖失粘，而不害爲好詩。後學竭力避之，則拘；有心必效之，亦過矣。"

如果格律詩的兩聯符合對的規則，而聯與聯之間不符合粘的規則，這種形式稱爲折腰體。宋人惠洪《天廚禁臠》卷上言："折腰步句法，雖中失粘而意不斷也。"宋人魏慶之《詩人玉屑》卷二："折腰體謂中失粘而意不斷。"唐人高仲武的《中興間氣集》卷下錄崔峒《清江曲內一絕》，題注"折腰體"。這是折腰體稱謂的最早記載。全詩爲：

八月長江去浪平，片帆一道帶風輕。

極目不分天水色，南山南是岳陽城。

折腰體在唐詩中多見，五律、五絕、七律、七絕中都有。五律如陳子昂《晚次樂鄉縣》前四句：

故鄉杳無際，日暮且孤征。

川原迷舊國，道路入邊城。

又其《送別崔著東征》前四句：

金天方肅殺，白露始專征。

王師非樂戰，之子慎佳兵。

唐求《題鄭處士隱居》前四句：

　　　　不信最清曠，及來愁已空。
　　　　數點石泉雨，一溪霜葉風。

五絕如虞世南《詠蟬》：

　　　　垂緌飲清露，流響出疏桐。
　　　　居高聲自遠，非是藉秋風。

張說《蜀道後期》：

　　　　客心爭日月，來往預期程。
　　　　秋風不相待，先到洛陽城。

張九齡《賦得自君之出矣》：

　　　　自君之出矣，不復理殘機。
　　　　思君如滿月，夜夜減清輝。

七律如李白《登金陵鳳凰臺》中間四句：

　　　　吳宮花草埋幽徑，晉代衣冠成古丘。
　　　　三山半落青天外，二水中分白鷺洲。

杜甫《詠懷古跡》前四句：

　　　　搖落深知宋玉悲。風流儒雅亦吾師。
　　　　悵望千秋一灑淚，蕭條異代不同時。

七律中甚至有四聯都失粘的情況，如王維《酌酒與裴迪》：

　　　　酌酒與君君自寬。人情翻覆似波瀾。
　　　　白首相知猶按劍，朱門先達笑彈冠。
　　　　草色全經細雨濕，花枝欲動春風寒。
　　　　世事浮雲何足問，不如高臥且加餐。

七絕如王維《送元二使安西》：

　　　　渭城朝雨浥清塵。客舍青青柳色新。
　　　　勸君更進一杯酒，西出陽關無故人。

皇甫冉《答張繼》：

> 悵望南徐登北固，迢遙西塞阻東關。
> 落日臨川問音信，寒潮惟帶夕陽還。

值得注意的是，唐人趙彥昭有一首《人日玩雪應制》：

> 始見青雲干律呂，俄逢瑞雪兆陽春。
> 今日迴看上林樹，梅花柳絮一時新。

應制詩用折腰體，加以唐代無論初盛中晚各個時期都有折腰體出現，可知唐人對於這種形式應該是作爲一種變格運用的，甚至在特定的時期形成風氣。

五、對仗

對仗作爲一種修辭手法，又稱"對偶"。對仗要求字數相等、詞性相同、平仄對立、句法相似。諸如"天"對"地"，"雨"對"風"，"大陸"對"長空"，"山花"對"海樹"，"赤日"對"蒼穹"，這都是工對。對仗貴在自然而巧妙，如果一味刻板求工，既不自然又不巧妙，就是低劣之對，不宜提倡。杜甫《絕句》"兩個黃鸝鳴翠柳，一行白鷺上青天。窗含西嶺千秋雪，門泊東吳萬里船"就是兩組既自然又巧妙又工整的對仗句子。

如果應該對仗的地方不對，就是失對，包括平仄失對、詞性失對、結構失對。如劉禹錫《春有情篇》頸聯：

> 雨頻催發色
> 雲輕不作陰

出句第二字"頻"與對句第二字"輕"都是平聲，出句第四字"發"和對句第四字"作"都是仄聲，這就是典型的失對。

又如韋應物《送姚孫還河中》頷聯：

> 風塵滿路起

行人何處歸

"風塵"對"行人"、"滿路"對"何處"也是失對。

在唐詩中，失對的句子很少。因爲詩歌格律在初唐已經定型，詩人創作時儘量避免不合格律的現象。這與前面所說失粘作爲詩之一體而經常出現是不同的。宋以後更加講究詩歌格律，失對成爲作詩的大忌，失對的句子更爲罕見了。

律詩中間兩聯須對仗，對仗有對仗的規矩，不能犯規。另一方面，規矩也有寬嚴之別。在不違反基本規矩的前提下，詩家是允許寬對的。因爲規矩寬容一些，就會減少形式對內容的約束，減少規矩對藝術意境的限制。這種從寬不從嚴的理念，給對仗提供了靈活變化的可能，於是對仗就產生了一些變格。以下略作介紹。

（1）流水走馬對。如駱賓王《在獄詠蟬》："不堪玄鬢影，來對白頭吟。"

（2）白描對。如杜甫《送路六侍御入朝》："更爲後會知何地，忽漫相逢是別筵。"

（3）似對非對。如杜甫《詠懷古跡五首》之五："伯仲之間見伊呂，指揮若定失蕭曹。"又如杜甫《曲江二首》之二："酒債尋常行處有，人生七十古來稀。"

（4）無情對。如張之洞撰："木已半枯休縱斧，果然一點不相干。"

（5）四對格。四對格即四聯全部對仗，也稱爲"麟趾格"，意思是像麒麟的四蹄八趾，步履整齊。這樣的律詩不多見，杜甫寫過好幾首。

年年此日長爲客，忽忽窮愁泥殺人。
江上形容吾獨老，天涯風俗自相親。

杖藜雪後臨丹壑，鳴玉朝來散紫宸。
心折此時無一寸，路迷何處是三秦。

——杜甫《冬至》

風急天高猿嘯哀，渚青沙白鳥飛回。
無邊落木蕭蕭下，不盡長江滾滾來。
萬里悲秋常作客，百年多病獨登臺。
艱難苦恨繁霜鬢，潦倒新停濁酒杯。

——杜甫《登高》

（6）鼎足格。鼎足格就是一個律詩作品中有三聯對仗，猶如鼎足而三。例如：

青山橫北郭，白水繞東城。
此地一爲別，孤蓬萬里征。
浮雲遊子意，落日故人情。
揮手自茲去，蕭蕭班馬鳴。

——李白《別友人》

這是首、頷、頸三聯對仗。古人稱之爲"前三對格"，也稱爲"垂繸格"，詩句好像上面整齊下面鬆散的"繸"一樣。"繸"是古代一種裝飾衣服的花邊或帶子，用絲綫編織而成。

又如：

劍外忽傳收薊北，初聞涕淚滿衣裳。
卻看妻子愁何在，漫捲詩書喜欲狂。
白日放歌須縱酒，青春作伴好還鄉。
即從巴峽穿巫峽，便下襄陽向洛陽。

——杜甫《聞官軍收河南河北》

這是頷、頸、尾三聯對仗。古人稱之爲"後三對格"，也稱爲"雀屏變格"。

(7) 垂縗變格。首聯對，其餘不對，古人稱爲"垂縗變格"，詩篇結構好像上面整齊下面鬆散的縗。例如李白《長信宮》：

> 月皎昭陽殿，霜清長信宮。
> 天行乘玉輦，飛燕與君同。
> 更有歡娛處，承恩樂未窮。
> 誰憐團扇妾，獨坐怨秋風。

(8) 偷春格。首聯對而頷聯不對，古人形容爲"如梅花偷春色而先開"。如杜甫《一百五日夜對月》：

> 無家對寒食，有淚如金波。
> 斫卻月中桂，清光應更多，
> 仳離放紅蕊，想像嚬青蛾。
> 牛女漫愁思，秋期猶渡河。

又如王勃《送杜少府之任蜀川》：

> 城闕輔三秦，風煙望五津。
> 與君離別意，同是宦遊人。
> 海內存知己，天涯若比鄰。
> 無爲在歧路，兒女共沾巾。

(9) 雀屏格。首聯、頷聯不對，頸聯、尾聯對仗，詩句猶如孔雀開屏的樣子。如宋之問《寄天台司馬道士》：

> 臥來生白髮，覽鏡忽成絲。
> 遠愧餐霞子，童顔且自持。
> 舊遊惜疏曠，微日尚磷緇。
> 不寄西山藥，何由東海期。

(10) 蜂腰格。整首詩只有頸聯一處對仗，被稱爲"蜂腰格"。如賈島《下第》：

> 下第唯空囊，如何住帝鄉。

>　　杏園啼百舌，誰醉在花傍。
>　　淚落故山遠，病來春草長。
>　　知音逢豈易，孤棹負三湘。

又如劉禹錫《醻樂天揚州初逢席上見贈》：

>　　巴山楚水淒涼地，二十三年棄置身。
>　　懷舊空吟聞笛賦，到鄉翻似爛柯人。
>　　沈舟側畔千帆過，病樹前頭萬木春。
>　　今日聽君歌一曲，暫憑杯酒長精神。

（11）扇對格。所謂"扇對"，指的是隔行對仗，猶如摺扇一般，扇骨與扇骨之間是相隔的。例如韓愈《送李員外院長分司東都》：

>　　去年秋露下，羈旅逐東征。
>　　今歲春光動，驅馳別上京。
>　　飲中相顧色，送後獨歸情。
>　　兩地無千里，因風數寄聲。

"去年秋露下"和"今歲春光動"對仗，"羈旅逐東征"和"驅馳別上京"基本對仗。又如明梁橋闕題詩：

>　　夏來幽興愜，携酒問芳蘋。
>　　昨日花間醉，青衫藉玉人。
>　　今宵月下飲，翠袖舞紅茵。
>　　老去流光易，乘時欲怡神。

"昨日花間醉"和"今宵月下飲"對仗，"青衫藉玉人"和"翠袖舞紅茵"對仗。當然，也可以把它們看做上下兩聯對仗。

以上說的各種"格"，其實都是巧立名目，方便初學者理解，切不可死板待之。

六、詩法舉隅

1. 確定體裁

律詩或絕句的篇幅是固定的。詩人要在有限的篇幅內表達盡可能豐富的內涵。一般說來，篇幅越長，容量便越大。若要表述較多的內容，七言當然優於五言，律詩優於絕句。

句子長短對詩歌的格調韻味也有影響。古人說七言律詩氣象高遠雄渾，聲響鏗鏘偉健，適宜表達悠遠綿長、慷慨激昂的情感。五言律詩沉靜細密，深遠幽邃，適宜表達深至纏綿的情感。這話雖然不能一概而論，但也不無道理。

古人認爲七言比五言難作，如果一首七言詩簡化成五言仍然不傷詩意，那麼這首七言詩就失敗了。比如杜牧的《清明》，有人就認爲是一首不成功的七言詩，因爲"清明時節雨紛紛，路上行人欲斷魂。借問酒家何處有？牧童遙指杏花村"可以改作"清明時節雨，行人欲斷魂。酒家何處有？遙指杏花村"。這批評未必很合理，這裏引用的目的在於說明每個字都應該有其不可替代、不可省略的作用和內涵，句子長一點，篇幅長一些，都應該有長的價值。

2. 立意

立意就是確定寫甚麼，比如抒甚麼情、敍甚麼事、寫甚麼景、言甚麼理。與體裁和格律相比，意就是作品的靈魂。

古人常常倡導立意高古、渾厚、有氣概、沉著，忌卑弱淺陋。所謂高古，指效法古代聖賢高遠古樸的精神境界和藝術境界，如陶淵明、杜甫、林逋具有遠古之高風，其作品是其人格的寫照。如"采菊東籬下，悠然見南山"那樣的詩句，只有陶淵明纔寫得出來；"親朋無一字，老病有孤舟"那樣的詩句，只有杜甫纔寫得出來；"疏影橫斜水清淺，暗香浮動月黃昏"那樣的詩句，只有林逋纔寫得出來。渾厚是淳樸厚重，氣概指正直豪邁的精神氣質。沉著指表述深沉不虛浮，韻味深遠。而卑弱淺陋正與上述相反。

立意往往與命題有關。上古的詩歌本無題目，如《詩經》、漢樂府。後來詩家漸興命題，但題目貴在簡要，點明題旨即可。有人喜歡用長題，或者題下加序，把寫作的緣由交代明白，甚至把作品的内容先敘說一番（序即敘）。比如陸游七律《數日暄妍頗有春意予閑居無日不出遊戲作》，題目長達十八字。又如朱熹五律《十一月二十六日萍鄉西三十餘里黃花渡口客舍稍明潔有宋亨伯題詩亦頗不俗因錄而和之》，題目長達三十八字。這樣作的好處是讓讀者明明白白，缺點是可能過於囉嗦甚至重複，不給讀者留想象的餘地，可能使作品了無餘味。

3. 選韻

金武祥《粟香隨筆》卷八云："押韻宜響，而先在選韻。"他說的是選韻應該考慮聲音效果。

語言學家把漢語語音系統的韻母分成三部分：韻頭（介音）、韻腹和韻尾。以"iang"爲例，"i"是韻頭（介音），"a"是韻腹，"ng"是韻尾。當然，並不是每個韻母都具備韻頭（介音）、韻腹和韻尾的。

又據韻頭（介音）、韻腹、韻尾的構成，把韻母分成三類：陰聲韻、陽聲韻和入聲韻。以元音（例如 a、o、e、i、u、ü）爲韻尾的是陰聲韻，以鼻輔音（例如 n、m、ng）爲韻尾的是陽聲韻，以塞音（例如 p、t、k）爲韻尾的是入聲韻。

進而又把充當韻腹的元音分爲"開、齊、合、撮"四呼。沒有韻頭（介音）且韻腹不是 i、u、ü 的韻母屬於"開口呼"，也就是以 a、o、e 爲韻腹且沒有 i、u、ü 韻頭（介音）的韻母；凡韻頭（介音）或韻腹爲 i 的韻母屬於"齊齒呼"；凡韻頭（介音）或韻腹爲 u 的韻母屬於"合口呼"；凡韻頭或韻腹爲 ü 的韻母屬於"撮口呼"。很明顯，沒有 i 韻頭（介音）的韻母發音時口腔共鳴空隙較大，所以古人把它們稱爲"洪音"，而把有 i 韻頭（介音）的韻母稱爲"細音"。

從韻律上考慮，陰聲韻或洪音韻母聲音響亮，悠長而舒緩，適宜一再詠唱，表達愉悅歡快的感情。陽聲韻或細音韻母聲音響度偏低，適宜低吟淺唱，表達憂傷惋惜的感情。入聲韻則發音短促，猶如敲擊樂，鏗鏘有力，適宜怒喝呵斥，表達激越的感情。當然，這裏只是一種理論表述，若從古人創作實踐考察，並不盡然。

選韻還應考慮用韻的難易程度。看看本書附錄《詩韻常用字表》就知道，每個韻部常用的字數多寡不一。字數愈少，押韻受到的局限愈大。古人將字數少且生僻難用的韻部稱爲"險韻"。譬如"元"韻，字數少，而且容易出韻，所以被稱爲"該死十三元"①。《紅樓夢》第七十六回《凸碧堂品笛感淒清，凹晶館聯詩悲寂寞》，史湘雲說："偏又是十三元了，這個韻可用的少，作排律只怕牽強，不能壓韻呢。"古代不但試帖詩很少出險韻，平時創作也儘量迴避險韻。另一方面，又有人認爲"作詩最可藏拙者莫過於險韻"（梁章鉅《退菴隨筆》卷二十二）。利用險韻藏拙取巧，道理在於避常熟而求新穎。討巧成功固然不錯，但弄巧成拙就不好了。

---

① 清薛福成《庸盦筆記》卷三《軼聞》"窮達有命"條載：湖口人高碧湄自小才氣過人，但兩次應試，都因試帖詩出韻而名列第四等。於是王紉秋（闓運）贈給他兩句詩："平生兩四等，該死十三元。""元"部在上平聲排第十三位，故云。

初學者作詩，各個韻部都不妨試試，練習而已。另外，限韻、和韻等方式都應該嘗試。

4．謀篇

律詩有四聯，正可與內容結構的起、承、轉、合配合。

《詩經》學有"賦比興"之說。賦即鋪陳敍述，比即比喻，興指即景生情，即象徵。詩篇開頭有用"興"法的，因爲興本來就是興起之意，朱熹說"興者，先言他物以引起所咏之詞也"。最著名的詩例是"關關雎鳩，在河之洲"，用比喻方法起頭的詩如杜甫《秋興八首》其四："聞道長安似弈棋"。相比之下，以賦開頭是最常見的，因爲賦起最容易切題。仍以杜甫《秋興八首》爲例。

其一：玉露凋傷楓樹林，巫山巫峽氣蕭森。

——從季節、地點說起。

其二：夔府孤城落日斜，每依南斗望京華。

——以地點、行爲起。

其三：千家山郭靜朝暉，日日江流坐翠微。

——以地點、行爲起。

其五：蓬萊宮闕對南山，承露金莖霄漢間。

——以典故起。

其六：瞿唐峽口曲江頭，萬里風煙接素秋。

——以地點、季節起。

其七：昆明池水漢時功，武帝旌旗在眼中。

——以典故起。

其八：昆吾御宿自逶迤，紫閣峯陰入渼陂。

——以地點起，昆吾、御宿皆地名，在長安萬年縣西。

這些都是用賦法起，自然而然地從當前時、地、人、事說起。觀大家之詩,起頭自然便好,如李白詩的開頭往往如話家常,如"故人西辭黃鶴樓"、"李白乘舟將欲行"、"楊花落盡子規啼"之類。開頭要在能引起下文。

以下承續、轉折、合攏,妙在既自然而然緊湊流暢,又能大開大闔,跌宕起伏,層層振起。仍以杜甫《秋興八首》爲例,如第一首:

玉露凋傷楓樹林
巫山巫峽氣蕭森——說說這裏的秋天氣象。
江間波浪兼天湧
塞上風雲接地陰——承首聯,進一步把秋天的景象
　　　　　　　　　說得豐富。
叢菊兩開他日淚
孤舟一繫故園心——忽然從又見菊花轉說人事。
寒衣處處催刀尺
白帝城高急暮砧——從備寒衣這個細節想到一切之
　　　　　　　　　循環往復。

第二首:

夔府孤城落日斜——此地起。
每依南斗望京華——此情承之(客居而思鄉國)。
聽猿實下三聲淚——進一步渲染客裏悲懷。
奉使虛隨八月槎——用張騫奉使尋河故事寫宦遊之
　　　　　　　　　悲。杜甫此時以京官身份做幕
　　　　　　　　　僚,盼回京而不得。
畫省香爐違伏枕——由上句"奉使"而轉說難回
　　　　　　　　　畫省(指朝廷)。
山樓粉堞隱悲笳——只能在山樓(白帝城)徒自

悲傷。

請看石上藤蘿月

已映洲前蘆荻花——又是一個秋天將要過去了。

結尾需要特別注意，好詩都有個好結尾。怎樣纔算好呢？每首詩都有個結尾，好的結尾各具其妙。總之要有升華，有餘味，給讀者拓開一個優美的可想象的時間和空間。

起承轉合之說，是方便初學的一種解釋，不可當作"公式"一樣死板理解。

5. 句法

詩句也有判斷句、陳述句、祈使句、感嘆句、疑問句等等。

上古漢語的判斷句不必使用繫動詞"是"。中古時期的判斷句可以使用"是"，也可以不用。例如：

不<u>是</u>同年來主郡，此心牢落共誰論。（王禹偁《日長簡仲咸》）

獨向此時爲俗吏，風流知<u>是</u>不如人。（丁謂《公舍春日》）

仙人居處<u>即</u>鰲宮，更作層樓峭倚空。（鄭俠《煙雨樓》）

古漢語的祈使句通常省去主語，並多使用謙敬副詞。如施閏章《送董玉虯行人使延綏》：

乍見難爲別，深秋況遠行。霜前催客思，關外問王程。

玉節黃雲護，星軺畫角鳴。<u>請君歌出塞，莫動故園情</u>。

又如胡蘇雲《同沈明府遊南泉寺》：

不信維摩院，湘雲入復深。落花三兩處，清磬有餘音。

無想忽成句，到來識此心。<u>請君歌一曲，且領竹幽林</u>。

古漢語的感嘆句也使用感嘆語氣詞。不過，常將謂語前置，這和現代漢語很不一樣。例如：

　　<u>惜哉</u>形勝地，回首一茫茫。（杜甫《懷錦水居止二首》其二）

　　今日併如此，<u>哀哉</u>信可憐！（李白《過四皓墓》）

　　<u>久矣</u>歸心到鄉國，依然水宿伴漁舠。（蘇過《偕陳調翁龍山買舟待夜潮發》）

古漢語的疑問句有兩個不同於現代漢語的特點，第一是句尾可用否定副詞。如：

　　晚來天欲雪，能飲一杯<u>無</u>？（白居易《問劉十九》）

　　天明西北望，萬里君知<u>否</u>？（白居易《夢與李七庾三十三同訪元九》）

　　秋風行李歸來<u>未</u>？旦暮虛懷遲玉音。（彭汝礪《廣漢言事得陵州仁壽縣將以詩迎之》）

　　路傍人怪問：此隱者，姓陶<u>不</u>？（辛棄疾《木蘭花慢·路傍人怪問》）

第二是在特殊疑問句中，疑問代詞前置。如：

　　夫子<u>何</u>爲者，栖栖一代中。（唐玄宗《經魯祭孔子而嘆之》）

　　許我早春春近半，渡頭桃葉應<u>何</u>如？

　　（嚴首升《南郡友人客冬書至許早春買姬見貽寄詩速之》）

　　庭樹幾株陰入戶，主人<u>何</u>在客聞蟬。（賈島《處州李使君改任遂州因寄贈》）

　　當年鹿<u>何</u>往？異世鶴歸來。（晁補之《聞慎思話舊隱用回字韻》）

詩歌的句法可以很靈活，如：

問答句:"問余何事棲碧山,笑而不答心自閑。"(李白《山中問答》)

當對句:"白狐跳梁黃狐立。"(杜甫《乾元中寓居同谷縣作歌七首》之五)"白狐"和"黃狐"相對。又如:"大麥乾枯小麥黃,婦女行泣夫走藏。"(杜甫《大麥行》)"大麥"和"小麥"相對;"婦女"和"夫"相對。

上應下呼句:"素練抹林雲氣薄,明珠穿草露華新。"(佚名)"素練抹林"、"明珠穿草"是"應","雲氣薄"、"露華新"是"呼"。

上呼下應句:"林花著雨胭脂濕,水荇牽風翠帶長。"(杜甫《曲江對酒》)"林花著雨"、"水荇牽風"是"呼","胭脂濕"、"翠帶長"是"應"。

行雲流水句:"春日鶯啼修竹裏,仙家犬吠白雲間。"(杜甫《滕王亭子》)

詞序倒裝句:"香稻啄餘鸚鵡粒,碧梧棲老鳳皇枝。"(杜甫《秋興》第八首)正常的語序應爲"鸚鵡啄餘香稻粒,鳳皇棲老碧梧枝"。

言倒理順句:"未明先見海底日,良久遠雞方報晨。古樹含風長帶雨,寒巖四月始知春。"(方干《題龍泉寺絕頂》)從邏輯上分析,良久遠雞方報晨,古樹含風長帶雨。句子是不通的,海底的太陽怎麼能看得見?四月已不是春天,怎麼能知道春天?但是,從想象上考慮,句子卻是講得通的。天色未亮,太陽當然還在海底。"見"是"想見"。在高山上四月纔感受到春天的暖意。

詩句的節奏也可以靈活,如:

上三下三句:"鳳凰樂奏鈞天曲,烏鵲橋通織女河。"(曹元

用《京都和馬伯庸尚書韻》其二)

上四下三句:"金馬朝回門似水,碧雞天遠路如年"(王士熙《送巨德新》)這是從韻律的角度對句子結構所作的分析,其節奏爲:金馬朝回/門似水,碧雞天遠/路如年。當然,韻律的分析並不能完全擺脫句法的制約。

上三下四句,古人稱爲"折腰句",多見於宋代詩作。例如:"大屋檐多裝雁齒,小航船亦畫龍頭。"(白居易《答客問杭州》)如同"上四下三句",這也是從韻律的角度對句子結構所作的分析,其節奏爲:大屋檐/多裝雁齒,小航船/亦畫龍頭。不同之處在於,前者是複句,後者是單句。

詩歌句法靈活多變,其實是難以概述的。以上只是略舉例子。

6. 修辭

(1)比喻。古代詩歌中,有些比喻有相對固定的喻義,如龍喻君主,雨露喻君恩,雷霆喻君威,山河喻邦國,日月喻君臣,香草美人喻君子或美德,金石喻忠烈,松柏竹菊喻節操,鸞鳳喻戀人,燕雀喻小人,花喻女人,等等。其相對固定的喻義是在長期的文化積累中約定俗成的。

當然詩人也可以隨時取喻,更可以反常取喻,比如岑參用"千樹萬樹梨花開"比喻雪景,就很奇特新穎。又如蘇軾"人生到處知何似?應似飛鴻踏雪泥",比喻新穎而且個性化。

(2)誇張。作詩總是比日常說話更喜歡誇張的。誇張要富於想象力,既要言過其實,又要合理。魯迅就說過:"'燕山雪花大如席',是誇張,但燕山究竟有雪花,就含著一點誠實在裏面,使我們立刻知道燕山原來有這麽冷。如果說'廣州雪花大如席',那就變成笑話了。"(《漫談"漫畫"》)比如李白《秋浦歌》說"白髮三千丈,緣愁似個長",任何人的白髮都不可能有三千丈那麼長，但用來形容愁思之長，就合理了。

（3）擬人。擬人是詩歌很重要的修辭方式，寫景詠物往往要擬物爲人，其實就是在物與人之間尋找相似點。這尤其是詠物之作的精義。例如白居易《牡丹芳》把牡丹花擬人化：

> 紅紫二色間深淺，向背萬態隨低昂。
> 映葉多情隱羞面，臥叢無力含醉妝。
> 低嬌笑容疑掩口，凝思怨人如斷腸。
> 穠姿貴彩信奇絕，雜卉亂花無比方。

（4）互文。互文是表面分說對舉實則互相關聯的修辭方式，又稱"互言"、"互備"、"互體"、"參互"等。例如："煙籠寒水月籠沙"（杜牧《泊秦淮》）實際是說炊煙與月色籠罩著水與沙。"秦時明月漢時關"（王昌齡《出塞》）實際是說自秦漢時的明月與邊關。

（5）用典與化用。用典就是引用古代的歷史故事或典籍中的言辭語句，表達自己思想感情，也稱用事。謝天瑞《詩法》卷三："陳古諷今，因彼證此，不可著跡，只使影子可也，雖死事亦當活用。"用典可以使詩歌典雅，言簡而意豐。但典故用得好不好，藝術效果大不一樣。怎樣纔算用得好呢？大體說來，首先要用得自然妥帖，進而要不著痕跡。

化用與用典類似，略有區別。直接或間接地引用前人的詞句，稱爲化用。例如寇準《春日登樓懷歸》：

> 高樓聊引望，杳杳一川平。
> 野水無人渡，孤舟盡日橫。
> 荒村生斷靄，深樹語流鶯。
> 舊業遙清渭，沉思忽自驚。

頷聯化用韋應物《滁州西澗》"野渡無人舟自橫"。

又如李白《早發白帝城》：

> 朝辭白帝彩雲間，千里江陵一日還。
> 兩岸猿聲啼不住，輕舟已過萬重山。

化自酈道元《水經注·江水》："有時朝發白帝，暮到江陵，其間千二百里，雖乘奔御風，不以疾也。……常有高猿長嘯，屬引淒異，空谷傳響，哀轉久絕。"

再如謝逸《寄饒葆光》（或作《隱居士》）：

> 先生骨相不封侯，卜居但得林塘幽。
> 家藏蠹簡幾千卷，手校韋編三十秋。
> 相知四海孰青眼，高臥一菴今白頭。
> 襄陽耆舊節獨苦，只有龐公不入州。

第二句化自杜甫《卜居》"主人爲卜林塘幽"。

第四節　律詩、絕句講解

一、和晉陵陸丞早春遊望（唐·杜審言）[①]

獨有宦遊[②]人。偏驚物候[③]新。
雲霞出海曙，梅柳渡江春。
淑氣催黃鳥[④]，晴光轉綠蘋[⑤]。
忽聞歌古調，歸思[⑥]欲霑巾。

注釋

[①]杜審言（約645—708），字必簡，襄州襄陽人，杜甫的祖父。唐高宗咸亨進士，中宗時因與張易之兄弟交往，被流放峯州。曾任隰城尉、洛陽丞等小官，累官修文館直學士。少與李嶠、崔融、蘇味道齊名，時稱"文章四友"。其五言律詩格律謹嚴。晉陵：今江蘇常州。

②宦遊：外出求官或做官。

③物候：動植物隨季節氣候變化而變化的周期現象，泛指時令。

④淑氣：溫和之氣。黃鳥：即黃鸝。陸機《悲哉行》："蕙草饒淑氣，時鳥多好音。"

⑤綠蘋：江淹《詠美人春遊》："江南春二月，東風轉綠蘋。"

⑥思（sì）：念頭、想法。

作法提示

這是和友人陸丞《早春遊望》詩之作，抒發宦遊江南的感慨和思鄉之情。首聯點題，點明"遊"和"早春"二意。"獨有"、"偏驚"二詞強調宦遊人特有的敏感。紀曉嵐《瀛奎律髓彙評》曰："起句警拔，入手即撇過一層，擒題乃緊，知此自無通套之病。"

中間兩聯從"驚新"展開來，寫遊望之景。頷聯是頗爲傳誦的秀句，氣象明麗，寫出早春欣欣向榮的無限生氣。"出、渡、催、轉"四個動詞的運用極爲精妙。尤其"渡"字好味道，渡江本是人的行爲，卻說梅柳渡江，巧妙的擬人化手法將春色春意從江南到江北的過程寫得生動優美。頸聯分別化自陸機和江淹詩句。"催"字亦傳神，寫出黃鳥當春而鳴的歡快。中間兩聯寫景既相異又相關，有闊大有精細。李夢陽《御選唐宋詩醇》言律詩寫景正法："疊景者意必二，闊大者半必細，此最律詩三昧。"

尾聯忽然轉折，宕出鄉思。"古調"指陸丞《早春遊望》詩。此詩韻腳五字屬十一"真"韻。"雲霞出海曙"三仄尾。

二、漢江臨泛①（唐・王維）

楚塞三湘接②，荊門九派通。③

江流天地外，山色有無中。
郡邑浮前浦，波瀾動遠空。
襄陽好風日④，留醉與山翁。⑤

注釋

①漢江：即漢水，長江最大的支流。《一統志》載江漢源出隴西嶓塚山，由漢中流經鄖縣、均州、光化，至襄陽城北。臨泛：臨流泛舟。

②楚塞：戰國時期，襄陽位於楚國的北境，故稱楚塞。三湘：湖南湘鄉、湘潭、湘陰（或湘源），合稱三湘，見《太平寰宇記》。古人詩文中的三湘，多泛指湘江流域及洞庭湖地區。

③荊門：山名，在今湖北宜都縣西北的長江南岸，隔江與虎牙山對峙，戰國時爲楚國的西方門戶。派：支流。長江在湖北、江西一帶，分爲很多支流，因稱九派。劉向《說苑·君道》："禹鑿江以通於九派，灑五湖而定東海。"

④好風日：庾信《侍宴餞湘州刺史張續詩》："何當好風日，極望長沙垂。"

⑤山翁：即山簡。《晉書·山簡傳》："簡鎮襄陽，諸習氏有佳園池，簡出必之池上置酒，輒醉曰：'此我高陽池也。'時有兒童歌曰：'山公出何許，往至高陽池。'"

作法提示

王維五律作法常常是首聯點題，中二聯寫景，尾聯用一個典故，點明一份心情。

此詩寫泛舟襄陽漢江所見所感。首聯鳥瞰漢江大勢，有如航拍般勾勒了一幅雄闊的山水景觀。"接"、"通"二字很具空間感。頷聯是名句，運用了"藝術錯覺"——漢江浩森，本在天地之內，但因視野不能窮盡，因而想象其流到天地之外；山本實在，但嵐氣縹緲，隱隱約約，若在有無之中。王世貞《藝苑卮言》稱贊此聯"是詩家俊語，卻入畫三昧"。後來權德輿《晚渡揚子江》詩:"遠岫有無中,片帆煙水上",便是化用此句。歐陽修詞《朝中措》:"平山欄檻倚晴空,山色有無中",直接將王詩檃括入詞。頸聯寫漢江近景,又是利用"藝術錯覺":郡邑豈能浮在水上,但水與城相連,視覺隨波動蕩;江水流於地,但遠望則水天相接,天空似亦隨水而動。一切皆在浮動中,皆因水面寬闊無垠。尾聯忽然轉用平淡語,但人因美景而留且醉,意脈自然、嚴謹。

沈德潛《唐詩別裁集》:"右丞五言律有二種。一種以清遠勝,一種以雄渾勝。"此詩當屬後者。

此詩寫景如畫,人在畫外,是觀賞者,因而不是情景交融的寫法。試比較李白《謝公亭》詩:"謝亭離別處,風景每生愁。客散青天月,山空碧水流。池花春映日,窗竹夜鳴秋。今古一相接,長歌懷舊遊。"這是人在景中,景在情中的寫法,因而情景相生,景中融情。詩人不是觀賞者,而是體驗者。

此詩用一"東"韻,首句不入韻,是五律常式。"襄陽好風日"用"平平仄平仄"句式,是"平平平仄仄"句式的變格,屬於格律允許的拗句,不必救。

三、琴臺[①] (唐·杜甫)

茂陵多病後[②],尚愛卓文君。[③]
酒肆人間世,琴臺日暮雲。[④]
野花留寶靨[⑤],蔓草見羅裙。[⑥]
歸鳳求皇意,寥寥不復聞。[⑦]

注釋

[①]琴臺:任豫《益州記》:"司馬相如宅在州西笮橋北百許步。李膺

云：市橋西二百步得相如舊宅，今梅安寺南有琴臺故墟。"（元陶宗儀《說郛》卷六十一）益州，即今成都一帶。

②茂陵：此指司馬相如。《史記》本傳："相如既病免，家居茂陵。"庾信《傷王司徒褒》詩："茂陵忽多病。"

③"尚愛"句：《史記·司馬相如列傳》載司馬相如與卓文君私奔，文君當壚賣酒、相如滌器故事。

④江淹《擬休上人怨別》詩："日暮碧雲合，佳人殊未來。"

⑤寶靨：花鈿。唐時婦女貼花鈿於面，謂之靨飾。

⑥"蔓草"句：江總妻《賦庭草》："雨過草芊芊，連雲鎖南陌。門前君試看，似妾羅裙色。"

⑦"歸鳳"句：司馬相如《琴歌》："鳳兮鳳兮歸故鄉，遨遊四海求其凰。"寥寥（liáo）：空寂、虛無。

作法提示

杜甫客居成都，憑弔司馬相如琴臺遺跡，詠嘆前賢故事。前四句寫相如與文君情事，後四句寫登臺弔古。首聯"病後"、"尚愛"言司馬相如獨鍾情於文君。仇兆鰲《杜詩詳注》："病後猶愛，言鍾情之至。"頷聯對仗特別，全由名詞組成。趙汸注："玩人世於酒肆之中，思暮雲於琴臺之上，狀其不羈而多情。"暗用江淹"日暮碧雲合，佳人殊未來"詩意，寫"琴臺日暮雲"實際是詠嘆相如和文君皆不再矣。頸聯謂眼前徒有野花、蔓草，令人懷想當年文君"寶靨生香，羅裙搖綠"之韻致、相如《鳳求凰》琴曲之風懷。一"留"一"見"是詩眼。蔓草句化自江總妻"門前君試看，似妾羅裙色"。五代牛希濟《生查子》又化爲"記得綠羅裙，處處憐芳草"。尾聯用相如《琴歌》歸鳳求凰之意作結，緊扣琴臺題意。

四、半山春晚即事① （宋·王安石）

春風取花去，酬我以清陰。

翳翳陂路靜②，交交③園屋深。
牀敷④每小息，杖履⑤亦幽尋。
惟有北山鳥，經過遺好音。⑥

注釋

①半山：在今南京市東北中山門內。王安石有《題半山寺壁詩》，李壁注："半山報寧禪寺，公故宅也。由東門至蔣山（即鍾山），此爲半道，故以半山爲名。"即事：有感於眼前事物而作。

②翳翳（yì）：草木茂密成蔭貌。陂（bēi）：山坡。

③交交：交加，錯雜貌。

④敷：鋪展開。

⑤杖履：扶杖漫步。

⑥遺（wèi）：贈予。《易·小過》："飛鳥遺之音。"好音：悅耳的聲音。《詩經·邶風·凱風》："睍睆黃鳥，載好其音。"

作法提示

這是王安石罷相退居半山園時期所作，寫隱逸生活。首聯用擬人化手法巧妙點破"春晚"題意，新奇又合理，或許暗含"塞翁失馬，焉知非福"、"失之東隅，收之桑榆"的哲理。方回《瀛奎律髓》卷十："半山詩工密圓妥，不事奇險，惟此'春風取花去'之聯乃出奇也。"相比杜牧《嘆花》詩："狂風蕩盡深紅色，綠葉成蔭子滿枝。"同是寫花落葉茂，但因本事不同，王詩深幽淡定，杜詩香艷風流。頷聯承"酬清陰"而來，具體寫綠蔭之樂，平淡從容。尾聯遠引，以聲寫靜，這是王維詩法。此外，尾聯是否另有寄託呢？"北山鳥"或許也是個隱喻吧？高步瀛《唐宋詩舉要》評尾聯："寓感憤於沖夷之中，令人不覺，全由筆妙。"王安石晚年詩爐火純青，境界微妙。

此詩首句是平起仄收式，不起韻。頷聯"翳翳陂路靜"是拗句（常式"仄仄平平仄"拗作"仄仄平仄仄"），因而"交交園屋深"救回（常式"平平仄仄平"救作"平平平仄平"。屋，舊讀入聲）。此外"牀敷每小息"三仄尾。詩人用這樣獨特的平仄格式，或許是追求拗折之趣吧。

五、謁先主廟① （唐·杜甫）

慘淡風雲會②，乘時③各有人。
力侔分社稷④，志屈偃經綸⑤。
復漢留長策⑥，中原仗老臣⑦。
雜耕⑧心未已，歐血⑨事酸辛。
霸氣西南歇，雄圖歷數屯⑩。
錦江元過楚，劍閣復通秦。
舊俗存祠廟，空山泣鬼神。
虛簷交鳥道⑪，枯木半龍鱗⑫。
竹送清溪月，苔移玉座春⑬。
閭閻兒女換⑭，歌舞歲時新。
絕域歸舟遠，荒城繫馬頻。
如何對搖落，況乃久風塵。
孰與關張⑮並，功臨耿鄧⑯親。
應天才不小，得士契無鄰⑰。
遲暮堪帷幄⑱，飄零且釣緡⑲。
向來憂國淚，寂寞灑衣巾。

注釋

①先主廟：祭祀劉備的祠廟，成都和夔州（今重慶奉節縣）都有。南

宋蜀人郭知達編《九家集注杜詩》於此詩題下引《成都記》："先主廟，府南八里惠陵東七十步。齊高帝夢益州有天子，鹵簿詔刺史博覃修立，而卑小。後至長沙王鍾，改更及構四面壇屋，置守墓戶五百。"清仇兆鰲《杜詩詳注》引鶴注："成都有先主廟，夔州亦有之。先主伐吳，步歸魚復，崩於永安宮，所以有廟。永安宮在豐溪之側，即詩中青溪也。搖落乃秋候，當是大曆元年秋作。《方輿勝覽》：'廟在奉節縣東六里'。"

②風雲會：形容英雄際會。慘淡：劉備和諸葛亮生逢漢祚衰微之時，雖慘淡經營克盡人力，卻難興漢室。

③乘時：趁天時。

④力侔：《吳越春秋》："湯武乘四時之利而制夏殷。陸抗疏：'力侔則安者制危'。"此句指三國鼎立。

⑤志屈：指征吳失敗。偃（yǎn）：停止、止息。經綸：喻治理天下。《周易注疏》卷二："君子以經綸。"

⑥復漢：《出師表》："北定中原，興復漢室。"長策：良策。

⑦老臣：指諸葛亮。

⑧雜耕：《蜀志》："亮與司馬懿對於渭南，每患糧不繼，分兵屯田，爲久駐之基，耕者雜於渭濱居民之間，百姓安堵，軍無私焉。"

⑨歐：同"嘔"，嘔吐。《魏志》："亮糧盡勢窮，憂恚嘔血，一夕燒營遁走，入穀道，發病卒。"

⑩《書》："天之曆數在爾躬。"《說文》："屯，難也。"

⑪鳥道：險峻狹窄的山路。李白《蜀道難》："西當太白有鳥道。"

⑫《抱樸子》："松樹其皮中有脂，狀如龍形。"

⑬王嗣奭《杜臆》："清溪之月從竹梢露出，故云'竹送'。玉座之苔與春色頻呈，故云'苔移'。玉座，神牀也。謝朓詩：'玉座猶寂寞'。"

⑭閭閻：指里巷。兒女：此指歌舞者。

⑮關張：關羽、張飛。

⑯耿鄧：《後漢書》："耿弇，字伯昭，從光武，拜建威大將軍，後封好時侯。鄧禹，字仲華，光武安集河北，拜前將軍。後定河東，拜爲司徒，

封高密侯。"

⑰《三國志·蜀志》先主曰:"孤之有孔明,猶魚之有水。"契:默契。無鄰:無人能比。

⑱遲暮:指晚年。《楚辭·離騷》:"恐美人之遲暮。"帷幄:指天子或將帥決策之處的幕帳。《漢書·高帝紀》:"夫運籌帷幄之中,決勝千里之外,吾不如子房。"

⑲緡(mín):釣竿上的綫。

作法提示

這首五言排律爲杜甫謁蜀先主廟所作,議論煌煌,筆陣嚴整。全詩可分三層理解。前十二句爲第一層,概括劉備創業未半,中道而亡,將復漢大業託付給諸葛亮。諸葛亮死後,漢祚便亡了。從"舊俗存祠廟"到"歌舞歲時新"八句爲第二層,寫先主廟中的景事,以見人心思漢。從"絕域歸舟遠"至結束十二句爲第三層,寫因謁廟而起傷今之感。

對於此詩的章法,王嗣奭《杜臆》曰:"此詩中八句,乃敍題;前後各十二句,全以議論成章,他人無此深厚力量。"

杜甫五言排律造詣深,成就高。胡應麟《詩藪》贊曰:"變幻閎深,如陟崑崙,泛溟渤,千峯羅列,萬匯汪洋。"

此詩三十二句,十六韻,均押十一"真"韻,一韻到底,是律詩的規矩。排律是按律詩粘對規律鋪排下去,除首、尾二聯不必對仗外,其餘皆須對仗,兩句一聯,延長篇幅。這麼多的對聯,每聯除了符合基本的對聯規範外,各聯還須富有變化,從句法結構到內容,不可呆板單調。杜甫天才詩筆,自然變化多端。議論如"力侔分社稷,志屈偃經綸",胡應麟《詩藪》稱贊:"歐、蘇得之而爲論宗。"胡氏認爲這種風格開啓了歐陽修、蘇軾以議論爲詩的路數。寫景如"竹送清溪月,苔移玉座春",極爲清麗哀婉。抒情如"遲暮堪帷幄，飄零且釣緡"，寫自己的身世之感，頗爲沉痛。

六、登鸛雀樓[①]（唐·王之渙）

白日依山盡，黃河入海流。欲窮千里目，更上一層樓。

注釋

①鸛雀樓建於北周時期，在山西蒲州府（今永濟縣）西南。宋沈括《夢溪筆談》卷十五："河中府鸛雀樓，三層，前瞻中條，下瞰大河。"元初（1272）毀於戰火。一九九九年重建，二〇〇一年落成。

作法提示

前二句寫白日依山而落、黃河奔流入海的恢宏景象，包含詩人對宇宙在時間和空間中運行的感知和理解。詩人能看見白日依山、黃河奔流，但"入海流"卻是想象，借助想象而造成尺幅萬里的藝術境界。關於白日是朝陽還是落日，其所依之山是甚麼山，有解詩者認爲山必是中條山，則白日必是朝日，因爲山在鸛雀樓東面。如此解詩其實不妥。詩人寫宇宙在時間中運行，太陽從升到落，未必實指其"依"了哪座山。後二句升華出一個哲理，是名句。有解詩者說由此可知詩是在二層寫的，因而想象"更上一層"的感覺。這也過於指實了，詩不可如此解。

絕句本不要求對仗，但此詩四句兩兩對仗。一、二句是工對，三、四句是流水對。沈德潛《唐詩別裁集》評："四語皆對，讀來不嫌其排，骨高故也。"

七、獨坐敬亭山[①]（唐·李白）

眾鳥高飛盡，孤雲獨去閑。相看兩不厭，只有敬亭山。

注釋

①敬亭山：在安徽省宣州城北水陽江畔，原名昭亭山，晉初爲避晉文帝司馬昭名諱，改稱敬亭山，屬黃山支脈，東西綿亘百餘里，大小山峯六十座，主峯海拔三百一十七米。

作法提示

天寶十二載（753）秋，李白遊宣城登敬亭山作此詩。詩用反襯法寫孤獨：獨坐無人，連鳥和雲都不陪伴了，只有人與山相看不厭。以人與山親近反襯人與人之疏遠。從結構看，這又是對比法："飛盡"、"獨去"與"兩不厭"對比，反復強調人之孤獨。

此詩用字高妙。黃叔燦《唐詩箋注》："'盡'字、'閑'字是'不厭'之魂，'相看'下著'兩'字，與敬亭山對若賓主，共爲領略，妙！"楊逢春《唐詩偶評》："'相'、'兩'字下得奇，如云我向山，山亦向我，我不厭山，山亦不厭我也。寫愛山之情，十分真摯乃爾。"

一、二句對仗工整。

八、江雪（唐·柳宗元）

千山鳥飛絕，萬徑人蹤滅。
孤舟蓑笠①翁，獨釣寒江雪。

注釋

①蓑笠：蓑衣與笠帽，都是漁人的裝束。張志和《漁歌子》："青箬笠，綠蓑衣。"

作法提示

此詩是五言古絕，平仄不論，韻屬入聲。

這是詩人謫居永州期間所作。整首詩都是隱喻，或曰象徵。

"絕、滅、孤、寒"是詩人所處之自然環境,也是他當時的人文環境,因而也是他的心境寫照。身處惡劣的政治環境,詩人需要精神寄託。這首詩所描繪的寒江釣雪圖,就是他的精神寄託。那位簑笠翁釣的根本就不是雪,而是遺世獨立的精神、一塵不染的境界、遠離凡俗的清高。他是在苦中作樂,享受孤獨的高雅。劉永濟《唐人絕句精華》:"此詩讀之便有寒意,故古今傳誦不絕。"所謂寒意,當是指詩中隱含著詩人冷峻不屈的精神。

中國文學史裏一般的漁人形象通常是"斜風細雨不須歸"、"萬頃波中得自由",是灑脫自由的隱士。而柳宗元筆下這個"簑笠翁"卻孤寂、冷峻、執著,非常奇特。

九、長信秋詞[①](唐·王昌齡)

奉帚平明金殿開。[②]且將團扇共徘徊。[③]
玉顏不及寒鴉色,猶帶昭陽[④]日影來。

注釋

①長信:漢代長信宮,在常樂宮內。《樂府詩集》卷四十三:"《漢書》曰:孝成班婕妤,初入宮爲少使,俄而大幸,爲婕妤,居增成舍。自鴻嘉後,帝稍隆內寵,婕妤進侍者李平,平得幸,立爲婕妤,賜姓衛,所謂衛婕妤也。其後趙飛燕姊弟亦從微賤興。班婕妤失寵,稀復進見。趙氏姊弟驕妒,婕妤恐久見危,求供養太后長信宮。帝許焉。"後人傷之而爲《婕妤怨》歌,即《樂府詩集》所收《長信怨》。後世遂多以"長信"爲題寫宮怨。王昌齡這組詩共五首,此選其三。

②奉帚:持帚灑掃。隱喻嬪妃失寵被冷落。南朝梁吳均《行路難》之四:"班姬失寵顏不開,奉箒供養長信臺。"平明:黎明。

③宋真德秀編《文章正宗》卷二十二上載班婕妤《怨歌行》:"新裂齊紈素,皎潔如霜雪。裁作合歡扇,團團似明月。出入君懷袖,動搖微風發。

常恐秋節至，涼飆奪炎熱。棄捐篋笥中，恩情中道絕。"團扇：秋涼則被棄，比喻失寵。

④昭陽：《漢書·孝成趙皇后傳》："後寵少衰，而弟絕幸，爲昭儀，居昭陽舍。"

作法提示

此詩擬託漢代班婕妤故事，詠嘆宮妃失寵的幽怨痛苦。寫得含蓄委婉：失寵的宮妃清晨就灑掃宮院，等候君王駕幸。這等待不知多久了，"徘徊"的守望便是她日復一日的生活，她無聊、無奈、孤獨、幽怨。"且將團扇共徘徊"這個細節極其傳神，韻味深長。三、四兩句的對比驚心動魄，奇妙又深微。沈祖棻《唐人七絕詩淺釋》："按一般情況，'擬人必於其倫'，也就是以美的比美的，醜的比醜的，可是玉顏之白與鴉羽之黑，極不相類；不但不類，而且相反，拿來作比，就使讀者增強了感受。因爲如果都是玉顏，則雖略有高下，未必相差很遠，那麽，她的怨苦，她的不甘心，就不會如此深刻了，而上用'不及'，下用'猶帶'，以委婉含蓄的方式表達了其實是非常深沉的怨憤。凡此種種，都使得這首詩成爲宮怨詩的典型作品。"

十、移家別湖上亭（唐·戎昱）

好去①春風湖上亭。柳條藤蔓繫離情。
黃鶯久住渾相識，欲別頻啼四五聲。

注釋

①好去：送別之詞。猶言好好地去。一作"好是"，意爲愛此。

作法提示

唐孟棨《本事詩》："韓晉公鎮浙西，戎昱爲部內刺史。郡有酒妓善歌，色亦豔妙。昱情屬甚厚。浙西樂將聞其能，白晉

公,召置籍中。昱不敢留,餞於湖上,爲歌詞以贈之,且曰:
'至彼,令歌,必首唱是詞。'既至,韓爲開筵,自持杯命歌,
送之。遂唱戎詞。曲既終,韓問曰:'戎使君於汝寄情耶?'悚
然起立,曰:'然。'淚下隨言。韓令更衣待命。席上爲之憂危。
韓召樂將責曰:'戎使君名士,留情郡妓,何故不知而召置之?
成余之過。'乃十答之。命妓與百縑,即時歸之。其詞曰:
……"

按《本事詩》所說,此詩是情人惜別之作。但詩題"移
家",又似留戀故地之意。總之是寫惜別之意。寫草木花鳥對人
依依不捨,實際上當然是人有不捨之情。

詩中意象稀疏,只用了柳繫鶯啼兩個意象,以少勝多,這是
絕句筆法。"繫"字用得妙,既合物象,又切人情。後來周邦彥
《六醜》:"長條故惹行客,似牽衣待話,別情無極。"王實甫
《西廂記》:"柳絲長,玉驄難繫。"與此同機杼。

十一、赤壁[①](唐·杜牧)

折戟沉沙鐵未銷。[②]自將[③]磨洗認前朝。
東風不與周郎便[④],銅雀春深鎖二喬。[⑤]

注釋

①赤壁:指三國魏戰場。一說在今湖北省長江南岸蒲圻縣(一九九八年六月更名爲赤壁市),一說在湖北黃州。

②折戟沉沙:折斷的兵器埋在沙中。銷:消蝕。

③將:拿起。

④《三國志·周瑜傳》:赤壁鏖戰,周瑜火攻曹操,適逢東南風起,大火向曹營延燒,曹軍大敗。

⑤《鄴都故事》載:曹操滅袁氏後,夜宿鄴城(今河北省臨漳縣西

北），見金光由地而起，掘之得銅雀一隻。謀士荀攸言：昔舜母夢玉雀入懷而生舜。今得銅雀，亦吉兆也。曹操於是建銅雀臺於漳水之上，以彰顯其平定四海之功。

作法提示

這是一首史論體七絕。從斷戟寫起，憑弔一場大戰。後半議論新奇，將赤壁之戰的勝負歸因於"東風"，這是一種歷史偶然論的觀點。

此詩前二句是見微知著筆法，後兩句以風情寫興亡，是舉重若輕法。

十二、隴西行[①]（唐·陳陶）

誓掃匈奴[②]不顧身。五千貂錦[③]喪胡塵。
可憐無定河[④]邊骨，猶是春閨夢裏人。

注釋

[①]隴西行：樂府相和歌瑟調曲舊題。《漢書·地理志下》："隴西郡。秦置。"顏師古注："此郡在隴之西，故曰隴西。"

[②]匈奴：此借指西北少數民族。

[③]貂錦：貂裘、錦衣，借指戰士。

[④]無定河：黃河中游支流，在陝西北部。其河多沙，深淺不定，故名。

作法提示

唐代邊塞詩或寫壯懷，或寫悲情。這首《隴西行》極寫悲情。前兩句寫壯烈的死亡，把英雄主義精神和戰敗死亡的結局用因果關係聯繫起來，用意非常隱約幽微，其中含蓄著對生命的惋惜，對戰爭的質疑，對將軍有勇無謀的批評。後兩句和前兩句又構成結果和原因的關係。後兩句是一個驚心動魄的對比：戰死與盼歸。這是用希望寫絕望、憫生哀死的寫法。

十三、登高①（唐·杜甫）

風急天高猿嘯哀。②渚③清沙白鳥飛迴。
無邊落木蕭蕭下④，不盡長江滾滾來。
萬里悲秋常作客，百年多病獨登臺。⑤
艱難苦恨繁霜鬢⑥，潦倒⑦新停濁酒杯。

注釋

①這首詩作於唐代宗大曆二年（767）秋重陽節，杜甫在夔州。

②梁簡文帝《雁門太守行》二首之一："風急旌旗斷。"陶潛《和郭主簿》二首其二："天高風景澈。"庾信《奉和浚池初成清晨臨泛》："猿嘯風還急。"酈道元《水經注》卷三十六載三峽漁者歌曰："巴東三峽巫峽長，猿鳴三聲淚霑裳。"

③渚：水中的小洲。

④落木：落葉。蕭蕭：形容風吹樹葉的聲音。

⑤宋羅大經《鶴林玉露》："萬里，地之遠也；悲秋，時之慘淒也；作客，羈旅也；常作客，久旅也；百年，暮齒也；多病，衰疾也；臺，高迥處也；獨登臺，無親朋也；十四字之間含有八意，而對偶又極精確。"多病：杜甫當時患有肺病、風濕病、糖尿病等多種疾病。

⑥繁霜鬢：白髮如霜日益增多。

⑦潦倒：衰頹、失意。杜甫這時因肺病戒酒，故云"新停濁酒杯"。

作法提示

明胡應麟《詩藪》："此章五十六字如海底珊瑚，瘦勁難移，沉深莫測，而精光萬丈，力量萬鈞，通章章法句法字法前無昔人，後無來學。此當爲古今七言律第一，不必爲唐人七言律第一也。"

本詩的確是一首藝術水準很高的七律。詩寫悲秋這個古老的话题，写得不落俗套，奇峯突起。首句如高天之狂飙，深谷之哀猿，惊心动魄，使全诗笼罩在悲凉的氛围之中。次句却平缓而出，让人感到一种宁静的凄凉、空旷的惆怅、孤独的忧伤。这一片空阔冷寂的天地，逼出了三四句的万象纷繁和百感交集。"无边"的丰富纷繁，"不尽"的悠远深长，"落木萧萧"之衰飒无情，"滚滚长江"之汹涌无穷，这一"下"一"来"，写出了宇宙时间之永恒、空间之无限，也写出了人类在自然规律面前永远的惊叹、震撼和领悟。无边落木萧萧下，固然使人类深感在自然面前的渺小和无奈，但不尽长江滚滚来，又往往激起人生命的激情，向人类示范着一种永不停歇的进取精神。正因如此，这首充满悲凉感的诗篇才使人品味出一种悲壮感，看到一种壮心不已的意境。如此一来，以下四句也就都有了同样的审美精神：万里悲秋常作客，是悲凉的进取；百年多病独登台，是不幸者对命运的不屈不挠的抗争；艰难困苦，穷愁潦倒，玉汝於成。诗人生命旅途上的坎坷不幸、凄凉悲伤是重重叠叠，无以复加的，然而他不屈不挠的进取也是可歌可泣的。沉郁顿挫的生命固然是沉重感伤的，但也是丰富、深沉、有力度的。

　　此诗有许多值得揣摩借鉴的经验。要之，一是情与景融合得好，用大空间承载大感情，用凄清之景襯托悲伤的心境。二是结构之起承转合极其严谨自然。三是精彩的对仗。律诗首联本不求对仗，但此诗首联不仅上下句对仗，而且句中自对："风急"对"天高"，"渚清"对"沙白"，对得极其自然。颔联最是著名的对联，境界阔大，气象雄浑，写出了时间和空间无限的容量。连用对仗，须求变化。如此诗首联意象密，每句三个意象，句法结构是主谓—主谓—主谓三组并列。颔联意象疏，每句一个意象，句法只是一个主谓结构。四是用字精准简要，无重复字，无拼凑字。五是層層迭加,次第加强"悲"的内涵。

十四、錦瑟（唐·李商隱）

錦瑟無端五十絃。①一絃一柱思華年。
莊生曉夢迷蝴蝶②,望帝春心託杜鵑。③
滄海月明珠有淚④,藍田日暖玉生煙。⑤
此情可待⑥成追憶,只是當時已惘然。

注釋

①《周禮·樂器圖》:"雅瑟二十三絃,頌瑟二十五絃,飾以寶玉者曰寶瑟,繪文如錦者曰錦瑟。"《漢書·郊祀志上》:"秦帝使素女鼓五十絃瑟,悲,帝禁不止,故破其瑟爲二十五絃。"無端:沒來由,無緣無故。此語隱有悲傷之感,乃全詩之情感基調。歷代解義山詩者,多以此詩爲晚年之作。商隱享年不足五十,故此借"五十絃"起興,暗喻生平,引發以下"一絃一柱"之思憶。

②《莊子·齊物論》:"莊周夢爲蝴蝶,栩栩然蝴蝶也;自喻適志與!不知周也。俄然覺,則蘧蘧然周也。不知周之夢爲蝴蝶與?蝴蝶之夢爲周與?"此引莊周夢蝶故事,以言人生如夢,往事如煙之意。

③《華陽國志·蜀志》:"杜宇稱帝,號曰望帝。……其相開明,決玉壘山以除水害,帝遂委以政事,法堯舜禪授之義,遂禪位於開明。帝升西山隱焉。時適二月,子鵑鳥鳴,故蜀人悲子鵑鳥鳴也。"《成都記》:"望帝死,其魂化爲鳥,名曰杜鵑,亦曰子規。"

④《博物志》:"南海外有鮫人,水居如魚,不廢績織,其眼泣則能出珠。"

⑤《元和郡縣志》:"關内道京兆府藍田縣。藍田山一名玉山,在縣東二十八里。"《困學紀聞》卷十八載司空表聖云:"戴容州謂詩家之景,如藍田日暖,良玉生煙,可望而不可置於眉睫之前也。李義山玉生煙之句蓋本於此。"

⑥可待：豈待，何待。

作法提示

此詩是李商隱代表作，其意旨隱幽，頗難解說，大抵是回顧生平而側重自傷之意。詩法朦朧飄逸，迴避寫實，追求唯美的感覺。"思華年"是詩的結構，也是內容。

劉學鍇、余恕誠《李商隱詩歌集解》："首聯謂見此五十絃之錦瑟，聞其絃絃所發之悲音，不禁悵然而憶己之華年往事。……頷腹二聯，即承'思華年'而寫回憶中之華年往事，……'莊生'句係狀瑟聲之如夢似幻，令人迷惘，用意在'夢'字'迷'字。而此種境界亦即以象徵詩人身世之如夢似幻，惘然若迷。……'望帝'句係寫瑟聲之淒迷哀怨，如泣鵑啼血，著意在'春心'字、'託'字。'春心'本指愛情之嚮往追求，常用以喻指對理想之追求。……'望帝'句殆謂己之壯心雄圖及傷時憂國、感傷身世之情均託之哀怨淒斷之詩歌，如望帝之化鵑以自抒哀怨也。杜鵑即作者之詩魂。……'滄海'句寫瑟聲之清寥悲苦……正含滄海遺珠之意。……'藍田'句似寫瑟聲之縹緲朦朧……或以喻己所嚮往追求者，皆望之若有，近之則無。……要之，頷、腹二聯並非具體敍述其華年往事，而係借瑟聲之迷幻、哀怨、清寥、縹緲以概括抒寫其華年所歷之種種人生遭際、人生境界、人生感受。……末聯含義明白……謂上述失意哀傷情事豈待今日追憶方不勝悵恨，即在當時亦惘然若失矣。"

十五、雨中至華下宿王山史家① （清·顧炎武）

重尋荒徑一沖泥。②谷口牆東路不迷。③
萬里河山人落落④，三秦⑤兵甲雨淒淒。
松陰舊翠常浮院，菊蕊初黃欲照畦。

自笑飄萍垂老客，獨騎羸馬上關西。⑥

注釋

①華下：華山下。王山史：王弘撰，字山史，陝西華陰人。明亡後隱居不仕。顧炎武晚年遠遊四方，尋找反清根據地，結交反清志士。康熙十六年（1677）九月住在王山史家。

②重尋：康熙二年（1663），顧炎武遊華山，訪王山史於華陰。此爲第二次，故曰重尋。荒徑：指隱士的居處。陶潛《歸去來兮辭》："三徑就荒。"

③《揚子法言·問神篇》："谷口鄭子真不屈其志，而耕乎巖石之下，名震於京師。"《元和郡縣志》："漢谷縣在九嵕山東，仲山西，當涇水出山之處，故謂之谷口。"《後漢書·逸民傳》："初，逢萌與平原王君公相友善。君公遭亂獨不去，儈牛自隱。時人爲之語曰：避世牆東王君公。"此用谷口、牆東典故，借指王山史隱居處。

④人落落：意謂有氣節的人所剩無幾了。

⑤三秦：秦亡後，項羽三分關中，合稱三秦。康熙十三年（1674）甲寅，清將平涼提督王輔臣回應吳三桂起兵反清，次年占領陝、甘多城。康熙十五年兵敗乞降。

⑥杜甫《贈翰林張四學士》："垂老獨漂萍。"羸馬：瘦馬。關西：函谷關以西。

作法提示

題目標示氣候、地點、人物及其關係。此詩用典用事較多，用得比較自然貼切，增加了文本的歷史容量。

次聯比較特殊，不是順承首聯，而是忽然宕開，寫國家、時代，將個人生活與朝代更替聯繫起來。"萬里河山人落落"，既顯戰爭帶來的災難，又見抗清人士之凋零；"三秦兵甲雨淒淒"，寫出當時抗清失敗的形勢和心情，如同杜甫《兵車行》"新鬼煩冤舊鬼哭，天陰雨濕聲啾啾"，一片戰後慘狀。

頷聯回到王家院景，松和菊象徵主人的節操。"舊翠"、"初黃"表現生命力在"人落落"、"雨淒淒"的環境中堅強存在。尾聯自寫飄泊、垂老、孤獨、執著之意。

本節練習

1. 按粘對規律寫出各種五律譜，再變成七律譜，直至熟練。
①平平平仄仄
②仄仄仄平平
③仄仄平平仄
④平平仄仄平

2. 判斷下列詩歌的體裁，找出韻腳字並指出其所屬韻部。

李益《喜見外弟又言別》
十年離亂後，長大一相逢。問姓驚初見，稱名憶舊容。
別來滄海事，語罷暮天鐘。明日巴陵道，秋山又幾重？

李商隱《籌筆驛》
猿鳥猶疑畏簡書。風雲常爲護儲胥。
徒令上將揮神筆，終見降王走傳車。
管樂有才元不忝，關張無命欲何如？
他年錦里經祠廟，梁父吟成恨有餘。

李白《早發白帝城》
朝辭白帝彩雲間。千里江陵一日還。
兩岸猿聲啼不住，輕舟已過萬重山。

李端《聽箏》
鳴箏金粟柱，素手玉房前。欲得周郎顧，時時誤拂絃。

3. 據以下四首詩首句的平仄，寫出該詩的平仄譜，並分析有無拗救或出律。

第三章　格律詩的體裁和作法

岑參《澠水東店送唐子歸嵩陽》

野店臨官路　　仄仄平平仄
重城壓御堤
山開灞水北
雨過杜陵西
歸夢秋能作
鄉書醉懶題
橋回忽不見
征馬尚聞嘶

儲光羲《洛陽東門送別》

東城別故人　　平平仄仄平
臘月遲芳辰
不惜孤舟去
其如兩地春
花明洛陽苑
水綠小平津
是日不相見
鶯聲徒自新

李商隱《題僧壁》

捨生求道有前蹤　　平平仄仄仄平平
乞腦剜身結願重
大去便應欺粟顆
小來兼可隱針鋒
蚌胎未滿思新桂
琥珀初成憶舊松
若信貝多真實語

147

三生同聽一樓鐘

孟浩然《春情》

青樓曉日珠簾映　　平平仄仄平平仄

紅粉春粧寶鏡催

已厭交歡憐枕席

相將遊戲繞池臺

坐時衣帶縈纖草

行即裙裾掃落梅

更道明朝不當作

相期共鬥管弦來

4. 寫出古代律詩中對仗句十聯，一一分解其對仗類型、方式。

5. 對聯練習。

落花雙樹積（對下聯）

春深花處處（對下聯）

綠水泓澄雲霧間（對上聯）

一笑相逢江海客（對下聯）

下編　詞體與創作

第四章　詞體流變及若干常識

第一節　詞名釋例

詞這種文體在唐代已經形成，但"詞"這一名稱直到北宋中葉才逐步穩定下來。在詞名確立之前或同時，乃至稍後，還有各種各樣的異稱。即就主流名稱而言，從早期的"曲子"、"樂章"、"樂府"，到後來的"長短句"、"詩餘"、"倚聲"、"填詞"等。這還不包括那些偶爾被使用的"琴趣"、"樵歌"、"寓聲樂府"、"樂府遺音"、"餘音"、"依聲"、"漁笛譜"、"漁唱"、"漁譜"、"漁歌"、"棹歌"、"歌曲"、"浩歌"、"癡語"、"綺語"、"箏語"、"語業"、"晤歌"、"雅調"、"鼓吹"等。這些名稱或據音樂而起，或由文學以定，各取一端以彰顯詞體體性。茲擇其要者簡述下列數種。

一、曲子

詞在隋唐時期，是配合燕樂演唱的新型詩歌文體，因而最初稱爲"曲子"、"曲子詞"、"曲"、"歌曲"等。

"曲子"是詞最初的名稱。一八九九年在敦煌發現的詞集就叫做《雲謠集雜曲子》。這個"曲子"不是樂譜，而是歌詞。白居易在其《憶江南》詞調之下注云："此曲亦名《謝秋娘》。"曲子作爲詞體的名稱不僅在盛唐、中唐時期流行，而且在詞有了其他名稱後，仍被使用。如五代和凝因爲擅長作詞而被稱爲"曲子相公"。

宋代詞人平時也多稱曲子。張舜民《畫墁錄》記柳永拜見宰相晏殊，晏殊見面即問："賢俊作曲子麼？"柳答："只如相公亦作曲子。"兩人一問一答，都以"曲子"指詞。南宋時期詞名已通行，但仍不乏以曲子稱詞的，如王灼《碧雞漫志》開篇就是"或問歌曲所起"，其所探討的正是詞的起源問題。以曲子稱詞，鮮明地體現出詞與音樂的緊密關係。

二、長短句

從句式說，詩也有雜言體，如李白《蜀道難》等；詞也有齊言體，如《浣溪沙》、《玉樓春》等。但就常態而言，詞是以長短句爲主的。"長短句"之稱實際上淡化了詞的音樂性，強調其作爲一種詩歌文體的句式特徵。宋代以後，詞與音樂的關係漸漸疏遠，獨立的文學屬性日益增強，"長短句"這一稱呼就自然流行開來。施蟄存《詞學名詞釋義》甚至認爲在北宋時期，長短句是詞的本名。他認爲長短句在成爲詞的本名之前，在中晚唐時期，還曾經是句式參差之詩的名稱。唐詩中的七言詩往往被稱爲"長句"，五言被稱爲"短句"。如杜甫詩句"近來海內爲長句，汝與山東李白好"，此"長句"即指七言歌行。白居易稱自己的七言歌行《琵琶行》爲"長句歌"。七言稱爲長句，五言就被視爲短句了。那麼五、七言混雜的詩，即被稱爲長短句。韓偓《香奩集》專辟"長短句"一類。但這類長短句既無固定格式，也不是配樂演唱的，所以並非詞體。

如此看來，所謂長短句，最初是指五七言錯綜之詩。直到北宋前期，詞人還未以"長短句"稱呼詞。不過卻有以"五七言"稱呼詞的，如晏幾道《小山樂府自敍》就說自己作詞是"續南部諸賢緒餘，作五七字語，期以自娛"，他說的"五七字語"就是詞。

三、詩餘

"詩餘"之稱晚於曲子和長短句，是相對後起的一個概念。曲子強調音樂性，長短句強調句式，詩餘則側重標示詞與詩在文體功能等方面的一些關聯與區別。詩餘之稱最遲在南宋慶元年間出現。

"詩餘"是一個複雜的稱謂，僅這個"詩"字就有不同的理解，或理解爲《詩經》，或定義爲六朝樂府民歌，或理解爲唐人絕句。有意味的是，關於"詩餘"的探討似乎都與詞的起源有聯係，都與對詞體認知角度的不同相關。其實《詩經》是詩，吳聲歌曲是詩，唐代的絕句當然也是詩，與其將"詩"作如此不周密的限定，不如直接使用通常的詩概念。"詩餘"自然就是詩之外的一種體類近似又有區別的文體。

爲何稱"餘"呢？這與當時人習慣於以詩言志、以詞抒情的意識有關，又和詩與詞的應用場景不同有關。綜合歷代學人的闡釋，"餘"字大概有以下三解：其一，以餘力爲之。意即在政事、正業之餘所作的休閑文字。這是從事業與休閑的角度說的。如王灼《碧雞漫志》卷二說蘇軾"以文章餘事作詩，溢而作詞曲"。連詩都是餘事，詞就更變爲餘事之餘了。其二，詩歌的餘脈。視詞爲詩歌文體的附屬形態、衍生形態，這說明當時人尚未承認詞是獨立文體。其三，晚清以來有學者從"餘"字引申出

"有餘味"的解說。如況周頤《蕙風詞話》卷一："詩餘之'餘',作贏餘之'餘'解。唐人朝成一詩,夕付管絃,往往聲希節促,則加入和聲,凡和聲皆以實字填之,遂成爲詞。詞之情文節奏,並皆有餘於詩,故曰詩餘。世俗之說,若以詞爲詩之剩義,則誤解此'餘'字矣。"後來繆鉞在《論詞》中用"細美幽約"四字著力揭示詞之豐富細膩有餘味的特點。從詞體與詩體的對照來看,況周頤和繆鉞的解釋有一定道理,但顯然是從原初"詩餘"名稱引申出了"有餘味"的意思。

其實詩餘還有另外一層意思,就是將聲詩(樂歌)中的虛聲填入實字,從而形成長短句。也就是說,利用聲詩的餘聲構成詞,所以稱詩餘。宋、明、清學者多有論及此意者,虛聲也稱"和聲"、"泛聲"、"散聲"。說法不同,其理則一,皆就音樂立論,從中得出詞(長短句)乃聲詩衍生形態的觀點。

第二節 詞的起源

由於詞的體性複雜多變,既有音樂上的特殊性,也有句式上的特殊性,還有情感內容及表達方面的特殊性,所以關於詞的起源也一直是異說紛呈,鮮有定說。早在詞體發達的宋代,關於詞的起源問題,說法就不少。宋、元、明、清的一些詞話著作有很多涉及詞的起源問題。二十世紀以來,詞的起源問題一直備受研究者關注。

詞本是配樂歌唱的,但南宋以後漸漸脫離音樂成爲獨立的文學樣式。詞譜變成了文本格律譜,歌譜失傳。只有《白石道人歌曲》中有十七首詞綴有工尺譜,但這個"工尺譜"對今人來說,並不是一個可以準確理解的樂譜。究竟怎樣演繹纔符合姜夔原來的譜曲呢？難以確知。總之，以詞樂來追溯詞的起源，其途維艱。但撇開詞樂，只憑文本文獻來溯源，又難以令人信服。

詞學史上關於詞的起源主要有如下觀點：

一、詩詞同源

蘇軾是詞史上大力開拓詞境的人。他以詩爲詞，初步改變了詞爲小道的傳統看法。蘇軾認爲詩詞同源，詞爲詩餘。他在《祭張子野文》中將詞定位爲"詩之苗裔"。其《與蔡景繁書》云："頒示新詞，此古人長短句詩也。"這顯然是從文體發生、句式形態的意義上說的，認爲詞是詩的衍生文體。清代汪森也持此說，他在《詞綜序》中說："自有詩而長短句即寓焉。"汪森將詞的起源追溯到唐虞時期的《南風》等歌。

由長短句式追溯詞之起源，自然就追到了《詩經》。因爲《詩經》中有許多長短句式的詩篇。汪森《詞綜序》云："周之《頌》三十一篇，長短句居十八；漢《郊祀歌》十九篇，長短句居其五；至《短簫鐃歌》十八篇，篇皆長短句，謂非詞之源乎？"宋犖《瑤華集序》也認爲，《詩經》中雅和頌的一些篇什如《殷雷》、《魚麗》等，其句式之參差，堪稱晚唐溫、韋諸詞人填詞的濫觴。

這種追溯以詩詞文體同源爲邏輯基點，以長短句式爲文體同類的依據，提高了詞的文體獨立性，但對詞體之諸多特殊性表述不足。況且詩、詞文體共同的遠源，也可以理解爲許多韻文文體的共同遠源。

二、詞文體形成於隋唐之際

這是以燕樂爲標誌，探討詞之起源的思路。宋代即有持此論者，如王灼《碧雞漫志》卷一："蓋隋以來，今之所謂曲子者漸興，至唐稍盛。今則繁聲淫奏，殆不可數。古歌變爲古樂府，古樂府變爲今曲子，其本一也。"《楊柳枝》和《河傳》即是隋代產生的詞調。朱熹與胡仔也有相近的觀點。王灼把曲子的始興定在隋代，一個重要的原因是填詞所倚的燕樂至隋代已初步成型。《隋書·音樂志》曾詳細追述了隋代音樂人鄭譯以七調合十二律而成八十四調的過程，這八十四調就是燕樂的骨幹。唐代音樂承隋舊制，雖有變化，但大體在這八十四調之內。郭茂倩《樂府詩集》卷七十九："凡燕樂諸曲，始於武德、貞觀，盛於開元、天寶。"隋唐燕樂自成系統，爲曲子詞奠定了音樂基礎。

　　任二北《敦煌曲初探》支持王灼、郭茂倩諸說，進而將詞的起源具體化，他認爲隋仁壽元年（601）牛弘等所制《上壽歌辭》和隋煬帝與王冑所作《紀遼東》，可以視爲早期詞的雛形。近人龍榆生也把隋煬帝《紀遼東》二首作爲"倚聲製詞之祖"（《詞體之演進》）。《紀遼東》句式爲五、七言，四句一轉韻，與詞的格式相近，而且其所倚之聲爲燕樂系統。另外，隋代一些民間音樂和樂工創制的新樂曲如《鬥百草》、《泛龍舟》、《河傳》等一直流傳到唐、宋及後代，因此溯詞源於隋，大體符合實際。

　　以燕樂之形成來考察詞的起源，符合詞的樂歌性質。

　　此外，也有人以"樂府"爲考察中心，認爲詞起源於六朝，特別是齊、梁。還有人根據早期詞之婉約浮豔風格而溯源至六朝樂府詩。

　　詞的起源問題比較複雜，研究視角不同，見解也就不一樣。早在詞體昌盛的宋代，人們對詞的起源就語焉不詳，明、清時期異說更多。二十世紀以來，許多學者各持己見。其實若就完整成熟的詞體而言，形成於隋、唐之際大體是不錯的。若以詞之某一因素來追溯，則源頭自然要遙遠一些。

第三節　詞的體性

作爲一種獨立的文體，詞體的特性也與別的文體形成了鮮明的區別。李漁《窺詞管見》云："作詞之難，難於上不似詩，下不類曲，不緇不磷，立於二者之間。"又說："詩有詩之腔調，曲有曲之腔調。詩之腔調宜古雅，曲之腔調宜近俗，詞之腔調，則在雅俗相和之間。"譬如在音樂來源上，詞樂以胡夷里巷之曲構成的燕樂爲本，在語言風格上側重浮豔，而在藝術上則以"要眇宜修"爲主要特點，在詞心詞境上也形成了不少與詩歌和散曲不同的地方。

一、胡夷里巷之曲

隋唐以來，填詞所倚之曲爲燕樂系統，包含胡樂、俗樂和清樂三類。隋煬帝時所定的清樂、西涼、龜茲、天竺、康國、疏勒、安國、高麗、禮畢等九部樂，以及唐太宗時所定的十部樂，從廣義的角度來看，都屬燕樂的範圍。

通常說詞的前身是"胡夷里巷之曲"。胡夷主要是指西域邊疆和國外，里巷是指民間。這是兩種音樂源流，在唐代開始交融並爲詩詞配樂利用。中唐時期倚聲填詞的作家如白居易、劉禹錫等。晚唐五代出現了溫庭筠、韋莊、馮延巳、南唐二主等一批專心作詞的人，依樂曲填詞，使詞體文學逐漸成熟。

詞牌是詞的音樂標誌。早期詞牌來自西域和民間的很多，如《昔昔鹽》、《阿鵲鹽》、《阿濫堆》、《突厥鹽》、《疏勒鹽》、《阿那朋》之類，多與羌胡有關。而如《採蓮子》、《魚歌子》、《摸魚兒》、《得蓬子》、《撥棹子》、《劫家雞》等，明顯帶有民間生活元素。

早期詞與胡夷里巷之曲密切關聯，但進入宮廷並由文人主創之後，便逐漸褪去胡夷里巷色彩，而向雅文化方面發展。

二、詞爲豔科

"詞爲豔科"是一九二六年胡雲翼在《宋詞研究》中提出的一個概念。在早期的曲子詞中，詞以描寫愛情（主要是私情）爲主，且以女性——特別是歌妓爲中心，風格輕軟柔靡，實可謂"豔科"。"豔科"之說或與唐人所謂"豔詞"有關。如韓愈《辭唱歌》："抑逼教唱歌，不解著豔詞。"白居易《采詩官》："郊廟登歌贊君美，樂府豔詞悅君意。"隋唐文人所說的"豔詞"，不僅包括寫男女相思情愛的歌詞，也包括反映社會民生等其他內容的作品。大凡用於宴席和聚會場合演唱的歌詞，都可以稱做"豔詞"。這個"豔"首先是從音樂角度說的，具體是指隋唐燕樂，其特點是華麗婉轉、抒情性強。豔曲一般較爲短小。

胡雲翼"詞爲豔科"的觀點，有深遠的詞學史依據。五代歐陽炯的《花間集敍》即已將詞的豔麗特色說得比較明確了："有綺筵公子，繡幌佳人，遞葉葉之花箋，文抽麗錦；舉纖纖之玉指，拍按香檀。不無清絕之辭，用助嬌嬈之態。自南朝之宮體，扇北里之倡風。何止言之不文，所謂秀而不實。有唐已降，率土之濱，家家之香逕春風，寧尋越豔；處處之紅樓夜月，自鎖嫦娥。"

宋代詩詞分途，言情一端託付於詞，加上詞的創作和傳播多在酒宴歌席，遂使這個"豔"字特別在愛情一端發達起來。據王灼《碧雞漫志》記載，万俟詠自編詞集，初分爲雅詞與側豔兩體，後來"以側豔體無賴太甚，削去之"。王灼還說當時的晁端禮也"間作側豔"。晁端禮《清平樂》詞云："早來簾下逢伊，怪生頻整衫兒，元是那回歡會，齒痕猶在凝脂。"如此香豔之詞，是"詞爲豔科"說的作品依據。

宋末張炎《詞源》："簸弄風月，陶寫性情，詞婉於詩。蓋聲出鶯吭燕舌間，稍近乎情可也。"明代沈際飛《草堂詩餘四集》正集卷二："詞貴香而弱。"王又華輯《古今詞論》引李東琪語："詩莊詞媚，其體元別。然不得因媚輒寫入淫褻一路。媚中仍存莊意，風雅庶幾不墜。"清代彭孫遹《金粟詞話》："詞以豔麗爲本色，要是體制使然。"清代周濟《宋四家詞選》評秦觀《滿庭芳》詞："將身世之感，打並入豔情。"

三、要眇宜修

"要眇宜修"是王國維對詞之特殊體性的概括。《人間詞話》云："詞之爲體，要眇宜修。能言詩之所不能言，而不能盡言詩之所能言。詩之境闊，詞之言長。"其中"要眇宜修"四字來源於屈原《楚辭·九歌·湘君》："君不行兮夷猶，蹇誰留兮中洲。美要眇兮宜修。"原意是說湘君猶猶豫豫不肯來，是爲誰留在中洲呢？《湘君》一開始是女巫獨唱，以湘夫人思念湘君的語氣來寫。前兩句表達了湘夫人久候不至、懷念對方的心情。接下來"美要眇兮宜修"一句，是寫湘夫人的美。漢代王逸《楚辭章句》解釋"要眇"爲"好貌"，即美好的樣子，解釋"修"爲"飾"。宋代洪興祖《楚辭補注》解釋《遠遊》中"神要眇以淫放"中的"要眇"爲"精微貌"，又說《湘君》中的"要眇宜修"一句是形容湘君（娥皇）的"容德之美"。綜合上述諸家之解釋，"要眇宜修"大概是形容女性容貌和修飾精巧微妙，特別含蓄，耐人尋味。詞的女性化、修飾性的特質在此四字中可以得到體現。

繆鉞《論詞》中的一段話可與王國維此說對勘。他說："詩之所言，固人生情思之精者矣，然精中復有更細美幽約者焉，詩體又不足以達，或勉強達之，而不能曲盡其妙，於是不得不別創新體，詞遂肇興。"繆鉞把詞的特質與詞的起源結合起來考察，具有啓迪意義。詞的內容多爲閨幃之情，在題材選擇上多寫兒女私情，雖然後來在一些詞人的努力下，在時代發展巨變的影響下，詞中之情已由豔情而擴展到身世家國之情，但與詩歌的言志畢竟在程度和方式方法上不同。閨幃中的旖旎柔情、個人不得志的幽約怨悱之情、眷懷君國之情，確實在詞中表現得更有神韻和藝術魅力。

第四節　詞的體制

詞的體制是一個十分複雜的問題，因爲詞的發展本身就包含詞體的發展。任中敏《詞曲通義》列詞體爲尋常散詞、聯章者、大遍、成套者、雜劇詞五大類。聯章以下諸體或已入曲，或已亡佚，故我們今天所謂詞僅是"尋常散詞"而已。這裏談詞的體制，主要是針對尋常散詞而言的。

一、小令、中調、長調

詞家通常按每首詞的字數多少分小令、中調、長調三種。但在唐宋詞流行之時，並無這種說法。明代中葉，顧從敬刻分調本《類編草堂詩餘》，以征歌而設，"備歌曲之用"，始分小令、中調、長調三類編排，但對分類理由未加闡釋。清代毛先舒《填詞名解》解釋說：「凡填詞五十八字以內爲小令，自五十九字始至九十字止爲中調，九十一字以外者俱長調也，此古人定例也。」具體字數的區別雖然有不同說法，但小令、中調、長調的分類還是被廣泛接受的。

二、令、引、近、慢

除了小令、中調、長調的三分法外，還有令、引、近、慢的四分法。四分法與三分法有怎樣的對應關係，學界的說法頗有分歧。此前一般多以篇幅長短來將兩種分法直接對應，即令爲小令，慢爲長調，介於中間的引、近則相當於中調。而且詞體的發展順序是先有令，次有引、近，最後纔出現慢詞。力主此說而且影響深遠的當推清宋翔鳳，他在《樂府餘論》中說：「詩之餘先有小令，其後以小令微引而長之，於是有《陽關引》、《千秋歲引》、《江城梅花引》之類。又謂之近，如《訴衷情近》、《祝英臺近》之類，以音調相近，從而引之也。引而愈長者則爲慢。慢與曼通，曼之訓引也，長也，如《木蘭花慢》、《長亭怨慢》、《拜新月慢》之類，其始皆令也。亦有以小令曲度無存，遂去慢字。亦有別製名目者。則令者，樂家所謂小令也；曰引曰近者，樂家所謂中調也；曰慢者，樂家所謂長調也。不曰令曰引曰近曰慢，而曰小令中調長調者，取流俗易解，又能包括眾題也。」宋翔鳳言之鑿鑿，但立論未必紮實。因爲就令、引、近、慢而言，其字數雖然總體是令的字數少，慢的字數多，但四者之間並非呈絕對增加趨勢。既有長達二百一十五字的《勝州令》，也有僅有十八字的《漁父引》；既有一百四十六字的《醜奴兒近》，也有僅有五十六字的《卓牌子慢》。可見將令、引、近、慢與小令、中調、長調直接對應缺乏充足的理由。以字數多少來區別令、引、近、慢，在事實的層面有行不通處，僅可言其大概而已。

令、引、近、慢本爲音樂之分類。現存文獻中，最早將令、引、近、慢四者並稱的是王灼《碧雞漫志》，但王灼是具體討論一些詞牌名末有令、引、近、慢字樣的情況，其意在說明四者的區別在音樂結構，而非關字數多少。林玫儀《令引近慢考》一文在詳細考察令、引、近、慢的形成和接受歷史的基礎上認爲："蓋樂腔具有彈性，歌者可自行運腔，從容其間，故令、引、近、慢四者之間，並無必然之長短差別。"宋末張炎《詞源》稱引、近、慢三者爲"小唱"，實際上乃在說明其爲單曲，以此區別於一般套曲。張炎並介紹其音樂結構和拍板等情況，則四者爲樂類之分別確然無誤。

三、詞調與結構

詞調又稱"詞牌"，是詞的音樂依據，在詞樂失傳以後，詞調遂成爲表示章句聲韻格律的文本譜式。康熙二十六年（1687），萬樹《詞律》二十卷，收六百六十調。徐本立《詞律拾遺》八卷，補一百六十五調。康熙五十四年（1715），陳廷敬、王奕清等奉旨修成《欽定詞譜》四十卷，收八百二十六調。由於同一詞調可能有多個別名，所以總計有二千三百零六個詞牌名稱。此書雖然也還不盡完善，但迄今爲止還是最全的詞譜。

詞調的來源十分廣泛，有的出自民間、邊疆、域外，有的出自教坊、大晟府等官方音樂機構。製曲作者有樂工、歌妓、詞人等。

詞調最初形成多與內容相關，調名往往有標題的含義，如《憶秦娥》、《憶江南》、《謝秋娘》、《暗香》等。但當詞調成爲一種固定的譜式後，詞調名稱也就成了單純的格律譜式符號，標題的意義就沒有或極其微小了。也有一些詞調名稱原本就沒有標示內容的意思，純粹表示樂曲類型，如《八聲甘州》、《水調歌頭》、《六州歌頭》之類。

詞譜詞律之書所收詞調，使用頻率大不一樣。有人統計《全宋詞》，使用最多的詞調是《浣溪沙》，多達七百七十五首，其後依次是《水調歌頭》、《鷓鴣天》、《菩薩蠻》、《滿江紅》等。

除了音樂因素之外，構成詞調的因素主要有七個方面，其中前五個要素和格律詩類似，但具體內涵不同：

（1）篇幅，如前人所謂小令、中調、長調之類，每一種詞牌都有其固定的篇幅。

（2）長短句式，每句幾個字、應該在哪裏斷句基本是固定的。

（3）韻位，每首詞押韻情況都不一樣，有平韻格、仄韻格、平仄韻轉換格、平仄韻通叶格、平仄韻錯叶格等。有些詞牌一韻到底通篇不換韻，有些則換韻。

（4）平仄，每個字都講究平仄。詞的平仄規律和詩有相似處，如句中平仄交替。但遠遠不像詩那樣有規律。每首詞甚至每句詞的平仄格式都不一樣。所以記詞牌的人往往是通過記住"定格"的詞，從而理解那種詞牌。

（5）對仗。有的詞通篇無對仗句式，有的詞在某個固定的位置上要求對仗。詞的對仗並無簡單一致的規律可以概括說明，須特別留意。

（6）領字和音節節奏。最常見的是"一字領"，或領起全篇，或領起幾句。也有二字領、三字領，比較少見。詞句的音節節奏也和詩不同，複雜多樣。

（7）分片（闋）：詞在結構上一般分上、下兩片（闋），也有分三片甚至四片的。上片的最後一韻一般稱爲歇拍，下片開頭的一韻，多稱爲過片、過變。如果過片的句式與上片開頭句式不同，則過片也稱爲換頭。換頭的目的是形成曲調上的變化，避免詞腔的單一和呆板。周濟《宋四家目錄序論》認爲換頭可以令讀者"耳目振動"。與換頭對應，上、下片開頭的格律完全相同的稱爲重頭。有的長調分三片，如果前兩片的字數、音韻相同，則稱爲雙曳頭；如果三片開頭句式都不同，則稱爲三換頭。詞的結尾處，最後一韻稱爲煞拍。這些術語多與音樂有關。

第五節　詞的風格

從詞的體性來看，婉約是早期詞的本色風格。王國維說的"要眇宜修"，繆鉞說的"細美幽約"，都是指這種本色風格。詞體文學從形成到其後很長時期內，婉約風格是基本定勢，比較適合表現詞人內心陰柔細弱的一面。宋代是詞體文學興盛的時代，婉約詞占絕大多數。即使是被稱爲"豪放詞"創始人的蘇軾，其婉約詞的數量也遠在豪放詞之上。《東坡樂府》存詞三百四十多首，真正可以當得"豪放"二字的不超過十首。胡寅《酒邊詞序》稱贊蘇詞"一洗綺羅香澤之態，擺脫綢繆宛轉之度"，便引發後人的不滿，如吳世昌《詞林新話》就說胡寅"大言欺人"。豪放派的另一代表辛棄疾其實也已相當偏離了豪放的軌跡，注重在"沉鬱"一端寫其性情。周濟《介存齋論詞雜著》評說他"斂雄心，抗高調，變溫婉，成悲涼"，就是從這一點著眼的。《稼軒長短句》六百餘首詞中，以慷慨激昂而傳播人口的作品，其實也不占多數。清代劉熙載《藝概·詞曲概》說豪放詞的基本特點是"寄勁於婉，寄直於曲"，則其關於詞的風格意識仍是以"婉約"爲正宗的。前人談論詞的風格，爲了區別清晰，常常有意將複雜的風格問題作簡單化的表述，如婉約—豪放之對舉。簡單化便於理解，但切不可絕對化。以下選擇幾個常見的風格術語略陳其要。

一、本色與非本色

歐陽烱《花間集序》對詞的形成和特徵作過非常清晰的描述，所謂"鏤玉雕瓊，擬化工而迴巧；裁花剪葉，奪春豔以爭鮮"，就是強調詞在語言上具備修飾性特點，以富有文采爲歌詞的基本要求。從演唱特點來看，歐陽烱又要求"聲聲而自合鸞歌"、"字字而偏諧鳳律"。演唱者是"舉纖纖之玉指，拍按香檀"，填詞者"則有綺筵公子，繡幌佳人，遞葉葉之花箋，文抽麗錦"。如此這般綜合考慮，早期詞就"不無清絕之詞，用助嬌嬈之態"了，其文學風格、音樂風格和演唱風格自然不能不往"婉約"一端發展。晚唐北宋的一些詞集名如《金荃集》、《花間集》、《蘭畹》、《珠玉集》等，也是偏於香弱柔婉一路，正可說明這一問題。

蘇軾詞一新世人耳目，遂開本色與否的討論。陳師道《後山詩話》說："退之以文爲詩，子瞻以詩爲詞，如教坊雷大使之舞，雖極天下之工，要非本色。"這話明顯是以婉約爲本色，以豪放爲非本色。這種觀念在北宋以前的詞人心中根深蒂固。明代何良俊《草堂詩餘序》說："樂府以皦徑揚厲爲工，詩餘以婉麗流暢爲美。如周清真、張子野、秦少游、晁叔用諸人，柔情曼聲，摹寫殆盡，正辭家所謂當行，所謂本色者也。"

二、婉約、豪放的語源及發展

"婉約"一詞最初多用於描述人物形象和言說方式之謙遜和簡

潔。以"婉約"論文學，可以追溯到南朝，徐陵《玉臺新詠序》云："閱詩敦禮，豈東鄰之自媚；婉約風流，異西施之被教。"

"婉約"、"宛約"之類詞語在《花間集》中多次出現，如毛熙震《浣溪沙》"佯不覷人空婉約"，《臨江仙》"纖腰婉約步金蓮"。

在詞學理念中，"婉約"一詞從形容人的性別和形態，到概括藝術表達方式之委婉含蓄，最後上升爲詞的風格範疇，這是一個很長的過程。不同時代的詞人和批評家，對"婉約"的理解和使用大體一致。

與"婉約"的初始用法相似，"豪放"最初也是用來描寫人物個性的，基本含義是不拘成規、直率痛快、豪邁奔放。在以婉約爲本色的《花間集》中，其實也有不太"婉約"的，如孫光憲的詞就別有一種氣骨遒健之美，他的邊塞詞如《定西蕃》（雞祿山前遊騎）、《酒泉子》（空磧無邊）等，寫景壯闊豪邁，寫人勇武矯健。

詞之題材的變化，必然帶來風格的變化。在陰柔婉約之外，出現陽剛豪放風格，是詞體文學發展之必然。晚唐司空圖《詩品》專列《豪放》一品曰：

　　觀花匪禁，吞吐大荒。由道返氣，處得以狂。天風浪浪，海山蒼蒼。

　　真力彌滿，萬象在旁。前招三辰，後引鳳凰。曉策六鼇，濯足扶桑。

這是用詩歌來解說豪放風格，有豪放氣概的作者，面對壯觀的景象，放縱自己想象力，狂放恣肆地抒情言志寫景，從而成就豪放的詩篇。詩詞同理，《詩品·豪放》描寫的豪放風格特徵，也適用於詞學。

唐宋詞婉約、豪放風格並存。宋代以前的詞人或批評家雖然沒有像後人那樣明確劃分婉約與豪放，但他們隱約地感受到這兩種詞風的差異，因而也作了一些具體的表述。如俞文豹《吹劍續錄》云："東坡在玉堂，有幕士善謳，因問：'我詞比柳詞如何？'對曰：'柳郎中詞，只好十七八女孩兒，執紅牙拍板，唱：楊柳岸，曉風殘月；學士詞，須關西大漢，執鐵板，唱：大江東去。公爲之絕倒。""絕倒"是認爲其表述絕妙，非常認同。這說明蘇軾正是有意追求這種"自是一家"的風格的。清代吳灝《歷朝名媛詩詞題辭》云："自宋人說部有鐵板紅牙之喻，詞家乃分豪放、婉約兩派。"

三、從風格到流派

正式將婉約與豪放兩種詞風並舉的是明代張綖。他在萬曆年間編著《詩餘圖譜》，其書凡例附識云：

> 詞體大略有二：一體婉約，一體豪放。婉約者欲其詞情蘊藉，豪放者欲其氣象恢宏。然亦存乎其人。如秦少游之作，多是婉約；蘇子瞻之作，多是豪放。大抵詞體以婉約爲正。故東坡稱少游爲今之詞手，後山評東坡詞如教坊雷大使舞，雖極天下之工，要非本色。

其後徐師曾《文體明辨》附和張綖此說。婉約與豪放之說簡潔明瞭富於概括力，因而爲多數論者認同並接受。

"婉約"與"豪放"表述的是詞風之兩類，具體的詞人詞作未必非此即彼。通常說來，婉約詞人不一定作豪放詞，但豪放詞人多有婉約之作。豪放與婉約，在具體的詞人詞作那裏，並非涇渭分明的。

清初王士禎從張綖之論引申出婉約派與豪放派的概念。其

《花草蒙拾》云："張南湖論詞派有二：一曰婉約，一曰豪放。僕謂婉約以易安爲宗，豪放惟幼安稱首。"王士禎淡化了崇婉約抑豪放的傳統觀念，將二者並稱爲"名家當行，固有二派"。這是詞學理論的重要變化。

除婉約、豪放之外，詞論史上也不乏其他風格概念。如北宋張耒《東山詞序》把賀鑄一人之詞風就分爲盛麗、妖冶、幽潔、悲壯四類。郭麐《靈芬館詞話》認爲《花間》詞人"風流華美"，秦、周、賀、晁諸人"含情幽豔"，姜、張諸子"獨標清綺"，蘇軾"雄詞高唱"。孫麟趾《詞逕》把詞的"門戶"分爲高澹、婉約、豔麗、蒼莽四種。謝章鋌《賭棋山莊詞話》分宋詞爲婉約、豪宕、醇雅三派。

第五章　詞法概說

倚聲填詞，從醞釀到完成，對於作詞高手而言，法度寓於無法之中，隨緣立意，隨心變化，故常有出人意表的巧思、秀句和妍詞，而且不逾規矩法度。至於初學者，創作伊始可能舉步維艱，寫成一詞，常有"氣倍辭前，半折心始"的感嘆，或有"意不稱物，文不逮意"的遺憾。今將創作過程可能遇見的問題一一舉例說明，希望對初學者有所啓發。

第一節　立意、選詞牌、選韻

一、立意與選詞牌

作詞的第一個問題是選詞牌。選詞牌與立意相關，就是看何種詞牌適合表達自己所欲表現的意趣。這裏包括三個方面的意思。

第一，所欲表現的意趣多寡，決定選慢詞還是小令。意趣或寫景單一，宜爲小令；意趣豐富，事理情景交融，宜爲慢詞。南宋張炎在《詞源·雜論》中指出：

> 大詞之料，可以斂爲小詞；小詞之料，不可展爲大詞。若爲大詞，必是一句之意引爲兩三句，或引他意入

来捏合成章，必无一唱三叹。

他认为宁可浓缩慢词的材料而为小令，不可用小令的材料作慢词。

初学作词，宜先尝试作小令，能表现一点灵感就好。下面以北宋张先的两首词为例，体会"大词之料"与"小词之料"的区别。

《青门引》：

> 乍暖还轻冷。风雨晚来方定。庭轩寂寞近清明，残花中酒，又是去年病。　　楼头画角风吹醒。入夜重门静。那堪更被明月，隔墙送过秋千影。

此词单写春夜的轻寒与寂寞伤怀，内容单纯，故用小令。

《谢池春慢·玉仙观道中逢谢媚卿》：

> 缭墙重院，时闻有，啼莺到。绣被掩馀寒，画幕明新晓。朱槛连空阔，飞絮知多少。径莎平，池水渺。日长风静，花影闲相照。　　尘香拂马，逢谢女，城南道。秀艳过施粉，多媚生轻笑。斗色鲜衣薄，碾玉双蝉小。欢难偶，春过了。琵琶流怨，都入相思调。

上片写玉仙观中幽静明丽的景色，高低远近，引人入胜。下片先写道中忽遇久已闻名的谢媚卿，再写谢媚卿的貌美过人，最后以抒发爱慕而难偶的幽情作结。全词上片写景的幽静明丽与下片写谢媚卿的美丽相映成趣。丰富的内容与深婉的情韵，经过精心的提炼，仍非小令所能包容，自当用慢词表达。

第二，根据题旨情调的不同，选择相应风格的词牌。张炎《词源·制曲》：

> 作慢词看是甚题目，先择曲名，然后命意。

根据题目来择曲命意，也就是要求紧扣题旨来选词牌和谋篇佈局。作慢詞是這樣，作小令亦如此。詞的題旨，無非言情、寫景、詠物、紀事、說理五類。不過同是言情，情調不同。寫景、詠物、紀事、說理也是這樣。情調不同，音節的高低抑揚也不同，所以應選擇相應的詞牌。詞多爲長短句，拋開原來外在的詞譜不論，句式的長短變化，體現其內在的音樂性，表現著不同的感情色彩。選詞牌得當，音節字聲的高低抑揚與感情的起伏變化相得益彰。選詞牌不當，感情當深婉蘊藉時，詞牌的音節過於鏗鏘，顯然不妥；感情當輕快明麗時，詞牌的音節纏綿悠長，亦不合適。近人劉坡公《學詞百法・選擇調名法》曾指出十餘種常見詞牌的不同風格，今錄原文於此，供初學者參考：

　　《滿江紅》、《念奴嬌》、《水調歌頭》三體，宜爲慷慨激昂之詞。小令《浪淘沙》，音調尤爲激越，用之懷古撫今，最爲適當。《浣溪沙》、《蝶戀花》二體，音節和婉，作者最多。宜寫情，亦宜寫景。《臨江仙》、《淒清道上》二體，最宜用於寫情。對句兩兩作結，句法更見挺拔。《洞仙歌》宛轉纏綿，可以寫情，可以紀事，一疊不足，作若干疊者更妙。《祝英臺近》頓挫得神，用以紀事，亦甚佳妙。《齊天樂》音調高俊，亦用於寫秋景之詞。《金縷曲》宜用於寫抑鬱之情。此調變體甚多，別名《賀新郎》，可賦本意，用以賀婚。《沁園春》多四字對句，宜以詠物。別名《壽星明》，可賦本意，用以祝壽。《高陽臺》跌宕生姿，亦爲寫情佳調。《金菊對芙蓉》一調，有回鶯舞鳳之姿，用以紀事詠物，皆流利可愛。

龍楡生《唐宋詞格律》於具體詞調之下指出：

　　《浪淘沙》，多作激越淒壯之音；《小重山》，唐人例以寫"宮怨"，故其調悲；《一剪梅》，聲情低抑；《破陣子》，可想見激壯聲容；《金人捧露盤》，多蒼涼激楚之音；《壽樓春》，聲情低抑，全作淒音；《沁園春》，宜抒壯闊豪邁情感；《生查子》，多抒怨抑之情；《祝英臺近》，宛轉淒抑；《滿江紅》，聲情激越，宜抒豪壯情感與恢張襟抱；《劍器近》，音節極低徊掩抑；《念奴嬌》，音節高抗，其用以抒寫豪壯感情者，宜用入聲韻部；《西吳曲》，音節極蒼涼激楚；《賀新郎》，大抵用入聲部韻者較激壯，用上、去聲部韻者較淒鬱。

讀者可參考劉坡公、龍榆生二家之說，以辨上述詞牌適合表現何種題旨。

第三，學詞應盡可能多熟悉詞牌及名作，反復體會揣摩各詞牌之所宜。南宋沈義父《樂府指迷·賦詞初填熟腔》：

> 初賦詞，且先將熟腔易唱者填了，卻逐一點勘，替去生硬及平側不順之字。久久自熟，便覺拗者少。全在推敲吟嚼之功也。

劉坡公《學詞百法·選擇調名法》：

> 其法須將各調音節，爛熟胸中，而後始有臨時選擇之能力。

比如，欲熟記小令《浪淘沙》詞牌，可背誦李煜"簾外雨潺潺……"、歐陽修"把酒祝東風……"等名作；欲熟記《八聲甘州》，可背誦柳永"對瀟瀟暮雨灑江天……"、蘇軾"有情風萬里卷潮來……"等佳構。結合優秀詞作，體會詞牌的譜式和特點，填起詞來就容易多了。

二、立意與選韻

根據題旨選定了詞牌，還要進一步據既定意旨選擇韻腳。如張炎《詞源·製曲》所說：

命意既了，思量頭如何起，尾如何結，方始選韻，而後述曲。

選韻要注意兩個問題：

第一，瞭解各韻部的特點，懂得韻字的使用與感情的表現有一定聯係的道理。各韻部的字有韻頭、韻腹、韻尾的不同，有開、合、齊、撮的分別。《詞林正韻》十九部中的前十四部，各部有平聲韻與上聲韻、去聲韻。第十五部至十九部是入聲韻。韻頭、韻腹、韻尾、聲調，都關涉著感情的表達。

蔡嵩雲《樂府指迷箋釋》引清周濟語："東、真韻寬平，支、先韻細膩，魚、歌韻纏綿，蕭、尤韻感慨，各具聲響，莫草草亂用。"正是注意到了不同韻部的一些特點。清人萬樹《詞律·發凡》："上聲舒徐和軟，其腔低；去聲激厲勁遠，其腔高。"注意到了不同聲韻有不同藝術效果。聲調的特徵，在於相對音高曲綫的高低起伏的形狀。清人張成孫《說文韻補》認爲："平聲長言，上聲短言，去聲重言，入聲急言。"長、短、重、急，在一定條件下會影響感情的表達。

所以，填詞要注意在選定詞牌後，根據題旨選擇用韻。比如晏幾道《臨江仙》：

夢後樓臺高鎖，酒醒簾幕低垂。去年春恨卻來時。落花人獨立，微雨燕雙飛。　　記得小蘋初見，兩重心字羅衣。琵琶弦上說相思。當時明月在，曾照彩雲歸。

詞中"垂"、"時"、"飛"、"衣"、"思"、"歸"爲韻字，"支"

"微"通用,在《詞林正韻》屬第三部平聲。周濟說"支、先韻細膩",晏幾道此詞正表現細膩深摯的情思,每讀至韻尾處,有一種低回柔厚的感覺。

第二,詞人常常用唱和的方式作詞。唱和的情況多種多樣。依別人詞作的韻腳作詞,稱爲"步(和、用、次、依)韻"。步韻對初學者而言,有一定難度;對熟手而言,又有其便利處。張炎《詞源·雜論》云:

> 詞不宜強和人韻,若倡者之詞曲韻寬平,庶可賡歌;倘韻險又爲人所先,則必牽強賡和,句意安能融貫?徒費苦思,未見有全章妥溜者。……我輩倘遇險韻,不若祖其元韻隨意換易,或易韻答之。

詞韻寬平,如周濟所說的"東、真韻"。所謂險韻,如《詞林正韻》第五部平聲九佳(半)十灰(半),第十九部十五合十七洽。其韻字少,又多僻字,不僅不易賡和,就是原作也要慎用。

第二節　詞題和詞序的使用

一、詞題的使用

唐代詞人作詞,只標出詞牌,不用詞題。北宋詞人開始在詞牌之後再用個題目。最早大量使用詞題的是張先。蘇軾受其影響,更多地使用詞題。蘇門弟子黃庭堅也較多使用詞題。他們之後,有題目的詞就常見了,南宋詞人如辛棄疾、姜夔等都喜歡使用詞題。但因爲已經有了詞牌,所以詞人可以不再另標題目。因此,直到現在,作詞用不用標題,完全可以隨意。但詞牌是必須明確的。

詞牌初起時往往與內容相關，但當詞牌成爲一種固定的譜式時，和內容就未必相關了。有時作者爲了說明作詞的因緣及背景，就在詞牌下加個題目。如辛棄疾《青玉案·元夕》，詞題標明是寫"元夕"情景和故事，就方便讀者理解詞意，更好地體會作者寫景抒情之巧妙。又如《永遇樂·京口北固亭懷古》，詞題交代引起懷古思緒的地點，詞中所用史事與北固亭頗相關涉。《破陣子·爲陳同甫賦壯詞以寄之》，詞題說明乃寄陳亮之詞，"壯詞"二字標示風格情調。《水調歌頭·盟鷗》，題目點明是寫人與自然的關係。

　　可見詞題的特點，一是簡練，寧短勿長。二是提示即可，有必要纔作提示，如果詞意明確無須另外提示，就不必使用題目。三是定向引導，能啓發讀者理解或想象就行了。總之，詞題要點到則止。

　　作詠物詞如果使用詞題，則詞的正文務必隱去所詠事物之名，以收蘊藉宛轉之效。

二、詞序的使用

　　有的詞人在詞牌之後以較長文字交代作詞背景或相關問題，是爲詞序。其實詞題和詞序並無明顯區別，都是在詞牌之後、詞正文之前的提示、說明性文字。很少有人在詞牌之後分別使用詞題和詞序。所以有學者把詞牌之後的說明文字統稱爲詞題。

　　後人習慣把字數少的視爲詞題，字數多的視爲詞序。比如蘇軾《西江月》"平山堂"、《卜算子》"黃州定慧院寓居作"，詞牌之後的幾個字就是標題。但他的《洞仙歌》（冰肌玉骨）詞牌下有近百字的說明，《醉翁操》有一百八十多字的說明，就被視爲詞序了。現代人偶有在詞牌之下標明"并序"的，通常是因爲需要說明的話比較多。

宋代詞家中，張先、蘇軾、黃庭堅、姜夔用詞序較多。可以說詞序始於張先，盛於蘇、黃[①]。蘇軾的詞序，往往交代作詞的背景。如《永遇樂》的詞序：

> 孫巨源以八月十五日離海州，坐別於景疏樓上。既而與余會於潤州，至楚州，乃別。余以十一月十五日至海州，與太守會於景疏樓上，作此詞以寄巨源。

三度月缺月圓，作者與孫巨源兩次聚別，此時正好又與他人會於三個月前與孫巨源話別之處，懷友濃情，由此而生。讀此序，頗有助於瞭解作者的創作心態。

姜夔精於音律，善於自度曲，所作詞序，除交代作詞背景者外，有的以較長篇幅討論音律問題。如作《滿江紅》，認爲舊調用仄聲韻，多不協律，遂用平聲韻爲之，並作長達二百餘字的詞序加以說明。作《淒涼犯》，亦以詞序說明"凡曲言犯者，謂以宮犯商、商犯宮之類"的道理。

現在作詞，能通過詞題簡要點題的，就不必加長爲詞序。必須用詞序的，務求簡明扼要。詞序與詞互爲補充，詞中已有的內容，就不要再用詞序重複。有些人不懂這個道理，先用序文把全詞的意思通說一遍，再用詞重複一遍，不給讀者留任何解讀的空間，這其實是很笨的做法。清人周濟在《宋四家詞選序論》中評價姜夔的詞序說："白石小序甚可觀，苦與詞複。若序其緣起，不犯詞境，斯爲兩美矣。""序其緣起，不犯詞境"，這是用詞序時特別要注意的。

[①] 參張海鷗《論詞的敍事性》，載《中國社會科學》二〇〇四年第二期。

第三節　詞的謀篇佈局

張炎《詞源·句法》："詞之難於令曲，猶詩之難於絕句，不過十數句，一句一字閑不得。"這就要求詞的構思過程中，務必在謀篇佈局上下功夫，全詞結構要瞭然於胸，不可廢句閑詞滿紙，或者像流水帳，全無巧思妙意，亦無轉折跌宕。

一、起承轉合

詞貴跌宕生姿，語簡意豐。起承轉合皆關合題旨，最爲關鍵。沈義父《樂府指迷·大詞小詞作法》指出：

> 作大詞，先須立間架，將事與意分定了。第一要起得好，中間只鋪敘，過處要清新，最緊是末句，須是有一好出場方妙。小詞只要些新意，不可太高遠，卻易得古人句。同一要煉句。

清劉熙載《藝概·詞曲概》說：

> 詞中承接轉換，大抵不外紆徐斗健，交相爲用。所貴融會章法，按脉理節拍而出之。

> 余謂起收對三者皆不可忽。大抵起句非漸引即頓入，其妙在筆未到而氣已吞；收句非繞回即宕開，其妙在言雖止而意無盡；對句非四字六字即五字七字，其妙在不類於詩與賦。

> 詞或前景後情，或前情後景，或情景齊到，相間相融，各有其妙。

> 詞要放得開，最忌步步相連；又要收得回，最忌行行愈遠。

這些都是深得個中三昧的見解，初學作詞者當細細體會。

下面舉例說明作詞的起承轉合。前引劉熙載的見解已說明，詞的起承轉合並無僵硬的規定，可有多種變化。讀者應通過詞例體會其中道理，而不是一味照葫蘆畫瓢。

首先，起句就得入題。沈義父《樂府指迷·起句》說："大抵起句便見所詠之意，不可泛入閑事，方入主意。詠物尤不可泛。"如李璟的一首《攤破浣溪沙》，悼惜生命的凋傷，開篇爲："菡萏香銷翠葉殘。"葉嘉瑩先生指出：

> 不稱"荷花"而稱"菡萏"，別有一種莊嚴珍貴之感；"翠葉"之"翠"字，既有翠色之意，又使人聯想到翠玉等，同樣傳達了一種珍美之感。然後在"菡萏"下綴以"香銷"，"翠葉"下綴以"殘"字，則詩人雖未明白敍寫自己的任何感情，而珍貴芬芳的生命的消逝摧傷的哀感，已盡在不言中。①

這樣的開篇不僅切題，而且精妙。又如秦觀《阮郎歸》寫歲末羈旅思鄉悲情，開篇"湘天風雨破寒初"一句，就很好地渲染了思鄉的時間、地域及氛圍。

起句後的句子，一般要緊承起句進一步充實或具體化。如李璟《攤破浣溪沙》開篇"菡萏香銷翠葉殘"句後，接以"西風愁起綠波間"。"西風"緊承起句，加上"愁起"二字，表明不僅是"菡萏"的生命在西風中消逝摧傷，更有人在其中。秦觀《阮郎歸》開篇"湘天風雨破寒初"句後，緊承"深沉庭院虛"一句，地點比"湘天"更具體，"深沉"、"虛"與"風雨破寒

---

① 《論李璟詞》，載於繆鉞、葉嘉瑩合撰《靈谿詞說》，上海古籍出版社一九八七年版，第八十一頁。

初"相呼應,與"庭院"相結合,營造出濃郁的羈旅思鄉的氛圍。下面"麗譙吹罷小單于,迢迢清夜徂"的羈旅清夜,便融入了這"深沉"且"虛"的庭院。

一首好詞,一般不會平鋪直敍,應有轉折變化。李璟《攤破浣溪沙》過片二句:"細雨夢回雞塞遠,小樓吹徹玉笙寒。"詞的上闋雖景中有人,但畢竟人的感情雖有了宣洩,卻恰如戲曲中人物只在後臺低唱,並沒有走到前臺。過片二句便活畫出了思婦的迷離夢境和小樓裏傳出的玉笙悲音。不僅有場景的推移,而且讓人物出場。秦觀《阮郎歸》過片三句:"鄉夢斷,旅魂孤,崢嶸歲又除。"上闋的情在景中,這裏轉爲直抒情懷,更加凸顯羈旅思鄉的幽獨與淒寒。

詞的境界的提升,結句是關鍵,應能照應全詞,總合題意。張炎《詞源·詠物》:

> 詩難於詠物,詞爲尤難。體認稍眞,則拘而不暢;模寫差遠,則晦而不明。要須收縱聯密,用事合題,一段意思全在結句,斯爲絕妙。……所詠瞭然在目,且不留滯於物。

清沈謙《填詞雜說》認爲:

> 填詞結句,或以動蕩見奇,或以迷離稱寓,著一實語,敗矣。

如李璟《攤破浣溪沙》結句云:"多少淚珠何限恨,倚闌干。"開篇"菡萏香銷翠葉殘"之景,正是這位"倚闌干"的淚人所見,"何限恨"又包含著無盡的意蘊,添人愁思。秦觀《阮郎歸》結句:"衡陽猶有雁傳書,郴陽和雁無!"更是巧妙翻用典故,寫盡羈旅思鄉之極度淒苦。空間描寫呼應開篇的"湘天","和雁無"照應開篇的"風雨破寒初"。

仔細揣摩上面分析的兩首小令，對詞的起承轉合，當有會意。

二、歇拍、過片、換頭

在詞的謀篇佈局中，歇拍與過片特別值得注意。詞以分上下兩闋者爲多，古人稱上闋的結尾一韻爲歇拍（又稱"過拍"，因其具有向下闋過渡的結構作用），如宋張耒《風流子》上闋末四句："芳草有情，夕陽無語，雁橫南浦，人倚西樓。"清況周頤《餐櫻廡詞話》評曰："景語亦復平常，惟用在過拍，即此頓住，便覺老當渾成。"稱下闋的開頭爲過片，或稱爲過變。如果下闋開頭的句式與上闋開頭不同，即換了句式，則稱換頭。況周頤《餐櫻廡詞話》評張耒《風流子》下闋首句："換頭'玉容安在否'，融景入情，力量甚大。"也有學者把上片結尾和下片開頭合起來稱爲過片。至於詞分三片者，如果每片開頭都換了句式，則稱三換頭。張炎《詞源·製曲》："最是過片不要斷了曲意，須要承上接下。"沈祥龍《論詞隨筆》指出："詞換頭處謂之過變，須詞意斷而仍續，合而仍分，前虛而後實，前實而後虛，過片乃虛實轉捩處。"這種"虛實轉捩處"，即是全詞氣韻流轉變化的關鍵處。

所謂過片要氣韻流轉變化，一是要巧妙生出變化，二是要不斷詞之意脈。前面講起承轉合，分析李璟《攤破浣溪沙》過片與上闋關係，已說明了這個道理。又如姜夔詠蟋蟀詞《齊天樂》歇拍："曲曲屏山，夜涼獨自甚情緒。"過片："西窗又吹暗雨。"張炎《詞源·製曲》評："此則詞之意脈不斷矣。"仔細體會該詞歇拍與過片，所寫之景物不同，但"西窗"與"屏山"相對，"暗雨"與"夜涼"呼應，淒涼幽獨的意趣卻相同，都集中到"獨自甚情緒"上，歇拍引出過片，過片承轉兼備，確是"詞之意脈不斷矣"。再如周邦彥《瑞鶴仙》歇拍："有流鶯勸我,重解繡鞍,緩引春酌。"過片："不記歸時早暮,上馬誰扶?醒眠朱閣。"有歇拍的解鞍、引酌,纔有過片的"不記歸時"、"上馬誰扶",歇拍與過片密相呼應;而"不記"、"誰扶",未著"醉"字,已活現昨日醉態。緊接著用一"醒"字,既交代前此的醉眠,又引出下面的"扶殘醉"情景。這樣的歇拍與過片極具匠心,所以清周濟《宋四家詞選》贊曰:"結構精奇,金針度盡。"學詞者認真體會,定可獲益。

三、煞拍

詞的結句(最後一韻)稱煞拍。一首好詞,結尾不能一覽無餘,應有含蓄不盡的意味。張炎《詞源·令曲》:"末句最當留意,有有餘不盡之意始佳。"沈義父《樂府指迷·結句》:"結句須要放開,含有餘不盡之意,以景結情最好。"沈義父舉了兩個例子:周邦彥《瑞龍吟》煞拍:"斷腸院落,一簾風絮。"《掃地遊》煞拍:"掩重關,遍城鐘鼓。"兩個例子都是以景結情,耐人尋味。清沈謙《填詞雜說》指出:"填詞結句,或以動蕩見奇,或以迷離稱雋,著一實語,敗矣。"他以晏幾道《木蘭花》歇拍爲例:"紫騮認得舊遊蹤,嘶過畫橋東畔路。"寫迷離恍惚的思懷,結以頗有動感和畫面感的句子,言已盡而意無窮。煞拍也可以不用景語而用情語,但不可過實,而要設想奇妙。如蘇軾《水龍吟·次韻章質夫楊花詞》歇拍:"細看來、不是楊花,點點是離人淚。"近人鄭文焯《評東坡樂府》指出:"煞拍畫龍點睛,此亦詞中一格。"所以能獨成一格,就在於設想的奇特。總之,詩、詞結尾,無論以時、空作結還是以情、景作結,最好是能將讀者的思緒引向更加久、遠、深、長的時空中去。

第四節　詞的句法

張炎《詞源·句法》："詞中句法，要平妥精粹。"平妥是要求詞句的自然妥帖，精粹是要求詞句的精當洗練。這是對詞的句法的總體要求。在具體的創作過程中，以下問題尤需注意。

一、領字

領字又稱"領格"，就是領起一組句子的字，多爲一字領，也有二字領，甚至有三字領（很少見）。單獨的領字通常是仄聲字。領起的句子通常是一韻，至少兩、三句，多則好幾句。

如《行香子》詞牌，上、下片兩結皆以一去聲字領起三個三言句。秦觀《行香子》歇拍："<u>有</u>桃花紅，李花白，菜花黃。"煞拍："<u>正</u>鶯兒啼，燕兒舞，蝶兒忙。""有"、"正"是領字。詞牌多樣，領字亦復多樣。一字領二句如秦觀《八六子》："<u>念</u>柳外青驄別後，水邊紅袂分時。"一字領三句如柳永《八聲甘州》："<u>漸</u>霜風淒緊，關河冷落，殘照當樓。"

二字領如秦觀《八六子》："<u>那堪</u>片片飛花弄晚，濛濛殘雨籠晴。"三字領如秦觀《八六子》："<u>怎奈向</u>、歡娛暫隨流水，素絃聲斷，翠綃香減。"

龍榆生在《唐宋名家詞選編輯凡例》中指出："詞中領句字，爲關鍵所在，以用有力之去聲字爲多，藉以承上啓下。"用領字有兩點須特別注意：

第一，詞牌規定是仄聲的領字，儘量用去聲字，去聲激厲勁遠，其腔高，有利於激起所領句子。如柳永《八聲甘州》："<u>對</u>瀟瀟暮雨灑江天，一番洗清秋。""<u>漸</u>霜風淒緊，關河冷落，殘照當樓。""嘆年來蹤跡，何事苦淹留？""對"、"漸"、"嘆"三個領字都是去聲，頗宜帶動下面的句子。

第二，領字多用虛字或帶有感情色彩的動字（關於動字，見後文）。前引諸例中的"有"、"正"、"漸"、"念"、"對"、"嘆"、"那堪"、"怎奈向"，都是這樣。

二、問答句

問答句式是詞常用的句法。用問答句可以增加詞的趣味和現場感。有的只問不答，如歐陽修《浪淘沙》歌拍："可惜明年花更好，知與誰同？"有的有問有答，如韋莊《浣溪沙》下片："暗想玉容何所似？一枝春雪凍梅花，滿身香霧簇朝霞。"有的似答非答，意韻悠遠。如柳永《玉蝴蝶慢》歌拍："遣情傷，故人何在？煙水茫茫。""煙水茫茫"似對"故人何在"的回答，又似問話者在發問同時的遠望之景。

三、節奏

倚聲填詞，詞有定句，句有定字，字有定聲。但一句之中節奏的組合有其規律，並不是句的長短、字的多少、聲的平仄合於詞譜就行了。詞本來與曲譜不分，句子的節奏受樂曲規定。現在作詞，已經沒有詞牌的原本樂曲了，只好仔細揣摩唐宋名家詞作，體會其節奏。如《水調歌頭》換頭處三個三字句，如蘇軾詞"轉朱閣，低綺戶，照無眠"，賀鑄詞"訪烏衣，成白社，不容車"，辛棄疾詞"破青萍，排翠藻，立蒼苔"，各個三字句的節奏基本都是"一二"式。如果把這些三字句都填成"二一"式，可能就與詞牌的音樂性不合了。詞句的節奏是長期約定俗成的，初緣於音樂，漸成為定式。特殊的情況也有，如蘇舜欽寫滄浪亭的《水調歌頭》，換頭爲"丈夫志，當景盛，恥疏閑"，"丈夫志"的節奏爲"二一"式，詞語結構也變了，讀來味道不同，恐與樂曲不諧。

句式結構和節奏最初是與樂譜相關的，漸成定式後，即便樂譜失傳，詞人們還是願意依照其合樂的定式，以便儘量保持其歌詞的韻味。

四、倒裝句

有時候爲了詞律或節奏的需要而使用倒裝句。錢鍾書《管錐編·毛詩正義·雨無正》論及詞的倒裝："詞之視詩，語法程度更降，聲律愈嚴，則文律不得不愈寬，此又屈伸倚伏之理。"他舉了兩個例子。宋劉過《沁園春》："擁七州都督，雖然陶侃。"換成散文，意思爲："陶侃雖然（作）擁（有）七州（之）都督。"金元好問《鷓鴣天》："新生黃雀君休笑，占了春光卻被他。"換成散文，意思爲："君休笑，卻被他新生黃雀占了春光。"

有時使用倒裝不僅是爲了將就詞律，而是變化後的句子讀來更生動。宋王安國《清平樂·春晚》："滿地殘紅宮錦汙，昨夜南園風雨。"很顯然，因果倒裝了。但這樣寫不僅是爲了便於"雨"字入韻，更重要的是先把春殘之景突出出來，再倒敘昨夜風雨，讀來更有韻味。誠如清譚獻《評詞辨》卷二所論："倒裝二句，以見筆力。"

五、對仗

詞中如果有兩個相同的句式相連，往往可能對仗。每種詞牌都不同於別的詞牌，有無對仗，對仗在甚麼位置，需要特別留心判斷。比如有在開頭，如《滿庭芳》（又名"慶春澤"）："山抹微雲，天粘衰草"（秦觀）；"修竹凝妝，垂楊繫馬"（吳文英）。如果詞的首句後緊接兩個相同句式，一定得對仗，如周邦彥《浪淘沙慢》開篇："曉陰重，霜凋岸草，霧隱城堞。"

領字領起的組句，常用對仗。如蘇軾《八聲甘州》"問錢塘江上、西興浦口"；周邦彥《蘭陵王》："又酒趁哀絃，燈照離席。""漸別浦縈迴，津堠岑寂。""念月榭攜手，露橋聞笛。"

有些詞牌句式整齊，多用律詩句法，對仗自不可免。如《鷓鴣天》詞譜近似七律，第三四句就如律詩之頸聯，例須對仗。換頭處卻不必如律詩頷聯對仗了，因為第五句減少一字變成了兩個三字句了，如晏幾道詞"舞低楊柳樓心月，歌盡桃花扇底風"。又如《浣溪沙》過片處例須對仗，如晏殊詞"無可奈何花落去，似曾相識燕歸來"。

詞的上下闋如有字數相同的對句，則須變換各聯的結構，如同律詩中間兩聯雖然同是對聯，但音節和句法結構應有變化，以免呆板。如辛棄疾《滿江紅·暮春》上片有對仗句"紅粉暗隨流水去，園林漸覺清陰密"，節奏為"二二二一"式；下片對仗句："尺素如今何處也，綠雲依舊無蹤跡"，變為"二二一二"式。這樣便顯得靈動，不板滯。作律詩要求規避的同頭、並腳等病，作詞亦應避免。

詞牌各式各樣，對仗也或有或無，位置又各不相同。這就需要讀詞時留心體會，作詞時特別注意。有些詞譜會說明某處"多用對偶"，或說"例須對仗"。但學詞者不能據此認為凡須對仗處，譜書都會說明。因為詞的對仗比較複雜，所以即便是很優質的譜書，也未必都能詳盡說明。因此，大量詩詞寫作類的書籍，往往迴避詞的對仗問題。

第五節　詞的修辭

詞貴含蓄優美，"要眇宜修"。修辭手法必須講究。

一、比喻

比喻主要有明喻、暗喻、曲喻、博喻。

明喻在詞中經常出現，特點是用"如"、"若"等標誌。如秦觀《八六子》："倚危亭，恨如芳草，萋萋剗盡還生。"周邦彥《滿庭芳·夏日溧水無想山作》過片："年年，如社燕，漂流瀚海，來寄修椽。"

暗喻不用"如"、"若"等比喻詞，但讀者一看就能明白其比喻用意。如柳永《浪淘沙》上片："有個人人，飛燕精神。急鏘環佩上華裀。促拍盡隨紅袖舉，風柳腰身。""飛燕精神"是說她的神韻如趙飛燕，"風柳腰身"說她腰身如風中細柳。

曲喻需要有一層意思轉換。如前蜀牛希濟《生查子》下片："語已多，情未了，回首猶重道：記得綠羅裙，處處憐芳草。"這裏以"芳草"喻所憐之人，芳草怎麼與所憐之人發生關係的呢？原來所憐之人身著"綠羅裙"，羅裙是綠的，芳草也是綠的，二者便有了可比之處。作者先以"綠羅裙"代所憐之人，再令"綠羅裙"與"芳草"發生比喻。因爲愛憐穿"綠羅裙"的人，因而愛屋及烏，見到綠草就心生憐愛。曲喻節省文字，耐人尋味，用得好了，可生色不少。

博喻指用多種事物來比喻一種事物。如賀鑄《青玉案》煞拍："試問閑愁都幾許？一川煙草，滿城風絮，梅子黃時雨。"羅大經《鶴林玉露》卷七評曰："蓋以三者比愁之多也，尤爲新奇。兼興中有比，意味更長。"

二、象徵

詞中使用象徵和比喻的區別在於，比喻是局部性的，象徵是整體性的。如"風柳腰身"，只是取風中細柳柔弱擺動的情態以喻女子舞動的腰身。象徵則不然，詞人所取用的象徵物象通常都寄寓著相對固定的精神旨趣。比如蘇軾《卜算子》中的"孤鴻"是他生命的圖騰，《臨江仙》中的"小舟"也是生命的象徵。陸游《卜算子·詠梅》整篇即用梅花象徵自己孤高的情懷心志：

驛外斷橋邊，寂寞開無主。已是黃昏獨自愁，更著風和雨。　無意苦爭春，一任羣芳妒。零落成泥碾作塵，只有香如故。

三、用典與用事

用典指利用文獻典故，用事指引入歷史故事。用典與用事有時區別明顯，有時難以區別。所以人們通常籠統說是"用典故"。由於典故總是憑藉書籍流傳，所以批評家有時戲稱愛用典故的人是"掉書袋"。用典故使詞顯得典雅淵博，但這只是表面的效果。成功地運用典故，可以有效地拓展有限的文字所能表現的歷史時空和內涵，大大地豐富詞的意蘊，並且含蓄精煉，耐人尋味。

張炎《詞源·用事》："詞用事最難，要體認著題，融化不澀。"他舉蘇東坡《永遇樂》為例："燕子樓空，佳人何在，空鎖樓中燕！"此用張建封事。唐張建封官徐州，寵愛歌妓關盼盼，娶之使居燕子樓。張卒，盼盼誓不改嫁，不食而死。蘇軾在徐州，夜宿燕子樓，夢見盼盼，因作此詞。姜夔《疏影》："猶記深宮舊事，那人正睡裏，飛近蛾綠。"用壽陽公主事。南朝宋武帝女壽陽公主，一日臥含章殿簷下，梅花飄著其額，成五出之花，時人因仿之爲梅花妝。《疏影》又云："昭君不慣胡沙遠，但暗憶江南江北。想珮環月夜歸來，化作此花幽獨。"用王昭君故事。杜甫有《詠懷古跡》五首，第三首詠王昭君有"環珮空歸月夜魂"句。姜夔既用昭君事，又用杜詩典。張炎指出："此皆用事不爲事所使。"蘇、姜二詞之用事，皆自然貼切，融洽無痕。

清劉熙載《藝概·詞曲概》：

> 詞中用事，貴無事障。晦也，膚也，多也，板也，此類皆障也。姜白石詞用事入妙，其要訣所在，可於其《詩說》見之，曰："僻事實用，熟事虛用。""學有餘而約以用之，善用事者也。"

晦澀、膚淺、濫用、板滯是用典故的四大障礙。姜夔"僻事實用，熟事虛用"是用典故的要訣，"學有餘而約以用之"是用典故的根本途徑。

四、對比

詞家爲表現事物的變化或感情的跌宕，常用對比的手法，以見今昔或彼此的不同。後唐李存勗《如夢令》：

> 曾宴桃源深洞，一曲舞鸞歌鳳。長記別伊時，和淚出門相送。如夢，如夢，殘月落花煙重。

前兩句歡宴的"舞鸞歌鳳"，與別時的"和淚相送"，別後的"殘月落花煙重"，形成鮮明對映。晏幾道《鷓鴣天》是巧用對比以謀篇的傑作：

> 彩袖殷勤捧玉鍾。當年拚卻醉顏紅。舞低楊柳樓心月，歌盡桃花扇底風。　從別後，憶相逢。幾回魂夢與君同。今宵賸把銀釭照，猶恐相逢是夢中。

當年與別後、聚會與離別、相愛與相思、歡樂與悲傷、現實與夢幻，形成多重對比。又如辛棄疾《粉蝶兒》：

> 昨日春如十三女兒學繡。一枝枝不教花瘦。甚無情便下得雨僝風僽。向園林、鋪作地衣紅縐。而今春似輕薄蕩子難久。記前時送春歸後。把春波都釀作一江醇酎。約清愁、楊柳岸邊相候。

"昨日春"與"而今春"鮮明對比，加上比喻新穎巧妙，藝術效果極佳。

五、擬人

將非人的事物賦予人的情愫或特徵，修辭學稱爲擬人。蘇軾《水龍吟·次韻章質夫楊花詞》通篇擬楊花爲人：

> 似花還似非花，也無人惜從教墜。抛街傍路，思量卻是，無情有思。縈損柔腸，困酣嬌眼，欲開還閉。夢隨風萬里，尋郎去處，又還被、鶯呼起。不恨此花飛盡。恨西園、落紅難綴。曉來雨過，遺蹤何在，一池萍碎。春色三分，二分塵土，一分流水。細看來、不是楊花，點點是、離人淚。

又如蘇軾《賀新郎》下闋擬花爲人：

> 石榴半吐紅巾蹙。待浮花浪蕊都盡，伴君幽獨。穠豔一枝細看取，芳心千重似束。又恐被秋風驚綠。若待得君來向此，花前對酒不忍觸。共粉淚，兩簌簌。

周邦彥《六醜·薔薇花謝後作》："長條故惹行客，似牽衣待話，別情無極。"李清照《采桑子》："窗前誰種芭蕉樹？……葉葉心心，舒卷有餘情。"辛棄疾《漢宮春》："卻笑東風從此，便薰梅染柳，更沒些閑。"這些都是成功的擬人範例。

六、烘托

詞忌直露，故常用烘托手法。烘托看似繞了一個彎乃至幾個彎，沒有直接表現所欲表現的事物或感情，但讀來更耐人尋味。錢鍾書《管錐編·楚辭補注·九辯》：

> 吳文英《聲聲慢》"膩粉闌干，猶聞憑袖香留。"以"聞"襯"香"，仍屬直陳。《風入松》："黃蜂頻探秋千索，有當時纖手香凝。"不道"猶聞"，而以尋花之蜂"頻探"示手香之"凝""留"。

通過比較說明：說袖猶留香，這是最直接的寫法，沒有餘味。說"猶聞"，稍委婉些，但仍是直接描述。說"黃蜂頻探"，引人思索，黃蜂為何"頻探"？為何單說"頻探秋千索"？原來那人的纖手曾抓著秋千索蕩秋千，香氣凝留在秋千索上，惹得黃蜂頻來。作者不寫那人香氣猶留袖間，而是凝留於秋千索上，轉了一個彎；不是人由秋千索聞到那人的餘香，而是"黃蜂頻探"，又轉了一個彎。轉了兩個彎，目的還是表現那人的香氣長留。真是善於烘托至極。還值得注意的是，秋千在宋詞中具有特殊的意義。張先《青門引》："那堪更被明月，隔牆送過秋千影。"歐陽修《蝶戀花》："淚眼問花花不語，亂紅飛過秋千去。"秦觀《柳梢青》："門外秋千，牆頭紅粉，深院誰家？"秋千常與所思相關涉。所以吳文英單選"香凝"、"秋千索"，可謂特具匠心。

當然最常見的烘托手法是渲染景物、氣象、氛圍，以烘托情事人物。比如李清照《聲聲慢》連用七個"次第"的物象，烘托"一個愁字"。烘托也有反襯式的，比如以樂景寫哀情等等。

七、對偶

前文從句法角度介紹了詞的對仗，這裏從修辭角度簡述對偶。夏敬觀《評清真集》指出："詞中對偶句，最忌堆砌板重。如此詞'褪粉'二句，'名園'二句，皆極流動，所以妙也。""褪粉"二句，指周邦彥《瑞龍吟》第一段的"還見褪粉梅梢，試華桃樹"，"褪粉梅梢"與"試華桃樹"，以工整的對仗寫出富有生氣的初春情韻。"名園二句"指《瑞龍吟》第三段的"知誰伴、名園露飲，東城閑步？""名園露飲"與"東城閑步"爲寬對，對仗中包含著情景的轉換，顯得自然流動。又如周邦彥《風流子》詞有三處四句對：

第一處：
望一川暝靄，雁聲哀怨；半規涼月，人影參差。

第二處：
砧杵韻高，喚回殘夢；綺羅香減，牽起餘悲。

第三處：
想寄恨書中，銀鉤滿月；斷腸聲裏，玉箸還垂。

這裏有兩點值得注意：

第一即夏敬觀《評清真集》所論："句調皆變換不同。"三處四句對都是四言句，句法學習六朝駢賦，體會其節奏，三處四句對皆有細別，並非不變的結構，所以一點也不呆板，讀來各有韻味。

第二，詞人頗注重景語與情語的位置的變換，使詞雖疊用四句對，卻毫不板重。第一處皆爲景語，用一"哀"字，使情寓景中。第二處單句爲景語或事語，雙句則爲事語兼情語。第三處單句爲事語兼情語，雙句爲景語。命意遣詞可謂巧妙自然細膩。

對仗要避免"合掌"。合掌就是前後兩句重複同樣的意思，比如毛澤東《滿江紅》"四海翻騰雲水怒，五洲震蕩風雷激"。這裏特別舉這個例子，是因爲其影響太大，許多人讀之用之效之卻不知其犯了"合掌"之忌。

第六節　詞的煉字

詞的篇幅有限，須儘量錘煉語言，以求言簡意豐。就總體而言，詞的煉字，首先要避免生硬的字句。張炎《詞源·字面》：

　　蓋詞中一個生硬字用不得，須是深加鍛煉，字字敲打得響，歌誦妥溜，方爲本色語。

其次要追求典雅，避免直露。沈義父《樂府指迷·論詞四標準》：

　　下字欲其雅，不雅則近乎纏令之體；用字不可太露，露則直突而無深長之味。

做到這兩點，應如蔣兆蘭《詞說》所言：

　　煉字，字生而煉之使熟，字俗而煉之使雅，中無一支辭長語，第覺處處清新。

下面就詞的具體用字，作簡單說明。

一、詞眼

詩有詩眼，詞有詞眼。張炎《詞源·字面》："句法中有字面……字面亦詞中之起眼處，不可不留意也。"又《雜論》："卻須用功著一字眼，如詩眼亦同。"元人陸輔之從張炎學詞，作《詞旨》，列"詞眼"一門（"詞眼"二字即本張炎"詞中之起眼處"、"卻須用功著一字眼"），舉例二十餘句，如李清照《如夢令》的"綠肥紅瘦"、《念奴嬌》的"寵柳嬌花"，史達祖

《雙雙燕·詠燕》的"柳昏花暝"等。諸例中的"肥"與"瘦"、"寵"與"嬌"、"昏"與"暝"諸字，就是詞眼，其妙處在於巧用擬人手法，把樹與花寫得頗具人情味。但是，不能認爲唯有擬人手法可成詞眼。錘煉字詞時，不論運用何種手法，祗要運用得妙，都可能成爲詞眼。賀鑄《淩歊·銅人捧露盤引》過片："繁華夢，驚俄頃；佳麗地，指蒼茫。寄一笑、何與興亡？"夏敬觀《評東山詞》："'寄一笑'句，爲全詞之眼。"可見局部的修辭帶來的精彩字句可謂詞眼，全篇旨趣的精心而簡要的佈置，亦可謂詞眼。前者類似陸機《文賦》說的"石韞玉而山輝，水懷珠而川媚"，後者如同《文賦》說的"立片言而居要，乃一篇之警策"。

作詞當然要追求詞眼，如人之有睛，方有精神。需要注意的是，不能脫離詞的整體構思去片面追求漂亮的字句。劉熙載《藝概·詞曲概》有一段精彩的議論："余謂眼乃神光所聚，故有通體之眼，有數句之眼，前前後後無不待眼光照映。若捨章法而專求字句，縱爭奇競巧，豈能開闔變化，一動萬隨耶？"此數語值得我們煉字時深思。

宋代文人喜歡用某人詩、詞中的"眼"來代稱其人，比如稱"紅杏枝頭春意鬧郎中"、"張三影"、"賀梅子"、"山抹微雲秦學士"等。這些例子也說明，所謂"眼"，可能是一個妙字，也可能是一句，甚至數句，總之是一篇之警策。

二、名字

詞中用到的事物名稱，謂之名字。作詞使用名字，有相當多的講究。一物有多名，如日有"曜靈"、"火精"、"靈烏"等異名，月有"望舒"、"水精"、"金兔"等別稱。作詞選用名字時，要考慮該物的諸種名稱中，何者最適用於此。適用的原則，一是自然，二是合律，三是聲色與詞味協調。如宋蔡伸《十六字令》："天，休使圓蟾照客眠。人何在？桂影自嬋娟。"不說圓月，而說"圓蟾"，有兩個原因：第一，"月"是仄聲字，而此處要求用平聲字，"蟾"爲平聲字；第二，用"圓蟾"可與下文"桂影"相照應，俱包含著關於月亮的傳說，豐富了詞的內容與韻味。前面討論起承轉合時，分析了李璟的《攤破浣溪沙》"菡萏香銷翠葉殘"句，不稱"荷花"而稱"菡萏"，也是巧用名字的佳例。

三、動字與靜字

詞的用字，有動字與靜字之分。蔡嵩雲《樂府指迷箋釋》"句上虛字"條按：

> 所謂靜字，乃實字而以肖事物之形者，與動字兩相對待。靜字言已然之情景，動字言當然之行動，分別在此。

蔡氏對動字與靜字作了很好的界定。首先，二者都是名字之外的實字；其次，動字表現進行中的活動，靜字展現已然的情景。

動字的巧妙使用，最能展示詞的精神意趣。宋祁《玉樓春》的名句"紅杏枝頭春意鬧"，張先《天仙子》的名句"雲破月來花弄影"，王國維《人間詞話》稱贊其著一"鬧"字、一"弄"字而境界全出。可見，動字的選擇，關鍵在於：何者具有生動性，有助於詞境的提升。

靜字雖不呈動態，但展示不同的色彩和形貌，如何選擇亦很重要。蘇軾《行香子·過七里灘》歇拍："但遠山長，雲山亂，曉山青。"同是山，不同的角度、距離、時間，可以呈現不同的色相。山本不動，"長"、"亂"、"青"在詞裏，固然都是靜字，卻富有生動性。

動字可以向靜字轉換。柳永《木蘭花慢》："拆桐花爛熳"，"拆"字本動字，然"拆桐花爛熳"的"拆"，在詞裏是已開的意思，則爲已然之情景，"拆"字轉成靜字。

四、色字

詞有追求豔麗的傳統，對於所描寫的事物，頗講究着色。但並不是用字越豔麗，詞就越美。劉熙載《藝概·詞曲概》：

> 以色論之，有借色，有真色。借色每爲俗情所豔，不知必先將借色洗盡，而後真色見也。

他認爲應追求"真色"的境界，不要沉溺於"借色"而難褪鉛華，很有道理。當然，也不是不能用鮮麗的色字，關鍵看用在甚麽地方。柳永《雪梅香》有"水村殘葉舞愁紅"句，照應前面的"動悲秋情緒"，"愁紅"字就很符合"悲秋"的色彩。秦觀《八六子》有"水邊紅袂分時"句，寫離情卻用色彩很強烈的"紅"字，"紅袂"之富貴美好，反襯著離別的憾恨。

五、聲字

色字與聲字交融使用，可營造有聲有色的詞境。首先，聲字的選用，要能引起下文。李煜《浪淘沙》："簾外雨潺潺，春意闌珊。"用"潺潺"狀簾外雨聲，給予人的聲音效果是細而綿長的，可以想見春紅在"潺潺"聲中的飄零，正引起"春意闌珊"。其次，聲字的選用，應與描摹的物色相補充。柳永《浪淘沙》："簌簌輕裙，妙盡尖新。"由"簌簌"的形旁，可以聯想到風吹竹葉的聲音及情狀，如見舞者舞蹈時的輕快，如見舞者的"輕裙"正如風吹竹葉般輕揚，使下文的"妙盡尖新"，得到了形象化的表達。

六、虛字

詞中多用虛字。蔡嵩雲《樂府指迷箋釋》"句上虛字"條按：

> 詞中虛字用法，可分三種：或用於句首，或用於句中，或用於句尾。用於句尾者，多在協韻處，所謂虛字協韻是。此在詞中，可有可無。用於句首或句中者，其始起於襯字，在句首用以領句，在句中用以呼應，於詞之章法，關係至巨，無之則不能成文者也。……領句用虛字，慢詞幾於一調數見，引、近則較少，小令或用或不用，視各調情形而異。

虛字在詞中的運用，最關鍵的是用作領字。張炎《詞源·虛字》：

> 合用虛字呼喚，單字如正、但、甚、任之類，兩字如莫是、還又、那堪之類，三字如更能消、最無端、又卻是之類。此等虛字，卻要用之得其所。

所謂"用之得其所"，應有兩層意思：第一是要合律，即該用一字、兩字甚至三字，該用平聲字還是仄聲字。第二是應能喚起下文。如秦觀《八六子》："怎奈向、歡娛暫隨流水，素絃聲斷，翠綃香減，那堪片片飛花弄晚，濛濛殘雨籠晴。""歡娛"三句寫無奈而又必須面對的現實，用"怎奈向"領起。"片片"二句寫美好事物的遭受摧殘，用"那堪"引出。由"怎奈向"到"那堪"，推進淒楚的感情，色彩愈加強烈。"怎奈向"只是說對於不願接受的現實，只有無可奈何面對；"那堪"則是進一步說已不堪承受這種不願接受的現實。虛字用得如此精準，誠為典範。

第六章　平韻格二十種及例詞講解

詞譜用○表平聲，●表仄聲，⊙表本平可仄，◎表本仄可平。

一、憶江南

本名《謝秋娘》。段安節《樂府雜錄》載："《望江南》始自朱崖李太尉（德裕）鎮浙日，爲亡妓謝秋娘所撰。後改此名。"又名《夢江南》、《夢江口》、《夢仙遊》、《江南好》、《安陽好》、《望江南》、《望江梅》、《望江樓》、《望蓬萊》、《春去也》、《步虛聲》、《壺山好》、《歸塞北》等。《金奩集》入"南呂宮"。本詞有單、雙調二種。單調二十七字，五句，三平韻。三、四兩句宜用對偶。雙調即將單調重複一次，宋人多用雙調。

白居易《憶江南》（單調二十七字）

江南好，風景舊曾諳①。日出江花紅勝火，春來江水
○⊙●，⊙●●○。◎●⊙○○●●，⊙○○●
綠如藍②。能不憶江南。
○○○。●●●○○。

注釋

①諳：熟悉。

②藍：蓼藍，一種可以從葉子裏提取青藍色染料的草。

作法提示

首句"好"字總攝全篇,寫作者對江南美好的印象和深切懷念。"舊曾諳"表明現在是回憶當年的印象,正切詞調之"憶"字。江南之好難以盡述,作者只選取最具特徵的江景:清江、紅花、綠水,兩句詩便勾畫出江南水鄉特色,可謂善於選材。色彩對比清晰明快,"春來"二字又點出生氣蓬勃之意。"綠如藍"修辭極新穎,說江水像藍草一樣綠得深湛,竟用色彩比喻色彩,別出心裁。煞尾用反問句,肯定無疑,並且緊扣詞牌"憶"字。

令詞猶如詩中絕句,篇幅短小,須多用比興,以少勝多。此詞堪稱典範。

歐陽修《憶江南》(雙調五十四字)

江南蝶,斜日一雙雙。身似何郎①曾傅粉,心如韓壽②
〇⊙●,⊙●●〇〇。◎●〇〇〇●●,⊙〇〇●
愛偷香。天賦與輕狂。　微雨過,薄翅膩煙光。纔伴
●〇。〇●●〇〇。　⊙●,⊙●●〇〇。◎●
遊蜂來小苑,又隨飛絮過東牆。長是為花忙。
⊙〇〇●●,⊙〇〇●●〇〇。〇●●〇〇。

注釋

①何郎:何晏,字平叔。《世說新語》:"何平叔美姿儀,面至白,魏明帝疑其傅粉,正夏月與熱湯餅,既啖,大汗出,以朱衣自拭,色轉皎然。"

②韓壽:《世說新語》:"韓壽美姿容,賈充辟以為掾。充每聚會,賈女於青璅中看,見壽,說之。"後因以"韓壽"借稱美男子,多指出入歌樓舞榭的風流子弟。

二、浪淘沙

唐教坊曲名,用爲詞調,單調二十八字,四句,三平韻,亦即七言絕句。唐白居易、劉禹錫所作皆爲七絕體。南唐李煜始作雙調《浪淘沙》(《欽定詞譜》作《浪淘沙令》),五十四字,前後片各四平韻,多激越淒壯之音。又名《曲入冥》、《過龍門》、《煉丹砂》、《賣花聲》(《謝池春》別名也作《賣花聲》,非此調)。宋人有於前段或後段起句減一字者,也有用仄韻者。另有《浪淘沙慢》,一百三十三字,用入聲韻。

南唐李煜《浪淘沙》(雙調五十四字)

簾外雨潺潺①。春意闌珊②。羅衾③不耐五更寒。夢
⊙●●○○。 ●⊙○○。 ⊙○◎●●○○。 ◎
裏不知身是客④,一晌貪歡。　獨自莫憑欄⑤。無限江
●○○●●,⊙●○○。　●●●○○。 ⊙●○
山⑥。別時容易見時難。流水落花春去也,天上人間⑦。
○。 ◎○⊙●●○○。 ⊙●◎○○●●,⊙●○○。

注釋

①潺潺(chán):形容雨聲。
②闌珊:衰殘。
③羅衾:絲綢面料的被子。
④身是客:指自己身爲俘虜遠離故國。
⑤憑欄:指登樓遠望。
⑥無限江山:指自己已經失去的江山故國。
⑦天上人間:或指自己的處境變故之巨大,一如天上人間;或暗喻自己命運將盡。

作法提示

李煜（937—978），字重光，號鍾隱，南唐中主李璟第六子，二十五歲嗣位，在位十五年。宋太祖開寶八年（975），宋軍攻陷南唐都城金陵，李煜出降，受封違命侯，軟禁兩年後，被宋太宗"賜酒"毒死。

此詞作於囚禁汴京期間。全詞用白描敍事筆法，先寫環境——春寒難耐，再寫處境——身爲囚犯，進而寫心情——亡國之悲，最後寫無奈和絕望。

語言平易，但風格比較含蓄，尤其是煞拍意蘊複雜，耐人尋味。

李煜《浪淘沙》（雙調五十四字）

往事只堪①哀。對景難排②。秋風庭院蘚侵階。一任③珠簾閑不卷，終日誰來。　　金鎖④已沉埋。壯氣蒿萊⑤。晚涼天靜月華開。想得玉樓瑤殿⑥影，空照秦淮⑦。

注釋

①堪：能，可以，值得。
②排：排遣，消解。
③一任：任憑。
④金鎖：一說以金鎖代指南唐宮闕。一說金鎖即鐵索。唐宋詩詞中常用鐵索沉埋江底隱喻國家滅亡。
⑤壯氣蒿萊：王氣消失於荒野。
⑥玉樓瑤殿：疑指月宮的樓臺殿閣。
⑦秦淮：秦淮河，在南京城中。

三、長相思

郭茂倩《樂府詩集·雜曲歌辭》收有梁昭明太子《長相思》

一首，以"相思"發端。又張率《長相思》二首皆以"長相思、久離別"發端。其後陳後主、江總等皆襲其調，唐人遂多用之。《欽定詞譜》以白居易《長相思》爲正體，雙調，三十六字，上下片各四句，每句用韻。通常上、下片開始的兩個三字句之後兩字重疊。上、下片首句也可不押韻。又名《吳山青》、《越山青》、《山漸青》、《青山相送迎》、《長相思令》、《相思令》、《雙紅豆》、《憶多嬌》、《長思仙》等。《欽定詞譜》列別體四種，皆三十六字體。

白居易《長相思》（三十六字）

汴水①流。泗水②流。流到瓜州③古渡頭。吳山④點點愁。
◎◎○。●◎○。○●○○●●○。○○●●○。
思悠悠。恨悠悠。恨到歸時方始休。月明人倚樓。
●○○。◎○○。●●○○●●○。●○○●○。

注釋

①汴水：古水名，又稱汴渠。自今河南省滎陽縣東北接黃河，東南經今開封市南、民權縣與商丘市北，復向東南經今安徽省碭山縣、蕭縣北，至江蘇省徐州市北入泗水。爲中原通往東南沿海地區的主要水道。

②泗水：發源於山東泗水縣，流經曲阜、徐州等地，至洪澤湖附近入淮河。

③瓜洲：在江蘇揚州市南長江北岸，本爲江中沙洲，狀如瓜形，故名。

④吳山：在杭州，春秋時爲吳國南界，故名。

作法提示

此詞向來被視爲《長相思》詞調的典範之作。上片摹水，下片思人，皆爲相思而發。流水爲思婦目中之水，汴泗相連，蜿蜒不盡，正暗喻所思之人在山長水遠處，相思之情如水悠悠，纏綿無盡。歇拍點明"愁"字，乃詞之主旨，令此前景語頓成情寄。下片順勢抒情，疊用"悠悠"，強調情思之綿長。又用二"恨"字以示愛之極深。煞拍無言勝多言，將思緒引入無限的時空。作者以淺易流暢的語言、回環復沓的句式、行雲流水般的節奏、音韻悠長的平聲韻腳營造出歌行韻味，將相思之情表現得淋漓盡致。

納蘭性德《長相思》（三十六字）

山一程。水一程。身向榆關那畔①行。夜深千帳②燈。風一更③。雪一更。聒④碎鄉心夢不成。故園無此聲。

注釋

①榆關那畔：指山海關外。
②帳：軍營的帳篷。
③更：舊時一夜分五更，每更大約兩小時。
④聒（guō）：聲音嘈雜吵鬧。

四、浣溪沙

唐教坊曲名。《雲謠集》中有此調，唐人韓偓曾作此調。雙調四十二字，上下片各三句。一、二、三、五、六句押韻。過片二句多用對偶。有平、仄韻二體。仄韻體始於南唐李煜。別名有《小庭花》、《滿院春》、《醉木犀》、《霜菊黃》、《廣寒枝》、《東風寒》、《試香羅》、《清和風》、《怨啼鵑》等。另有《攤破浣溪沙》，又名《山花子》，上下片各增三字，韻位不變，共四十八字。此調音節明快，句式整齊，易於上口，為宋詞中使用最多的詞調之一。

韓偓《浣溪沙》（四十二字，上片三平韻，下片二平韻）

宿醉離愁慢髻鬟①。六銖②衣薄惹輕寒。慵紅悶翠掩
◎●⊙○⊙●●。⊙○⊙●●○○。⊙○◎●●

青鸞。③　　羅襪況兼金菡萏④，雪肌仍是玉琅玕⑤。骨香
◯◯。　　⊙●◎◯◯●●，◎◯⊙●◯◯。◎◯
腰細更沉檀⑥。
⊙●●◯◯。

注釋

①宿醉：隔夜的醉意。慢：同"漫"，即漫不經心。

②銖：古代衡制的重量單位，二十四銖爲一兩。"六銖"指衣服十分單薄。

③慵紅悶翠：因爲心情慵懶鬱悶，看見室內紅、翠的顏色也覺得壓抑。青鸞：銅鏡。相傳罽賓王於峻祁之山獲一鸞鳥，飾以金樊，食以珍饈，但三年不鳴。其夫人曰："嘗聞鳥見其類而後鳴，何不懸鏡以映之。"王從其意，鸞睹形悲鳴，哀響中宵，一奮而絕。後因以"青鸞"代指鏡。

④菡萏：荷花。

⑤玉琅玕（gān）：玉石。

⑥沉檀：指沉香木和檀木，均爲香木。此處指香木所散發的香氣。

作法提示

《詞譜》以此詞爲《浣溪沙》正體。此詞屬"香奩體"，表現手法婉約含蓄。寫獨處閨中的少婦借酒銷愁的慵懶情貌，對女子服飾、體貌、情緒狀態描寫得十分細膩貼切。上片從不同角度表現女主人公孤獨相思的苦悶無聊，"離愁"是主題詞。"愁"、"漫"、"慵"、"悶"，層層剖露心緒，寫盡相思滋味。下片不再直接寫愁，轉寫美人服飾、肌膚、腰身、香氣，似全無情味，卻深含香閨寂寞之意，挑逗讀者想象。

李璟《攤破浣溪沙》（又名《山花子》，四十八字，上片三平韻，下片二平韻）

菡萏香銷翠葉殘。西風愁起綠波間。還與韶光①共憔
◎●◎●●○○。◎○◎●●○○。⊙○⊙●◎○⊙
悴，不堪看。　　細雨夢回雞塞遠②，小樓吹徹③玉笙寒。
●，●○○。　　◎●◎○○●●，◎○◎●●○○。
多少淚珠何限恨，倚闌干。
⊙●◎○○●●，●○○。

注釋

①韶光：美好的時光。

②夢回：夢醒。雞塞（sài）：雞鹿塞，漢時邊塞地名，故址在今內蒙古。此處泛指邊塞。

③徹：透徹，完結。

五、采桑子

唐教坊大曲有《楊下采桑》，唐代南卓《羯鼓錄》作《涼下采桑》，屬"太簇角"。截取一遍單行，後用作詞牌。又名《醜奴兒令》、《羅敷媚》等。雙調，四十四字，前後片各三平韻。又有《添字采桑子》，四十八字或五十四字；《攤破采桑子》，一名《攤破醜奴兒》，六十字；《促拍采桑子》，一名《促拍醜奴兒》，五十字；皆平韻。宋詞有《采桑子慢》，一名《醜奴兒慢》，九十字，多平仄韻互押。

歐陽修《采桑子》（四十四字）

羣芳過後西湖①好，狼籍②殘紅。飛絮濛濛。垂柳闌
⊙○◎●○○●，◎●○○。⊙●○○。◎●

干③盡日風。　　笙歌散盡遊人去，始覺春空。垂下簾櫳④。
○◎●○。　　　⊙○⊙●○○●，○●○○。⊙●○○。
雙燕歸來細雨中。
⊙●○○◎●○。

注釋

①西湖：此指潁州西湖，在今安徽省阜陽市西北。

②狼籍：散亂的樣子。

③闌干：橫斜交錯的樣子。

④簾櫳：窗簾。

作法提示

《采桑子》是唐、宋詞人最喜用的詞調之一。歐陽修作《采桑子》組詞十三首，寫潁州西湖的四季景色，這是其中第四首，詠西湖暮春景色，格調清麗明快，平易自然。詞人選擇了羣芳過後的西湖美景，通過殘紅、飛絮、垂柳等物象，層層皴染，勾畫了一幅特色鮮明的殘春圖景。下片同樣是選擇繁榮之後的場景。春已暮，人已散，"始覺春空"。這是詞人晚年致仕居潁之作，次年他就逝世了。因而"空"字頗可玩味，是寂寞失落的淡淡惆悵？還是歷盡繁華之後的空靈、閑適？由此看來，全詞都可能是生命的隱喻。最後以"雙燕"托出一個"歸"字，暗喻自己致仕退居潁州，身心終獲自由，回歸自然，並走向生命之終極歸宿的心態。如此解讀，則詞味極豐厚。

馮延巳《采桑子》（四十四字）

笙歌放散人歸去，獨宿江樓。月上雲收。一半珠簾掛玉鈎。　　起來檢點①經由地，處處新愁。憑仗②東流。將取離心③過橘洲。

注釋

①檢點：查點，此指在心中一一回顧。
②憑仗：依賴，依靠。
③離心：別離之情。

六、阮郎歸

又名《碧桃春》、《醉桃源》、《宴桃源》、《好溪山》、《濯纓曲》、《道成歸》。南朝宋劉義慶《幽明錄》載：東漢永平年間，剡縣人劉晨、阮肇入浙江天台山採藥，遇二仙女，留住半年以後再回到家鄉，發現子孫已歷七世。詞牌名即本於此。雙調四十七字，上片四句四平韻，下片五句四平韻。

李煜《阮郎歸》（四十七字）

東風吹水日銜山。春來長自閑。落花狼藉酒闌珊。①
⊙⊙⊙●●○○。⊙⊙⊙●○。◎⊙⊙●●○○。
笙歌②醉夢間。　　春睡覺③，晚妝殘。無人整翠鬟④。留
⊙○⊙◎○。　　⊙◎●，●○○。⊙○⊙●○。⊙
連光景惜朱顏⑤。黃昏獨倚欄。
○○●●○。⊙○⊙◎●○。

注釋

①狼藉：縱橫雜亂的樣子。闌珊：將盡。
②笙歌：吹笙唱歌。
③覺（jué）：睡醒。《莊子·齊物論》："俄然覺，則蘧蘧然周也。"
④翠鬟：婦女環形髮式。唐高蟾《華清宮》詩："何事金輿不再遊，翠鬟丹臉豈勝愁。"
⑤留連：留戀不捨。光景：風光，景象。朱顏：紅潤美好的容顏，多指青春年華。

作法提示

這首詞以代言方式寫思婦的生活與情感。開篇以日暮風起寫春愁無端到來。"長自閒"強調生活百無聊賴，引起全詞。接著鋪展"閒"狀：以花落酒闌隱喻青春在借酒銷愁的方式中消逝，醉生夢死之中，孤獨的思婦惋惜留戀著自己的青春年華。末句一個定格的特寫，將主題從"閒"深化到"獨"，孤獨在一個個黃昏中重複延展。

詞牌每兩句一個小節，句式皆爲一個七字句接一個五字句（只是換頭處減空一字）。內容也據此結構分爲起承轉合四層：閒—醉—殘缺—孤獨，由表及裏地展現思婦的生活和心理。

晏幾道《阮郎歸》（四十七字）

舊香殘粉似當初。人情[①]恨不如。一春猶有數行書[②]。秋來書更疏。　　衾鳳冷，枕鴛孤。[③]愁腸[④]待酒舒。夢魂縱有也成虛。那堪和夢無[⑤]。

注釋

[①]人情：人與人的情分、交情。
[②]書：書信。
[③]衾鳳：被子上繡的鳳凰。枕鴛：枕頭上繡的鴛鴦。
[④]愁腸：憂思鬱結的心情。
[⑤]那堪：怎能禁受。和：介詞，同"連"。

七、眼兒媚

《眼兒媚》又名《小闌干》（左譽詞句"斜月小闌干"）、《東風寒》（韓淲詞句"東風拂檻露猶寒"）、《秋波媚》（陸游詞題"秋波媚"）。詞名所始，已無可考。或因"眼兒"有"秋波"之喻,故又名《秋波媚》。雙調四十八字。上闋五句三平韻,下闋五句二平韻。

左譽① 《眼兒媚》(四十八字)

樓上黃昏杏花寒。斜月小闌干②。一雙燕子,兩行歸
○●○●○●○。　⊙●●○○。　◎○◎●,◎○⊙
雁,畫角③聲殘。　　綺窗④人在東風裏,灑淚對春閑。
●,●●○○。　　◎○◎●○○●,●●●○○。
也應似舊,盈盈秋水⑤,淡淡春山⑥。
◎○◎●,◎○○●,◎●○○。

注釋

①左譽:字與言,臨海(今屬浙江)人。徽宗大觀三年(1109)進士,仕至湖州通判,後棄官爲僧。有《筠翁長短句》,已佚。

②闌干:縱橫貌。如曰星斗闌干、瀚海闌干、涕泣闌干。亦通"欄杆",如李白詩"沉香亭北倚闌干",倚的是建築物的欄杆。

③畫角:古樂器名,形如竹筒,以竹木或皮革製成,外加彩繪,故稱畫角。多用於軍中,其音哀厲,狀若龍吟。《晉書・樂志》"鼓角橫吹曲":"蚩尤氏帥魑魅與黃帝戰於涿鹿,帝乃命吹角爲龍鳴以禦之。"

④綺窗:有雕刻繪畫的窗戶。

⑤秋水:形容目光。白居易《箏詩》:"雙眸剪秋水,十指剝春蔥。"李賀《唐兒歌》:"一雙瞳人剪秋水。"

⑥春山:形容女子的眼眉。《西京雜記》:"文君姣好,眉色如望遠山。"

作法提示

此閨中念遠懷人之詞。上片以景託情。"杏花寒"是早春,"斜月"是夜晚。小樓人倚欄眺望。作者選擇了最令閨人敏感的意象:雙燕、歸雁、角聲。這裏含有多重對比或反襯:雙燕反襯

閨人之孤獨，如晏幾道"落花人獨立，微雨燕雙飛"。歸鴻反襯遠人未歸，甚至連封信都沒有。更深層的對比和反襯是：鳥有情而人無情，鳥守時而人無信。加之畫角聲哀厲淒涼，時斷時續，仿佛在訴說生活之殘缺和思緒之破碎。自然逗出下片綺窗中失眠的淚人兒，她難耐春閨寂寞，望眼欲穿。煞拍是從對面寫來的筆法：對方或許也正在思念自己吧？等到他回來時，我的"盈盈秋水，淡淡春山"是否依舊呢？

這是典型的婉約詞，委婉含蓄，言不盡意，意在言外。四十八字寫一個場景幾個意象，給讀者創造出豐富的想象時空：閨人美麗多情善感，愛情故事悲歡離合，遊子思婦離懷別緒，青春歲月漸行漸老……

詞爲雙調，此詞上下片各有一處對偶，但位置不同，當非常例。

陸游《秋波媚·七月十六日晚登高興亭望長安南山》[①]（四十八字）

秋到邊城[②]角聲哀，烽火照高臺[③]。悲歌擊筑[④]，憑高酹酒[⑤]，此興悠哉。　　多情誰似南山月，特地暮雲開。灞橋[⑥]煙柳，曲江池館[⑦]，應待人來。

注釋

[①]此詞作於宋孝宗乾道八年（1172）七月十六日，陸游（四十八歲）在南鄭（今陝西漢中市）任四川宣撫使司幹辦公事兼檢法官。此詞表達收復長安的願望。高興亭：在南鄭內城西北。南山：指終南山。

[②]邊城：指南鄭，當時南宋與金相鄰的邊境。

[③]烽火：即戰火。高臺：指詞人所在之高興亭。

[④]《史記·刺客列傳》："太子及賓客知其事者，皆白衣冠以送之。至

易水之上,既祖(餞行)取道,高漸離擊筑,荊軻和而歌,爲變徵之聲。士皆垂淚涕泣。又前而歌曰:風蕭蕭兮易水寒,壯士一去兮不復還。復爲羽聲忼慨。士皆瞋目,髮盡上指冠。於是荊軻就車而去,終已不顧。"

⑤酹(lèi)酒:把酒灑在地上祈禱或祭奠。

⑥灞橋:在長安城東面灞水上。

⑦曲江:在長安城東南,唐朝時帝王將相常到這裏踏青遊玩,因此修建了許多亭臺樓閣。

八、少年遊

這個詞牌最早見於晏殊《珠玉詞》,因詞中"長似少年時"句得名。雙調,別體較多,有四十八、五十一、五十二字格。四十八字格上片五句三平韻,下片五句二平韻。又名《玉臘梅枝》、《小闌干》。五十一字、五十二字格皆上片六句二平韻,下片五句二平韻。又有四十九字仄韻格見宋晁補之《晁氏琴曲外編》,上、下片各五句二仄韻。《欽定詞譜》以五十字格爲正體。

晏殊《少年遊》(五十字,上片三平韻,下片二平韻)

芙蓉①花發去年枝。雙燕欲歸飛。蘭堂②風軟,金爐③
⊙⊙⊙●⊙。⊙●●⊙。⊙⊙⊙◎,⊙⊙

香暖,新曲動簾帷。　　家人拜上千春壽,深意滿瓊卮④。
⊙●,⊙●●⊙。　　⊙⊙◎●●⊙⊙,●●●⊙⊙。

綠鬢⑤朱顏,道家裝束,長似少年時。
◎◎⊙⊙,●●⊙●,⊙●●⊙⊙。

注釋

①芙蓉:此指木芙蓉。

②蘭堂:廳堂的美稱。

③金爐:金屬香爐。

④瓊卮：玉酒杯。也用作酒器或酒的美稱。唐韋蟾《和柯古窮居苦日喜雨》："玉律詩調正，瓊卮酒腸窄。"

⑤綠鬢：烏黑而有光澤的鬢髮。形容年輕美貌。南朝梁吳均《和蕭洗馬子顯古意詩》之三："綠鬢愁中改，紅顏啼裏滅。"

作法提示

這是祝壽詞。上片首先通過自然景物描寫點出時間背景，接著寫居所的華美環境與歡樂氣氛。下片轉入正題，寫家人舉杯祝壽的溫情場面。煞拍刻畫一位仙風道骨的壽星形象，可謂善頌善禱，切合主題。

詞的章法結構由遠及近，層層鋪展，如同攝影鏡頭不斷拉近。

此詞雖然可平可仄的地方很多，但皆近乎律句。上下片兩個四字句對仗，增加形式的整飭之美。

姜夔《少年遊》（五十一字，上下片各二平韻）

雙螺未合，雙蛾先斂①，家在碧雲②西。別母情懷，
〇〇●●，〇〇●●，〇●〇〇。●●〇〇，
隨郎滋味，桃葉③渡江時。　　扁舟載了匆匆去，今夜
〇〇〇●，〇●●〇。　　〇〇●●●，〇●
泊前溪。楊柳津頭，梨花牆外，心事兩人知。
●〇〇。〇●〇〇，〇●〇●，〇●●〇〇。

注釋

①雙螺：少女頭上的兩個螺形髮髻。宋侯寘《浣溪沙·三衢陳簽上作》："雙綰香螺春意淺，緩歌金縷楚雲留。"雙蛾：美女的眉毛。南朝梁沈約《昭君辭》："於茲懷九逝，自此斂雙蛾。"

②碧雲：碧空的雲。南朝梁江淹《雜體詩·效惠休別怨》："日暮碧雲

合，佳人殊未來。"

③桃葉：東晉王獻之的愛妾名。王獻之《桃葉歌》："桃葉復桃葉，渡江不用楫。"後借指愛妾或所愛戀的女子。唐皇甫松《江上送別》詩："隔筵桃葉泣，吹管杏花飄。"又桃葉渡為渡口名，在今南京秦淮河畔，相傳王獻之在此送別愛妾桃葉，因而得名。

九、鷓鴣天

又名《思佳客》、《剪朝霞》、《醉梅花》、《思越人》（另有詞牌《思越人》與此調完全不同）等。雙調五十五字，上片四句三平韻，下片五句三平韻。

晏幾道《鷓鴣天》（五十五字）

彩袖殷勤捧玉鍾①。當年拚②卻醉顏紅。舞低楊柳樓
◎◯⊙◯⊙◯◯。⊙◯⊙●◯◯。◎◯⊙●
心月，歌盡桃花扇底風。　　從別後，憶相逢。幾回魂
◯●，⊙●◯◯⊙◯◯。　　⊙◯●，●◯◯。⊙◯
夢與君同。今宵賸把銀釭照③，猶恐相逢是夢中。④
●●◯◯。◯◯⊙●◯◯●，⊙●◯◯●●◯。

注釋

①玉鍾：玉製的酒杯，泛作酒杯的美稱。漢桓寬《鹽鐵論》："今富者銀口黃耳，金罍玉鍾。"

②拚（pīn 或 pān）：豁出去；捨棄不顧。

③賸：盡情地。把：持，拿著。銀釭（gāng）：銀質的或銀色的燭臺。南朝梁元帝《草名》詩："金錢買含笑，銀釭影梳頭。"

④猶恐句：杜甫《羌村》詩："夜闌更秉燭，相對如夢寐。"戴叔倫《江鄉故人偶集客舍》詩："還作江南會，翻疑夢裏逢。"司空曙《雲陽館與韓升卿宿別》詩："乍見翻疑夢，相悲各問年。"

作法提示

這個詞牌類似一首仄起平收的七律稍加變化——第五句分開成爲兩個三字句，因此所有七字句都必須是律句，上片三、四句例多對仗，亦有不對仗者。換頭兩個三字句多用對仗，亦有不對仗者。

此詞寫別後重逢之情。用極限化的對比手法，寫出一種刻骨銘心的愛戀和相思。上片回憶往事，寫當年酒逢紅顏知己，拚死拚活痛飲狂歡的情景。"殷勤"、"拚卻"、"舞低"、"歌盡"，都是極端化的生命投入。這種極情盡興的表達方式不是婉約風格。"舞低"側重寫時間之長，"歌盡"側重寫狂歡的程度。然而如此傾情的場景都是記憶中的往事。過片寫離別之後難以消解的相思。"憶相逢"是回憶、懷想曾經的故事，但是否也包含著對重逢的期待呢？"幾回魂夢與君同"，既寫自己，又寫對方，與杜甫《月夜》詩寫對妻子的思念、《夢李白》的"故人入我夢，明我長相憶"相類，都是"透過一層"的寫法，以深信知己爲前提，表現一種心心相印的理解和信任、魂牽夢縈的思念。最後寫重逢之樂，卻以"猶恐"爲重點。這是十分巧妙的構思，特具情感張力和故事內涵。在當年與今宵、夢幻與真實、歡合與離別、相思與相逢的閃回中，把人類愛情世界的悲歡苦樂寫得淋灘盡致，感人至深。

宋胡仔《苕溪漁隱叢話》後集卷十三引《雪浪齋日記》，說這兩句"詞情婉麗"，"不愧六朝宮掖體"。清陳廷焯《白雨齋詞話》卷一評："曲折深婉，自有豔詞，更不得不讓伊獨步。"

李清照《鷓鴣天》（五十五字）

寒日蕭蕭上鎖窗①，梧桐應恨夜來霜。酒闌更喜團茶苦②，夢斷偏宜瑞腦③香。　　秋已盡，日猶長，仲宣④懷遠更淒涼。不如隨分尊前醉⑤，莫負東籬⑥菊蕊黃。

注釋

①蕭蕭：形容淒清、寒冷。唐韓愈《謝自然》詩："白日變幽晦，蕭蕭風景寒。"鎖窗：鏤刻有連瑣圖案的窗櫺。

②闌：殘，盡。團茶：宋代的一種茶餅，壓製成圓形，故名。

③瑞腦：香料名。一名龍腦香。

④仲宣：漢末文學家王粲，"建安七子"之一。有《登樓賦》，寫思鄉憂國、懷才不遇之情。

⑤隨分：隨便，隨意。尊：同"樽"，酒器，泛指酒杯。

⑥東籬：陶潛《飲酒》詩之五："采菊東籬下，悠然見南山。"

十、臨江仙

《臨江仙》，唐代教坊曲名，初詠水仙。又名《雁後歸》、《畫屏春》、《庭院深深》等。別體較多，最常見的有兩種：一種雙調五十八字，上下片各五句三平韻；一種雙調六十字，上下片各五句三平韻。

晏幾道《臨江仙》（五十八字）

夢後樓臺高鎖，酒醒①簾幕低垂。去年春恨卻②來時。
◎●●○⊙◐，⊙○◐●○○。○○⊙●●○○。
落花人獨立，微雨燕雙飛。③　　記得小蘋④初見，兩重心
●○○●●，⊙●●○○。　　⊙●◎○⊙●，

字羅衣⑤。琵琶絃上說相思。當時明月在，曾照彩雲歸。
●○○。◎○○●●○○。○○⊙●●，⊙●●○○。

注釋

①醒（xīng）：醒來。

②卻：又。

③五代翁宏《春殘》詩："又是春殘也，如何出翠幃。落花人獨立，微雨燕雙飛。寓目魂將斷，經年夢亦非。那堪向愁夕，蕭颯暮蟬輝。"

④小蘋（pín）：歌女的名字。

⑤心字羅衣：有"心"字圖案的絲織衣服，或謂心字香熏過的羅衣，或謂衣領形狀如篆文"心"字。

作法提示

這是傷春懷舊之詞。上片從春夢和酒醒後的孤寂淒涼入手，引出傷春情懷。"去年春恨"實乃年年春恨。"落花微雨"兩句是全詞秀句，但卻襲自翁宏詩。何以翁宏詩無名，而晏詞卻出名了呢？除了作者身份和名氣的因素之外，大概與整首作品的意境有關。下片追憶當年與歌女小蘋的美好遇合，從衣服的"兩重心字"、琵琶聲裏的相思可見當時二人的互相賞愛，細節的描摹更顯出詞人記憶的深刻。煞拍以當時明月、彩雲之美好，反襯此時之孤寂，暗寓彩雲易散、好夢難再之意。

這個詞牌以中間七字句爲界，前後分別是兩個六字對仗句和兩個五字對仗句，結構非常對稱。全詞以流利圓轉爲好，不宜用拗句。

蘇軾《臨江仙》（六十字）

夜飲東坡醒①復醉，歸來仿佛三更。家童鼻息已雷鳴。
◎◎◎○⊙◎●，◎○⊙●○○。◎○◎●●○○。

敲門都不應，倚杖聽江聲。　　長恨此身非我有，何時
●○⊙●●，⊙●●○○。　　　◎◎⊙○◎●，⊙○
忘卻營營②。夜闌風靜縠紋③平。小舟從此逝，江海寄餘生。
○●○。◎○◎●◎○○。⊙○●●，◎●●○○。

注釋

①醒（xīng）：讀平聲。

②營營：奔波勞碌。

③縠（hú，舊讀入聲）紋：皺紋，此喻水波紋。

十一、一剪梅

詞牌名來自周邦彥詞"一剪梅花萬樣嬌"句。又名《臘梅香》、《玉簟秋》。雙調六十字，上下片各六句，三平韻。另一體雙調六十字，上下片各六句，句句押韻，也較為常見。

周邦彥《一剪梅》（六十字，上下片各三平韻）

一剪①梅花萬樣嬌。斜插疏枝，略點②眉梢。輕盈微
◎●○○●○。⊙○⊙⊙，◎●○○。⊙○○
笑舞低回③，何事④樽前，拍手相招。　　夜漸寒深酒漸
●●○，⊙◎○○，◎●○○。　　　◎●○⊙○
消。袖裏時聞，玉釧⑤輕敲。城頭誰恁促殘更⑥，銀漏何
○。◎◎○○，◎●○○。⊙○○●●○○，⊙●○
如⑦，且慢明朝。
○，◎●○○。

注釋

①剪：量詞，用於花枝。一剪，即剪下的一枝。

②點：妝點。相傳南朝宋武帝之女壽陽公主曾臥於含章殿簷下，有梅

花落額上成五出之花，拂之不去。自後婦女仿效，在額心描梅爲飾，稱爲"梅花妝"。

③低回：徘徊流連的樣子。

④何事：爲甚麼。

⑤玉釧（chuàn）：玉製的手鐲。

⑥恁（nèn）：這麼、那麼。促：催促。殘更：古時將一夜分爲五更，第五更稱殘更。

⑦漏：即漏壺，古代計時器。何如：如何、怎麼辦。

作法提示

詞寫歌女生活。上片實寫歌女的各種狀態：手執一枝梅花輕盈起舞，時而把梅枝插在頭上，與眉心的梅花妝相映襯，時而舞到觀眾座前拍手調笑。下片寫歡會已近尾聲。歌女袖裏的玉釧時時發出聲響，城頭的更鼓、室內的漏壺都在提醒夜盡更殘。這時候用"且慢明朝"結尾，寫留戀良宵、不忍離去之情。

這個詞牌由四組七四四句組成，要注意從不同層面敘寫，句式也要有變化，以避免"合掌"。

蔣捷《一剪梅》（六十字，句句押韻，上下片各六平韻）

一片春愁待酒澆。江上舟搖。樓上簾招。秋娘渡與泰娘橋①。風又飄飄。雨又蕭蕭②。　　何日歸家洗客袍。銀字笙調③。心字香④燒。流光容易把人抛。紅了櫻桃。綠了芭蕉。

注釋

①秋娘：唐代歌女的通稱。泰娘：唐代歌伎名。唐劉禹錫《泰娘歌》："泰娘家本閶門西，門前綠水環金堤。"後用來稱吳地歌伎。秋娘渡、泰娘橋都是作者經過的地名。

②蕭蕭：象聲詞，常形容風雨聲、草木搖落聲、馬鳴聲等。宋晏殊《踏莎行》："梧桐葉上蕭蕭雨。"

③調（tiáo）：調試，演奏。

④心字香：盤成篆文"心"字形的香。

十二、江城子

《江城子》詞調始見《花間集》韋莊詞，單調三十五字，七句五平韻。宋代晁補之曾將其改名爲《江神子》。韓淲的《江城子》有"臘後春前村意遠，回棹穩，水西流"句，所以又名《村意遠》。宋人多依原曲重複一遍，衍爲雙調七十字，十四句，上下闋各五平韻。結尾兩個三字句有增一字變作七言一句的。

蘇軾《江城子·乙卯①正月二十日夜記夢》（七十字）

十年②生死兩茫茫。不思量。自難忘。千里③孤墳，
◎◯⊙●●◯◯。●◯◯。●◯◯。◎●◯◯，

無處話淒涼。縱使相逢應不識，塵滿面，鬢如霜。　夜
⊙●●◯◯。●●◯◯◯●●，◯●●，●◯◯。　◎

來幽夢忽還鄉。小軒窗。正梳妝。相顧無言，惟有淚千
◯◯●●◯◯。●◯◯。●◯◯。◯●◯◯，◯●●◯

行。料得年年腸斷處，明月夜，短松岡。⑤
◯。◎●◯◯◯●●，◯●●，●◯◯。

注釋

①乙卯：神宗熙寧八年（1075）。

②據蘇軾《亡妻王氏墓誌銘》，王弗於治平二年（1065）五月去世。

③量：讀 liáng，忘：讀 wáng，二字皆平聲，韻屬"陽"部。

④蘇軾亡妻王氏"葬於眉之東北彭山縣安鎮鄉可龍里先君先夫人墓之西北八步"。

⑤唐孟棨《本事詩》："唐開元年間，幽州衙將張某之妻孔某，死后忽自冢中出，題詩贈張某：'欲知腸斷處，明月照孤墳'。"

作法提示

這是詞史上最早的悼亡詞。蘇軾十九歲時娶十六歲的王弗為妻。王氏二十七歲病逝。十年后蘇軾在密州夢見亡妻，遂作此篇"記夢"。

上闋實寫生死暌隔、相見無望。開篇三句點明悼亡之旨。"不思量，自難忘"是以退爲進之法，強調此情難已。"自難忘"是全詞基調。"縱使"三句以假設寫真實，死者長已，生者奔波勞碌日漸衰老，早非昔日面目。全用敍述、白描筆法，樸實無華而真切感人。下闋述夢中相見的情景，以親近寫疏離，現實之不可能在夢中實現，仿佛一幀平淡真切的生活場景。"相顧無言，惟有淚千行"是巧思，又毫無雕琢痕跡，情真意切，自然而然。結尾忽然宕開，預想自己的思念將年復一年，從而將讀者的思緒引向無限。

全篇白描，平實敍述，但時間和空間既有序又交錯，生者與死者既暌隔又會晤，場景時真時幻。詞意由理而情，因思而夢，夢而復醒，跌宕纏綿，將悲悼之情寫得回腸蕩氣。唐圭璋《唐宋詞簡釋》評："真情鬱勃，句句沉痛，而音響淒厲，誠後山所謂'有聲當徹天，有淚當徹泉'。"

韋莊《江城子》（單調三十五字）

髻鬟狼藉①黛眉長。出蘭房②。別檀郎③。角聲嗚咽，
◎⊙○○⊙○。●○○。◎⊙○。◎⊙⊙●，
星斗漸微茫。露冷月殘人未起。留不住。淚千行。
⊙●●○○。◎●●○○●●，⊙●●，●○○。

注釋

①狼藉：散亂貌。
②蘭房：猶香閨，指婦女居室。
③檀郎：《世說新語·容止》載：晉潘岳美姿容，嘗乘車出洛陽道。婦女慕其丰儀，沿路圍觀，擲果盈車。岳小字檀奴，後因以"檀郎"爲女子對夫婿或所愛幕的男子的美稱。

十三、滿庭芳

這個詞牌有平韻、仄韻兩種體式，以平韻爲常見。又名《鎖陽臺》、《滿庭霜》、《瀟湘夜雨》、《話桐鄉》、《滿庭花》等。雙調九十五字，上片四平韻，下片五平韻。另有過片二字句和三字句合爲一句者，則下片爲四平韻。

周邦彥《滿庭芳·夏日溧水無想山作》①（九十五字）

風老鶯雛，雨肥梅子②，午陰嘉樹清圓③。地卑山近，
⊙●○○，●●○○，⊙○⊙●○○。●○○●，

衣潤費爐煙。人靜烏鳶自樂，小橋外、新渌④濺濺。憑
⊙●●○○。◎●⊙○⊙●，⊙⊙●、⊙●○○。◎

闌久，黃蘆苦竹⑤，擬泛九江船。　　年年。如社燕⑥，
○●，◎○⊙●，●●●○○。　　⊙○。○●●，

漂流瀚海⑦，來寄修椽⑧。且莫思身外，長近尊前。⑨憔
⊙○●●，⊙●○○。⊙●○○●，⊙●○○。◎

悴江南倦客，不堪聽、急管⑩繁弦。歌筵⑪畔，先安簟枕，
●⊙○⊙●，⊙○◎、●●○○。○○●，⊙○●●，

容我醉時眠⑫。
⊙●●○○。

注釋

①溧水：縣名，今江蘇溧水縣。無想山：宋周應合《景定建康志》卷二十一："韓熙載讀書堂在溧水無想寺中。《清真集》強煥序：溧水爲負山之色，待制周西元祐癸酉爲邑長於斯。所治後圃有亭曰'姑射'，有堂曰'蕭閒'，皆取神仙中事，揭而名之。此云無想山，蓋亦美成所居名，亦神仙家言也。"

②暖風、雨水使雛鶯、梅子長大。杜牧《赴京初入汴口》："露蔓蟲絲多，風蒲燕雛老。"杜甫《陪鄭廣文遊何將軍山林》："綠垂風折笋，紅綻雨肥梅。"

③清圓：清涼的圓形樹蔭。此句倒裝，應理解爲"嘉樹午蔭清圓"。

④淥（lù）：清澈的水。曹植《洛神賦》："灼若芙蕖出淥波"。濺濺（jiān）：流水聲。《木蘭詩》："但聞黃河流水鳴濺濺。"

⑤黃蘆：枯黃的蘆葦。苦竹：竹的一種，筍苦不能食。白居易《琵琶行》："住近湓江地低濕，黃蘆苦竹繞宅生。"

⑥社燕：相傳燕子在春天社日時北來，秋天社日時南去，故稱"社燕"。唐羊士諤《郡樓晴望》詩："地遠秦人望，天晴社燕飛。"蘇軾《送陳睦知潭州》詩："有如社燕與秋鴻，相逢未隱還相送。"

⑦瀚海：本作翰海，即沙漠，也泛指邊遠荒寒之地。《史記·衛將軍驃騎列傳》載霍去病"登臨翰海"。司馬貞《索引》引崔浩云："北海名，羣鳥之所解羽，故云翰海。"

⑧修椽（chuán）：屋宅的長椽子。燕子喜歡築巢於椽間。

⑨杜甫《絕句漫興》："莫思身外無窮事，且盡生前有限杯。"杜牧《張好好詩》："身外任塵土，尊前極歡娛。"

⑩急管：節奏很快的管樂。杜甫《陪王使君》："不須吹急管，衰老易悲傷。"

⑪歌筵：有歌唱勸酒的宴席。

⑫簟（diàn）：竹席。蕭統《陶淵明傳》："淵明若先醉，便語客：我醉欲眠，卿可去。"

作法提示

周邦彥於元祐八年（1093）移官溧水縣令，時年三十七歲，任內作此詞。上片寫江南初夏景色，手法細密。下片抒飄流之哀，意思宛轉。首三句是秀句，備受稱道。歇拍及換頭自嘆飄泊，文筆曲折。"且莫思"二句用杜甫詩意自我寬解。"憔悴江南倦客"是主題句，又從寬解轉言悲懷。則"莫思"兩句實爲欲進先退之筆。煞拍又一轉，既然愁懷難已，唯醉眠方可了之。

周濟《宋四家詞選》："體物入微……神味最遠。"陳洵《海綃説詞》："方喜嘉樹，旋苦地卑；正羨烏鳶，又懷蘆竹；人生苦樂萬變，年年爲客，何時了乎！且莫思身外，則一齊放下。急管繁弦，徒增煩惱，固不如醉眠之自在耳。詞境靜穆，想見襟度，柳七所不能爲也。"

此調四字句對舉處常用對仗。換頭兩字句押韻。下片第五、六句以一字領起對句（此兩句特殊，與他詞有異，如秦觀詞"漫贏得青樓，薄幸名存"，不對仗。譜式爲：仄平仄平平，仄仄平平）。

晏幾道《滿庭芳》（九十五字，與以上周邦彥詞譜式略異）

南苑①吹花，西樓題葉②，故園歡事重重。憑闌秋思③，
⊙●○○，○○●●，⊙○●○○。⊙○○●，
閑記舊相逢。幾處歌雲夢雨，可憐便，流水西東。別來
⊙●●○。◎●⊙○●，◎⊙●，⊙●○○。◎○
久，淺情未有，錦字④繫征鴻。　　年光還少味，開殘
●，◎○●●，◎●●○○。　　⊙○○●●，⊙○

檻菊，落盡溪桐。漫留得，尊前淡月西風。此恨誰堪共
◎●，◎●◎。●⊙◎，⊙◎◎●。◎●◎⊙◎
說，清愁付，綠酒杯中。⑤佳期在，歸時待把，香袖看
●，⊙◎●，◎◎◎。◎◎，⊙◎◎●，⊙●●
啼紅⑥。
○○。

注釋

①南苑：指玉津園，在汴京城南門外。《東京夢華錄》："都人出城探春，南則玉津園。"

②西樓：汴京的一座歌樓。題葉：在樹葉上題詩。紅葉題詩故事屢見於唐范攄《雲溪友議》、唐孟棨《本事詩》、宋劉斧《青瑣高議》等書。杜牧《題桐葉》："去年桐落故溪上，把葉因題歸燕詩。江樓今日送歸燕，正是去年題葉時。"

③秋思（sì）：秋日寂寞淒涼的思緒。

④錦字：即錦字書，前秦蘇蕙寄給丈夫織錦回文詩。後多借指情書。

⑤清愁：淒涼冷清的愁懷。綠酒：美酒。陶淵明《諸人共遊周家墓柏下》："清歌散新聲，綠酒開芳顏。"

⑥啼紅：即紅淚。相傳魏文帝所愛之薛美人辭別父母，流下的眼淚在玉壺之中凝結爲紅色如血。後用來稱美人的眼淚。

十四、水調歌頭

隋唐時有大曲《水調歌》，《隋唐嘉話》稱是隋煬帝鑿汴河時所作。其首章爲"歌頭"。王灼《碧雞漫志》卷四載，宋人取其名而另製新曲，入"中呂調"。《欽定詞譜》以毛滂《水調歌頭》爲正體，雙調九十五字，前片九句四平韻，後片十句四平韻。平韻句尾三字皆作仄平平。上片三、四句或上四下七，或上

六下五。第五、六句各六字，可對仗亦可不對。下片第四、五句或上四下七，或上六下五。上、下片的兩個六字句，宋人常兼押仄聲韻（如下舉蘇軾《水調歌頭》）。另有九十四、九十六、九十七字格。又名《元會曲》、《臺城遊》、《凱歌》、《江南好》、《花犯念奴》。

蘇軾《水調歌頭》[1]（雙調九十五字，前片九句四平韻、二仄韻，後片十句四平韻、二仄韻。下譜據舒夢蘭《白香詞譜》、龍榆生《唐宋詞格律》、李新魁《實用詩詞曲格律詞典》諸譜）

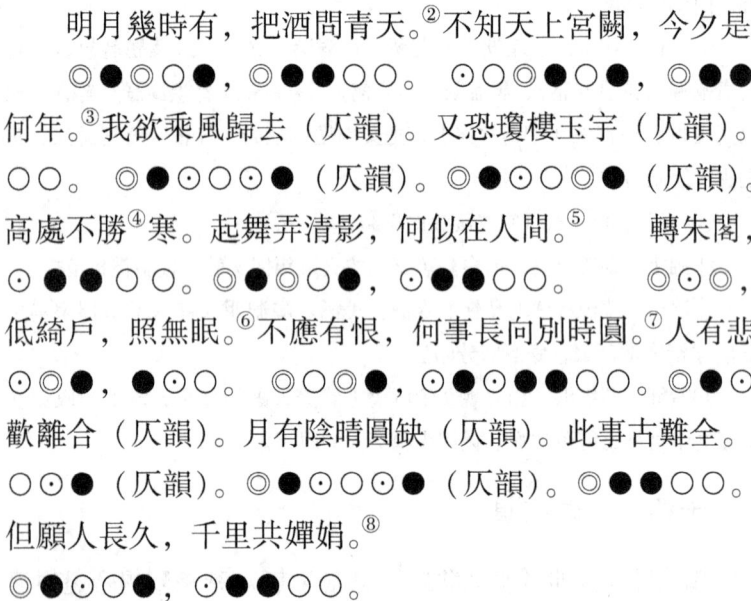

注釋

[1]此詞有序："丙辰中秋，歡飲達旦，大醉。作此篇兼懷子由。"宋神宗熙寧九年（1076）歲次丙辰，時蘇軾知密州。蘇軾胞弟蘇轍字子由，時在齊州（今山東濟南）。

②李白《把酒問月》："青天有月來幾時，我欲停杯一問之"。

③唐人小說《周秦行紀》（託名牛僧孺）中有詩"香風引到大羅天，月地雲階拜洞仙。共道人間惆悵事，不知今夕是何年"。

④勝（shēng）：經得起。

⑤杜甫《月》："天上秋期近，人間月影清。"

⑥李白《長相思》："月明欲素秋不眠。"

⑦司馬光《溫公續詩話》載李賀詩"天若有情天亦老"，石延年對"月如無恨月長圓"。

⑧謝莊《月賦》："美人邁兮音塵絕，隔千里兮共明月。"張九齡《望月懷遠》："海上升明月，天涯共此時。"白居易《自河南經亂》："共看明月應垂淚，一夜鄉心五處同。"許渾《懷江南同志》："唯應洞庭月，萬里共嬋娟。"

作法提示

蘇軾作此詞時，與蘇轍已經六年未見（蘇轍次年作《水調歌頭》有"離別亦何久，七度過中秋"句），故曰"兼懷子由"。詞之主旨是賞月抒懷。通篇詠月，卻處處關合人事，深及人生哲理。清陳廷焯《詞則·大雅集》評："寓意高遠，運筆空靈，措語忠厚，是坡仙獨至處。"

上闋側重寫天上，首四句問天問月，由仰望明月而發宇宙遐思。繼寫對月宮仙境的嚮往、疑慮和對人間的眷戀。傳說宋神宗讀此乃有"蘇軾終是愛君"之嘆。下闋側重寫人間，由懷子由而思索人生態度。過片三句承"人間"而來，寫月下人間景致。連用"轉、低、照"將月光擬人化，暗示夜轉深、人難眠，引出懷人情思。"不應有恨，何事長向別時圓"，是以無情之月對照有情之人，責月而無理，怨別而無奈。王闓運《湘綺樓詞選》評此句為"大開大闔之筆"。最後以曠達祝福之語作結，將思緒引向無限的時間和空間。

辛棄疾《水調歌頭·舟次揚州和楊濟翁周顯先韻》[1]
（上片第五六句如蘇軾詞押仄韻，渡、汙同屬暮韻。下片第六、七句未押韻）

落日塞塵起，胡騎獵清秋。[2]漢家組練十萬，列艦聳層樓。[3]誰道投鞭飛渡，憶昔鳴髇血汙[4]，風雨佛狸愁[5]。季子正年少，匹馬黑貂裘。[6]　今老矣，搔白首[7]，過揚州。倦遊欲去江上，手種橘千頭。[8]二客東南名勝，萬卷詩書事業[9]，嘗試與君謀。莫射南山虎，直覓富民侯。[10]

注釋

①淳熙五年（1178）夏秋之交，辛棄疾（三十九歲）自臨安調任湖北轉運副使，途經揚州作此詞。楊濟翁即楊炎正（楊萬里族弟），在揚州與辛棄疾會晤，同登多景樓，作《水調歌頭》。周顯先，未詳。

②紹興三十一年（1161），金主完顏亮率兵南侵，開始聲勢浩大，占領了揚州。獵：打獵，此指發動戰爭。

③南宋虞允文率軍於采石磯擊潰金軍，完顏亮被部下殺死。組練：軍隊。《左傳·襄公三年》，楚子"使鄧廖帥組甲三百，被練三千以侵吳"。杜預集解："組甲，漆甲成組文；被練，練袍。"聳層樓：戰艦高大如層樓聳立。

④誰能料到完顏亮死於非命。投鞭飛渡：《晉書·苻堅載記》載苻堅舉兵侵晉，號稱九十萬大軍，豪言曰："以吾之眾旅，投鞭於江，足斷其流。"結果淝水一戰，大敗而歸。鳴髇（xiāo）血汙：被響箭射死。《史記·匈奴傳》：匈奴太子冒頓隨父出獵，突然以鳴鏑射死父王。此喻完顏亮被部屬殺死。

⑤佛（bì）狸：後魏太武帝拓跋燾小字佛狸。他南侵劉宋，受挫北歸，

⑥《戰國策·趙策》：蘇秦字季子，未得志時，趙國李兌送他黑貂裘。他以合縱之策遊說諸侯，佩六國相印。此以蘇秦自喻，說自己年輕時胸懷大志。

⑦杜甫《夢李白》詩："出門搔白首，若負平生志。"

⑧厭倦了仕途，欲退隱江湖。酈道元《水經注》卷三十七沅水："吳丹陽太守李衡植柑於其上。臨死勅其子曰：'吾洲裏有木奴千頭，不責衣食，歲絹千匹'。"

⑨"二客"指楊、周二位。名勝：此意謂名流。杜甫《奉贈韋左丞丈二十二韻》："讀書破萬卷，下筆如有神。"

⑩勸友人莫效英雄李廣，寧做太平侯相。這是牢騷話，諷嘲朝廷不思北伐不用英才。《史記·李將軍列傳》：李廣閑居藍田南山時曾射獵猛虎。《漢書·食貨志》："武帝末年，悔征伐之事，乃封丞相爲富民侯。"

十五、漢宮春

此調又名《漢宮春慢》、《慶千秋》，有平仄兩體。《欽定詞譜》以晁沖之詞爲正體，雙調九十六字。上片九句四十七字四平韻，下片九句四十九字四平韻。有多種變體，有仄韻格。

晁沖之《漢宮春》（九十六字平韻）

黯黯①離懷，向東門繫馬，南浦②移舟。薰風亂飛燕
◎●●●，●⊙●●，⊙●○○。⊙○●⊙
子，時下輕鷗。無情渭水，問誰教、日日東流。③常是送、
●，⊙○⊙○。⊙○⊙●，●⊙○、●●○○。⊙●●、
行人去後，煙波一向離愁。④　回首舊遊如夢，記踏青
⊙○⊙●，⊙○⊙●○○。　●●●○⊙●，●○○
斲⑤飲，拾翠狂遊。無端彩雲易散⑥，覆水難收。風流未
●●，⊙●○○。⊙○⊙○●●，●●○○。⊙○●

老，拚千金，重入揚州。應又似，當年載酒，依前名占
●，⊙⊙，⊙●●○。○●●，⊙○◎●，⊙○○●
青樓。⑦
○○。

注釋

①黯黯：沮喪。柳永《蝶戀花》："望極離愁，黯黯生天際。"
②《楚辭·九歌·河伯》："子交手兮東行，送美人兮南浦。"後以南浦泛指離別分手之處。
③杜甫《秦州雜詩》："清渭無情極，愁時獨向東。"
④崔顥《黃鶴樓》："日暮鄉關何處是，煙波江上使人愁。"
⑤殢（tì）：滯留。
⑥白居易《簡簡吟》："大都好物不堅牢，彩雲易散琉璃脆。"
⑦杜牧《遣懷》："落魄江南載酒行，楚腰纖細掌中輕。十年一覺揚州夢，贏得青樓薄倖名。"青樓：歌舞伎或妓女營業的樓館。

作法提示

上片寫別情。首句點題，然後用"東門"、"南浦"、"移舟"、"薰風"、"燕子"、"渭水"等傳統送別意象，交代地點、季節、事件。對渭水的詰問，是常見筆法——以無情反襯有情。"日日東流"暗喻離愁似水，也是詩詞常例。下片述風懷。反復寫風情萬種，但好景不常。形成一種詠嘆格調，深蘊無可奈何之意。

此詞多對偶句："東門繫馬，南浦移舟"、"亂飛燕子，時下輕鷗"、"踏青殢飲，拾翠狂遊"、"彩雲易散，覆水難收"。觀他人作此調，未必如此對偶，則知非固定體例。

辛棄疾《漢宮春·立春》

春已歸來，看美人頭上，裊裊春幡①。無端風雨，

未肯收盡餘寒。年時燕子，料今宵、夢到西園。渾未辦、黃柑②薦酒，更傳青韭堆盤③。　　卻笑東風從此，便薰梅染柳，更沒些閑。閑時又來鏡裏，轉變朱顏。清愁不斷，問何人、會解連環④。生怕見、花開花落，朝來塞雁先還。

注釋

①春幡（fān）：幡本是旗幟。此指立春之日頭上的裝飾。宋高承《事物紀原・歲時風俗・春幡》載："《後漢書》曰立春皆青幡幘，今世或剪彩錯緝為幡勝，雖朝廷之制，亦鏤金銀或繒絹為之，戴於首。"

②北宋時，上元（正月十五）夜，宮中賜宴羣臣，貴戚宮人互送黃柑，稱"傳柑"。蘇軾《上元侍飲樓上三首呈同列》："歸來一點殘燈在，猶有傳柑遺細君。"

③青韭堆盤：《太平御覽》卷二九引晉周處《風土記》："元日造五辛盤，正元日五熏鍊形。"注："五辛所以發五藏氣。"李時珍《本草綱目・菜一・五辛菜》："五辛菜，乃元日立春，以蔥、蒜、韭、蓼蒿、芥辛嫩之菜，雜和食之，取迎新之意，謂之五辛盤。"蘇軾《立春日小集呈李端叔》："辛盤得青韭，臘酒是黃柑。"

④《戰國策・齊策》："秦始皇嘗使使者遺君王后玉連環，曰：'齊多知，而解此環不？'君王后以示羣臣，羣臣不知解。君王后引椎，椎破之，謝秦使曰：'謹以解矣。'"

十六、鳳凰臺上憶吹簫

《列仙傳拾遺》："蕭史善吹簫，作鸞鳳之聲，秦穆公有女弄玉，善吹簫，公以妻之，遂教弄玉作鳳鳴。居十數年，鳳凰來止，公為作鳳臺，夫婦止其上。數年，弄玉乘鳳，蕭史乘龍去。"詞牌名取自這個傳說。又名《憶吹簫》。宋詞始見於晁補之《晁氏琴趣外篇》，雙調九十七字，上片十句四平韻，下片九句四平韻。另外比較流行的有李清照體，雙調九十五字，上片十句四平韻，下片十一句五平韻。

晁補之《鳳凰臺上憶吹簫·自金鄉之濟至羊山迎次膺》（九十七字）

千里相思，況無百里，何妨暮往朝還。又正是，梅
⊙●○○，◯◯◯●，⊙◯◯●○△。⊙●●，○
初淡佇①，鶯未綿蠻②。陌上相逢緩轡③，風細細，雲日
◯◯●，◯●○△。◎●◯○●●，○●●，○●
斑斑④。新晴好，得意未妨，行盡青山。　　應攜後房
○△。⊙⊙●，●●●○，⊙●○△。　　⊙◯●○
小妓⑤，來爲我，盈盈對舞花間。便拚⑥卻，松醪⑦翠滿，
◯●，○◎●，○○●●○△。⊙⊙●，○○●●，
蜜炬⑧紅殘。誰信輕鞍射虎⑨，清世⑩裏，曾有人閑。都休
●●○△。○●○○●●，○●●，○●○△。○○
說，簾外夜久春寒。
●，⊙◎●●○△。

注釋

①淡佇（zhù）：淡雅，淡靜。

②綿蠻：鳥叫聲。《詩經·小雅·綿蠻》："綿蠻黃鳥，止于丘阿。"

③蘇軾《陌上花》詩序："吳越王妃每歲春必歸臨安，王以書遺妃曰：'陌上花開，可緩緩歸矣。'"

④斑斑：色彩斑駁。白居易《利仁北街作》詩："草色斑斑春雨晴，利仁坊北面西行。"

⑤妓：女性歌舞藝人。
⑥拚（pīn 或 pān）：豁出去。
⑦松醪（láo）：用松脂或松花釀製的酒。
⑧蜜炬：蠟燭。
⑨射虎：漢代李廣和三國孫權都有射虎的故事。詩詞中常用以表現英雄豪氣。
⑩清世：太平時代。《呂氏春秋·序意》："蓋聞古之清世，是法天地。"

作法提示

詞題說明詞人從金鄉往羊山去迎接晁次膺。開篇三句點明晁次膺千里歸來，而迎接的路程是"暮往朝還"。接下來寫一路所見早春景色，並表現愉快的心情。下片寫詞人面對美景的美麗想象：應該帶上美人、美酒，與歸來的英雄在春夜裏痛飲狂歌一番。詞意之起承轉合流暢自然。"輕鞍射虎"三句或許透露了作者的用世之心，看似達觀，實則暗寓被貶謫之後的鬱鬱不得志，妙在正話反說。

這個詞牌全是由三、四、六字句組成，沒有五、七言句，曲折頓挫，適合表達輕柔婉轉、往復纏綿的情感。

李清照《鳳凰臺上憶吹簫》（九十五字，此據李新魁《實用詩詞曲格律詞典》）

香冷金猊①，被翻紅浪，起來慵②自梳頭。任寶奩③
⊙●◯●，　◎◯◯●，　◎◯⊙◯◯。●●◯
塵滿，日上簾鉤④。生怕離懷別苦，多少事，欲說還休。
◯●，日上◎◯。⊙●⊙◯●●，◎●●，●●◯◯。
新來瘦，非干病酒⑤，不是悲秋。　　休休⑥。這回去
◯◯●，◯◯●●，●●◯◯。　　◯◯。●◯●

也，千萬遍陽關⑦，也則⑧難留。念武陵⑨人遠，煙鎖秦
●，○◎●○，◎●○。●●○●，⊙●○
樓⑩。惟有樓前流水，應念我，終日凝眸。凝眸處，從
○。 ⊙●○○●，○◎○，⊙●○。○○●，○
今又添，一段新愁。
○●○，●●○。

注釋

①金猊：金屬香爐，形似狻猊（suān ní，獅子）。

②慵（yōng）：懶。

③寶奩（lián）：梳妝鏡匣的美稱。

④簾鉤：捲簾用的鉤子。

⑤干（gān）：相干，關涉。病酒：飲酒過量而病。

⑥休休：罷了，算了。

⑦陽關：古關名，在今甘肅敦煌縣西南。古有《陽關曲》，又名"陽關三疊"，以王維《送元二使安西》詩增添詞句爲歌詞，抒寫離情別緒。

⑧也則：依舊。

⑨武陵：西漢郡名。此用陶潛《桃花源記》典故。

⑩秦樓：秦穆公爲女兒弄玉所建之樓，也稱鳳樓。參詞牌簡介。

另注：此譜中五字句，不宜寫作五言詩的單式節奏（二三或二二一），而應寫作雙式句（一二二或三二）。

十七、八聲甘州

唐玄宗時教坊大曲有《甘州》，雜曲有《甘州子》，都是邊塞曲，以邊塞地甘州爲名。《西域記》："龜（qiū）茲國土制曲《伊州》、《甘州》、《梁州》等曲翻入中國。"《八聲甘州》從大曲《甘州》改製而來，因全詞共八韻，故名八聲，屬慢

詞，與《甘州遍》之曲破，《甘州子》之令詞不同。宋王灼《碧雞漫志》"甘州"條可參。《詞譜》以柳永詞爲正體，共九十七字。上片四十六字四平韻，下片五十一字四平韻。上片起句、第三句，後片第二句、第四句，多用一字領起。另有變體九十五字、九十六字、九十八字者。又名《甘州》、《瀟瀟雨》、《宴瑤池》。

柳永《八聲甘州》（九十七字）

對瀟瀟暮雨灑江天，一番洗清秋。漸霜風淒緊，關河①冷落，殘照當樓。是處紅衰翠減②，苒苒物華休。③惟有長江水，無語東流。　　不忍登高臨遠，望故鄉渺邈④，歸思難收。嘆年來蹤跡，何事苦淹留⑤。想佳人，妝樓顒望⑥，誤幾回，天際識歸舟。⑦爭知⑧我，倚闌杆處，正恁⑨凝愁。

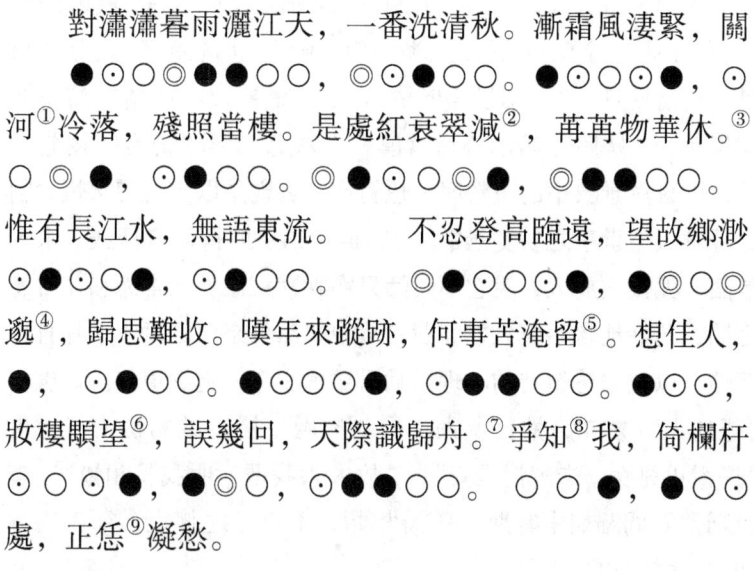

注釋

①關河：山川河流。
②李商隱《贈荷花》："此荷此葉常相映，翠減紅衰愁煞人。"
③苒苒（rǎn）：通"冉冉"，意謂漸漸。物華休：自然景物凋零。
④渺邈（miǎo）：遙遠渺茫。
⑤淹留：滯留。

⑥顒（yóng）望：長久地眺望。

⑦溫庭筠《望江南》："梳洗罷，獨倚望江樓。過盡千帆皆不是……"天際識歸舟：謝朓《之宣城郡出新林浦向板橋》："天際識歸舟，雲中辨江樹。"

⑧爭知：怎知。

⑨恁（nèn）：這樣，如此。

作法提示

此詞風格雅致，以第一人稱抒寫羈旅飄泊、思鄉懷親之意。"對"字領起全篇（下文"漸、望、嘆"也是領字）。上片寫景，寓情於景，"一切景語皆情語"。"淒緊"、"冷落"渲染悲涼氣氛，"殘照"暗示心情落漠。"是處"與"惟有"兩句反襯，以自然景象中的短暫與永恆對比，實則是以宇宙間永恆之物象隱喻人生世事之易變無常。"無語"二字曲折而有情致。水本無語，偏擬之於人，說它不說話只顧默默東流。在常態和非常態之間，巧妙地含蓄著人類面對自然規律無可奈何之意。下片直寫情懷，以登臨感懷時的心理活動爲結構次序，娓娓道來。妙處在"想佳人"幾句，推己及人，是"透過一層"的寫法，與杜甫"遙憐小兒女，未解憶長安"、"故人入我夢，明我長相憶"，李商隱"君問歸期未有期"等詩相類，不言己之懷人，卻言對方知我，強調相知之深。

此詞牌第二韻一字領起三個四字句，下片第二、三句以一字領起兩個四字句，時見對仗。但非通例，可對仗亦可不對。

辛棄疾《八聲甘州》

夜讀《李廣傳》不能寐，因念晁楚老、楊民瞻約同居山間，戲用李廣事賦以寄之。

故將軍飲罷夜歸來①，長亭解雕鞍。恨灞陵醉尉，匆匆未識，桃李無言。②射虎山橫一騎，裂石響驚弦。③落魄封侯事④，歲晚田園。　誰向桑麻杜曲，要短衣匹馬，移住南山。⑤看風流慷慨，談笑過殘年。漢開邊，功名萬里，甚當年，健者也曾閑。⑥紗窗外，斜風細雨，一陣輕寒。

注釋

①《史記·李將軍列傳》：李廣罷官閑居時，"嘗夜從一騎出，從人田間飲。還至霸陵亭。霸陵尉醉，呵止廣。廣騎曰：'故李將軍'。尉曰：'今將軍尚不得夜行，何乃故也！'止廣宿亭下。"

②《史記·李將軍列傳》讚語引諺云："桃李不言，下自成蹊。"

③《史記·李將軍列傳》："廣出獵，見草中石，以爲虎而射之。中石，沒鏃。視之，石也。"

④《史記·李將軍列傳》載李廣語："自漢擊匈奴，而廣未嘗不在其中。而諸部校尉以下，才能不及中人，然以擊胡軍功取侯者數十人，而廣不爲後人，然無尺寸之功以得封邑者，何也？豈吾相不當侯邪？且固命也。"

⑤杜甫《曲江三章》第三："自斷此生休問天，杜曲幸有桑麻田。故將移住南山邊。短衣匹馬隨李廣，看射猛虎終殘年。"

⑥此句借漢言宋，漢時開邊拓境，然而雄健如李廣者竟被投閑散置。作者借此比況自己懷才不遇。

十八、揚州慢

姜夔自度曲，入中呂宮。又名《郎州慢》。雙調九十八字，上片十句五十字四平韻，下片九句四十八字四平韻。

姜夔《揚州慢》①

淮左名都，竹西佳處②，解鞍少駐初程。過春風十
⊙●○○，◎○⊙●，◎○●⊙○○。●○○
里③，盡薺麥青青。自胡馬，窺江去後，廢池喬木，猶
●，⊙●●○○。●⊙●，⊙○⊙●，⊙○⊙●，⊙
厭言兵。④漸黃昏，清角吹寒，都在空城。　　杜郎⑤俊
●○○。●○○，⊙●○○，⊙●○○。　　◎○◎
賞，算而今，重到須驚。縱豆蔻詞工⑥，青樓夢好，難
●，●○○，⊙●○○。●⊙●○○，○○●●，○
賦深情。⑦二十四橋⑧仍在，波心蕩，冷月無聲。念橋邊
●○○。●●●○○●，○○●，●●○○。●○○
紅藥，年年知爲誰生。
○●，⊙○⊙●○○。

注釋

①詞序："淳熙丙申至日，予過維揚，夜雪初霽，薺麥彌望。入其城則四顧蕭條，寒水自碧，暮色漸起，戍角悲吟。予懷愴然，感慨今昔，因自度此曲。千巖老人以爲有黍離之悲也。"淳熙丙申至日：宋孝宗淳熙三年（1176）冬至日。維揚：揚州。千巖老人：蕭德藻，字東夫，晚年居湖州，自號千巖老人。姜夔是他的姪女婿。黍離之悲：《詩經·王風·黍離》寫周王朝衰落，士大夫看到故都宮院荒蕪，徘徊感傷，首句是"彼黍離離"，後世以"黍離之悲"代指亡國之悲。

②淮左：宋代在淮揚一帶設淮南東路和淮南西路。淮南東路稱淮左。竹西：揚州城東禪智寺側有竹西亭。杜牧《題揚州禪智寺》："誰知竹西路，歌吹是揚州。"

③杜牧《贈別》："春風十里揚州路，捲上珠簾總不如。"

④建炎三年（1129）、紹興三十一年（1161），金兵兩次南侵，揚州均

遭慘重破壞。淳熙三年（1176）姜夔過揚州。

⑤杜郎：杜牧，曾在揚州牛僧孺幕府任小官。

⑥杜牧《贈別》："娉娉嫋嫋十三餘，豆蔻梢頭二月初。"

⑦杜牧《遣懷》："十年一覺揚州夢，贏得青樓薄倖名。"

⑧杜牧《寄揚州韓綽判官》："二十四橋明月夜，玉人何處教吹簫。"

作法提示

此詞專意化用杜牧揚州諸詩。"過"、"自"、"漸"、"算"、"縱"、"念"都是領字，皆去聲。上片紀行，寫今昔之別、黍離之悲。下片以杜牧自況，嘆物是人非，哀情難賦。詞的風格含蓄典雅，境界清冷空靈，興寄悠遠雋永。

蔣捷《揚州慢》①

野幕巢烏，旗門噪鵲，譙樓吹斷笳聲。②過滄桑一霎，又舊日蕪城。怕雙雁，歸來恨晚，斜陽頹閣，不忍重登。但紅橋，風雨梅花，開落空營。　　劫灰③到處，便司空見慣都驚。問障扇遮塵，圍棋賭墅，可奈蒼生。④月黑流螢何處，西風黯，鬼火星星。更傷心南望，隔江無數峯青。⑤

注釋

①詞序："癸丑十一月二十七日，賊趨京口，報官軍收揚州。"清咸豐三年（1853），歲次癸丑。賊指太平軍。

②野幕：即野外的帳篷。旗門：即軍營大門。譙樓：即城門上的瞭望樓。

③劫灰：代指戰爭。

④此三句用《世說新語・輕詆》王導以扇拂塵故事，又用《晉書・謝安傳》圍棋賭別墅典故，希望名士們不要在國難之際坐視不顧。

⑤錢起《省試湘靈鼓瑟》："曲終人不見，江上數峯青。"

十九、望海潮

《望海潮》是柳永創製的詞牌，因錢塘江潮是天下奇觀，故名《望海潮》。《樂章集》注爲仙呂調。《欽定詞譜》以柳永詞爲正體，雙調共一百七字，上片十一句五平韻，下片十一句六平韻。另有變格。

柳永《望海潮》

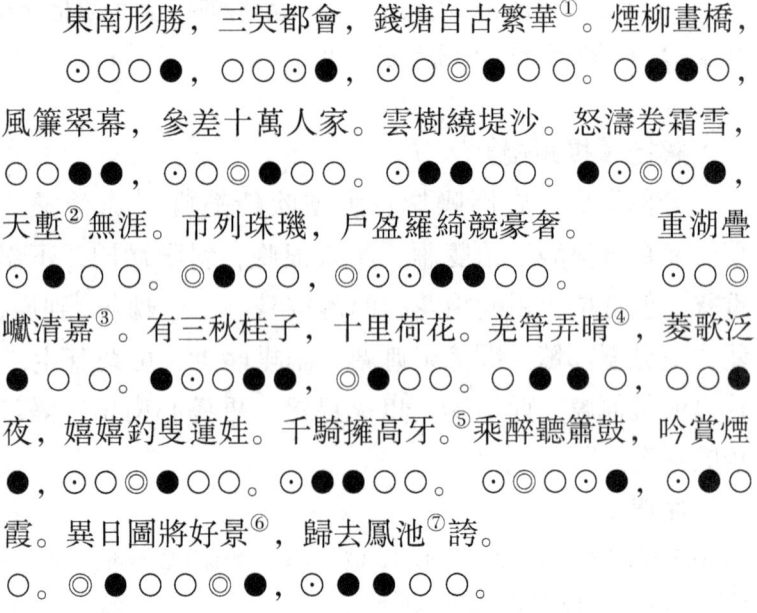

注釋

①形勝：山川壯麗。三吳：《水經注・漸水》指吳興、吳郡、會稽。《通典・州郡十二》指吳興、吳郡、丹陽。後世又或指蘇州、常州、湖州，或泛指長江下游一帶。錢塘：杭州。

②天塹：指錢塘江。

③重湖：西湖以白堤爲界，分裏湖和外湖，故稱重湖。疊巘（yǎn）：層層疊疊的山巒。清嘉：清秀美麗。

④羌管：一作"羌笛"。弄晴：在晴朗的天氣吹奏。

⑤高高的牙旗簇擁著太守。千騎代指太守。

⑥圖將好景：將美景繪成圖畫。

⑦鳳池：即鳳凰池。北宋汴京中書省所在地。此處代指朝廷。

作法提示

在詞史上，柳永較早把城市題材寫進詞裏。這首《望海潮》是其城市詞中最負盛名之作。南北宋之交楊湜《古今詞話》云："柳耆卿與孫相何爲布衣交。孫知杭，門禁甚嚴，耆卿欲見之不得，作《望海潮》詞往詣名妓楚楚曰：'欲見孫相，恨無門路。若因府會，願朱唇歌之。若問誰爲此詞，但說柳七。'中秋夜會，楚宛轉歌之。孫即席迎耆卿預坐。"南宋羅大經《鶴林玉露》卷一載："此詞流播，金主亮聞歌，欣然有慕於'三秋桂子，十里荷花'，遂起投鞭渡江之志。"

此詞可能作於景德元年（1004）之前，柳永二十歲左右。是爲杭州太守孫何而作。詞用鋪敘筆法，前八韻多層次、多角度地展現錢塘的悠久歷史、美麗風景、繁華富庶。此即長調的重要結構方式——鋪敘。

秦觀《望海潮·洛陽懷古》

梅英疏淡，冰澌溶洩①，東風暗換年華。金谷②俊遊，銅駝巷陌③，新晴細履平沙。長記誤隨車④，正絮翻蝶舞，芳思交加。柳下桃蹊⑤，亂分春色到人家。　　西園夜飲鳴笳，有華燈礙月，飛蓋妨花。⑥蘭苑未空，行人漸老，重來是事堪嗟。煙暝酒旗斜。但倚樓極目，時見棲鴉。無奈歸心，暗隨流水⑦到天涯。

注釋

①冰澌溶洩（xiè）：冰塊溶化。"洩"通"泄"。

②《晉書·石崇傳》："崇有別館在河陽之金谷，一名梓澤。"此以金谷園泛指洛陽名園。南朝何遜《車中見新林分別甚盛》詩："金谷賓遊盛，青門冠蓋多。"石崇自序云："余有別廬在金谷澗中。清泉茂樹，眾果、竹柏、藥物備具，又有水碓魚池，此世所謂金谷園也。"

③銅駝巷陌：古洛陽宮門南四會道口有二銅駝夾道相對，後稱銅駝陌。徐陵《洛陽道》："東門向金馬，南陌接銅駝。"駱賓王《艷情代郭氏贈盧照鄰》："銅駝路上柳千條，金谷園中花幾色？"劉禹錫《楊柳枝》："金谷園中鶯亂飛，銅駝陌上好風吹。"

④韓愈《嘲少年》："只知閑信馬，不覺誤隨車。"

⑤《史記·李廣傳》引俗諺："桃李不言，下自成蹊。"

⑥曹植《公宴》："清夜遊西園，飛蓋相追隨。"

⑦李頻《送友人下第歸越》："歸意隨流水，江湖共在東。"

二十、沁園春

萬樹《詞律》云："《沁園春》是古調，作者極盛，其名最顯。"此調創自初唐，取名於漢明帝女沁水公主之沁園。《欽定詞譜》以蘇軾詞、賀鑄詞為正體。蘇詞雙調一百十四字，上片十三句四平韻，下片十二句五平韻。上片第四句首字領起兩組對仗句，下片第四句首字領起對仗句。賀詞只是在下片換頭處點斷一短句，押韻，從而變成十三句六平韻。另有一一二字、一一三字、一一五字、一一六字等變體。又名《念離羣》、《東仙》、《壽星明》、《洞庭春色》。

蘇軾《沁園春》（雙調一一四字，前段十三句四平韻，後段十二句五平韻）

孤館①燈青，野店雞號，旅枕夢殘。漸月華收練，晨
⊙○○●，●○○●，●○●○。●○○●，⊙
霜耿耿，雲山摛錦，朝露溥溥。②世路無窮，勞生有限，
○●，⊙○○●，⊙●○○。◎●○○，⊙●●●，
似此區區③長鮮歡。微吟罷，憑征鞍無語，往事千端。
◎●○○●○○。○○●，⊙○○●●，◎●○○。

當時共客長安④。似二陸⑤，初來俱少年。有筆頭千
⊙○●●○○。●●●，○○●●○。●●○○
字，胸中萬卷，致君堯舜，此事何難。⑥用舍由時，行藏
●，⊙○●●，◎○○●，◎●○○。●●○○，⊙
在我⑦，袖手何妨閒處看。身長健，但優遊卒歲，且鬭
◎●，◎●○○●●○。○○●，●○○●●，●●
尊前。⑧
○○。

注釋

①孤館：旅館。溫庭筠《商山早行》："雞聲茅店月，人跡板橋霜。"

②摛（chī）：鋪陳。班固《西都賦》："若摛錦布繡。"溥溥（tuán）：盛多。《詩經·鄭風·野有蔓草》："零露溥兮。"

③區區：此指無所作爲。

④共客長安：指嘉祐二年蘇軾蘇轍同登進士第。

⑤二陸：西晉詩人陸機、陸雲兄弟。

⑥杜甫《奉贈韋左丞丈二十二韻》："讀書破萬卷，下筆如有神。……致君堯舜上，再使風俗淳。"

⑦《論語·述而》:"子謂顏淵曰:用之則行,舍之則藏。惟我與爾有是夫。"

⑧《左傳·襄公二十一年》載魯國大夫叔向引詩:"優哉遊哉,聊以卒歲。"牛僧孺《席上贈劉夢得》:"休論世上昇沉事,且鬬尊前見在身。"

作法提示

此詞題爲"赴密州早行馬上寄子由"。起三句對仗。之後"漸"字又領起兩個對句。上片以"孤"、"殘"、"鮮歡"等詞語渲染孤獨淒涼苦悶之意。取意溫庭筠《商山早行》詩:"晨起動征鐸,客行悲故鄉。雞聲茅店月,人跡板橋霜。"下片追憶往事,因壯志難酬而思考解脫之道。"用舍由時,行藏在我"、"優遊卒歲",是一種既隨緣又自主的樂生態度,體現蘇軾標志性的曠達胸懷。全詞多處用典故,表現出以學問爲詞、以議論爲詞、以古文之法爲詞的傾向。此詞風格清越曠達,下片猶有豪放意味。

劉克莊《沁園春·夢孚若①》

何處相逢,登寶釵樓,訪銅雀臺。②喚廚人斫就,東溟鯨膾③,圉人呈罷,西極龍媒。④天下英雄,使君與操⑤,餘子誰堪共酒杯。車千乘,載燕南趙北,劍客奇才。　　飲酣畫鼓如雷。誰信被晨雞輕喚回。嘆年光過盡,功名未立,書生老去,機會方來。使李將軍,遇高皇帝,萬戶侯何足道哉。⑥披衣起,但淒涼感舊,慷慨生哀。

注釋

①方信孺字若孚,以使金不屈節而著名。

②寶釵樓:漢武帝時建造,在咸陽,唐、宋時尚爲著名酒樓。銅雀臺:

曹操所建，故址在今河北省臨漳縣西南古鄴城。在作者的時代，這些名勝皆非宋地，作者以此代指中原，暗示恢復之志。

③東溟鯨膾（kuài）：東海之鯨細切爲膾。

④圉（yǔ）人：《周禮》官名，掌養馬放牧等事，後泛稱養馬人。西極龍媒：漢烏孫國所產良馬。《史記·大宛列傳》："烏孫馬好，名曰'天馬'。及得大宛汗血馬，益壯，更名烏孫馬曰'西極'，名大宛馬曰'天馬'云。"龍媒，駿馬。《漢書·禮樂志》："天馬徠龍之媒。"

⑤《華陽國志》載曹公從容謂先主曰："天下英雄，唯使君與操耳。"

⑥《史記·李將軍列傳》文帝因李廣而嘆："惜乎，子不遇時！如令子當高帝時，萬戶侯豈足道哉！"

第七章　仄韻格二十種及例詞講解

詞譜用〇表平聲，●表仄聲，☉表本平可仄，◎表本仄可平。

一、點絳唇

詞調名源於南朝江淹《詠美人春遊詩》："白雪凝瓊貌，明珠點絳唇。"此調以馮延巳一首爲創調，《詞譜》以馮詞爲正體。唐五代詞鮮見此調，宋詞此調頗多。雙調，四十一字，上闋四句三仄韻；下闋五句四仄韻，一韻到底。另有兩個變體：雙調四十一字，上下闋各五句四仄韻；雙調四十三字，上闋四句三仄韻，下闋五句四仄韻。又名《點櫻桃》、《十八香》、《南浦月》、《沙頭雨》、《尋瑤草》。

馮延巳《點絳唇》（四十一字）

蔭綠圍紅，飛瓊家在桃源住。①畫橋當路。臨水開朱戶②。
◎●〇〇，☉〇〇●〇●。◎〇☉●。☉●〇〇●。
柳徑春深，行到關情處。顰③不語。意憑風絮。吹
◎●〇☉，☉●〇〇●。〇◎●。◎〇〇●。☉
向郎邊去。
●〇〇●。

注釋

①飛瓊：仙女名。《漢武帝內傳》："王母乃命諸侍女……許飛瓊鼓震靈之簧。"後泛指仙女。唐顧況《梁廣畫花歌》："王母欲過劉徹家，飛瓊夜入雲軿車。"這裏指某位女子。桃源：或謂陶淵明《桃花源記》之桃源，或謂劉義慶《幽明錄》之天台山，均爲仙境。此指女子居處。

②朱戶：朱紅色的門。

③顰：皺眉。

作法提示

詞寫女子懷人。上片寫其居住環境：綠樹紅花，小橋流水，朱門深院。詞人寫如此優美的居處，意在襯托女主人高貴的身份、優雅的情趣。下片寫她的行爲和心理：春已深，人孤寂，相思之意難以排遣。柳和絮等意象有特別的寓意，"楊柳依依"，是離愁別緒纏綿相思的象徵，飛絮隨風是人生飄泊的象徵。結尾兩句飄逸有遠韻。詞的情感深至，但不激越，是含蓄蘊藉的風格。

姜夔《點絳唇·丁未冬過吳淞作》①（四十一字）

燕雁無心②，太湖西畔隨雲去。數峯清苦。商略③黃昏雨。　　第四橋④邊，擬共天隨⑤住。今何許⑥。憑闌懷古。殘柳參差舞。

注釋

①丁未：宋孝宗淳熙十四年（1187）。吳淞：即吳淞江，源出太湖，自太湖向東北流，經吳江、蘇州、松江、嘉定等地，至上海會合黃埔江入海。

②燕（yān）雁無心：從北方往南飛的大雁，無心在太湖停留。燕：古

國名，在今河北北部和遼寧南部。

③商略：商量。

④第四橋：即吳江城外的甘泉橋，以泉水在全國排位第四而得名。

⑤天隨：唐代詩人陸龜蒙，自號天隨子，辭官之後，隱居吳江甫里鎮。常泛舟太湖，時人稱爲江湖散人。姜夔每以陸天隨自比，如其《除夜自石湖歸苕溪》："三生定是陸天隨，又向吳淞作客歸。"

⑥何許：如何，怎樣。

二、卜算子

《詞譜》以蘇軾《卜算子》爲正體。雙調，四十四字，前後片各四句二仄韻。另有四種變體：雙調四十四字，前後片各四句三仄韻；雙調四十五字，前片四句二仄韻，後片四句三仄韻；雙調四十五字，前後片各四句二仄韻；雙調四十六字，前片四句二仄韻，後片四句三仄韻。又名《卜算子令》、《缺月掛疏桐》、《百尺樓》、《黃鶴洞中仙》、《楚天謠》、《眉峰碧》。又宋柳永《樂章集》有八十九字《卜算子慢》，並非此調之變體，而是另外的慢詞。

蘇軾《卜算子·黃州定慧院寓居作》[①]（四十四字）

缺月掛疏桐，漏斷[②]人初靜。誰見幽人獨往來[③]，縹
◎◎◎⊙◎，◎●●◎◎。⊙●◎◎◎●⊙，◎
緲[④]孤鴻影。　驚起卻回頭，有恨無人省[⑤]。揀盡寒枝
●◎◎●。　⊙●●◎◎，◎●◎◎●。●●◎◎
不肯棲[⑥]，寂寞沙洲冷。
●●◎，●●◎◎●。

注釋

①定慧院：在黃州城東清淮門外。蘇軾貶謫黃州初居此院。

②漏斷：計時的漏壺裏水滴盡了，指夜已深。

③幽人：本義爲幽囚。《易·履卦》："幽人貞潔。"引申爲幽隱、幽靜之人，亦即孤獨之人，這裏既指孤鴻，也指自己。誰見：或作"時見"、"惟見"。

④縹緲：隱約之貌。

⑤省（xǐng）：理解，懂得。

⑥"揀盡"句：語出杜甫《遣愁》："擇木知幽鳥"，蓋良禽擇木而棲之意。

作法提示

此初到黃州所作。作者因"烏臺詩案"被貶爲黃州團練副使，驚魂未定，心情非常苦悶幽獨。鴻是蘇軾喜歡的意象，具有他生命圖騰的意味，如同李白常用大鵬自喻、杜甫常用老馬自喻。此詞借"孤鴻"意象寫內心孤獨、寂寞、失意、憂傷，但又意存高遠，堅持操守，毫無頹唐後悔之意。詞似詠物，但亦物亦人，遣詞用語微妙渾成，皆有深意，缺者不圓，斷者不暢，幽獨者不顯，縹緲者無定，驚者不安，恨者不快，冷者不暖——一切皆關合孤獨憂傷之心境，又冷峻清高，可謂語與意融洽渾成之典範。

陸游《卜算子·詠梅》（四十四字）

驛①外斷橋邊，寂寞開無主。已是黃昏獨自愁，更著②風和雨。　　無意苦③爭春，一任④羣芳妒。零落成泥碾⑤作塵，只有香如故。

注釋

①驛：驛站。

②著：加上。

③苦：竭力。
④一任：完全聽之任之。
⑤碾：壓碎。

三、憶秦娥

此詞以李白詞爲創調。自唐迄元，體各不一，其源皆從李詞出。因李詞有"秦娥夢斷秦樓月"句，故名《憶秦娥》。《詞譜》以李白詞爲正體。雙調，四十六字，前後片各五句三仄韻，一疊韻。《詞譜》另列十種變體，或字數有出入，或句式、韻數有變化，還有通體變爲平韻者。又名《秦樓月》、《雙荷葉》、《蓬萊閣》、《碧雲深》、《花深深》。

李白《憶秦娥》（四十六字）

簫聲咽。秦娥夢斷秦樓月。①秦樓月。年年柳色，灞
⊙○●。⊙○◎●⊙○●。　○○●。⊙○◎●，◎
陵②傷別。　　樂遊原上清秋節③。咸陽古道音塵絕④。
○○●。　　◎○◎●○○●。⊙○◎●○○●。
音塵絕。西風殘照，漢家陵闕⑤。
○○●。⊙○⊙●，◎⊙○●。

注釋

①秦娥：此處泛指秦地年輕女子。劉向《列仙傳》卷上："蕭史者，秦穆公時人也。善吹簫，能致孔雀白鶴於庭。穆公有女字弄玉，好之。公遂以女妻焉。日教弄玉作鳳鳴。居數年，吹似鳳聲。鳳凰來止其屋。公爲作鳳臺，夫婦止其上不下數年。一旦，皆隨鳳凰飛去。故秦人爲作鳳女祠於雍宮中，時有簫聲而已。"夢斷：夢醒。

②灞陵：漢文帝劉恆的陵墓。灞陵附近有灞水，有灞橋。《三輔黃圖》載："灞橋，在長安東，跨水作橋。漢人送客至此橋，折柳贈別。"這種風

俗一直延續到唐代。《天寶遺事》載："長安東灞陵有橋，來迎去送，皆至此爲離別之地，故人呼之爲銷魂橋。"

③樂遊原：在長安東南，是漢唐時期著名的遊覽勝地。地勢高，站在原上可以俯視全城。清秋節：九月九日重陽節。

④咸陽：在長安西北，是漢、唐時期由長安往西北的必經之路。音塵：車馬行進時的聲音和塵土。

⑤陵闕：陵是陵墓，闕是陵墓前面的建築。

作法提示

南宋初年邵博《邵氏聞見後錄》卷十九錄此詞云："李太白詞也。予嘗秋日餞客咸陽寶釵樓上，漢諸陵在晚照中，有歌此詞者，一座淒然而罷。"此前，李之儀有《憶秦娥·用太白韻》；此後，《唐宋諸賢絕妙詞選》、《草堂詩餘》等宋人選本，均作李白詞。

最早疑此詞者是明人胡應麟，清人王琦、楊希閔等也附和。主要是因爲此詞不見於李白集、《花間集》、《尊前集》，至北宋始稱李白詞。（詳參《文學評論叢刊》第三十一輯載葛景春《近六十年來李白詞真僞討論綜述》。）

這首詞寫思婦懷人，在題材方面雖無新意，但在意象組合與意境開拓方面卻很有特點。作品所寫之景既非一時一地，視角也幾經變化，意象跳躍，但是並無散亂之感，原因就在於有一個中心意象統攝了所有的意象，這個中心意象就是"秦娥"。詞從秦娥懷遠傷別寫起，卻又不限於一人一時一事，似乎是在泛寫古往今來的人間故事。秦樓、簫聲、月影、灞陵柳色等意象，象徵離別；咸陽古道、漢家陵闕又進一步象徵人事功名、王朝興替、歷史滄桑。而秦娥離別相思之悲苦，正緣於這一切。作品由離別寫到功名，由功名寫到死亡，由死亡寫到王朝之興廢，這其中蘊藏著一個真實的昭示：對秦娥來說，這一切的價值與愛情相比，孰重孰輕呢？

王國維《人間詞話》云："'西風殘照，漢家陵闕'，寥寥八字，遂關千古登臨之口。"由一人之離別而觀照具有普世意義的生命價值、王朝興廢、世事滄桑，這決非一般作者所能做到。

此詞"秦樓月"、"音塵絕"處疊韻，後世視爲通例。三組駢句均未對仗。

賀鑄《憶秦娥》（四十六字，此調平韻格以此詞爲正體）
曉朦朧。前溪百鳥啼匆匆。①啼匆匆。凌波②人去，拜
◎○○。⊙○○●。⊙○○。⊙○⊙●，◎
月③樓空。　　去年今日東門東。鮮妝輝影桃花紅。④桃花
●○○。　　◎○◎●○○。◎○◎●○○。○○
紅。吹開吹落，一任東風。
○。⊙○○●，◎●○○。

注釋

①《太平寰宇記》卷九四武康縣："前溪在縣前一百步。前溪者，古永安縣前之溪也。今德清縣有後溪也。邑人晉沈充家於此溪。樂府有《前溪曲》，則充之所製，其詞曰：'當曙與未曙，百鳥啼匆匆。'"

②凌波人：美女。曹植《洛神賦》："凌波微步。"

③唐吉中孚妻張夫人《拜新月》詩："拜月妝樓上。"

④唐崔護《題都城南莊》："去年今日此門中，人面桃花相映紅。人面不知何處在，桃花依舊笑春風。"

四、燭影搖紅

吳曾《能改齋漫錄》卷十七："王都尉有《憶故人》詞云：

'燭影搖紅，向夜闌，乍酒醒，心情懶。尊前誰爲唱陽關，離恨天涯遠。無奈雲沉雨散。憑欄杆，東風淚眼。海棠開後，燕子來時，黃昏庭院。'徽宗喜其詞意，猶以不豐容宛轉爲恨。遂令大晟府別撰腔。周美成增損其辭，而以首句爲名，謂之《燭影搖紅》。"

《詞譜》以毛滂詞爲正體。雙調，四十八字，前片四句二仄韻，後片五句三仄韻。變體有雙調五十字、雙調九十六字等。雙調九十六字格，前後片各九句五仄韻。又名《憶故人》、《歸去曲》、《玉珥墜金環》、《秋色橫空》。

毛滂《燭影搖紅·送會宗①》（四十八字）

老景②蕭條，送君歸去添淒斷③。贈君明月滿前溪，
◎●○○，●○⊙●○○。　○○⊙●●○，
直到西湖畔。④　　門掩綠苔應遍。爲黃花，頻開醉眼。
◎●○○●。　　⊙●⊙○⊙●。●○○，⊙○⊙●。
橘奴⑤無恙，蝶子⑥相迎，寒窗日短。
◎○⊙●，●○⊙○，⊙○●●。

注釋

①會宗：名沈蔚，吳興人，是毛滂的老朋友，也是當時有名的詞人。

②老景：晚景，晚年。

③淒斷：極度淒涼。斷：極、盡之意。

④"贈君"二句：意謂送上一輪明月，讓它照著友人，沿著溪流乘舟而去，直到西子湖畔。

⑤橘奴：即橘樹。三國時丹陽太守李衡於武陵汜洲上種橘千株，稱"千頭木奴"，謂種橘如蓄奴。後因稱橘爲橘奴。

⑥蝶子：指沈會宗的小齋，名"夢蝶"，用"莊周夢蝶"之典。

作法提示

這首詞的語言比較雅致，構思更是頗具匠心。作品寫送別，但不寫別時，而是寫別後；寫別後，又多從對方設想。此即"心已神馳到彼，詩從對面飛來"（浦起龍《讀杜心解》評杜甫《月夜》語）之謂也。

周邦彥《燭影搖紅》（雙調九十六字，前後片各九句五仄韻）

香臉輕勻，黛眉巧畫宮妝淡。風流天付與精神，全
⊙●○○，◎○○●○○●。⊙○○●●○○，⊙
在嬌波①轉。早是縈心②可慣。那更堪，頻頻顧盼。幾回
●○○●。◎●○○◎●●。●○○，○○●●。◎○
得見，見了還休，爭如不見。　　燭影搖紅，夜闌③飲
◎●，◎●○○，◎○◎●。　　●●○○，◎●●
散春宵短。當時誰解唱陽關④，離恨天涯遠。無奈雲收
●○○●。◎○○●●○○，◎●○○●。◎●○○
雨散。憑欄杆，東風淚眼。海棠開後，燕子來時，黃昏
●●。◎○○，◎○◎●。◎○○●，◎●○○，○○
庭院。
⊙●。

注釋

①嬌波：一作"秋波"。形容女子眼神。

②縈心：牽掛心頭。

③闌：殘，盡，深。《文選》謝莊《宋孝武宣貴妃誄》："白露凝兮歲將闌。"李善注："闌，猶晚也。"

④陽關：古關名，今甘肅敦煌縣西南。古曲《陽關三疊》，又名《陽關曲》，以王維《送元二使安西》詩引申譜曲，增添詞句，抒寫離情別緒。因曲分三段，原詩三唱，故稱"三疊"。

五、醉花蔭

此調爲北宋新聲，創調之作爲北宋舒亶詞二首。《詞譜》於毛滂詞下注："此調只有此體，諸家所填，多與之合，但平仄不同，句法間有小異耳。"雙調五十二字，前、後片各五句三仄韻。

李清照《醉花蔭》（五十二字）

薄霧濃雲愁永晝①。瑞腦消金獸②。佳節又重陽，玉
⊙◎◎◎◎●。⊙◎○○●。◎●●○○，
枕紗廚③，半夜涼初透。　　東籬④把酒黃昏後。有暗香
●○○，⊙●○○●。　　◎○⊙●○○●。⊙◎
盈袖⑤。莫道不銷魂，簾卷西風，人比黃花⑥瘦。
○●。⊙●●○○，◎●○○，◎●○○●。

注釋

①薄霧濃雲：形容香料燃出的煙霧。永晝：漫長的白天。

②瑞腦：香料名，又叫龍腦，其香以龍腦木蒸餾而成。金獸：獸形的金屬香爐。

③紗廚：蚊帳。

④東籬：陶淵明《飲酒》："采菊東籬下。"

⑤暗香盈袖：《古詩十九首》之一："馨香盈懷袖，路遠莫致之。"

⑥黃花：菊花。

作法提示

這首詞是詞人寫給丈夫趙明誠的。結尾三句歷來爲人稱道。伊士珍《琅嬛記》卷中："易安以重陽《醉花陰》詞函致明誠，

明誠嘆賞，自愧弗逮，務欲勝之。一切謝客，忘食忘寢者三日夜，得五十闋，雜易安作以示友人陸德夫。德夫玩之再三，曰：'只三句極佳。'明誠詰之，答曰：'莫道不銷魂，簾卷西風，人比黃花瘦。'正易安作也。"三句中"人比黃花瘦"最是警句。夏承燾《李清照〈醉花陰〉賞析》："在詩詞中，作為警句，一般是不輕易拿出來的。這句'人比黃花瘦'之所以能給人深刻的印象，除了它本身運用比喻，描寫出鮮明的人物形象之外，句子安排得妥當，也是其原因之一。她在這個結句的前面，先用一句'莫道不銷魂'帶動宕語氣的句子作引，再加一句寫動態的'簾卷西風'，這以後，才拿出'人比黃花瘦'警句來。人物到最後纔出現。這警句不是孤立的，三句聯成一氣，前面兩句環繞後面一句，起到綠葉紅花的作用。"

這首詞的成功並不僅僅在結拍三句。上片寫起居環境很雅致，但因丈夫不在，所以愁緒總是揮之不去。正因為這樣，纔有了過片的借酒澆愁。而"暗香盈袖"四字，實寓"路遠莫致"之嘆。唯其"路遠莫致"，纔水到渠成地有了結拍三句。"愁"字是一篇之眼。

毛滂《醉花陰·孫守席上次會宗韻》[①]

檀板一聲鶯起速[②]。山影穿疏木。人在翠陰中，欲
⊙◎◎⊙◎●。⊙◎◎●。⊙●●○○，◎
覓殘春，春在屏風曲[③]。　　勸君對客杯須覆。燈照瀛
●○○，○●○○●。　　●○●●○○●。⊙●○
洲[④]綠。西去玉堂深，魄冷魂清[⑤]，獨引金蓮燭[⑥]。
○●。○●●○○，◎●○○，◎●○○●。

注釋

①孫守：未詳。會宗：名沈蔚，吳興人，是毛滂的老朋友。
②檀板：唱歌時用來擊打節奏的拍板，多用檀木製作。唐玄宗時，梨園樂工黃幡綽善奏此板，故又稱綽板。鶯：黃鶯，一種叫聲清脆婉轉的鳥，這裏形容歌者。
③屏風曲：屏風的曲折之處。曲，角落。
④瀛洲：傳說中海上三神山之一，這裏指掛在牆上繪有瀛洲的圖畫。
⑤玉堂：指翰林學士院。因宋太宗爲之題"玉堂之署"匾額，故稱玉堂。此必沈會宗歸京任翰林學士時。魄：月魄，指月光。
⑥引：舉起。金蓮燭：金飾的蓮花形燈燭。

六、木蘭花

唐教坊曲。《花間集》錄三首《木蘭花》各不同，有韋莊《木蘭花》（獨上小樓春欲暮），五十五字，上下片各三仄韻，後片換韻。《尊前集》錄五首《木蘭花》皆五十六字，上下片各三仄韻，有通首不換韻者，有換韻者。宋人將七言八句仄韻之《木蘭花》之第一、三、五、七句，每句減三字，成爲四字句，創爲《減字木蘭花》，平、仄韻轉換（詳見第八章）。宋人用此調者極多。雙調四十四字，前後片各四句，先二仄韻再二平韻。此調與《玉樓春》近似，使用時須仔細區別。

張先《木蘭花‧乙卯吳興寒食》①（五十六字六仄韻，據龍榆生《唐宋詞格律》譜）

龍頭舴艋②吳兒競。笋柱秋千③遊女並。芳洲拾翠暮
⊙◎●●○○●。◎●○○⊙●●。○⊙●●●
忘歸，秀野踏青來不定。　　行雲④去后遥山暝。已放⑤
○○，◎●⊙○○●●。　　⊙○◎●○○●。◎●

笙歌池院靜。中庭⑥月色正清明，無數楊花過無影。
⊙○○●●。⊙○○◎●○○，◎●⊙○○●●。

注釋

①此詞牌格式多樣，此用雙調五十六字六仄韻格。乙卯：神宗熙寧八年（1075）。吳興：今浙江湖州。寒食：清明節前的一天。

②舴艋：形狀如蚱蜢式的小船。

③笋柱秋千：即竹竿做柱子的秋千。

④行雲：隱喻遊女。宋玉《高唐賦》："昔者先王嘗遊高唐，怠而晝寢。夢見婦人曰：'妾巫山之女也，爲高唐之客。聞君遊高唐，願薦枕席。'王因幸之。去而辭曰：'妾在巫山之陽，高丘之岨，且爲朝雲，暮爲行雨。朝朝暮暮，陽臺之下。'"

⑤放：此謂停止。

⑥中庭：庭院中。

作法提示

吳興是作者的家鄉。他在這里又度過一個寒食節，親切地觀賞着家鄉的風物人情，感觸美好微妙，就寫了這首詞。詞的格調清新歡快，隱隱有點兒惆悵。上闋描寫自己看到青春少女結伴春遊的圖景。生機勃勃的春天和青春煥發的少女相映生輝，富於生活情趣。下闋寫春天的夜晚，人去院空，月色澄明，靜謐安寧。在這個由熱鬧而寂靜的過程中，作者可能會有許多生命感受和人生感慨，但他不願多想那些有點沉重的東西，他只是享受春夜的美麗："中庭月色正清明，無數楊花過無影。"月色、楊花、春夜晴明，時光無影無形地消逝，生命的境界澄明、純净、輕盈。太巧妙太傳神了！讀者也寧願用最單純的審美的心靈來享受這清明和飄逸。

韋莊《木蘭花》（五十五字，上下片各三仄韻，後片換韻）

獨上小樓春欲暮。愁望玉關①芳草路。消息斷，不
●●●○○●●。○●●○○●●。●●●，●
逢人，卻斂細眉歸繡戶。　　坐看落花空嘆息。羅袂濕
○○，●●●○○●●。　　●●●○○●●。○●●
斑紅淚滴②。千山萬水不曾行，魂夢欲教何處覓。
○○●。○○●●●○○，○●●○○●●。

注釋

①玉關：即玉門關，在今甘肅敦煌西北。唐人詩詞中通常以此代指西北邊塞遙遠之地，亦即遠征人之所在。李白詩《子夜吳歌》："秋風吹不盡，總是玉關情。"

②羅袂：絲綢衣服的袖子。曹植《洛神賦》："抗羅袂以掩涕兮，淚流襟之浪浪。"

七、釵頭鳳

南宋楊湜《古今詞話》："政和間，京師妓之姥曾嫁伶官，常入內教舞，傳禁中《擷芳詞》以教其妓：'風搖動。雨濛茸。翠條柔弱花頭重。春衫窄。香肌濕。記得年時，共伊曾摘。都如夢。何曾共。可憐孤似釵頭鳳。關山隔。晚雲碧。燕兒來也，又無消息。'人皆愛其聲，又愛其詞，類唐人所作也。張尚書帥成都，蜀中傳此詞競唱之。卻於前段下添'憶、憶、憶'三字，後段下添'得、得、得'三字，又名《摘紅英》，殊失其義。不知禁中有'擷芳園'，故名《擷芳詞》也。"（《古今詞話》這段話，《詞譜》與《詞話叢編》所引略異）

陸游因詞中有"可憐孤似釵頭鳳"句，改名《釵頭鳳》。

《詞譜》以《古今詞話》所載無名氏詞爲正體，雙調，五十四字，前後段各七句，六仄韻。又有四種變體：或五十八字，或六十字。陸游《釵頭鳳》雙調六十字，前後片各十句三仄韻四平韻二疊韻。又名《折紅英》、《清商怨》、《惜分釵》、《玉瓏璁》。

無名氏《擷芳詞》（五十四字）

風搖動。雨濛茸①。翠條柔弱花頭重②。春衫窄。香
○○●。◎⊙●。◎⊙○●⊙○●。○○●。⊙
肌濕。記得年時，共伊曾摘。　都如夢。何曾共。可
○●。●●○⊙，⊙○○●。　○○●。○⊙●。◎
憐孤似釵頭鳳③。關山隔。晚雲碧。燕兒來也，又無消息。
○⊙○○○●。○○●。◎○●。◎⊙○⊙，●⊙●。

注釋

①濛茸（rǒng）：雨朦朧而輕柔。

②翠條：翠綠的花枝。花頭：花朵。

③釵頭鳳：鳳釵爲古代女子首飾，釵頭作鳳形。馬縞《中華古今注》卷中："釵子，蓋古笄之遺象也……始皇以金釵作鳳頭，以玳瑁爲腳，號曰鳳釵。"

作法提示

《詞譜》云："此詞每段六仄韻，上三句一韻，下四句又換一韻，後段即同前段押法，但上三韻用上、去聲，下三韻必用入聲。如此詞上三韻，前段用上聲之一董、二腫，後段即用去聲之一送、二宋，下三韻則用入聲之十一陌、十三職。合觀程垓、陸游、曾覿、史達祖、無名氏諸詞，莫不皆然。"

"風搖動"五句，乍看似寫當下情景，及至讀到"記得"二句，方知是回憶往事。換頭"都如夢"一句喚醒。此後直到結

拍,全是寫現實之孤獨。尺幅中見曲折,可謂善敍事者。

陸游《釵頭鳳》[①] (六十字,上下片各九仄韻,換韻。據李新魁《實用詩詞曲格律詞典》譜)

紅酥手[②]。黃藤酒[③]。滿城春色宮牆柳[④]。東風惡[⑤]。
〇〇●。⊙〇●。◎〇⊙●〇〇●。〇⊙●。
歡情薄。一懷愁緒,幾年離索[⑥]。錯。錯。錯。　春
⊙〇●。⊙〇〇◎,●〇〇●。●。●。●。　〇
如舊。人空瘦。淚痕紅浥鮫綃透[⑦]。桃花落。閑池閣。
〇●。〇〇●。●〇〇●〇〇●。〇〇●。〇〇●。
山盟[⑧]雖在,錦書難託。[⑨]莫。莫。莫。
⊙〇〇◎,●⊙〇●。●。●。●。

注釋

①宋周密《齊東野語》卷一:"陸務觀初娶唐氏,閎之女也,於其母夫人為姑姪。伉儷相得,而弗獲於其姑。既出,即未忍絕之,則為別館,時時往焉。姑知而掩之,雖先知挈去,然事不得隱,竟絕之,亦人倫之變也。唐後改適同郡宗子士程。嘗以春日出遊,相遇於禹跡寺之沈氏園。唐以語趙,遣致酒肴。翁悵然久之,為賦《釵頭鳳》一詞。"

②紅酥手:紅潤細嫩的手。

③黃藤(téng)酒:即黃封酒,當時官釀的酒,用黃紙封口,故名。陸游《酒詩》:"一壺花露拆黃藤。"

④宮牆柳:此三字比喻所愛之人如宮牆裏的柳樹,可望而不可即。

⑤東風惡:喻環境惡劣。

⑥離索:離別。

⑦"淚痕"句:淚水染了胭脂,濕透了手帕。浥(yì):沾濕,浸染。鮫綃:傳說中鮫人所織的絲絹,代稱手帕。

⑧山盟：山盟海誓。

⑨錦書難託：意謂雙方皆已另行婚嫁，已經沒有傳遞情書的自由了。

唐婉《釵頭鳳》（六十字，上下片各九韻，平仄韻轉換）

世情薄。人情惡。雨送黃昏花易落。曉風乾。淚痕
●○●。○○●。●●○○○●●。●○○。●○
殘。欲箋心事，獨語斜欄。難。難。難。　人成各。
○。●○○●，●●○○。○。○。○。　○○●。
今非昨。病魂嘗似鞦韆索。角聲寒。夜闌珊。怕人尋問，
○○●。●○○●○○●。●○○。●○○。●○○●，
咽淚妝歡。瞞。瞞。瞞。
●●○○。○。○。○。

八、鵲橋仙

《文選·洛神賦注》："牽牛爲夫，織女爲婦，牽牛、織女之星各處一旁，七月七日乃得一會。"唐韓鄂《歲華記麗》："鵲橋已成，織女將渡。"傳說牽牛與織女相會時，羣鵲在銀河上銜接爲橋。此調爲北宋新聲，歐陽修詞爲創調。因詞中有"鵲橋迎路"、"仙雞催曉"，取以爲調名。宋人以此調詠七夕者甚多，以秦觀詞爲絕唱。亦有詠他事者。《詞譜》以歐陽修詞爲正體。雙調五十六字，前後片各五句二仄韻。《詞譜》另收五十六字、五十七字、五十八字五種變體。又名《鵲橋仙令》、《憶人人》、《金風玉露相逢曲》、《廣寒秋》。另有始自柳永雙調八十八字者，前片十句四仄韻，後片八句七仄韻。

秦觀《鵲橋仙》（五十六字）

纖雲弄巧①，飛星②傳恨，銀漢迢迢暗度③。金風玉
◎○⊙●，⊙○○●，⊙●◎○⊙●。◎○
露一相逢④，便勝卻，人間無數。　　柔情似水，佳期
●●○○，⊙○●，⊙○○●。　　○○●●，⊙○
如夢，忍顧⑤鵲橋歸路。兩情若是久長時，又豈在，朝
⊙●，⊙●◎○⊙●。○○●●●○○，◎○●，⊙
朝暮暮⑥。
○⊙●。

注釋

①纖雲弄巧：纖細的雲彩變幻出種種奇巧的形態。暗點"乞巧節"。

②飛星：牛郎、織女二星。

③銀漢：銀河。迢迢（tiáo）：遙遠貌。

④金風玉露一相逢：指七夕相會之事。宗懔《荊楚歲時記》："七月七日，爲牛郎織女聚會之夜。"金風玉露：秋風白露。

⑤忍顧：不忍回顧。

⑥朝朝暮暮：宋玉《高唐賦》："妾在巫山之陽，高丘之岨。旦爲朝雲，暮爲行雨。朝朝暮暮，陽臺之下。"

作法提示

牛郎織女的故事，自《古詩十九首》以來，人們都把它看做一個悲劇。秦觀在這裏顛覆了千年以來的傳統觀念。所謂"金風玉露一相逢，便勝卻、人間無數"、"兩情若是久長時，又豈在、朝朝暮暮"，關注的是愛情和婚姻的品質，或者說價值，這是人類之愛永恆的問題。上片"纖雲"三句，敍述牛郎、織女七夕相會的情景。"金風"二句，則對這一年一度的相會予以

評價。下片"柔情"三句,敍述他們不忍分離的情景。"兩情"二句,又對無奈的離別者予以寬慰。如此夾敍夾議,情從景生,理自情出,內涵豐厚而情理自然。

陸游《鵲橋仙》(五十六字)

茅簷①人靜,蓬窗②燈暗,春晚連江風雨。林鶯巢燕總無聲,但月夜、常啼杜宇③。　　催成清淚,驚殘孤夢,又揀深枝飛去。故山猶自不堪聽,況半世、飄然羈旅。

注釋

①茅簷:指茅草覆蓋的房屋。簷即房檐。

②蓬窗:簡陋的窗戶。

③杜宇:杜鵑。傳說中古蜀國國王杜宇,號望帝。晚年失帝位,隱於西山,死後化作鵑鳥,鳴聲似人語"不如歸去"。蜀人聞之曰:"我望帝魂也。"因呼鵑鳥爲杜鵑。

九、蝶戀花

唐教坊曲,本名《鵲踏枝》,始見於敦煌曲子詞。宋晏殊詞改名爲《蝶戀花》。《詞譜》以馮延巳詞爲正體。雙調六十字,前後片各五句四仄韻。另有變體一種。又名《黃金縷》、《捲珠簾》、《明月生南浦》、《細雨吹池沼》、《鳳棲梧》、《一籮金》、《魚水同歡》、《轉調蝶戀花》。

馮延巳《鵲踏枝》(六十字)

誰道閒情拋擲久①。每到春來,惆悵還依舊。日日花
◎●⊙○○●●。⊙●○○,◎●○○●。⊙●
前常病酒②。不辭鏡裏朱顏瘦③。　　河畔青蕪④堤上柳。
○○●●。●○◎●○○●。　　◎●○○○●●。

爲問新愁，何事年年有。獨立小橋風滿袖。平林⑤新月人
⊙●○○，◎●○○●。⊙●◎○○●●。○○◎●○
歸後。
○●。

注釋

①閑情：也就是後面所說的"惆悵"、"新愁"。拋擲：此謂解脫。
②病酒：飲酒過量，身體不適。
③不辭：不惜。朱顏瘦：容顏憔悴。
④青蕪：叢生的青草。
⑤平林：平原上的樹林。

作法提示

　　詞寫富貴閑情。雖爲閑情，卻非常執著，每到春天，便來困擾著他。他力圖解脫，整天借酒澆愁，甚至都病酒了，容顏憔悴了，但怎麼也解脫不了。這究竟是何閑情？有人認爲是愛情，恐怕沒這麼簡單。有人說是別有寄託，即借兒女之情，寫身世之感。作者長期遭受政治對手的攻擊，又多次遭到降職處分，而南唐的國勢，在他主政期間，可以說是風雨飄搖。他希望有所振作，但總是不能如願。內心深處或有許多感時自傷之意。馮煦《陽春詞序》："周師南侵，國勢岌岌，中主既昧本圖，汶闇不自強，強鄰又鷹瞵而鶚眈之，而務高拱，溺浮采，芒乎芴乎，不知其將及也。翁負其才略，不能有所匡救。危苦煩亂之中，鬱不自達者，一於詞發之。其憂生念亂，意內而言外，跡之唐五季之交，韓致堯之於詩，翁之於詞，其義一也。"

晏殊《蝶戀花》(六十字)

　　檻①菊愁煙蘭泣露。羅幕輕寒，燕子雙飛去。明月不

諳離恨苦。斜光到曉穿朱戶②。　　昨夜西風凋碧樹③。獨上高樓,望斷天涯路。欲寄彩箋兼尺素。④山長水闊知何處。

注釋

①檻(jiàn):欄杆。
②朱戶:朱紅色的門。
③凋碧樹:樹上的綠葉凋殘。
④彩箋、尺素:均指書信。彩箋:彩色的箋紙;尺素:一尺見方的白絹。《古詩》:"客從遠方來,遺我雙鯉魚。呼兒烹鯉魚,中有尺素書。"

十、蘇幕遮

此調爲唐教坊曲,或作《蘇莫遮》、《蘇摩遮》。唐釋慧琳《一切經音義》卷四一《大乘理趣六波羅密多經音義》:"蘇莫遮冒……亦同蘇莫遮,西戎胡語也,正云颯磨遮。此戲本出西龜茲國,至今猶有此曲。此國渾脫、大面、撥頭之類也。或作獸面,或像鬼神,假作種種面具形狀。或以泥水灑行人,或持絹索鈎捉人爲戲。每年七月初公行此戲,七日乃停。"自初唐以來在長安已盛行乞寒之戲。唐代此曲之歌辭有聲詩與曲子詞,如,張説有《蘇幕遮》五首,即爲七言絕句。敦煌曲子詞存詞八首,《五臺山曲子六首》始爲詞體(參謝桃坊《唐宋詞譜粹編》,四川人民出版社二〇一〇年版,第六十八至六十九頁)。《詞譜》不知有《五臺山曲子六首》,僅列范仲淹詞,謂"此調只有此體,宋、元人俱如此填"。雙調六十二字,前後片各七句四仄韻。又名《鬢雲松令》。

范仲淹《蘇幕遮》(六十二字)

碧雲天,黃葉地。秋色連波,波上寒煙翠。山映斜
●〇〇,〇●●。⊙●〇〇,⊙●〇●●。⊙●●

陽天接水。芳草無情,更在斜陽外。　黯鄉魂①,追
○○●●。⊙●○○,◎●○○●。　●○○,○
旅思②。夜夜除非,好夢留人睡。明月樓高休獨倚。酒
●●。◎●○○,◎●○○●。⊙●○○⊙●●。◎
入愁腸,化作相思淚。
●⊙○,◎●○○●

注釋

①黯（àn）鄉魂：黯淡的鄉愁。

②追旅思（sì）：羈旅的愁思。

作法提示

這是一首羈旅行役詞。上片寫倚樓之所見,藍天,黃葉,綠水,夕陽,水天相接,芳草無際,色彩既鮮明,畫面亦開闊。下片寫月夜之感,除了夢裏的溫馨,全都是對家鄉、對愛人的牽掛。感情真摯,話語沉痛。元人王實甫《西廂記》第四本第三折引用此詞改爲："碧雲天,黃花地,西風緊,北雁南飛。曉來誰染霜林醉,總是離人淚。"

周邦彥《蘇幕遮》

燎沉香①,消溽暑②。鳥雀呼晴③,侵曉④窺簷語。葉上初陽乾宿雨⑤。水面清圓⑥,一一風荷舉。　故鄉遙,何日去。家住吳門⑦,久作長安⑧旅。五月漁郎相回否。小楫⑨輕舟,夢入芙蓉浦⑩。

注釋

①燎沉香：點燃沉香。沉香又名沉水香,用沉香木做成的名貴香料。

②溽（rù）暑：潮濕的暑氣。

③鳥雀呼晴：天終於晴了，鳥雀因而歡快地鳴叫。
④侵曉：天剛亮時。
⑤初陽：早晨的陽光。宿雨：隔夜的雨。
⑥清圓：指荷葉的形態。
⑦吳門：原指蘇州。蘇州舊為吳郡的治所，稱吳門。詞人的家鄉在錢塘，錢塘舊屬吳郡，稱吳門亦通。
⑧長安：唐朝的首都。這裏代指北宋的首都東京開封府。
⑨小楫：輕巧的槳。
⑩芙蓉浦：開滿荷花的湖泊，此指西湖。

十一、青玉案

張衡《四愁詩》有"美人贈我錦繡緞，何以報之青玉案"句，調名取此。以本篇首句，又名《橫塘路》。以韓淲詞有"蘇公堤上西湖路"句，又名《西湖路》。《詞譜》謂此調以賀鑄、蘇軾、毛滂、史達祖詞為正體，雙調六十七字，上下片各六句五仄韻（或四仄韻）。此調變格頗多。

賀鑄《青玉案》（六十七字）

凌波不過橫塘路①。但目送，芳塵去。錦瑟華年②誰
⊙○◎●○○●。●◎●，○○●。◎●○○⊙
與度。月橋花院，瑣窗③朱戶。只有春知處。　　碧雲
●●。◎○○●，◎○○●。●●○○●。　　●○
冉冉蘅皋④暮。彩筆新題斷腸句⑤。試問閑愁知幾許。一
◎●○○●。◎●○○●○●。◎●○○⊙●●。◎
川煙草，滿城風絮。梅子黃時雨⑥。
○○●，◎○⊙●。○●○○●。

注釋

①凌波：形容女子步態。曹植《洛神賦》："凌波微步，羅襪生塵。"

横塘：地名，在蘇州西南十里許。賀鑄故居在昇平橋，而有別業在橫塘，常扁舟來往其間。

②錦瑟華年：比喻美好青春。李商隱《錦瑟》："錦瑟無端五十絃，一絃一柱思華年。"

③瑣窗：雕刻有連環花紋的窗戶。《後漢書·梁冀傳》："窗牖皆有綺疏青瑣。"

④蘅皋：長著香草的水邊高地。《洛神賦》："爾迺稅駕乎蘅皋。"

⑤彩筆：江淹少時，曾夢人授以五色筆，從此文思大進，晚年夢郭璞索還其筆，自後作詩，再無佳句。事見《南史·江淹傳》。斷腸句：謂《別賦》中"行子斷腸，百感淒惻"之句。

⑥梅子黃時雨：四五月梅子黃熟，其間常陰雨連綿，俗稱"黃梅雨"或"梅雨"。三月雨爲迎梅，五月雨爲熟梅。

作法提示

本篇詞旨隱約，以比興寄託手法寫深微情懷，類似李商隱《無題》、《錦瑟》等篇。有人認爲可能與悼念亡妻有關，可稱《鷓鴣天》（重過閶門萬事非）之姊妹篇。此說不無道理，但過於鑿實。詞人情懷複雜多端，難以指實，但終不離求美而不得的感傷，理想難以實現的惆悵困惑。開篇寫遙望美人，可望而不可即的悵惘情緒。接下去想象美人孤寂獨處。下片二句仍用《洛神賦》、《江淹傳》典故，承上片之意，鋪陳自己的傷感，以"斷腸句"引出"閑愁都幾許"的設問。自古文學作品寫"閑愁"者很多，或喻其多如春草，或喻其重如山嶽，賀鑄別出心裁，以"一川煙草"喻愁之繁多，以"滿城風絮"喻愁之糾結無緒，以"梅子黃時雨"喻愁之連綿持久，取喻新穎而情意深摯，把無邊無際的離愁形象化、具體化。這是博喻的修辭手法，新穎奇特又極其優美。蘇軾《百步洪》詩曾以駿馬、飛箭、珠翻荷等博喻瀑布湍急，本篇之博喻與蘇詩異曲同工。

《王直方詩話》云:"賀方回初作《青玉案》詞,遂知名。"周紫芝《竹坡詩話》云:"賀方回嘗作《青玉案》詞,有'梅子黃時雨'之句,人皆服其工,士大夫謂之賀梅子。"

黃公紹《青玉案》(六十七字)[①]

年年社日停針綫。[②]怎忍見、雙飛燕。今日江城春已半。一身猶在,亂山深處,寂寞溪橋畔。　春衫著破誰針綫。點點行行淚痕滿。落日解鞍芳草岸。花無人戴,酒無人勸,醉也無人管。

注釋

[①]本篇亦雙調六十七字,與賀詞同,唯上、下片第五句皆不押韻。宋元詞如此者甚多。作者黃公紹,字直翁,宋元之際邵武(今屬福建)人,咸淳進士,入元不仕,隱居樵溪。

[②]社日:古代祭祀土地神的節日。漢以前只有春社,漢以後始有秋社。自宋代起,以立春、立秋後的第五個戊日爲社日。停針綫:《墨莊漫錄》:"唐、宋社日婦人不用針綫,謂之忌作。"張籍《吳楚詞》:"今朝社日停針綫。"

十二、祝英臺近

此調取梁山伯祝英臺故事而名。此調有平仄韻二體。仄韻始見於蘇軾《東坡樂府》。《詞譜》以程垓《祝英臺近》爲正體,雙調七十七字,前片八句三仄韻,後片八句四仄韻。又名《英臺近》、《祝英臺》、《寶釵分》、《月底修簫譜》、《燕鶯語》、《寒食詞》。《詞譜》列別體七種,皆七十七字,獨陳允平詞爲平韻。辛詞"寶釵分"爲名篇,雖爲變格,和者眾多。此調中五字句皆爲拗句。龍榆生《唐宋詞格律》云:"此調宛轉淒抑,猶可想見舊曲遺音……忌用入聲部韻。"

吳文英《祝英臺近·除夜立春》（七十七字）

剪紅情，裁綠意，花信上釵股。①殘日東風，不放歲
●○○，⊙●●，○●⊙●。　⊙●○，⊙○⊙
華去。有人添燭西窗，不眠侵曉②，笑聲轉，新年鶯語。
●。　⊙○⊙●○○，⊙○○●，⊙⊙●，◎○◎●。
舊尊俎③。玉纖曾擘黃柑，柔香繫幽素。④歸夢湖邊，
●○●。　⊙○⊙●○○，○○●○●。　⊙●○○，
還迷鏡中路⑤。可憐千點吳霜⑥，寒銷不盡，又相對，落
⊙○●○●。　⊙○⊙●○○，○○⊙●，●○●，●
梅如雨。
○⊙●。

注釋

①剪裁成紅花綠葉樣式的春幡，用釵股戴在頭上。

②侵曉：天將明。杜甫《傷春》："鶯入新年語。"

③尊俎：古代盛酒肉的器皿。尊盛酒，俎盛肉。

④玉纖：美女的手。擘：剖開。幽素：幽情素心。周邦彥《少年遊》："纖手破新橙。"

⑤鏡中路：謂湖水如鏡。

⑥吳霜：白髮。李賀《還自會稽歌》："吳霜點歸鬢。"

作法提示

就題目"除夜立春"來看，本篇是吟詠節序之作，細品之則寓有深沉的懷人之情。一般認為吳氏有愛姬，後來此女歸蘇州。吳文英為此寫懷戀思念之詞數十首，此即其一。上片極寫家人除夕守歲迎春。剪紅裁綠，添燭西窗，歡聲笑語，徹夜不眠，

269

一派熱鬧景象。下片凸起一筆，熱鬧中只有自己憶起舊日尊俎，伊人手澤也只存乎想念之中，以至於夢中尋覓。吳文英《風入松》詞悼念亡姬有"黃蜂頻撲秋千索，有當時、纖手香凝"之妙句。本篇"玉纖"二句亦同機杼。煞拍言相思酷苦，髮爲之白，春寒已自難銷，何況落梅如雨，一似那凋零的愛情不復，只有無奈！

　　吳文英爲詞史之奇人，運思曲折深刻罕有其匹。本篇上片鋪陳"除夜立春"題面，全爲換頭處三句追攝遠神，其耐心、筆力皆令人詫異。末三句作層疊之筆，意思愈轉愈深，兼有天人之巧。吳氏佳作往往深情妙筆，二者兼而有之。凡心思深邃、用筆欲其跌宕者，可由此悟入。

辛棄疾《祝英臺近》

　　寶釵分①，桃葉渡②。煙柳暗南浦③。陌上層樓，十日九風雨。斷腸片片飛紅④，都無人管，更誰勸、流鶯聲住。　　鬢邊覷⑤。試把花卜歸期⑥，纔簪又重數。羅帳燈昏，哽咽夢中語。是他春帶愁來，春歸何處。卻不解、帶將愁去。

注釋

①寶釵分：釵有二股，情人分別時各執一股以爲紀念。《長恨歌》："釵留一股合一扇。"

②桃葉渡：又名南浦渡，在南京秦淮河與青溪合流處。東晉王獻之迎愛妾桃葉於渡口，爲之作歌，因此得名。此詞泛指男女送別之處。

③南浦：江淹《別賦》："送君南浦，傷如之何。"

④飛紅：落花。

⑤覷（qù）：細看，斜視。

⑥數花瓣以占卜心事。

作法提示

本篇字數、句法與正體全同,唯上片第二句"渡"、下片第七句"處"押韻,故爲變格。宋張端義《貴耳集》以爲本篇係爲去妾呂氏而作,後人一般不以爲然。本篇也許不是單純的言情之作,比興寄託之意或有之,但如清張惠言《詞選》、黃蘇《蓼園詞選》等字字句句附會稼軒兼濟心志,亦常州詞派求之過深之習,未可鑿實。

作詩填詞常用比興手法寄託心志。但詩詞不是紀實文學,其中有想象,有虛構,有誇張,作者讀者皆領會其大意即可,未必一一精確對位。尤其是託男女風懷以言心志的篇什,還要注意"變身"的尺度,婉曲多諷的同時必須要合乎雙方身份,不能濫用,亦不可無限制地煽情。本篇通過春意闌珊、閨怨別情之外貌,傳達出內心百般關懷憂慮之情,極悱惻纏綿之至,於比興之道最得分寸。

十三、洞仙歌

唐教坊曲名。康與之詞名《洞仙歌令》,潘牥詞名《羽仙歌》,袁易詞名《洞仙詞》,《宋史·樂志》名《洞中仙》,字數、句讀皆有參差。以《東坡樂府》雙調八十三字、上下片各三仄韻者爲正格。上片第二句爲上一下四句法,下片收尾八字應以一去聲字領下七言,接以一去聲字領下四言兩句作結。此調音節舒徐,宜於抒發駘蕩搖曳之情。

蘇軾《洞仙歌》(八十三字)

冰肌玉骨①,自清涼無汗。水殿風來暗香滿②。繡簾
⊙○◎●,◎⊙○○●。◎●○○●○●。●○

開，一點明月窺人，人未寢，攲枕③釵橫鬢亂。　起
○，◎●⊙●○○，⊙○○●，⊙●⊙●◎●。　◎
來攜素手，庭戶無聲，時見疏星渡河漢④。試問夜如何，
○⊙○●，○●○○，⊙●○○●○●。⊙●●○○，
夜已三更，金波淡，玉繩低轉。⑤但屈指，西風幾時來，
◎●○○，○○●，⊙○◎●。⊙○○，○○●○○，
又不道⑥，流年暗中偷換。
◎◎●，○○●○●。

注釋

①莊子《逍遙遊》："藐姑射之山，有神人居焉，肌膚若冰雪，綽約若處子。"

②水殿：指築於成都摩訶池上的宮殿。暗香：指梅、蘭、荷、菊一類花清幽的香氣。

③攲枕：斜靠著枕頭。攲（qī），歪斜。

④河漢：天河，銀河。

⑤金波：月光。《漢書·禮樂志·郊祀歌》："月穆穆以金波，日華耀以宣明。"玉繩：星名，在北斗第五星玉衡的北面。謝朓《暫使下都夜發新林至京邑贈西府同僚》："金波麗鳷鵲，玉繩低建章。"《詩經·小雅·庭燎》："夜如何其，夜未央。"杜甫《春宿左省》："明朝有封事，數問夜如何。"

⑥不道：不覺。

作法提示

這是蘇詞名篇，有序："余七歲時，見眉州老尼，姓朱，忘其名，年九十歲。自言嘗隨其師入蜀主孟昶宮中。一日大熱，蜀主與花蕊夫人夜納涼摩訶池上，作一詞。朱具能記之。今四十年，朱已死久矣，人無知此詞者，但記其首兩句。暇日尋味，豈《洞仙歌令》乎？乃為足之云。"

由詞序可知篇中所述情景，純係想象，頗具"遊仙"意味。上片寫花蕊夫人冰肌玉骨國色天香。居處水殿風清，清涼空靈，無一毫塵俗氣。"一點"與"窺"字靈動奇妙，最見情致，是精心雕琢之筆。下片描寫孟昶和夫人留連月下納涼，流光飛逝。其間融入作者對人生的深深感慨。全詞奇逸疏儁，如空山鳴泉，清響絕倫。最末三句尤其深婉不迫，從容中透露出美人遲暮、眾芳蕪穢之憂愁，是典型的婉約風格，適合"十七八女孩兒，執紅牙拍板"唱之。

北宋張邦基《墨莊漫錄》卷九載："予友陳興祖德昭云：頃見一詩話亦題云李季成作，乃全載孟蜀主一詩：'冰肌玉骨清無汗，水殿風來暗香滿。簾間明月獨窺人，欹枕釵橫雲鬢亂。三更庭院悄無聲，時見疏星度河漢。屈指西風幾時來，只恐流年暗中換'。云東坡少年遇美人喜《洞仙歌》，又邂逅處，景色暗相似，故櫽括稍協律以贈之也。予以謂此說近之。據此乃詩耳，而東坡自敍乃云是《洞仙歌令》。蓋公以此敍自晦耳。《洞仙歌》腔出近世，五代及國初未之有也。"據此看來，這首詞當是一首櫽括詞。

張炎《洞仙歌·觀王碧山〈花外詞集〉有感》[①]

野鵑啼月，便角巾還第[②]。輕擲詩瓢趁流水[③]。最無端，小院寂歷[④]春空，門自掩，柳髮離離如此。　　可惜歡娛地。雨冷雲昏，不見當時譜銀字[⑤]。舊曲怯重翻，總是愁思，淚痕灑，一簾花碎。夢沉沉，不道不歸來，尚錯問桃根[⑥]，醉魂醒未。

注釋

①王碧山：即王沂孫。張炎《瑣窗寒》詞序："王碧山，又號中仙，

越人也。能文工詞，琢語峭拔，有白石意度，今絕響矣。余悼之玉笥山，所謂長歌之哀，過於痛哭。"

②《晉書・王導傳》："則如君言，元規若來，吾便角巾還第，復何懼哉！"角巾，方巾，古代隱士的頭巾。角巾還第：意謂歸隱。

③"輕擲"句：計有功《唐詩紀事》卷五十"唐球"："球居蜀之味江山，方外之士也。爲詩撚槀爲圓，納之大瓢中。後臥病，投瓢于江曰：斯文苟不沉沒，得者方知吾苦心爾。至新渠，有識者曰：唐山人瓢也。"

④寂歷：寂靜，冷清。歷，一作"寬"。

⑤銀字：笙笛類管樂器上用銀作字，以表示音調的高低。借指樂器。

⑥桃根：借指歌妓或所愛戀的女子。

作法提示

本篇題爲讀詞集有感，實乃讀王氏遺作而悲悼之，或因王沂孫號中仙，遂取此調。在《山中白雲詞》中，這是一篇不太著名的作品，但沉鬱情深，長歌當哭，確爲張炎上乘手筆。詞開篇以"野鵑啼月"營造出淒清陰森氛圍，爲下文"魂兮歸來"的境界鋪墊。以下"小院寂歷"、"柳髮離離"，全從景致虛寫，而傷悼之意頗濃足。下片正面抒情，"雨冷雲昏"四字極錘煉，亦極淒涼。"譜銀字"點出王氏詞人身份，緊扣詞題。"夢沉沉"以下數句從自己寫起，"錯問"之幻覺至爲感人。以此結拍，情感到達高點的同時，亦別有紆徐之致。張炎以"雅"著稱詞史，然其製作常有才情不足、支拄不住之勢，本篇卻遊刃有餘，蓋情深之故也。

本篇換頭押韻，下片第五句押韻，其餘與蘇詞全同。音節諧婉，亦可備一格。

十四、滿江紅

此調得名來由不詳。據毛先舒《填詞名解》云："唐《冥音錄》載曲名'上江虹'，后轉二字，得今名"，然"上"與

"滿"字相去甚遠，二名含義亦大不相同，毛說似未確。雙調九十三字，前段八句四仄韻，後段十句五仄韻，一般用入聲韻。聲情激越，多抒發豪壯開張襟抱。《詞譜》以柳永《滿江紅》"暮雨初收"爲正體。姜夔改爲平韻，但效法者不多。

岳飛《滿江紅》（九十三字）

怒髮衝冠①，憑欄處，瀟瀟②雨歇。抬望眼，仰天長
◎●●，◎◎●，◎◎●。⊙◎●，◎◎⊙
嘯③，壯懷激烈。三十功名塵與土，八千里路雲和月。莫
●，◎◎●。◎●⊙◎◎●，◎◎◎●⊙◎●。●
等閑④，白了少年頭，空悲切。　　靖康恥⑤，猶未雪。
⊙◎，⊙◎●◎◎，◎◎●。　　◎◎◎，◎●●。
臣子恨，何時滅。駕長車踏破，賀蘭山缺⑥。壯志饑餐
◎◎●，◎◎●。◎◎◎●●，●◎◎●。●●◎◎
胡虜肉，笑談渴飲匈奴血。待從頭，收拾舊山河，朝天闕⑦。
◎●●，⊙◎◎●◎◎●。●◎◎，◎◎●◎◎，◎◎●。

注釋

①怒髮衝冠：形容憤怒至極。《史記·廉頗藺相如列傳》："相如因持璧卻立，倚柱，怒髮上衝冠。"

②瀟瀟：形容雨勢。

③長嘯：口中發出的長聲，或嘯歌，或嘯詠，或吟嘯，或吹口哨。

④等閑：隨便，不經意。

⑤靖康恥：宋欽宗靖康二年（1127），金兵攻陷汴京，擄走徽、欽二帝。

⑥顧祖禹《讀史方輿紀要》載賀蘭山有三處：一在寧夏中部賀蘭縣，蒙語稱駿馬爲"賀蘭"。一在河北磁縣，一在江西贛州西。

⑦天闕：宮殿前的樓觀。

作法提示

词史上有无数首《满江红》，岳飞这一篇最著名。余嘉锡在《四库提要辨证》首疑世传岳飞《满江红》词为伪作，二十世纪八十年代，词学家夏承焘撰文又补充非岳飞之作的理由，主要是说贺兰山在西夏，与岳飞无关。夏认为此词可能是明人假托。其后有许多人撰文证其是岳飞作。如程千帆《论唐人边塞诗中地名的方位、距离及其类似问题》（见《古诗考索》，上海古籍出版社一九八四年版）一文认为"驾长车踏破贺兰山缺"是用今典：宋仁宗时姚嗣宗释壁题诗"踏碎贺兰石"，因此被韩琦荐试大理评事。岳飞青年时代曾经作过韩琦家的佃客，因此很可能是借用姚嗣宗诗意。《南开学报》一九八六年第六期载李庄临等撰《岳飞〈满江红〉词新证》，公布新发现的岳飞与祝允哲的两首《满江红》唱和词，认为是是岳飞《满江红》传世版本的蓝本。另有多文论证岳词所说贺兰山即河北磁县之贺兰山，这里曾是南宋抗金战场，岳飞曾驻军此地，在贺兰山练兵，至今尚有地名岳城镇。

本篇声情激越，气势磅礴，以雷贯火燃之笔一气旋折，具有撼人心魄的艺术魅力。韵脚皆入声，与激越情调相合。上、下片的两组七字句，例须对仗。

陈维崧《满江红·秋日经信陵君祠》[①]

席帽聊萧[②]，偶经过、信陵祠下。正满目，荒台败叶，东京[③]客舍。九月惊风将落帽[④]，半廊细雨时飘瓦[⑤]。柏初红，偏向坏墙边，离披打。[⑥]　今古事，堪悲诧。身世恨，从[⑦]牵惹。倘君而仍在，定怜余也。我詎不如毛薛輩⑧，君寧⑨甘與原嘗亞。嘆侯嬴⑩，老淚苦無多，如鉛瀉。⑪

注釋

①信陵君祠：故址在今河南開封。信陵君，即戰國時代魏國公子無忌，昭王少子，封於信陵（今河南寧陵），與春申君、平原君、孟嘗君並以養士好客稱，有"戰國四君"之譽。

②席帽：古代流行的一種遮陽帽。古人常以"席帽隨身"指辛勤求取功名。聊蕭：冷落、蕭瑟。

③東京：指開封。開封戰國時爲魏國首都，名大梁。自五代至北宋，皆號東京。

④驚風落帽：用孟嘉典故。《晉書》載：孟嘉爲征西將軍桓溫參軍。某年重陽，桓溫在龍山設宴，有風至，吹落孟嘉帽，嘉不知覺。溫命孫盛作文嘲嘉，嘉即答之。其文甚美，四坐嗟嘆。

⑤飄瓦：李商隱《重過聖女祠》："一春夢雨常飄瓦，盡日靈風不滿旗。"

⑥柏（jiù）：烏桕樹，葉經秋霜而紅。離披：散亂狀。

⑦從：由、自。

⑧詎（jù）：難道。毛薛輩：指信陵君門客毛公、薛公。二人皆魏處士，秦國乘信陵君留趙不歸出兵伐魏。二人冒死勸信陵君回魏國解救。

⑨寧：難道。原嘗：指與信陵君齊名的平原君、孟嘗君。亞：次一等。

⑩侯嬴：戰國時魏人。年七十而爲大梁夷門監門小吏，信陵君慕名往訪，親爲執轡駕車，迎爲上客。後秦圍趙邯鄲，趙請魏援。魏王授意統帥晉鄙中途停兵不前，侯嬴獻計盜取兵符，椎殺晉鄙，卻秦救趙。秦兵退後，侯嬴北向自刎。

⑪如鉛瀉：形容淚水狂流。李賀《金銅仙人辭漢歌》："憶君清淚如鉛水。"

作法提示

迦陵詞中懷古之作數量頗多，成就亦高。其主題可大致分爲兩類：一類抒發故國淪亡的黍離之悲，一類寄寓英雄失路的身世之感。本篇屬後者。上片以寫景爲主，然"荒臺敗葉"的蕭瑟，"驚風"、"細雨"的酸楚，紅柏"離披"的淒涼皆逗出詞人心境之荒寞激蕩，爲後文抒情烘托點染。過片以"今古恨"引起，一片怨怒之情噴薄而出，聲聞紙上。"倘君而仍在，定憐余也"之句爲一篇眼目，以下大筆淋灕，如江河奔瀉。故後人評之爲"慨當以慷，不嫌自負。如此弔古，可謂神交冥漠"（陳廷焯《白雨齋詞話》卷四）。《滿江紅》最宜寫激蕩悲慨情懷，陳氏此作，不讓宋賢。

十五、聲聲慢

此調又名《鳳求凰》、《寒松嘆》、《勝勝慢》、《人在樓上》。最早見於北宋晁補之詞《勝勝慢》，雙調九十九字，上、下片各四平韻。此調變體較多，或增減字數，或平韻或仄韻。《詞譜》平韻以晁補之、吳文英、王沂孫詞爲正體，仄韻以高觀國詞爲正體。實際從傳誦知名度和影響力看，平韻格當以南宋末王沂孫《聲聲慢》音韻最流美，仄韻以李清照《聲聲慢》最著名，皆九十七字。

王沂孫《聲聲慢》（雙調九十七字，前段十句四平韻，後段九句四平韻，據李新魁《實用詩詞曲格律詞典》譜）

啼螿①門靜，落葉階深，秋聲又入吾廬。一枕新涼，
⊙○○●，⊙●○○，○○●○○。◎●○○，
西窗晚雨疏疏。舊香舊色換卻，但滿川，殘柳荒蒲。茂
⊙○●●○○。●○●●●●，●○○，◎●○○。●

陵②遠，任歲華苒苒，老盡相如③。　昨夜西風初起，
⊙　●，●⊙◎●，⊙●○○。　◎●○○●，
想蓴邊呼棹，橘後思書④。短景⑤淒然，殘歌空扣銅壺。⑥
●⊙○◎，◎●○○●。⊙●○○，⊙●○●○○。
當時送行共約，雁歸時，人賦歸與。雁歸也，問人歸，如
⊙○●●⊙●，●⊙●，⊙○○●。●◎●，●○◎，○
雁歸無。
●○○。

注釋

①蟁（jiāng）：寒蟬。

②茂陵：漢武帝劉徹墓，公元前一三九年至前八十七年間建成，位於陝西省興平城東北茂陵村。

③相如：司馬相如，以賦才爲漢武帝賞識。

④橘後思書：《柳毅傳》："洞庭之陰，有大橘樹焉，鄉人謂之社橘。君當解去茲帶，束以他物，然後叩樹三發，當有應者。"

⑤短景：匆促的時光。杜甫《閣夜》："歲暮陰陽催短景。"

⑥"殘歌"句：《世說新語·豪爽》："王處仲每酒後輒詠'老驥伏櫪，志在千里。烈士暮年，壯心不已'，以如意打唾壺，壺口盡缺。"

作法提示

王沂孫詞以婉曲多姿、深邃晦澀見長，至晚清，常州詞家如周濟等懸之爲鵠的，世人多所不解。按其實，王氏身處末世，其遇也悲，其聲也哀，曲折是必然事。本篇雖傷感孤淒之情致依舊，然運筆深曲中雜疏快，碧山詞中，當爲別調。

詞開篇五句寫淒涼凋零的秋景，托出"舊香舊色換卻"的悵惘，歇拍凸顯"歲華苒苒，老盡相如"的懷才不遇主題。換頭繼

續因秋景寫秋思。"蕁邊呼棹，橘後思書"八字對仗工穩，鑄語生新，見王詞特點。以下照應"歲華苒苒"之主題。"淒然"、"殘歌"二語顯豁心緒。最後兩韻六句在"歸否"問題上往復徘徊，將飄泊思歸之感寫得回腸蕩氣。筆力勁健如此，真有神助。王氏詞中，此篇最是佳作。

李清照《聲聲慢》（雙調九十七字，上、下片各十一句五仄韻）

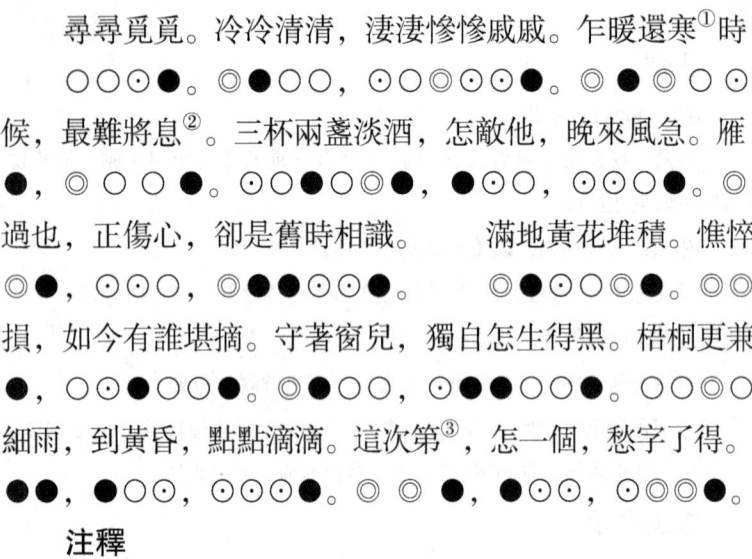

注釋

①乍暖還寒：時暖時寒。

②將息：養護身體。

③這次第：這依次而來的光景、情形。

作法提示

《聲聲慢》本屬較冷僻之調，因李清照之佳作而顯名，但後人贊嘆之餘又難以爲繼。是可謂"不可無一，不能有二"之作。

開篇十四個疊字,天然絕妙,贏得好評如潮。後人有效仿者,多被譏爲"醜態百出"。全詞鋪陳七重"次第",季節、氣候、環境、人與物、形態與心態,一一寫來,將詞人淒涼、孤獨、失落、寂寞、傷感、無助又無奈的複雜情懷寫得細膩入微。"獨自怎生得黑"與"怎一個、愁字了得"二句,其韻險而穩,向有"不許第二人押"之譽。

十六、念奴嬌

元稹《連昌宮詞》自注:"念奴,天寶中名倡,善歌。每歲樓下酺宴,累日之後,萬衆喧隘,嚴安之、韋黃裳輩辟易不能禁,衆樂爲之罷奏。玄宗遣高力士大呼於樓上曰:'欲遣念奴唱歌,邠二十五郎吹小管逐,看人能聽否?'未嘗不悄然奉詔。"詞牌名本於此。又名《百字令》、《大江東去》、《酹江月》、《壺中天》、《湘月》等,別名甚多。此調有平韻、仄韻二體,字數、句讀亦有不同者,《詞譜》以雙調一百字,上、下片各十句四仄韻者爲正體。

蘇軾《念奴嬌·中秋》(一百字)

憑高眺遠,見長空萬里,雲無留跡。桂魄①飛來光
⊙○●●,●○○●●,◎○○●
射處,冷浸一天秋碧。玉宇瓊樓②,乘鸞來去③,人在清
●●,◎●●○○●。◎●○○,◎○○●,⊙●○
涼國④。江山如畫,望中煙樹歷歷。⑤　　我醉拍手狂歌,
○●。⊙○◎●,◎○○●●。　　◎●●●○○,
舉杯邀月,對影成三客。⑥起舞徘徊風露下,今夕不知何
◎○◎●,◎●○○●。◎●◎○○●●,⊙●○○

夕。⑦便欲乘風，翻然歸去，何用騎鵬翼。水晶宮裏，一
●。◎●○○，⊙○⊙●，⊙●○○●。◎○○●，◎
聲吹斷橫笛。⑧
○○●●。

注釋

①桂魄：月亮。古時傳說月中有桂樹，故稱桂魄。

②玉宇瓊樓：傳說月亮裏有神仙居住在華麗的樓宇中。王嘉《拾遺記》載，翟乾佑與弟子在江邊賞月，有人問月中何有，翟讓弟子順著他手指的方向看去，只見月中"瓊樓玉宇爛然"。

③《異聞錄》："開元中，明皇與申天師遊月中，見素娥十餘人，皓衣乘白鸞，笑舞於廣庭大桂樹下。"

④清涼國：指月宮。陸龜蒙詩："溪山自是清涼國。"

⑤崔顥《黃鶴樓》："晴川歷歷漢陽樹。"歷歷：清晰可數。

⑥李白《月下獨酌》："舉杯邀明月，對影成三人。……我歌月徘徊，我舞影零亂。"

⑦《詩經·唐風·綢繆》："今夕何夕，見此良人。"

⑧李肇《唐國史補》卷下："（李）牟吹笛天下第一。……及入破，呼吸盤擗，其笛應聲粉碎。"

作法提示

蘇軾《念奴嬌·赤壁懷古》最享盛名，但與此首相比，句式有幾處不同。宋、元人作《念奴嬌》，依《赤壁懷古》者甚少，故《詞譜》以此首為正體。

此詞作於元豐五年（1082）中秋，即東坡貶黃州的第三年，他已經消解了悲哀，以超脫曠達的態度面對世事人生。與六年前在密州寫的那首中秋詞《水調歌頭》相比，此首中秋詞名氣遠遠不及。但此詞中展示的那種高曠復絕的情懷，也與密州時期不

同了。此詞融李白之疏放孤寂與莊周之瑰奇寥遠於一體，淋漓盡致地展現了超邁絕倫的心靈境界。

有第一等襟抱，纔可能成就第一等作品。徒斤斤於字句格律之間，縱完美當行，最終也不過匠人而已。這是東坡詞給我們的重要啓示。

姜夔《念奴嬌》

余客武陵①，湖北憲治在焉。古城野水，喬木參天。余與二三友日蕩舟其間，薄②荷花而飲，意象幽閒，不類人境。秋水且涸，荷葉出地尋丈，因列坐其下，上不見日，清風徐來，綠雲自動。間於疏處窺見遊人畫船，亦一樂也。朅來吳興③，數得相羊④荷花中。又夜泛西湖，光景奇絕，故以此句寫之。

鬧紅一舸⑤，記來時，嘗與鴛鴦爲侶。三十六陂⑥人未到，水佩風裳無數。⑦翠葉吹涼，玉容銷酒，更灑菰蒲⑧雨。嫣然搖動，冷香飛上詩句。　　日暮青蓋亭亭，情人不見，爭忍凌波去。只恐舞衣寒易落，愁入西風南浦。⑨高柳垂陰，老魚吹浪，留我花間住。田田⑩多少，幾回沙際歸路。

注釋

①武陵：今湖南常德。
②薄：靠近。
③朅（qiè）來：來到。朅，發語詞。吳興：今浙江湖州。
④相羊：即"徜徉"，徘徊流連。屈原《離騷》："聊逍遙以相羊。"
⑤舸：原指大船，亦泛指船。
⑥陂（bēi）：水塘。宋人詩詞常用"三十六陂"，皆虛言其多。如王安石《題西太一宮壁》："三十六陂春色，白頭想見江南。"

⑦李賀《蘇小小墓》:"風爲裳,水爲佩。"
⑧菰蒲:生於陂塘間的水草。
⑨李璟《攤破浣溪沙》:"菡萏香銷翠葉殘,西風愁起碧波間。還與容光共憔悴,不堪看。"
⑩田田:葉浮水上貌。樂府古辭《江南曲》:"江南可采蓮,蓮葉何田田。"

作法提示

本篇上片第二、三句依"大江東去"詞體,改五四句法爲三六句法。《詞譜》列爲變格。然與正體無大異。此詞用長序,這是始於張先、興於蘇軾的作法。姜夔詞大量用序,有些序很長。這對後世詞家影響頗深。不過作詩詞是否用序及序之長短,詩詞家喜好不同,要在必需,且貴簡短。

《念奴嬌》自蘇軾以後,多以悲慨豪宕風格爲主。此詞則韻度楚楚,清麗委婉。如"嫣然搖動,冷香飛上詩句"之類,使人神清意遠,浮想聯翩。劉熙載《藝概》因有"幽韻冷香,令人挹之無盡"之評,乃知"某詞牌宜於表現某種聲情"之說固然有理,但亦非絕對,不可拘泥。詞體路徑本寬,同一詞牌亦能涵納多種風格。

十七、水龍吟

李白《宮中行樂詞》:"笛奏龍吟水",調名取此。又名《豐年瑞》、《鼓笛慢》、《龍吟曲》、《小樓連苑》、《莊椿歲》等。各家格式出入頗多。蘇軾"楊花詞"和辛棄疾"楚天千里清秋"二篇尤爲傳誦,後人多從之。茲取以爲例,雙調一百二字,上、下片各十二句四仄韻,亦有下片十一句五仄韻者。第九句第一字爲領字,宜用去聲,結句用上一下三句法,較二二句式有力。

蘇軾《水龍吟·次韻章質夫楊花詞》① （雙調一百二字，上下片各十二句四仄韻。據龍榆生《唐宋詞格律》譜）

似花還似非花，也無人惜從教墜。②拋家傍路，思量
●○○○，◎○●●○●。●○◎●，○○
卻是，無情有思。③縈損柔腸，困酣嬌眼，欲開還閉。④
⊙●，⊙○◎●。◎●○○，◎○◎●，◎○○●。
夢隨風萬里，尋郎去處，又還被，鶯呼起。⑤　　不恨此
●⊙○●●，⊙○●●，●○●，○○●。　　◎●⊙
花飛盡，恨西園、落紅難綴。⑥曉來雨過，遺蹤何在，
○○●，●○○、●○○●。●○●●，○○○●，
一池萍碎。⑦春色三分，二分塵土，一分流水。⑧細看來不
⊙○○●。⊙●○○，◎○○●，⊙○○●。●○○●
是，楊花點點，是離人淚。⑨
●，⊙○◎●，●○○●。

注釋

①次韻：依照別人的原韻寫詩詞，又稱用韻、依韻、和韻、次韻、步韻等。章質夫：名楶（jié），福建蒲城人，歷仕哲宗、徽宗兩朝，是蘇軾好友，其《水龍吟》詠楊花詞是傳誦一時的名作，全詞是："燕忙鶯懶芳殘，正堤上楊花飄墜。輕飛亂舞，點畫青林，全無才思。閑趁遊絲，靜臨深院，日長門閉。傍珠簾散漫，垂垂欲下，依前被風扶起。蘭帳玉人睡覺，怪青衣，雪沾瓊綴。繡床漸滿，香球無數，才圓卻碎。時見蜂兒，仰黏輕粉，魚吞池水。望章臺路杳，金鞍遊蕩，有盈盈淚。"蘇軾《與章質夫三首》其一："……《柳花》詞妙絕，使來者何以措詞。本不敢繼作，又思公正柳花飛時出巡按，坐想四子，閉門愁斷，故寫其意，次韻一首寄去，亦告不以示人也。"此處柳花即楊花。隋煬帝命在運河岸邊種柳樹，御賜

柳樹楊姓。後人因稱"楊柳"、"楊花"。

②白居易《花非花》:"花非花,霧非霧。"從教墜:任憑墜落。

③思(sì):情思,思緒。

④縈損:愁思鬱結而憔悴。歐陽修《怨春郎》:"惱愁腸,成寸寸。已恁莫把人縈損。"嬌眼:柳葉初生時,如人睡眼初展,故稱柳眼。

⑤唐金昌緒《春怨》:"打起黃鶯兒,莫教枝上啼。啼時驚妾夢,不得到遼西。"

⑥綴(zhuì):收拾。

⑦蘇軾自注:"楊花落水爲浮萍,驗之信然。"

⑧唐徐凝《憶揚州》:"天下三分明月夜,二分無賴是揚州。"北宋仁宗朝葉清臣《賀聖朝》詞:"三分春色兩分愁,更一分風雨。"

⑨曾季貍《艇齋詩話》認爲此句是化用唐詩"君看陌上梅花紅,盡是離人眼中血",並譽爲"奪胎換骨手"。

作法提示

舊說此詞作於元祐二年(1087)蘇軾在朝任翰林學士時。今人薛瑞生《東坡詞編年箋證》認爲作於元豐四年(1081)春夏間,蘇軾正謫居黃州。

這是宋代最負盛名的詠物詞之一。詠物之作"上者摹神","次者賦形"。物是媒介,抒情纔是意旨所重。所以詠物之作要在寫出物之神理,並與人的心志情趣通融,達到詠物抒情或言志的藝術境界。本篇即抓住楊花輕盈柔弱飄泊等特質,詠物而擬人,將物象與人情並寫,從柳絮的生命際遇寫到思婦的命運和悲傷,可謂遺貌而得神。全詞聲韻婉轉,芬芳悱惻,情致纏綿,寄託深微幽邈。"惜、恨"二字是詞眼。楊花飄零無著、無人憐惜,隱含詩人際遇。最後二韻是全詞最精彩之筆。

宋魏慶之《詩人玉屑》:"余以爲質夫詞中所謂'傍珠簾散漫,垂垂欲下,依前被、風扶起',亦可謂曲盡楊花妙處,東坡所和雖高，恐未能及。"宋朱弁《曲洧舊聞》："章質夫楊花詞，命意用事，瀟灑可喜。東坡和之，若豪放不入律呂。徐而視之，聲韻諧婉，反覺章詞有纖繡工夫。"張炎《填詞雜說》："蘇詞機鋒相摩，起句便合讓他一頭地……真是壓倒千古。"劉熙載《藝概》："東坡《水龍吟》起云'似花還似非花'，此句可作全詞評語，蓋不離不即也。"王國維《人間詞話》："東坡楊花詞，和韻而似原唱；章質夫詞原唱而似和韻。"唐圭璋《唐宋詞選注》："本詞是和作。詠物擬人，纏綿多態。詞中刻畫了一個思婦的形象……遺貌而得其神……在對楊花的描寫過程中，完成對人物形象的塑造。這比章質夫的閨怨詞要高一層。"

辛棄疾《水龍吟·登建康賞心亭》[①]（譜同蘇詞）

楚天[②]千里清秋，水隨天去秋無際。遙岑遠目[③]，獻愁供恨，玉簪螺髻。[④]落日樓頭，斷鴻[⑤]聲裏，江南遊子。把吳鈎[⑥]看了，欄杆拍遍，無人會，登臨意。　　休說鱸魚堪膾，儘西風季鷹歸未。[⑦]求田問舍，怕應羞見，劉郎才氣。[⑧]可惜流年，憂愁風雨，樹猶如此。[⑨]倩何人喚取，紅巾翠袖，搵英雄淚。[⑩]

注釋

①建康：今江蘇南京。賞心亭：在建康下水門城上，下臨秦淮河，爲遊覽勝地。北宋丁謂建。

②楚天：江蘇屬古楚國地域，此泛言南國天空。

③遙岑：遠山。遠目：遙望。

④玉簪螺髻：形容山勢秀美如女人髮型。韓愈《送桂州嚴大夫同用南字》："江作青羅帶，山作碧玉簪。"皮日休《縹緲峯》："似將青螺髻，撒在月明中。"

⑤斷鴻：離羣的孤雁。

⑥吳鉤：兵器名，形似劍而曲。春秋吳人善鑄鉤，故稱。後也泛指兵器。

⑦《晉書·張翰傳》："翰見秋風起，乃思吳中菰菜、蓴羹、鱸魚膾，曰：'人生貴適志，何能羈宦數千里，以邀名爵乎？'遂命駕而歸。"休說：不要說。這裏表示不認同。

⑧《三國志·陳登傳》："許汜與劉備並在荊州牧劉表坐，表與備共論天下人，汜曰：'陳元龍湖海之士，豪氣不除'……備問汜：'君言豪，寧有事邪？'汜曰：'昔遭亂過下邳，見元龍。元龍無客主之意，久不相與語，自上大牀臥，使客臥下牀。'備曰：'君有國士之名，今天下大亂，帝主失色，望君憂國忘家，有救世之意，而求田問舍，言無可采，是元龍所諱也。何緣當與君語？如小人，欲臥百尺樓上，臥君於地，何但上下牀之間邪？'"

⑨《世說新語·言語》：桓溫北征，經金城，見年輕時所種之柳皆已十圍，慨然曰："樹猶如此，人何以堪！"攀枝執條，泫然流淚。

⑩倩：請託。搵（wèn）：擦拭。

作法提示

稼軒詞以"雄深雅健"著稱，本篇可當之。寓情於景，以古喻今，將壯麗山河、飄搖國勢、風雨流年、英雄悲慨融會一處，最能呈現其湖海豪氣。值得注意的是下片連用三典，虛實結合，正反映照，極具現實指對性。此最爲稼軒長技。稼軒詞雖有"尚空靈"之說，然亦不必拘執。倘胸中有書卷，則不妨用之，要在貼切自然，如鹽入水，融洽無痕。

十八、雨霖鈴

一名《雨霖鈴慢》，唐教坊曲名。《明皇雜錄》："帝幸蜀，初入斜谷，霖雨彌日，棧道中聞鈴聲，採其聲爲《雨霖鈴》

曲。"宋詞借舊曲名另倚新聲，調見柳永《樂章集》，雙調一百三字，上、下片各五仄韻。

柳永《雨霖鈴》（一百三字）

寒蟬淒切。對長亭晚，驟雨初歇。都門帳飲①無緒，
○○⊙●。●○○●，●●○●。○○◎○⊙●，
方留戀處，蘭舟催發。執手相看淚眼，竟無語凝咽②。
○○●●，○○○●。●●○○◎●，●○◎○●。
念去去③，千里煙波，暮靄沉沉楚天④闊。　　多情自古
●●◎，○●○○，●●○○○●。　　⊙○●●
傷離別。更那堪，冷落清秋節。今宵酒醒何處，楊柳岸，
○○●。●○○，●●○○●。○○⊙●◎●，⊙●●，
曉風殘月。此去經年，應是良辰，好景虛設。便縱有，
●○○●。●●○○，○●○○，●●◎●。●◎●，
千種風情⑤，更與何人說。
⊙●○○，●●○○●。

注釋

①都門帳飲：在京都門外設帳餞行。
②凝咽：悲痛氣塞，說不出話來。
③去去：重複言離去，表示行程之遠。
④楚天：古時長江下游地區屬楚國，故稱。
⑤千種風情：形容說不盡的相愛、相思之情。風情，風懷情意。

作法提示

柳永對詞體文學的貢獻很多，以賦法入詞即其一。就作詞而言，賦即鋪敘。柳詞的鋪敘並非平鋪直敘，而是"或發端，或結尾，或換頭，以一二語勾勒提掇，有千鈞之力"（周濟《介存

齋論詞雜著》）。即以本篇而論，發端"淒切"二字即統領全詞，時間、地點、景物、人物、故事，一層層鋪展開，層層加重淒切之意。

換頭七字承上啓下。"今宵酒醒何處，楊柳岸曉風殘月"是此詞秀句，典型的婉約筆法，言不盡意，意在言外。其中含蓄著豐富的故事：離情依依，借酒澆愁，酒醒後情懷淒切，飄泊流浪的無依、無助、無奈，無窮無盡的相思……極耐人尋味。結拍設想未來，愈轉愈深，愈纏綿悱惻。以上皆周濟所謂"勾勒提掇"。而"勾勒提掇"的要領最是多角度、多層次、多波動曲折地鋪陳敍寫。

納蘭性德《雨霖鈴·種柳》（一百三字）

橫塘[①]如練。日遲簾幕，煙絲斜捲[②]卻從何處移得，章臺[③]仿佛，乍舒嬌眼。恰帶一痕殘照[④]，鎖黃昏庭院。斷腸處，又惹相思，碧霧濛濛度雙燕。　　回闌恰就輕陰轉。背風花，不解春深淺。[⑤]託根幸自天上，曾試把，霓裳舞遍。[⑥]百尺垂垂，早是酒醒鶯語如翦。[⑦]只休隔，夢裏紅樓，望個人兒見。

注釋

①橫塘：此泛指水塘。牛嶠《玉樓春》："春入橫塘搖淺浪，花落小園空惆悵。"

②日遲：形容長晝。《詩經·豳風·七月》："春日遲遲。"煙絲：指柳絲。

③章臺：春秋時楚國離宮有章華臺。漢時長安城中街名章臺，以種柳聞名。此處以章臺代指柳。

④李商隱《柳》："如何肯到清秋日，已帶斜陽又帶蟬。"

⑤盧照鄰《折楊柳》："露葉疑啼臉，風花亂舞衣。"

⑥託根：猶寄身。霓裳：舞曲名。

⑦盧照鄰《長安古意》："百尺遊絲爭繞樹。"李白《侍從宜春苑奉詔賦龍池柳色初青聽新鶯百囀歌》："垂絲百尺掛雕楹，上有好鳥相和鳴。"盧祖皋《清平樂》："柳邊深院，燕語明如剪。"

作法提示

題作"種柳"，實是"種情"。上片寫水塘邊，夕陽下，垂柳掩映的庭院裏，孤獨的斷腸人在相思中消磨時光。雙燕對比孤獨的人，筆致紆徐，情致殷勤。下片繼續託物言情，以"背風花"反襯弱柳多情，"背風花"當然"不解春深淺"，那麼誰解春深淺呢？全篇處處詠柳，亦處處寫人，人柳合一，含思雋永，是詠物詞之高境。

十九、摸魚兒

亦名《摸魚子》，唐教坊曲名，本爲捕魚民歌。又名《買陂塘》、《陂塘柳》、《邁陂塘》、《山鬼謠》、《雙蕖怨》。以晁補之詞最早見，雙調一百十六字，上片六仄韻，下片七仄韻。

晁補之《摸魚兒·東皋①寓居》（一百十六字）

買陂塘，旋栽楊柳②，依稀淮岸湘浦。東皋雨足輕
●○○，◎○○●，⊙○●●○●，⊙○
痕③漲，沙嘴④鷺來鷗聚。堪愛處。最好是，一川夜月光
○●，⊙◎●○○●。○○●。◎◎●，○○●●○
流渚。無人自舞。任翠幕張天，柔茵藉地⑤，酒盡未能
○●。○○●●。◎●●○○，◎○●●，◎●●○
去。　　青綾被，休憶金閨故步。⑥儒冠曾把身誤。⑦弓刀
●。　　○○●，⊙●○○●●。○○○●○●。⊙○

千騎⁸成何事，荒了邵平瓜圃⁹。君試覷。滿青鏡，星星
⊙●○○●，⊙●◎○○●。○●●。◎⊙●，⊙○
鬢影今如許。功名浪語⑩。便做得班超，封侯萬里，歸
◎●○○●。⊙○○●。◎○○○，⊙○○●，⊙
計恐遲暮。⑪
●●○●。

注釋

①東皋：即東山。作者在家鄉巨野之東皋築歸來園隱居。

②陂（bēi）塘：池塘。旋：周遭。

③輕痕：謂水痕。

④沙嘴：沙洲突出於水中的尖端。

⑤翠幕：比喻周圍的楊柳。藉：鋪滿。

⑥青綾被：《漢官典職儀式選用》："尚書郎入值臺中，官供青縑白綾被或錦被。"金閨：即金馬門，漢武帝時學士們撰寫文稿的地方。晁補之曾任著作佐郎，故云。

⑦杜甫《奉贈韋左丞丈二十二韻》："紈綺不餓死，儒冠多誤身。"

⑧弓刀千騎：謂官員的排場。《陌上桑》："東方千餘騎，夫婿在上頭。"

⑨邵平瓜圃：邵平爲秦東陵侯，秦亡隱居長安城東種瓜，瓜有五色，特甘美。

⑩浪語：空話，廢話。

⑪班超在西域建功，封定遠侯，在外數十年，回京已過七旬。

作法提示

晁補之歷經官場傾軋，晚年隱居東皋。雖然"儒冠曾把身誤"、"功名浪語"的憤激仍縈繞心頭，但總體上已經能像老師蘇軾那樣曠達地對待仕途失意了。上闋以流暢優美的文筆描繪東

皋景致恬靜幽深，高曠怡神。楊柳鷗鷺，雨痕月色，翠幄柔茵，如此美景中有人孤寂獨舞。"無人自舞"四字細思之頗令人驚心，亦爲下片對往事的回顧嘆息拓開地步。換頭處另起一意，直入主題，以下連用邵平瓜圃、班超封侯的典故做對比，錚錚風骨、高致雅量自然凸顯。心胸之豁達坦蕩，直逼東坡。劉熙載《藝概·詞曲概》評價說："無咎詞堂廡特大。人知辛稼軒《摸魚兒》'更能消幾番風雨'一闋爲後來名家所競效，其實辛詞所本，即無咎《摸魚兒》'買陂塘旋栽楊柳'之波瀾也"，此論極具隻眼，也是對補之詞的高度贊許。

元好問《摸魚兒》（一百十六字）

泰和五年乙丑歲①，赴試并州②，道逢捕雁者云："今旦獲一雁，殺之矣。其脫網者悲鳴不能去，竟自投地死。"予因買得之，葬之汾水之上，累石爲識，號曰雁丘。時同行者多爲賦詩，予亦有《雁丘詞》。舊所作無宮商，今改定之。③

問世間、情爲何物，直教生死相許。天南地北雙飛客，老翅幾回寒暑。歡樂趣。離別苦。就中④更有癡兒女。君應有語。渺萬里層雲，千山暮雪，隻影向誰去。

橫汾路。⑤寂寞當年簫鼓。荒煙依舊平楚。招魂楚些嗟何及⑥，山鬼暗啼風雨。⑦天也妒。未信與⑧。鶯兒燕子俱黃土。千秋萬古。爲留待騷人，狂歌痛飲，來訪雁丘處。

注釋

①金章宗泰和五年（1205），歲逢乙丑。

②并州：今山西太原。
③作者先有詩名《雁丘詞》，后又改爲長短句。
④就中：個中，其中。
⑤漢武帝劉徹《秋風辭》："泛樓船兮濟汾河，横中流兮揚素波，簫鼓鳴兮發棹歌。"
⑥《招魂》是楚辭名篇。楚辭常用"些（suō）"字收尾，意略同"兮"。嗟何及，諸多版本作"何嗟及"，誤。
⑦屈原《九歌·山鬼》："杳冥冥兮羌晝晦，東風飄兮神靈雨。"
⑧與：語氣詞。

作法提示

　　本篇上片七仄韻，下片九仄韻，比晁補之詞多三韻，屬此調之變格。開篇發千古之問：情爲何物？這是人類永恆之問，劈空而來，攝人心魄。就章法而言，以此突兀重大之問開篇，高屋建瓴，領起一段生死相許的生命故事，可謂奇而有法。以下從雁的角度摹寫生命之苦與樂，那種天南地北雙飛雙宿的"歡樂趣"，那種生離死別的"離別苦"，順手點染出一個"癡"字，雁猶如此，人何以堪！滿腔悲憫，呼之欲出。"君應有語"以下數句更將大雁擬人化，將癡情推向高潮。

　　詳味本篇，上片可謂妙到毫巔，無以復加。相比之下，下片儘管爲作者意中之語，題中應有之義，然比之上片，則略顯平平。不過，僅憑半首詞即足以縱橫千古，笑傲江湖，元遺山也算得不世出之人傑了。

二十、賀新郎

　　此詞牌始見於蘇軾詞，原名《賀新涼》。後人或將"涼"誤作"郎"。又名《乳燕飛》、《金縷曲》、《貂裘换酒》、《金縷衣》、《金縷詞》、《金縷歌》、《風敲竹》、《雪月江山夜》等。《詞譜》以蘇軾詞下片"花前對酒"句少一字，且格調未諧，遂取葉夢得詞作譜。本書取辛棄疾詞作譜。雙調一百十六字，上、下片各六仄韻。此調聲情沉鬱蒼涼，宜抒發激越情感，歷來爲詞家常用。

辛棄疾《賀新涼》（一百十六字）

邑中園亭，僕皆爲賦此詞。一日獨坐停雲，水聲山色，競來相娛，意溪山欲援例者。遂作數語，庶幾仿佛淵明思親友之意云。①

甚矣吾衰矣。②恨平生，交遊零落，只今餘幾。白髮
⊙●○○●。●○○，⊙○○●，⊙●○●。
空垂三千丈③，一笑人間萬事。問何物，能令公喜。④我
○○○○●，⊙○○●○●。⊙○●，⊙○○●。○
見青山多嫵媚⑤，料青山，見我應如是。情與貌，略相
●⊙○○●●，●○○，⊙●○○●。○⊙●，⊙○
似。　　一尊搔首東窗裏。⑥想淵明，停雲詩就，此時風
●。　　⊙○○●○○●。●⊙○，⊙○⊙●，⊙○○
味。江左沉酣求名者，豈識濁醪妙理。⑦回首叫，雲飛風
●。◎●○○○○●，●⊙○●⊙●。○⊙●，○○○
起。⑧不恨古人吾不見，恨古人、不見吾狂耳。⑨知我者，
●。◎●⊙○○●●，●⊙○、⊙●○○●。⊙●●，
二三子。⑩
◎○●。

注釋

①邑中：此指作者在瓢泉修建的宅第。停雲：停雲堂。庶幾：大致，差不多。陶淵明《停雲》詩序："停雲，思親友也。"

②《論語·述而》子曰："甚矣，吾衰矣。久矣，吾不復夢周公。"

③李白《秋浦歌》："白髮三千丈，緣愁似个長。"

④《世說新語·寵禮》："王恂、郗超並有奇才，爲大司馬所眷拔，恂爲主簿，超爲記室參軍。超爲人多須，恂狀短小，於時荆州爲之語曰：'髯參軍，短主簿，能令公喜，能令公怒'。""公"指桓溫。此詞"公"指自己。

⑤《新唐書·魏徵傳》載唐太宗贊魏徵："人言徵舉動疏慢，我但見其嫵媚耳。"

⑥陶淵明《停雲》詩："靜寄東軒，春醪獨撫，良朋悠邈，搔首延佇。"

⑦蘇軾《和陶淵明飲酒》："江左風流人，醉中亦求名。"江左：長江以東。晉室南渡后，東晉及南朝相繼建都金陵。此處借南朝江左故事諷刺南宋官員只知爭名奪利。杜甫《晦日尋崔戢李封》："濁醪有妙理，庶用慰沉浮。"濁醪（láo）：酒。

⑧劉邦《大風歌》："大風起兮雲飛揚，威加海內兮歸故鄉，安得猛士兮守四方。"

⑨《南史·張融傳》：融常嘆云："不恨我不見古人，所恨古人不見我。"

⑩《論語·先進》："非我也，夫二三子也。"

作法提示

《賀新郎》是辛棄疾最喜歡使用的詞牌，集中多達數十。本篇又是他自己最得意之作。據岳珂《桯史·稼軒論詞》："稼軒有詞名，每燕必命侍姬歌其所作。特好歌《賀新郎》一詞，自誦其警句曰：'我見青山多嫵媚，料青山見我應如是。'又曰：

'不恨古人吾不見,恨古人不見吾狂耳。'每至此,輒拊髀自笑,顧問坐客何如,皆嘆譽如出一口。"

此詞因"停雲堂"而仿陶淵明《停雲》詩意,以思念親友爲話題,引發壯志未酬、知音稀少的孤獨苦悶。上下片見與不見數句,確是巧思妙意,天才之筆。

稼軒常以散文語句爲詞,且極善用典。如此詞用典雖多,但不僅如鹽入水,渾然無跡,而且能別出心裁,巧妙新穎,淵雅別致。正如劉熙載《藝概》所言:"任古書中理語、廋語,一經運用,便得風流。天資是何復異!"

龔自珍《賀新郎·癸酉秋出都述懷有賦》[①] (一百十六字)

我又南行矣。笑今年,鸞飄鳳泊[②],情懷何似。縱使文章驚海內,紙上蒼生而已。似春水,干卿何事。[③]暮雨忽來鴻雁杳,莽關山,一派秋聲裏。催客去,去如水。　　華年心緒從頭理。也何聊,看潮走馬,廣陵吳市。[④]願得黃金三百萬,交盡美人名士。更結盡,燕邯俠子。[⑤]來歲長安春事早,勸杏花,斷莫[⑥]相思死。木葉怨[⑦],罷論起。

注釋

①癸酉:嘉慶十八年(1813)。

②鸞飄鳳泊:比喻英俊之士落魄沉淪,亦兼寓夫妻離別意。

③馮延巳《謁金門》詞句:"風乍起,吹皺一池春水",中主李璟戲之曰:"吹皺一池春水,干卿底事?"

④"也何聊"三句:謂何嘗願意如五代吳越王錢鏐那樣奢侈優裕,顯

赫於家鄉。聊，願意。廣陵，今江蘇揚州。吳市，指蘇州。

⑤燕邯俠子：燕指古燕國，邯指河北邯鄲，爲趙國都城。韓愈《送董邵南遊河北序》："燕趙古稱多感慨悲歌之士。"

⑥斷莫：千萬不要。

⑦木葉怨：指作者《木葉詞》，今定菴詞集中無此組詞，應已失傳。罷論：甘休之論，指作罷了經國緯世之志，誓願隱逸草野江湖。

作法提示

是年四月，定菴由徽州入都，再應順天鄉試，未得中。七月，其新結縭的妻子段美貞病歿，年僅二十二歲。數月間兩大挫折。八月出都南還，定菴心中自不免蒼涼悲慨之情，故開篇便是"我又南行矣"的一聲長嘆。以下"鷥飄鳳泊"數句既感慨自己"高才無高第"之失意，又哀悼妻子的長逝，他這時的情懷真是難用語言說清的。"縱使"二句爲一篇警策，"紙上蒼生"的背後是"干卿底事"的憤懣與"莽關山、一派秋聲"的蕭瑟，加之"去如水"的豪雋幽怨，演繹出一幅哀絲豪竹交相回響的心靈圖景。

下片轉入一己命運的理性反思，然理性中仍不乏激越情緒。"願得黃金三百萬，交盡美人名士。更結盡、燕邯俠子"，這樣的引吭高唱乃是對自己隱遁生涯的預期和構想，也是中國士子面臨"窮則獨善其身"境地時又一次難堪而無奈的選擇。主題已不新鮮，在定菴筆下卻依然氣勢磅礴，推倒一世。結末"罷論起"三字不啻爲照應開頭的深沉的嘆息，使人如聞其聲，如見其色。《賀新郎》篇幅充實，音節流利，特適於鋪敘情懷，可盡情致。

第八章　平仄韻交錯格十種及例詞講解

　　平仄韻交錯是指一首詞不是通篇押一個韻，而是平、仄韻兼用。這種兼用不是像曲那樣平韻、仄韻通押，而是按一定規則交替轉換。下面選講十種常見的平仄韻交錯格詞牌。

　　詞譜用〇表平聲，●表仄聲，⊙表本平可仄，◎表本仄可平。

一、南鄉子

　　調名源自唐代教坊曲。這個詞牌有單調、雙調兩種，單調最早見於五代後蜀歐陽炯詞，五句二十七字，二平韻、三仄韻，《詞譜》以此爲正體。變體很多，最常見的是在正體第四句加一字。雙調最早見於南唐馮延巳詞，宋代以後非常流行，共五十六字，上、下片各五句四平韻。

　　歐陽炯《南鄉子》（單調二十七字，二平韻三仄韻）
　　畫舸停橈。①槿②花籬外竹橫橋。水上遊人沙上女。
　　●●〇〇。◎⊙◎●⊙〇〇。◎●⊙〇〇●●。
回顧。笑指芭蕉林裏住。
〇●。◎●⊙〇〇●●。

注釋

①畫舸：即畫船，裝飾華美的遊船。橈（ráo）：船槳。
②槿（jǐn）：木槿。

作法提示

通過攝取幾個鏡頭，勾畫出一幅南方水鄉風情圖，寫景簡單生動而富有典型性。

這個詞牌字數少，不適合表達太豐富的意思，可以用來描寫一個事物、一個場景或一刹那的感受，以自然流暢爲好，不要雕琢。注意詞中的七字句，雖然有些地方可平可仄，但也不能隨意，而必須都是律句，即合乎近體詩的一般格律。

歐陽炯《南鄉子》（單調二十八字，五句兩平韻、三仄韻）

二八花鈿。①胸前如雪臉如蓮。耳墜金鐶穿瑟瑟。②霞
●●○○。○◎●◎○◎●○。○●◎○○●●。○
衣③窄。笑倚江頭招遠客。
○●。◎●◎○○●●。

注釋

①二八：指年紀，十六歲。花鈿（tián）：指用金銀珠玉等製成的花朵狀首飾。
②鐶（huán）：同"環"。金鐶就是金耳環。瑟瑟：一種綠色寶石。
③霞衣：輕柔豔麗的衣服。

作法提示

這首詞寫一個年輕的船娘。但由於太寫實，描摹過分直露，所以沒有深遠的意蘊。很多人認爲，這只是男子帶著"性"的眼光審視女性形象，很不莊重，格調不高。學詞一定要注意避免

這種傾向。另外，詞中七字句也必須都是律句。

馮延巳《南鄉子》（雙調五十六字，句句平韻）

細雨濕流光①。芳草年年與恨長。煙鎖鳳樓②無限事。
◎●●〇〇。◎●〇〇◎●〇。◎●⊙〇◎●●，
茫茫。鸞鏡鴛衾兩斷腸。③　　魂夢任悠揚。睡起楊花滿
〇〇。◎●〇〇◎●〇。　　◎●●〇〇。◎●〇〇
繡床。薄倖④不來門半掩。斜陽。負你殘春淚幾行。
●〇。◎●◎〇〇●●，〇〇。◎●〇〇●●〇。

注釋

①流光：流逝的光陰。

②鳳樓：對婦女居處的美稱。

③鸞鏡：背面有鸞鳳紋飾的妝鏡。鴛衾：繡有鴛鴦的被子。

④薄倖：舊時女子對所愛之人的昵稱或怨稱，即負心人、冤家。

作法提示

這首詞寫一位高樓獨住的怨婦。首句寫春天細雨迷濛之下的草色煙光，寫景極有匠心，不但能攝取春草之魂，更因此觸動女子的惆悵春情。所以接下來就寫獨處怨婦對往事的美好回憶，以鸞鏡鴛衾反襯孤獨淒涼。下片進一步寫女子的相思、慵懶與悲苦，尤其"門半掩"句寫出她既怨恨又期待的心情，非常細膩。全詞情感之幽微轉折令人回味。

這一體通篇押平韻，基本上是以五言、七言律句組成。詞分上下兩闋，可以表現較爲豐富的內容。章法安排上，上下闋可以一虛一實，或一遠一近，以避免類似對聯"合掌"的毛病。具體來看，上下闋第三、四句最關鍵，而末句收束最難。上下闋的

頭兩句適合平緩鋪敍，爲第三句的提起作鋪墊；第三句是詞意轉折之處，在前兩句的悠長平韻之後，造成一個對比或高潮。接下來是一個簡短的兩字句，應該造成回落之勢，要言盡而意不盡，詞意與上句又要有緊密聯繫。末句則既不能重複前面的詞意，也不能與前面詞意離開太遠，分寸把握要細細體會。

二、菩薩蠻

調名源自唐代教坊曲。唐蘇鶚《杜陽雜編》：「大中初，女蠻國入貢，危髻金冠，纓絡被體，號菩薩蠻隊，當時倡優遂製《菩薩蠻》曲，文士亦往往聲其詞。」雙調四十四字，上、下片各四句，兩仄韻、兩平韻。又名《子夜歌》、《重疊金》、《菩薩鬘》、《花間意》等。

李白《菩薩蠻》（四十四字）

平林漠漠煙如織。①寒山一帶傷心②碧。暝色③入高樓。
⊙○●●○○●。⊙○⊙●○○●。⊙●●○○。
有人樓上愁。　　玉階空佇立。④宿鳥歸飛急。何處是歸
⊙○⊙●○。　　⊙○⊙●●。⊙●○○●。⊙●●○
程⑤。長亭更短亭。
○。⊙○⊙●○。

注釋

①平林：平原上的樹林。漠漠：迷蒙的樣子。
②傷心：表示程度，即極其之意。一說是令人傷心的綠色。
③暝色：暮色、夜色。南朝宋謝靈運《石壁精舍還湖中作》詩：「林壑斂暝色，雲霞收夕霏。」
④玉階：玉石砌成或裝飾的臺階，一般也作爲臺階的美稱。佇（zhù）立：久立。

⑤歸程：返回的路途。

作法提示

這首詞通過寫遊子登樓所見，以景寫愁，情景交融。開篇仄韻兩句寫蒼涼暮色，視野開闊，氣象雄渾，接下來平韻兩句即轉入低沉，上片末句點出"愁"字作爲情感基調，爲下片深入描寫埋下伏筆。下片"空佇立"寫出思歸的凄清，"宿鳥歸飛"反襯無家可歸的孤獨，最後自問自答，寫遊子由近到遠眺望，只見前路茫茫，表達欲歸不得、無可奈何的惆悵之意，把久客思鄉之情與日暮途遠之感融合無間，情感敘寫極爲成功。

從音韻上看，把入聲韻的冷峭凄厲、平聲韻的宛轉低迴都運用得恰到好處。

這個詞牌上下片每兩句押一韻，共兩仄韻、兩平韻。仄韻適合表現緊促的情感，平韻適合表現低迴的情感，仄韻、平韻相間就容易形成跌宕的姿態，以伸縮轉折、波瀾起伏爲佳。文字以流麗爲好，不要生澀，注意每一句都要符合五七言近體詩的格律。另外，這兩個仄韻可以不是同一個韻部，也可以是同一個韻部；兩個平韻也同樣如此。一般來說，以分押四個韻部爲正格。

韋莊《菩薩蠻》（四十四字）

洛陽城裏春光好。洛陽才子①他鄉老。柳暗魏王堤②。此時心轉迷。　桃花春水淥③。水上鴛鴦浴。凝恨對殘暉。憶君君不知。

注釋

①洛陽才子：原指西漢洛陽人賈誼，因年少高才而得名。韋莊因爲早年曾寓居洛陽，所以借以自稱。

②魏王堤：唐代洛陽名勝之一。洛水流入洛陽城內，聚爲水池，唐太

宗貞觀年間賜給魏王李泰，故稱魏王池，有堤與洛水相隔，爲魏王堤。唐白居易《魏王堤》詩："柳條無力魏王堤。"

③淥（lù）：清澈。唐杜甫《南征》："春岸桃花水。"

三、清平樂

調名源自唐代教坊曲，取自漢樂府清樂（yuè）、平樂。雙調四十六字，上片四仄韻，下片三平韻。又名《憶蘿月》、《醉東風》。

李白《清平樂》（四十六字）

禁闈清夜。①月探金窗罅。②玉帳鴛鴦噴蘭麝。③時落
◎◎◎●。◎●◎●。◎◎◎◎◎●●。⊙●
銀燈香炧④。　女伴莫話孤眠。六宮⑤羅綺三千。一笑
⊙⊙●。　　◎●◎◎◎◎。◎◎◎●◎◎。◎●
皆生百媚。宸遊⑥教在誰邊。
⊙⊙●●。⊙⊙⊙●◎◎。

注釋

①禁闈：宮廷門戶，指宮內或朝廷。清夜：清靜的夜晚。

②金窗：華美的窗。罅（xià）：縫隙。

③玉帳：用玉作裝飾的帷帳。蘭麝：蘭與麝香，指名貴的香料。

④炧（xiè）：燈燭的餘燼。

⑤六宮：古代皇后的寢宮，正寢一，燕寢五，合爲六宮。後用以稱后妃或其所居之地。

⑥宸（chén）遊：帝王的巡遊。

作法提示

詞寫宮怨。上片寫景，先從大處著眼，以禁宮夜色帶起，進而描摹細節，通過金玉銀香等物象的刻畫，著力表現宮中豪華的

生活場景，爲下片轉寫情懷埋下伏筆。下片首句直接點題，寫宮女孤獨淒涼的生活。第二句表面是安慰，謂宮中有很多女伴相陪；但接下來又有轉折，因爲宮中美麗的女子很多，而且似乎個個都能夠讓君王寵愛，那誰知道現在君王在誰那裏呢？末句自我解嘲，含蓄地表達了宮女的幽怨之情，深得"怨而不怒"之旨趣，餘味不盡。

《詞譜》以此詞屬李白作，並引宋王灼《碧雞漫志》云："歐陽炯稱李白有應制《清平樂》四首，此其一也。"此說可疑。細玩詞意，下片第二、三句應該是從白居易《長恨歌》"回眸一笑百媚生，六宮粉黛無顏色。……後宮佳麗三千人，三千寵愛在一身"等句化出。

這個詞牌上片句句押韻，因爲一連四個仄韻，就顯得情調比較急促，要一氣呵成。下片轉押平韻，音節趨於和緩，第三句則以仄聲收尾而且不押韻，又在舒緩之中造成一個波瀾，使得全詞有纏綿不盡的韻致，因而是緊要之處。此外，上片首句第二字《詞譜》以平聲爲正格，可作仄聲，實際上多數作品都不填仄聲。第三句第六字，《詞譜》以平聲爲正格，可作仄聲，但實際上多數作品都直接填作仄聲。下片第一句第二字，《詞譜》以仄聲爲正格，但實際上多數作品都填平聲。也就是說，這首詞雖然有幾句按正格可以不是律句，但考察歷代作品，仍然以通篇按律句填寫的居多。

李煜《清平樂》（四十六字）

別來春半①，觸目愁腸斷②。砌③下落梅如雪亂，拂了一身還滿。　　雁來音信無憑④，路遙歸夢⑤難成。離恨⑥恰如春草，更行更遠還生。

注釋

①春半：謂春已過半。唐張若虛《春江花月夜》："昨夜閑潭夢落花，可憐春半不還家。"

②愁腸：憂思鬱結的心腸。

③砌：臺階。唐陸龜蒙《白鷗》詩序："有白鷗翩然，馴於砌下，因請浮而翫之。"

④無憑：沒有憑據。唐韓偓《幽窗》詩："無憑諳鵲語，猶得暫心寬。"本句謂大雁雖然來了，卻沒有帶來遠方的書信，看來雁足傳書之說靠不住。（"雁足傳書"故事見《漢書》蘇武傳。）

⑤歸夢：還鄉之夢。南朝齊謝朓《和沈右率諸君餞謝文學》詩："望望荊臺下，歸夢相思夕。"

⑥離恨：因別離而產生的愁苦。南朝梁吳均《陌上桑》詩："故人寧知此，離恨煎人腸。"

四、虞美人

調名源自唐代教坊曲，調名取自項羽寵愛虞姬的故事。又名《玉壺冰》、《一江春水》等。雙調五十六字，上、下片各四句，兩仄韻、兩平韻。

李煜《虞美人》（五十六字）

春花秋月何時了①。往事知多少。小樓昨夜又東風。
⊙○○●●。◎●●○○。⊙○⊙●●○○

故國②不堪回首月明中。　雕闌玉砌③應猶在。只是朱顏④改。問君能有幾多愁。恰似一江春水向東流。
⊙●⊙○⊙●●○○。　⊙○⊙●●○○。⊙●⊙○●。○○⊙●●○○。◎●⊙○⊙●●○○。

注釋

①了（liǎo）：結束。

②故國：前代王朝，已經滅亡的國家。李煜原是五代時期南唐的第三位皇帝，寫這首詞的時候南唐已亡。

③雕闌：雕花飾彩的欄杆。玉砌：用玉石砌成的臺階。也作爲一般臺階的美稱。

④朱顏：紅潤美好的容顏，指青春年少。

作法提示

據說這是李煜的絕筆詞。上片說春花秋月年復一年，沒有終結的時候（注意"了"字不能輕讀）；但是自己當年的歡樂往事卻一去不返。現在幽居小樓，昨晚又吹來春風，喚起作者對往日歡樂的回憶，可是對著明月想起自己已經滅亡的國家，沉痛和悔恨之情無以言表。下片說當年南唐宮殿的欄杆、臺階應該都還是老樣子，但是自己已經從青春年少的國君變成形容枯槁的階下囚，心中交織著辛酸、眷戀、凄涼。煞拍自問自答，說愁懷如一江春水日夜東流無休無止。這是名句，有極強的感染力。

詞用對比結構，昔日與如今、永恆與無常對比，由物是人非之感引出家國之悲。文字隨著作者情感的波瀾起伏而自然進退，寫景、議論、抒情融合在一起。首先是上、下片的銜接：上片雖然以"不堪回首"收束，下片卻仍從遙想故國落筆，造成一種反復纏綿之致。其次，前面三組六句的對比，實際上句句是在寫愁緒，但直到最後兩句纔直接點出"愁"字，猶如千里來龍，百川歸海，把前面沒有明言的"愁"做了盡情無餘的傾訴。另外，這首詞裏大都是平常的語言，抒情也很直接，但是由於作者有一種強烈的感情注入，就使得這首詞有了厚重的意味。

《虞美人》這個詞牌在聲韻上很有特點：韻位安排在整體上看非常勻稱，一共押四韻，兩句一轉韻，而且平仄韻相間（這在詞法上稱爲"四換頭"），所以詞的聲情在急促和舒緩之間轉換，詞意也起伏頓挫。此外這個詞牌上、下片結尾的九字句非常重要，可以二、七停頓，也可以四、五停頓，也可以六、三停頓，總之要連綿不斷。

李煜《虞美人》（五十六字）

風回小院庭蕪①綠，柳眼②春相續。憑闌半日獨無言，依舊竹聲新月③似當年。　　笙歌未散尊前在④，池面冰初解。燭明香暗畫堂⑤深，滿鬢青霜殘雪思難任。⑥

注釋

①庭蕪：庭園中叢生的草。南朝宋顏延之《秋胡》詩："寢興日已寒，白露生庭蕪。"
②柳眼：形容早春初生的柳葉像人的睡眼初開。唐元稹《生春》詩之九："何處生春早，春生柳眼中。"
③新月：農曆每月月初的彎月亮。
④笙歌：泛指奏樂唱歌。尊前：酒樽之前。
⑤畫堂：泛指華麗的房屋。
⑥思（sì）：思緒。任（rén）：承擔；禁受。

五、西江月

調名源自唐代教坊曲。始於五代歐陽炯，雙調五十一字，上、下片首句都押仄韻，後代遵循的人很少。一般流行的是雙調五十字，上、下片各四句，兩平韻、一仄韻。又名《白蘋香》、《步虛詞》、《江月令》。

柳永《西江月》（五十字）

鳳額繡簾高捲①，獸鐶②朱戶頻搖。兩竿紅日上花梢。
◎●⊙○◎●。　◎⊙●●○○。　◎○⊙●●○○。
春睡懨懨難覺。③　　好夢枉隨飛絮④，閒愁濃勝香醪⑤。
⊙●⊙●○●。　　　　◎●⊙○⊙●，⊙○◎●○○。
不成雨暮與雲朝。⑥又是韶光過了。⑦
◎○◎●●○○。　⊙●⊙○⊙●。

注釋

①鳳額：器物端部所飾鳳形。繡簾：繡花的簾幕。

②鐶（huán）：環。獸鐶：獸頭形鋪首銜著的門環。朱戶：朱紅色大門，泛指富貴人家。

③懨懨：精神委靡的樣子，也用來形容病態。覺（jiào）：睡醒。

④飛絮：飄飛的柳絮。北周庾信《楊柳歌》："獨憶飛絮鵝毛下，非復青絲馬尾垂。"

⑤香醪（láo）：美酒。唐杜甫《崔駙馬山亭宴集》詩："清秋多宴會，終日困香醪。"

⑥宋玉《高唐賦序》："昔者先王嘗遊高唐，怠而晝寢，夢見一婦人曰：'妾巫山之女也，為高唐之客。聞君遊高唐，願薦枕席。'王因幸之。去而辭曰：'妾在巫山之陽，高丘之岨，旦為朝雲，暮為行雨。朝朝暮暮，陽臺之下。'"後世以"雲雨"隱喻男女歡會。

⑦韶光：美好的時光，常指春光。了（liǎo）：完畢；結束。

作法提示

詞寫富家女的思春之情。上片全為白描，頭兩句極寫其環境富麗。接下來寫她無所事事，春眠懶起，任由大好時光在睡眠中度過，著意刻畫其孤單寂寞之情。下片寫她希望有如意郎君相伴，但卻美夢成空，一腔愁緒難遣，又自恨青春易逝。

這個詞牌上下片開頭兩句都可以用對仗，以增加流麗工整之美。另外這個詞牌整體的韻位安排比較特別，上下闋第二、三句接連兩個平聲韻相押，但第四句突然換了一個與所押平聲韻相應的上聲或去聲韻（古人稱爲"叶韻"），使得詞的聲情由悠揚突然轉入響亮，有加強氣氛的作用。另一方面，這個仄聲韻腳也使得這個詞牌與散曲很相近（散曲是平仄通押），所以容易流於俗。所以上、下片的末句不能太直白通俗，也不宜追求奇巧詼諧，以免習以爲常，流入散曲一路。

辛棄疾《西江月·夜行黃沙道中》（五十字）

明月別枝①驚鵲，清風半夜鳴蟬。稻花香裏說豐年。聽取蛙聲一片。　　七八個星天外，兩三點雨山前。舊時茅店社林②邊。路轉溪橋忽見③。

注釋

①別枝：另一枝；斜枝。唐方干《字字有功》詩："蟬曳殘聲過別枝。"

②社林：土地廟附近的叢林。

③見（xiàn）：同"現"，顯現，顯露。

六、減字木蘭花

唐教坊曲有《木蘭花》。唐人作《木蘭花》爲五十五字或五十六字八句六仄韻者，見於《花間集》、《尊前集》，韻式略異。宋人將七言八句仄韻之《木蘭花》之第一、三、五、七句，每句減三字，成爲四字句，創爲《減字木蘭花》，雙調四十四字，前後片各四句，先二仄韻再二平韻。《詞譜》以歐陽修詞爲正體。又名《減蘭》、《木蘭香》、《天下樂令》、《金蓮出玉花》、

《益壽美金花》。宋人用此調者較多。

歐陽修《減字木蘭花》（四十四字）

歌檀斂袂。[①]繚繞雕梁塵暗起。[②]柔潤清圓[③]。百琲[④]
⊙○○●。　⊙●⊙○○●●。　⊙●○○。　◎●
明珠一綫穿。　　櫻唇玉齒。天上仙音心下事。留住行
○○◎●○。　　⊙○●●。⊙●○○○●●。⊙●○
雲。[⑤]滿座迷魂酒半醺[⑥]。
○。　◎●○○●●○。

注釋

①檀：檀木拍板。歌檀：敲著檀板歌唱。袂（mèi）：衣袖。斂袂：整飭衣袖。

②《列子·湯問》："昔韓娥東之齊，匱糧，過雍門，鬻歌假食。既去，而餘音繞梁欐，三日不絕。"《太平御覽》卷五七二引漢劉向《別錄》："漢興已來，善歌者魯人虞公，發聲清哀，蓋動梁塵。"

③清圓：聲音清亮圓潤。

④百琲（bèi）：極言珍珠之多。《玉篇·玉部》："琲，珠五百枚也。"

⑤《列子·湯問》："薛譚學謳於秦青，未窮青之技，自謂盡之，遂辭歸。秦青弗止。餞於郊衢，撫節悲歌，聲振林木，響遏行雲。薛譚乃謝求反，終身不敢言歸。"

⑥醺（xūn）：醉。

作法提示

詞寫一位歌女演唱藝術高超。開頭先寫歌女兩個細節動作，再融合運用兩個著名歌唱家的典故來讚美她，配合仄韻提起。接著用"串串明珠"贊其歌喉美妙動聽。下片轉寫歌女的美麗形象，用典故比況，稱贊她能把美妙的音樂與心中的情意完美結合。最後則從聽眾的角度，寫她的歌聲讓人如醉如癡。正面描寫和側面

描寫結合，既寫演唱者，又寫聽者，既寫演唱又寫效果，章法安排頗爲巧妙，比較成功地借鑒了白居易、李賀音樂詩的藝術手法。

這個詞牌的用韻與《菩薩蠻》、《虞美人》等一樣，平仄韻相間，兩句一換韻，與感情的起伏變化配合。章法上四韻句式要有變化，意義也不能重複，以避免"合掌"的毛病；但四韻之間（尤其是上下片的銜接）也不能沒有聯繫，要從不同的角度去寫，散中有連爲好。

秦觀《減字木蘭花》（四十四字）

天涯舊恨。獨自淒涼人不問。欲見迴腸[①]。斷盡金爐小篆香[②]。　　黛蛾[③]長斂。任是春風吹不展。困倚危樓[④]。過盡飛鴻字字愁。

注釋

[①]迴腸：比喻內心委曲幽微的情感。

[②]小篆香：盤繞像篆字的香。

[③]黛蛾：女子用黛色畫的像蛾子般細長的眉毛。唐溫庭筠《晚歸曲》詩："菱刺惹衣攢黛蛾。"

[④]危樓：高樓。

[⑤]古有"雁足傳書"的傳說。鴻雁結隊飛行往往排成"一"字或"人"字。

七、相見歡

調名源自唐代教坊曲。因李煜詞有"無言獨上西樓，月如鉤"句，又名《秋夜月》、《上西樓》、《西樓子》，又名《烏夜啼》、《憶真妃》、《月上瓜州》等。雙調三十六字，上片三句三平韻，下片兩仄韻，兩平韻。

李煜《相見歡》（三十六字）

林花謝了春紅①。太匆匆。無奈朝來寒雨晚來風。
⊙○◎●○○。●○○。◎●○○●○○。
胭脂淚。相留醉。幾時重。自是人生長恨水長東。
◎⊙●。○⊙●。●○○。◎●○○●●●○○。

注釋

①春紅：春花。唐李白《怨歌行》："十五入漢宮，花顏笑春紅。"

作法提示

詞由傷春進而憂生、憂世。"林花"就是滿林的花。"謝了"二字傳達出痛惜的意味。"太匆匆"更加強這種情感。接下來的一句是互文句法，意謂淒風苦雨朝暮未停，隱喻人間種種挫折憂患。下片由花轉到人，寫花與人的互相眷戀。"淚"、"醉"二字加強了淒切哀怨的氣氛。結句宕開，通過對落花的哀悼升華出一個人生無奈的悲慨，從而把傷春惜花的意思升華爲一切生命都可能有的普遍悲情。

這個詞牌上片三平韻，下片兩仄韻，兩平韻。上、下片結句的九字長句，結構上可以二、七停頓，也可以六、三停頓，詞意則要一氣呵成連綿不斷。下片的兩個仄韻句，音節上要能在前後的平韻中有所突出，詞意卻要與前後自然銜接。

朱敦儒《相見歡》（三十六字）

金陵城上西樓。①倚清秋。萬里夕陽垂地大江流。
中原亂。簪纓②散。幾時收。試倩悲風吹淚過揚州。③

注釋

①金陵：南京的別稱。西樓：西門的城樓。北宋末年（1127）"靖康

之難",首都汴京(開封)淪陷,宋徽宗和宋欽宗被俘。朱敦儒倉猝南逃。此詞寫他客居金陵,登上西門城樓所見所感。

②簪纓:古代官吏的帽飾,指代官僚貴族。

③倩(qìng):請求。悲風:淒厲的寒風。《古詩十九首·去者日以疏》:"白楊多悲風,蕭蕭愁殺人。"

八、定風波

唐教坊曲名。又名《定風流》、《定風波令》。雙調六十二字,上片五句三平韻、兩仄韻,下片六句四仄韻、兩平韻。

歐陽炯《定風波》(六十二字)

暖日閑窗映碧紗。小池春水浸明霞①。數樹海棠紅
◎●◎○◎●○。◎○⊙●●○○。◎●◎○○
欲盡。爭②忍。玉閨③深掩過年華。　　獨憑繡床方寸亂。
●●。◎●。◎○◎●●○○。　　◎○◎○○●●。
腸斷。淚珠穿破臉邊花。鄰舍女郎相借問。音信。教人
⊙●。◎○◎●●○○。◎●◎○○●●。◎●。⊙○
羞道未還家。
⊙●●○○。

注釋

①明霞:明麗燦爛的雲霞。唐盧照鄰《駙馬都尉喬君集序》:"明霞曉挹,終登不死之庭。"

②爭:怎。

③玉閨:閨房的美稱。唐李昂《賦戚夫人楚舞歌》:"玉閨門裏通歸夢。"

作法提示

詞寫獨居的思婦。前兩句客觀描繪環境美麗,爲下文寫其內

心的孤苦做反襯。海棠花欲盡隱喻女子青春漸逝,卻幽居獨處。"爭忍"之感嘆強烈。下片進一步深化她的憂傷痛苦,"獨"、"亂"、"斷"、"淚"、"破"、"羞"等詞分別提示她複雜的悲情。煞拍鄰女相問引出她另外一層細膩曲折的微妙心思。

這個詞牌穿插換韻的地方較多,三處押仄韻的地方要流麗響亮;兩字句要特別注意,詞意最好既獨立,又與前後勾連。七字句都須是律句。

蘇軾《定風波》(六十二字)

三月七日,沙湖①道中遇雨,雨具先去,同行皆狼狽,余獨不覺,已而遂晴,故作此詞。

莫聽穿林打葉聲。何妨吟嘯且徐行。竹杖芒鞋②輕勝馬。誰怕。一蓑③煙雨任平生。　料峭④春風吹酒醒。微冷。山頭斜照卻相迎。回首向來蕭瑟處。歸去。也無風雨也無晴。

注釋

①沙湖:地名,在湖北黃州東南三十里。宋神宗元豐三年(1080),蘇軾被貶爲黃州團練副使,曾欲在沙湖買田。這首詞作於元豐五年。
②芒鞋:用芒草編織的鞋。泛指草鞋。
③蓑(suō):蓑衣,草製的雨衣。
④料峭:形容風力寒冷、尖利。

九、最高樓

此調有多種格式,或押平韻,或押仄韻,押平韻的占多數。《詞譜》以辛棄疾詞爲正體,雙調八十一字,前段八句四平韻,後段八句兩仄韻、三平韻。

辛棄疾《最高樓》（八十一字）

花知否，花一似何郎①。又似沈東陽②。瘦稜稜③地
○⊙●，⊙●●○○。◎○○●○。◎○○●
天然白，冷清清地許多香。笑東君④，還又向，北枝⑤
●○●，◎○○●●○○。●○○，○●●，●
忙。　　著一陣，霎時間底雪。更一個，缺些兒底月。
○。　　◎○●，●○○●●。●○●，●○○●●。
山下路，水邊牆。風流怕有人知處，影兒守定竹旁廂。
⊙◎●，●○○。○○●●○○●，◎○●●●○○。
且饒他，桃李趁，少年場⑥。
●○○，○●●，●○○。

注釋

①何郎：三國魏駙馬何晏。史載其儀容俊美，平日喜修飾，粉白不去手，行步顧影，人稱"傅粉何郎"。泛指喜歡修飾或面目姣好的青年男子。

②沈東陽：即南朝史學家、文學家沈約，曾經做過東陽太守。唐錢起《江行無題》詩之七三："未曾無興詠，多謝沈東陽。"

③稜稜：形容人瘦削的樣子。

④東君：掌管春天的神。

⑤北枝：《白孔六帖·梅部》："大庾嶺上梅，南枝落，北枝開。"宋歐陽修《玉樓春》詞："北枝梅蕊犯寒開。"

⑥少年場：年輕人聚會的場所。北周庾信《結客少年場行》："結客少年場，春風滿路香。"

作法提示

這首詞作於辛棄疾晚年罷官閑居之際，是代人所作詠梅花的詞。以設問開篇，用擬人手法，以何晏比梅花之雪白，以沈約比

梅花之清瘦,新奇貼切。下句寫梅花的形態、顏色和香氣,既概括了梅花的特點,也有解釋前面兩句的作用。末尾三句暗用典故,寫大庾嶺梅花南枝落而北枝開的奇景,緊扣題目。下片換頭處換仄韻,營造出與上片不同的情調。作者以口語對仗,前句寫梅花似雪,後句寫梅花疏影橫斜,暗用北宋林逋詠梅名句:"疏影橫斜水清淺,暗香浮動月黃昏。"接下來暗用北宋鄭獬"梅愛山傍水際栽"詩意,寫梅花幽獨清高。末三句擬人,寫梅花不與桃李爭春的志趣。

詠物之作通常要溝通物理與人情,寫出人的心情意趣,作品才有魂。所以往往需要運用典故、用擬人手法。

此詞新奇詼諧,但過於口語化,散曲味很重。

辛棄疾《最高樓·醉中有索四時歌爲賦》 (八十一字)

長安①道,投老倦遊歸。②七十古來稀。③藕花雨濕前湖夜,桂枝風澹小山時。怎消除,須殢酒④,更吟詩。

也莫向、竹邊孤負雪。也莫向、柳邊孤負⑤月。閒過了,總成癡。種花事業無人問,惜花情緒只天知。笑山中,雲出早,鳥歸遲。

注釋

①宋代詩詞常以"長安"代指京城。

②投老:年老還家。倦遊:厭倦宦遊生涯。

③唐杜甫《曲江二首》之二:"人生七十古來稀。"

④殢(tì)酒:醉酒。

⑤孤負:對不住。

十、渡江雲

又名《三犯渡江雲》，即雜用三種宮調合成。雙調一百字，上片十句四平韻，下片九句一仄韻、四平韻。

周邦彥《渡江雲》（一百字）

晴嵐低楚甸①，暖回雁翼，陣勢起平沙。驟驚春在眼，
⊙○○●，◎○○●，◎●●○○。●⊙○◎●，
借問何時，委曲②到山家。塗香暈色，盛粉飾，爭作妍
◎●○○，◎●●○○。◎○○●，◎○●，⊙●
華。千萬絲、陌頭楊柳，漸漸可藏鴉。③　　堪嗟。清江
○。○●○、●○○●，●●●○○。　　○○。○○
東注，畫舸④西流，指長安日下⑤。愁宴闌，風翻旗尾，
⊙●，●●○○，●○○●●。○●●，○○○●，
潮濺烏紗⑥。今宵正對初弦⑦月，傍水驛⑧，深艤蒹葭。⑨
⊙●○○。⊙○●●○○●，●●●，⊙●○○。
沉恨處，時時自剔燈花。
○●●，⊙○◎●○○。

注釋

①晴嵐：晴日山中的嵐靄。唐鄭谷《華山》詩："峭仞聳巍巍，晴嵐染近畿。"楚甸：指楚地。甸，郊外草地。唐劉希夷《江南曲》："潮平見楚甸，天際望維揚。"

②委曲：曲折延伸。

③南朝梁簡文帝《金樂歌》："槐香欲覆井，楊柳正藏鴉。"

④畫舸：裝飾華美的遊船。南朝梁元帝《赴荊州泊三江口》："蓮舟夾羽氅，畫舸覆縓油。"

⑤唐王勃《滕王閣序》："望長安於日下，指吳會於雲間。"古代以帝王比日，所以稱首都爲"日下"。

⑥烏紗：泛指官帽。

⑦初弦：上弦月，形如弓弦。南朝梁庾肩吾《奉使江州舟中七夕》："九江逢七夕，初弦值早秋。"

⑧水驛：水路上的驛站。唐朱慶餘《送韋鏻校書赴浙東幕》："水驛近船火，山城候騎塵。"

⑨艤（yǐ）：使船靠岸。蒹葭（jiān jiā）：蘆葦。

作法提示

這首詞是周邦彥由貶謫之地又重新被起用，回京途中所作。上片寫春天萬象更新的景象，隱喻朝政新變，也表現明快的心情。"驟"字點出變化之突然，"借問"表現將信將疑的意外之情。下片筆鋒一轉，極寫其歷經宦海波瀾之後的惶惑不安。"嗟"字定下感嘆情調，逆流暗示仕途艱難，"愁"字點明不安的心境，表現出對前途的隱憂。結尾獨自挑燈難眠的細節，有意在言外的不盡餘味。全詞寄託幽深，含而不露。

上片第二句是"四聲句"，即四字分屬四聲，嚴格說來就是四字必須依次爲上、平、去、入，放寬一點的話，去、平、上、入也可以。下片第四句五個字應爲一四句式，而且末字必須叶韻，即押與通篇平韻相應的上聲或去聲韻。

張炎《渡江雲》（一百字）

　　山陰久客，一再逢春，回憶西杭①，渺然愁思。

山空天入海，倚樓望極，風急暮潮初。一簾鳩外雨，幾處閑田，隔水動春鋤。新煙禁柳②，想如今、綠到西湖。猶記得、當年深隱，門掩兩三株。　　愁余。

荒洲古漵③，斷梗疏萍，更漂流何處。空自覺、圍羞帶減④，影怯燈孤。長疑即見桃花面⑤，甚近來、翻笑無書。書縱遠，如何夢也都無。⑥

注釋

①山陰：今浙江紹興。西杭：即杭州。張炎祖籍甘肅，家居杭州。寫此詞時南宋已亡，張炎滯留在紹興。

②禁柳：宮中或禁苑中的柳樹。五代李存勖《歌頭》詞："靈和殿，禁柳千行，斜金絲絡。"

③漵（xù）：水邊。

④圍羞帶減：《梁書·沈約傳》載：沈約寫信給朋友訴說自己老病，"百日數旬，革帶常應移孔，以手握臂，率計月小半分。以此推算，豈能支久？"後用帶圍減來指稱身體消瘦。

⑤桃花面：泛指美人容貌。唐崔護《題都城南莊》詩："去年今日此門中，人面桃花相映紅。"

⑥書：信。宋徽宗《宴山亭》詞："除夢裏有時曾去，無據，和夢也新來不做。"

附　録

附錄一　　推薦參考書目

1. 《詩格》

唐王昌齡著。王昌齡，江寧人，進士及第，中宏詞科，曾當過氾水尉，後貶爲龍標尉。史稱王昌齡工詩，世稱王江寧。元西域辛文房《唐才子傳》載："王昌齡，字少伯，述作詩格律境思體例共十四篇，爲《詩格》一卷。"（見清俞樾《茶香室四鈔》卷十三）《詩格》保存在宋陳應行撰《吟窗雜錄》（嘉靖二十七年崇文書堂刻本）卷四至卷六中，有殘缺。例如"常用體"、"團句體"、"詩有六病例"等篇章均不完整。《詩格》主要從理論上闡述詩歌創作規律。某些理論爲後世所襲用。例如"詩有三境"、"詩有三格"、"詩有六病"等。所舉例證多爲漢魏六朝作品。不過，因爲作者本人詩歌創作水平極高，文中不乏經驗之談。

2. 《詩法》

明謝天瑞輯，有明復古齋刻本，未見新刊本。謝天瑞爲杭州人，生平史載不詳，不過，他是詩人却不容置疑。曾有曲本《狐裘記》，但藝術水平不高，不爲世人所賞。也補過宋人羅大經所作《鶴林玉露》八卷。《詩法》凡十卷，雖然雜撮諸家所成，但其中也可能有自家論說。比較可貴的是，某些散佚典籍賴此書得以保存一二，例如白居易的《金針集》，其中卷三爲"名公雅論"，也使某些詩論流傳至今。卷九述五七言格律，卷十備列詩歌的各種體裁，極具文獻價值。

3.《律詩拗體》

李兆元撰，有道光二年刻本，未見新刊本。撰人生平不詳。《律詩拗體》凡四卷。分述"五言律仄起法"、"五言律平起法"、"七言律仄起法"及"七言律仄起法"，列舉自唐至清格律詩中存在拗救現象的作品，逐字逐句加以分析。分爲"單拗（宜仄而平，本句三四字拗）"、"雙拗（出句宜平而仄以拗，對句宜仄而平救之）"以及"半拗（一二五六句諧，三四七八句拗）"等拗體。對律詩中的"拗"、"救"現象大體分析賅備。所舉例證，極具文獻價值。又別列"以古入律"一體，則不免拘泥於一個"律"字。

4.《應試詩法淺說》

清葉葆撰，今見清乾隆刻本，未聞有新刊本。葉葆生平不詳。《應試詩法淺說》凡六卷，卷一爲"學詩須知，詩法淺說（十八則）"，談及"用韻（別列險韻一節）"、"聲律"、"對仗"、"篇法"、"審題"、"破題"、"句法"、"字法"、"修辭"等問題。卷二至卷六列舉自唐至清及第詩人的排律作品加以分析，分爲"題解"、"箋釋"、"疏義"和"評注"四項。《應試詩法淺說》完全是一應試參考書，不過，對於排律的創作還是多有裨益的。

5.《欽定詞譜》

清王奕清等編，中國書店據清康熙五十四年內府刻本影印，一九八三年三月第一版。

6.《漢語詩律學》（增訂本）

王力著，一九七九年一月第二版。王力（1900—1986），字了一,廣西博白人,著名語言學家,長於音韻學、方言學、漢語史。《漢語詩律學》涉及近體詩、古體詩、詞、曲、白話詩和歐化詩的體裁及其格律。洋洋大觀,其後凡討論詩詞曲者,大體不出此書窠臼。

7.《詩詞格律》

王力著,中華書局二○○○年四月第一版。

8.《唐宋詞格律》

龍榆生著,上海古籍出版社一九七八年十月第一版。

9.《實用詩詞曲格律詞典》

李新魁編,花城出版社一九九一年第一版,一九九九年十一月第二版。李新魁(1935—1997),字星橋,廣東澄海人,中山大學中文系漢語言文字學教師,著名語言學家,長於音韻學、方言學、少數民族文字學。《實用詩詞曲格律詞典》收詞約一千五百條,相對全面地介紹了古代詩律(古體詩和近體詩)、詞律以及曲律的體裁和相關術語,讀者手捧此書,便可略窺這三種體裁的面貌。詞典另有附錄三種:詩韻常用字表、詞韻常用字表、曲韻常用字表,極便初學者。

10.《中國詞學大辭典》

馬興榮等主編,浙江教育出版社一九九六年十月第一版。

11.《詩律》

郭芹納著,商務印書館二○○四年九月版。郭芹納(1945—),陝西師範大學中文系漢語言文字學教師,師從祝敏徹先生。《詩律》全書分八節:"近體詩的字句與平仄"、"近體詩的'拗'與'救'"、"平仄格律的例外情況"、"近體詩的用韻"、"詩韻例說"、"格律詩的對仗"、"入聲識辨"和"平仄異讀"。如同坊間林林總總的詩詞格律著作一樣，郭著有著平易的特點。尤其值得注意的是第三節"平仄格律的例外情況"、第七節"入聲識辨"，大概是作者的切身體會。作者是陝西大荔人，母語爲北方方言。因此，以北方方言爲母語的初學者如何辨別入聲字，讀此書當獲益匪淺。

12.《唐宋詞譜粹編》

謝桃坊編著，四川人民出版社二〇一〇年一月版。

13.《詞林正韻》

清戈載編纂，初刊於道光元年。上海古籍出版社一九八一年十月據道光元年翠薇花館本影印出版。

14.《佩文詩韻釋要》

清周兆基（？—1817）輯。周兆基字蓮塘，湖北人，乾隆四十九年進士，官至禮部尚書。爲便於士子習用而編此書。清康熙年間張玉書等奉敕撰《佩文韻府》和《佩文詩韻》，二書卷帙浩繁，周兆基乃編此書，由博返約，明淨簡括，最便士林實用。此書在清代即有多種刻本，其中最稱善本的是光緒十二年陸潤庠重訂之刻本。上海古籍出版社一九八二年四月據此本影印。

附録二　　詩韻常用字表

（據《佩文詩韻》摘編，韻部字後括注爲已合併的《廣韻》韻部）

上平聲

【一東】東同童僮銅桐峒筒瞳中衷忠盅蟲沖終忡崇嵩（崧）菘戎絨弓躬宮穹融雄熊窮馮風楓瘋豐充隆窿空公功工攻蒙朦蕚籠朧櫳嚨聾瓏礱瀧蓬篷洪葒紅虹鴻叢翁嗡匆葱聰驄通棕烘崆

【二冬（鍾同用）】冬咚彤農儂宗淙鍾鐘龍蘢春松淞沖容榕蓉溶庸傭慵封胸凶匈洶雍邕廱濃膿重從逢縫峰鋒豐蜂烽葑縱踪茸蛩邛筇跫供蚣喁

【三江】江缸窗邦降（降伏）雙瀧龐撞舡扛杠腔梆樁幢蛩 [冬韻同]

【四支（脂、之同用）】支枝肢箙爲（施爲）垂吹陂碑奇宜儀皮兒離施知馳池規危夷師姿遲龜眉悲之芝時詩棋旗辭詞期祠基疑姬絲司葵醫帷思滋持隨痴維厄麾埋彌慈遺肌脂雌披嬉尸狸炊湄籬茲差（参差）疲茨卑虧藜騎（跨馬）歧岐誰斯澌私窺熙欺疵資羈彝髭頤資糜饑衰錐姨夔衹涯 [佳、麻韻同] 伊追緇萁箕治（治國）尼而推 [灰韻同] 匙陲魋縭璃驪羸坡羆麋藦脾芪畸犧羲曦欹漪猗崎崖萎簁獅螄鸱綏雖粢瓷椎飴釐痿惟唯機（木名）耆迤歸否毗枇貔楣徽輜蚩嗤媸颸塒蒔鰣鷦苔灕怡貽禧噫其琪祺麒嶷螭梔鸝累踟琵嵋

【五微】微薇輝煇徽揮韋圍幃違闈霏菲（芳菲）妃飛非扉肥威祈畿機幾譏璣稀希衣（衣服）依歸飢饑 [支韻同] 磯欷誹緋

晞葳巍沂圻頎

【六魚】魚漁初書舒居裾琚車［麻韻同］渠蕖餘予（我也）譽（動詞）輿胥狙鋤疏蔬梳虛噓墟徐豬閭廬驢諸儲除滁蜍如佘淤妤苴菹沮徂齬茹櫚於祛蘧疽蛆醵紓樗躇［藥韻同］歟据（拮据）

【七虞（模同用）】虞愚娛隅無蕪巫於衢膴瞿氍儒襦濡須需朱珠株誅硃銖蛛殊俞瑜榆愉逾渝竽諛腴區軀驅嶇趨扶符鳬芙雛敷數夫膚紆輸樞廚俱駒模謨摹蒲逋胡湖瑚乎壺狐弧孤辜姑觚菇徒途塗荼圖屠奴吾梧吳租盧鱸爐蘆顱壚蚨孥帑蘇酥烏汙（汙穢）枯粗都荂侏姝禺拘嵎躕桴俘臾萸籲澞瓠醐呼沽酤壚轤鸕鴽呴葡鋪（鋪蓋）蒐諏嗚迂盂竿跌毋孺酴鴣骷剚蛄晡蒱葫呱蝴劬咀獝郛孚

【八齊】齊黎犁梨妻（夫妻）萋淒堤低題提蹄啼雞稽兮倪霓西栖犀嘶撕梯鼙賷迷泥溪蹊圭閨攜畦秭躋奚臍醯鷖蠡醍鵜奎批砒睽黃篦齏藜猊鯢羝

【九佳（皆同用）】佳街鞋牌柴釵差（差使）崖偕階皆諧骸排乖懷淮豺儕埋霾齋槐［灰韻同］睚崽楷秸揩挨俳佳涯［支、麻韻同］媧蝸蛙娃哇

【十灰（咍同用）】灰恢魁隈回徊槐［佳韻同］梅枚玫媒煤雷頹崔催摧堆陪杯醅嵬推［支韻同］詼裴培盃偎煨瑰苗追胚徘坯桅傀儡［賄韻同］莓開哀埃臺苔擡該才材財裁栽哉來萊災猜孩徠騃胎唉垓挨皚呆腮

【十一真（諄、臻同用）】真因茵辛新薪晨辰臣人仁神親申身賓濱檳繽鄰鱗麟珍瞋塵陳春津秦頻蘋顰瀕銀垠筠巾囷民岷泯［軫韻同］璕貧莙淳醇純唇倫輪淪掄勻旬巡馴鈞均榛遵循甄宸綸椿鶉嶙轔磷呻紳寅姻荀詢岣氤怦嬪皴娠閩紉涇肫逡菌臻圁

326

【十二文（欣同用）】文聞紋蚊雲分（分離）氛紛芬焚墳羣裙君軍勤斤筋勛熏曛醺薀耘芹欣氳葷汶汾殷雯賁紜昕熏

【十三元（魂、痕同用）】元原源沅黿園袁猿垣煩蕃樊諠萱暄冤言軒藩媛援轅番繁翻幡璠鴛鵷蜿湲爰掀燔圈諼魂渾溫孫門尊（樽）存敦墩燉暾蹲豚村屯囤（囤積）盆奔論（動詞）昏痕根恩吞蓀捫褌鯤坤侖婚閽髡餛噴猻飩臀跟瘟飧

【十四寒（桓同用）】寒韓翰［翰韻同］丹單安鞍難（艱難）餐檀壇灘彈殘幹肝竿闌欄瀾蘭看（翰韻同）刊丸完桓紈端湍酸團攢官觀（觀看）鸞鑾巒冠（衣冠）歡寬盤蟠漫（大水貌）嘆（翰韻同）邯鄲攤玕欄珊狻䶂杆跚姍殫箪瘢讕獾偘棺剜潘拚［問韻同］槃般蹣瘢磐瞞謾饅鰻鑽搏邗汗（可汗）

【十五删（山同用）】删潸關彎灣還環鬟寰班斑蠻顏奸攀頑山閑艱間（中間）慳患［諫韻同］孱潺擐圜菅般［寒韻同］頒鬉疝訕斕嫻鷴鰥殷（赤黑色）綸（綸巾）

下平聲

【一先（仙同用）】先前千阡箋天堅肩賢弦烟燕（地名）蓮憐連田塡巔鬈宣年顛牽妍研（研究）眠淵涓捐娟邊編懸泉遷仙鮮（新鮮）錢煎然延筵氈旃蟬纏廛聯篇偏綿全鐫穿川緣鳶旋船涎鞭專圓員乾（乾坤）虔愆權拳椽傳焉嫣韉騫搴鉛舷闐鵑筌痊詮悛遄嬋驢顓燃漣璉便（安也）翩駢癲闐鈿［霰韻同］沿蜒朎芉鰱胼湞佃畋咽湮狷蠲蔫騫膻扇棉拴荃籼磚攣儇歡璇卷（曲也）扁（扁舟）單（單於）濺（濺濺）韉

【二蕭（宵同用）】蕭簫挑貂刁雕鵰迢條髫調（調和）蜩梟澆聊遼寥撩寮僚堯宵消霄綃銷超朝潮囂驕嬌蕉焦椒饒硝燒（焚燒）遙徭搖謠瑤韶昭招鐐瓢苗猫腰橋喬嬈妖飄逍瀟鴞驍祧鷂鷯

繚獠嘹夭（夭夭）麼邀要（要求）姚樵譙憔標飈嫖漂（漂浮）剽佻韶苕岧嶕曉蹺僥瞭魈嶢描剑韶橈銚鷂翹桴僑窑礁

【三肴】肴巢交郊茅嘲鈔包膠苞梢姣庖匏坳敲胞拋蛟崤鵁鞘抄螯咆哮凹淆教（使也）跑艄捎爻咬鐃茭炮（炮製）泡鮫刨抓

【四豪】豪勞毫操（操持）髦縧刀萄猱襃桃糟旄袍撓［巧韻同］蒿濤皋號（號呼）陶鰲曹遭羔糕高搔毛艘滔騷韜繰膏牢醪逃濠壕饕洮淘叨嗬篙熬遨翱嗷臊嗥尻廒螯葵敖牦漕嘈槽掏嘮滂撈癆髳

【五歌（戈同用）】歌多羅河戈阿和（和平）波科柯陀娥蛾鵝蘿荷（荷花）何過（經過）磨（琢磨）螺禾珂蓑婆坡呵哥軻沱鼉拖駝跎佗（他）頗（偏頗）峨俄摩麼娑莎迦屙奇蹉嵯馱籮邏鑼哪挪鍋呵窠蝌髁倭渦訛陂鄱皤魔梭唆騾挼靴癍搓哦瘥酡

【六麻】麻花霞家茶華沙車［魚韻同］牙蛇瓜斜邪芽嘉瑕紗鴉遮叉奢涯［支、佳韻同］巴耶嗟遐加笳賒槎差（差錯）蟆驊蝦葭袈裟砂衙呀琶耙芭杷笆疤爬葩些（少也）佘鯊查楂渣爹撾咤拿枒珈跏枷迦痂茄丫啞劃嘩誇胯抓窪呱

【七陽（唐同用）】陽揚楊洋羊徉佯芳妨方坊防肪房亡忘望［漾韻同］忙茫芒妝莊裝獎香鄉湘厢箱鑲薔相（相互）襄驤光昌堂唐糖棠塘章張王常長（長短）裳凉糧量（衡量）梁粱良霜藏（收藏）腸場嘗償床央鴦秧殃郎廊狼榔踉浪（滄浪）漿將（持也，送也）疆僵姜繮觴娘黃皇遑惶徨煌倉蒼艙滄傷殤商幫湯創（創傷）瘡強（剛強）墻檣嬙薔康慷［養韻同］囊狂糠岡剛鋼綱匡筐荒慌行（行列）杭航桁翔詳祥庠桑彰璋獐猖倡凰邙臧贓昂喪（喪葬）閶羌槍鏘搶（突也）蜣蹌篁璜潢攘瓢兀吭隍快肓汪鞅滂螂愴［漾韻同］緗琅頏悵螳

【八庚（耕、清同用）】庚更（更改）羹盲橫（縱橫）觥彭亨英烹平枰京驚荊明盟鳴榮瑩兵兄卿生甥笙牲擎鯨迎行（行走）衡耕萌甍宏閎莖罌鶯櫻泓橙爭箏清情晴精睛菁晶旌盈楹瀛嬴贏營嬰纓貞成盛（盛受）城誠呈程醒聲征正（正月）輕名令（使令）并（并州）傾縈瓊崢嶸撐粳坑鏗櫻鸚鯨蘅澎膨棚浜坪蘋鉦傖榮嚶轟錚猙寧獰瞠繃怦瓔砰氓鯖偵檉蟶塋頳熒賡黌瞠

【九青】青經涇形陘亭庭廷霆蜓停丁仃馨星腥醒（醉醒）惺俜靈齡玲鈴伶零聽［徑韻同］冥溟銘瓶屏萍熒螢榮扃坰蜻硎苓聆瓴翎娉婷寧暝瞑螟猩釘疔叮廳町泠櫺囹羚蛉嚀型邢

【十蒸（登同用）】蒸烝承丞懲澄陵凌綾菱冰膺鷹應（應當）蠅繩升繒憑乘（駕乘，動詞）勝（勝任）興（興起）仍兢矜徵（徵求）稱（稱贊）登燈僧憎增曾罾層能朋鵬肱薨騰藤恆罾崩滕膯崚嶒姮塍馮症簦薷凝［徑韻同］楞楞

【十一尤（侯、幽同用）】尤郵優尤流旒留騮榴劉由油游猷悠攸牛修羞秋周州洲舟酬仇柔儔疇籌稠丘丘抽瘳遒收鳩搜颼愁休囚求裘仇浮謀牟眸俅矛侯喉猴謳鷗樓陬偷頭投鈎溝幽糾啾楸蚯疇綢惆勾婁琉疣猶鄒兜呦咻貅球蜉蝣輈犨鬮瘤硫瀏麻湫泅酋甌啁颼鍪篌摳簍謅骰僂漚（名詞，水泡）螻髏搜歐彪掊虬揉蹂抔不（與有韻"否"通）瓿繆（綢繆）

【十二侵】侵尋潯臨林霖針箴斟沈心琴禽擒衾欽吟今襟（衿）金音陰岑簪［覃韻同］壬任（負荷）歆森禁（力所勝任）祲喑琛涔駸參（參差）忱淋妊摻蔘（人蔘）椹郴岑檎琳蟫愔喑黔嶔

【十三覃（談同用）】覃潭參（參考）驂南楠男諳庵含涵函（包函）嵐嵒探貪耽眈龕堪談甘三酣柑慚藍擔簪［侵韻同］譚曇壇婪戡頷痰籃襤蚶憨泔聃邯蟫［侵韻同］

【十四鹽（添、嚴同用）】鹽檐廉簾嫌嚴占（占卜）髯謙盦

纤签瞻蟾炎添兼缣沾尖潜阎镰粘淹钳甜恬拈砭詹蒹歼黔钤佥砚嵃渐鹣腌襜阗

【十五咸（衔、凡同用）】鹹函（书函）缄岩谗衔帆衫杉监（监察）凡馋芟搀喃嵌搀巉

上声

【一董】董懂动孔总笼拢桶捅蓊蠓汞

【二肿】肿种踵宠垄拥冗重冢捧勇甬踊涌俑蛹恐拱竦悚耸鞏慫奉

【三讲】讲港项棒蚌耩

【四纸】纸只咫是靡彼毁委诡髓累技绮揣此泚蕊徙尔弭婢侈弛豕紫旨指视美否（否泰）痞兕几姊比水轨止徵（乐律名）市喜已纪跪妓蚁鄙晷子仔梓矢雉死履蠡癸趾址以已似耜祀史駛耳使（使令）里裏理李起杞坉跂士仕俟始齿矣耻麂枳峙鲤迤氏玺巳（地支名）涬苡佁迤逦旖旎檥姒秭芷拟你企诔捶屣棰揣豸祉恃

【五尾】尾苇鬼岂卉几伟斐菲（菲薄）匪篚娓悱椰韪炜虺玮蟣

【六语】语（语言）圄圉吕侣旅杼伫与（给予）予（赐予）渚煮暑鼠汝茹（食也）黍杵处（居住、处理）贮女许拒炬距所楚础阻俎沮叙绪序屿墅巨去（除也）苣举讵潊巨醑咀诅苎抒楮

【七麌】麌雨宇舞府鼓虎古股贾（商贾）估土吐圃庚户树（种植，动词）煦诩努辅组乳弩补鲁橹睹腐数（动词）簿竖普侮斧聚午伍釜缕部柱矩武五苦取抚浦主杜坞祖愈堵扈父甫禹羽怒［遇韵同］腑拊俯罟赌卤姥鹉拄莽［养韵同］栩窭脯嫵廡否（是否）麈褛篓偻酤牡谱怙肚踽虏努诂瞽牝殁祜滬雇仵缶

母某畝蠱琥

【八薺】薺禮體米啓陛洗邸底抵弟坻柢涕悌濟（水名）澧醴舐眯姊棨遞昵睨蠡

【九蟹】（駭同用）蟹解灑楷［佳韻同］拐矮擺買駭

【十賄】（海同用）賄悔罪餒每塊匯（匯合）猥瑰磊蕾傀儡腿海改採彩在宰醢鎧愷待殆怠乃載（歲也）凱闓倍蓓迨亥

【十一軫】（準同用）軫敏允引尹盡忍準隼笋盾［阮韻同］閔憫菌［真韻同］蚓牝殞緊蠢隕哂診疹賑腎蜃臏黽泯窘吮緡

【十二吻】（隱同用）吻粉蘊憤隱謹近忿扠刎搵槿瑾惲韞

【十三阮】（混很同用）阮遠（遠近）晚苑返反飯（動詞）偃蹇琬沅宛畹菀蜿綣巘挽堰混棍閫悃捆袞滾鯀穩本畚笨損忖囤遁很沌懇墾齦

【十四旱】（緩同用）旱暖管琯滿短館［翰韻同］緩盌［翰韻同］碗懶傘伴卵散（散布）伴誕罕瀚（浣）斷（斷絕）侃算（動詞）款但坦袒纂緞拌懑讕莞

【十五潸】（產同用）潸眼簡版板阪盞產限綰柬揀撰饌赧皖汕鏟屨棟棧

【十六銑】（獮同用）銑善（善惡）遣（遣送）淺典轉［霰韻同］衍犬選冕輦免展繭辨篆勉剪卷顯餞［霰韻同］踐喘蘚軟褰［阮韻同］演兗件腆跣緬繾鮮（少也）畛扁匾蜆峴畎鱻隽鍵變泫癬闡顫膳鱔舛娩輦遭［先韻同］禰辮拈

【十七筱】（小同用）筱小表鳥了（未了，了得）曉少（多少）擾繞紹杪沼眇矯姣杳窈窱裊挑（挑撥）掉［嘯韻同］肇縹紗渺淼藨趙兆繳繚［蕭韻同］夭（夭折）悄稍僥蟯磽劋晁貌秒殍瞭

【十八巧】巧飽卯狡爪鮑撓［豪韻同］攪絞拗咬炒吵佼姣

［肴韻同］ 昴茆獠［蕭韻同］

【十九皓】皓寶藻早棗老好（好醜）道稻造（造作）腦惱島倒（傾覆）禱［號韻同］搗抱討考燥掃［號韻同］嫂保鴇稿草昊浩鎬杲縞槁堡皂瑙媼燠襖懊葆裸芼澡套澇蚤拷栲

【二十哿（果同用）】哿火舸嚲舵我拖娜荷（負荷）可左果裹朵鎖瑣墮惰妥坐（坐立）裸跛頗（稍也）夥顆禍丫婀邏卵那坷爹［麻韻同］簸叵垛哆硪麼［歌韻同］峨［歌韻同］

【二十一馬】馬下（上下）者野雅瓦寡社寫瀉夏（華夏）也把廈惹冶賈（姓氏）假（真假）且瑪姐舍喏赭灑椵剮打耍那

【二十二養（蕩同用）】養癢象像橡仰朗榜獎蔣敞氅廠枉往顙強（勉強）惘兩曩丈杖仗［漾韻同］響掌黨想鞅榜爽廣享向饗幌莽紡長（長幼）網蕩上（上升）壤賞仿罔讜倘魍魎謊蟒漭嗓盎恍髒（骯髒）吭沆慷繈鏹搶骯獷

【二十三梗（耿靜同用）】梗影景井嶺領境警請餅永騁逞穎穎頃整靜省幸頸郢猛丙炳杏秉耿礦冷靖哽綆荇艋蜢皿儆悻婧阱猙［庚韻同］靚惺打瘦併（合併）獷瞢憬鯁

【二十四迥（拯等同用）】迥炯茗挺艇梃醒［青韻同］酩酊并（并行并且）等鼎頂肯拯罄到溟

【二十五有（厚、黝同用）】有酒首口母［麌韻同］婦［麌韻同］後柳友鬥狗久負［麌韻同］厚手叟守否［麌韻同］右受牖偶走阜［麌韻同］九後咎藪吼帚垢舅紐藕朽臼肘韭畝［麌韻同］剖誘牡［麌韻同］缶酉苟醜糗扣叩某莠壽綬玖授蹂［尤韻同］揉［尤韻同］溲紂鈕扭嘔毆糾耦掊瓿拇姆擻綹抖陡蚪簍黝起取［麌韻同］

【二十六寢】寢飲（飲食）錦品枕（枕衾）審甚［沁韻同］廩衽稔凜懍沈（姓氏）朕荏嬸瀋（瀋陽）葚稟噤諗怎恁飪罨

【二十七感（敢同用）】感覽攬膽淡［淡、勘韻同］啖坎慘敢頷［覃韻同］撼毯糝湛菡萏罯槧喊嵌［咸韻同］橄欖

【二十八儉（琰、忝、儼同用）】儉焰斂［艷韻同］險檢臉染掩點簟貶冉苒陝諂儼閃剡忝［艷韻同］琰奄歉芡嶄塹漸［鹽韻同］罨撿弇崦玷

【二十九豏（檻、範同用）】豏檻範減檻犯湛巉［咸韻同］斬黯範

去聲

【一送】送夢鳳洞衆甕貢弄凍痛棟慟仲中粽諷空控哄贛

【二宋（用同用）】宋用頌誦統縱訟種綜俸供縫重共

【三絳】絳降（升降）巷撞［江韻同］戇

【四寘（至志同用）】置置事地意志思（名詞）泪吏賜自字義利器位戲至次累（連累）僞寺瑞智記異致備肆翠騎（車騎，名詞）使（使者）試類棄餌媚鼻易（容易）轡墜醉議翅避笥幟熾粹蒔誼帥厠寄睡忌貳萃穗二臂嗣吹（鼓吹，名詞）遂恣四驥季刺駟瘱魅積（積蓄）被懿覬冀愧匱恚饋薏簀櫃暨庇豉莉膩祕比（近也）鷙愍音示嗜飼伺遺［饋遺］薏崇值惴屣眦罳企漬譬跛摯燧隧悴屎稚雉茬悸肆泌識（記也）侍躓爲（因爲）

【五未】未味氣貴費沸尉畏慰蔚魏緯胃彙（字彙）謂渭卉［尾韻同］諱毅既衣（著衣，動詞）蜚溉［隊韻同］翡誹

【六御】禦處（處所）去慮譽（名詞）署據馭曙助絮著（顯著）箸豫恕與（參與）遽疏（書疏）庶預語（告也）踞倨籲淤鋸狙［魚韻同］翥薯

【七遇（暮同用）】遇路輅賂露鷺樹（樹木）度（制度）渡賦布步固素具務霧鶩數（數量）怒［麌韻同］附兔故顧句墓慕

暮募注住注駐炷祚裕誤悟寤戍庫護屨訴妒懼趣娶鑄綌傅付諭喻嫗芋捕哺互孺寓赴冱吐［虞韻同］汙（動詞）惡（憎惡）晤煦酗訃僕（傴僕）賵駙婺錮蚛颶怖鋪（店鋪）塑愫盠溯鍍璐雇瓠迕婦負阜副富［宥韻同］醋措

【八霽（祭同用）】霽制計勢世麗歲濟（渡也）第藝惠慧幣弟滯際涕［薺韻同］厲契（契約）敝弊斃帝蔽髻銳戾裔袂系祭衛隸閉逝綴翳替細桂稅婿例誓筮蕙詣礪勵瘞噬繼脆睿毳曳蒂睇妻（以女妻人）遞逮薊蜹薛荔唳捩糯泥（拘泥）媲嬖篲睥睨劑嚏諦締剃屜悌儷銳貰掣羿棣蟪剃娣說（游說）贅憩鱖麑囈謎擠

【九泰】會旆最貝沛霈繪膾薈狧儈檜蛻酹外兌泰太帶外蓋大［箇韻同］瀨賴籟蔡害藹艾丐奈柰汰癩靄

【十卦（怪、夬同用）】懈廨邂隘賣派債怪壞誡戒界介芥械薤拜快邁敗稗曬濣湃寨疥屆劂簀賣啐聵塊憝卦挂畫（圖畫）

【十一隊（代、廢同用）】隊內輩佩退碎背穢對廢悔誨晦昧配妹喙潰吠肺耒塊碓刈悖焙淬敦（器名）塞（邊塞）愛代載（載運）態菜礙戴貸黛概岱溉慨耐在（所在）蕭玳再袋逮埭賚賽憝曖咳噯睞

【十二震（稕同用）】震信印進潤陣鎮刃順慎鬢晉駿閏峻釁振俊舜贐吝爞訊仞迅汛趁襯僅覲藺浚賑［軫韻同］齔認殯擯縉躪廑諄瞬軔浚殉饉

【十三問（焮同用）】問聞（名譽）運量韻訓糞忿［吻韻同］醞郡分（名分）紊慍近（動詞）抆拚奮鄆捃靳

【十四願（焮、恨同用）】論（名詞）恨寸困頓遁［阮韻同］鈍悶遜嫩混諢巽褪噴［元韻同］艮搵願怨萬飯（名詞）獻健建憲勸蔓券遠（動詞）侃鍵販畈曼挽（挽聯）瑗媛圈（豬圈）

【十五翰（換同用）】翰［寒韻同］瀚岸漢難（灾難）斷

（決斷）亂嘆［寒韻同］觀（樓觀）幹（樹幹，幹練）散（解散）旦算（名詞）玩爛貫半案按炭汗贊漫［寒韻同，又副詞，獨用］冠（冠軍）灌欑竄幔粲燦璨換煥喚渙悍彈（名詞）憚叚看［寒韻同］判叛絆鸛伴畔鍛腕惋館旰捍疸但罐盥婉緞縵侃蒜鑽讕

【十六諫（襉同用）】諫雁患澗間（間隔）宦晏慢盼篆棧［潸韻同］慣串綻幻瓣莧辦謾訕［刪韻同］鏟綰攣篡襉扮

【十七霰（線同用）】霰殿面縣變箭戰扇煽膳傳（傳記）見硯院練鏈燕宴賤饌薦絹彥掾便（便利）眷倦羨奠遍戀囀眩釧倩卞汴片禪（封禪）譴濺餞善（動詞）轉（以力轉動）卷（書卷）旬電咽茜單念（念書）眄澱靛佃鈿［先韻同］鏇漩揀繕現狷炫絢綻綫煎選旋顫擅緣（衣飾）譔喭諺媛忭弁援研（磨研）

【十八嘯（笑同用）】嘯笑照廟竅妙詔召邵要（重要）曜耀調（音調）釣吊叫眺少（老少）誚料療潦掉［筱韻同］嶠僥跳嘹漂鐐廖尿肖鞘悄［筱韻同］峭哨俏醮燎［筱韻同］鷂鷚轎驃票銚［蕭韻同］

【十九效】效教（教訓）貌校孝鬧豹罩棹覺（寤也）較窖爆炮（槍炮）泡［肴韻同］刨［肴韻同］稍鈔［肴韻同］拗敲［肴韻同］淖

【二十號】號［號令］帽報導操（操行）盜噪竈奧告（告訴）誥到蹈傲暴（強暴）好（愛好）勞（慰勞）躁造（造就）冒悼倒（顛倒）燥犒靠懊瑁燠［皓韻同］耄糙套［皓韻同］纛［沃韻同］潦耗

【二十一箇（過同用）】個賀佐大［泰韻同］餓過［歌韻同，又過失獨用］座和（唱和）挫課唾播破臥貨簸軻（車感）駄髁［歌韻同］磋作做剁磨（磨磐）懦糯縛銼挼些（楚些）

【二十二禡】禡駕夜下（降也）謝榭罷夏（春夏）霸暇灞嫁赦籍（憑籍）假（休假）蔗化舍（廬舍）價射罵稼架詐亞麝怕借卸帕壩靶鷂賈炙嗄乍咤詫佗罅嚇婭啞訝迓華（姓氏）樺話胯［遇韻同］跨衩柘

【二十三漾（宕同用）】漾上（上下）望［陽韻同］相（卿相）將（將帥）狀帳唱讓浪（波浪）釀曠壯放向忘仗［養韻同］暢量（數量）葬匠障瘴謗尚漲餉樣藏（庫藏）舫訪貺嶂當（適當）抗桁妄愴宕悵創醬況亮傍（依傍）喪（喪失）恙諒脹鬯臟吭碭伉壙纊桄擋旺炕亢（高亢）閌防

【二十四敬（映、静、勁同用）】敬命正（正直）令（命令）證性政鏡盛（茂盛）行（學行）聖咏姓慶映病柄勁競靚淨竟孟靜更（更加）併［梗韻同］聘硬炳泳迸橫（蠻橫）摒迸檠迎鄭獍

【二十五徑（證、嶝同用）】徑定聽勝（勝敗）罄磬應（答應）贈乘（名詞）佞鄧證秤稱（相稱）瑩［庚韻同］孕興（興趣）剩憑［蒸韻同］徑甑寧脛暝（夜也）釘（動詞）訂飣錠謦濘瞪蹭蹬亙（亙古）鐙（鞍鐙）瀅凳磴涇

【二十六宥（候幼同用）】宥候就售［尤韻同］壽［有韻同］秀綉宿（星宿）奏獸漏富［遇韻同］陋狩晝寇茂舊胄宙袖岫柚覆復（又也）救廄臭佑右囿豆餾竇瘦漱咒究疚謬皺逅嗅邁溜鏤逗透驟又侑幼讀（句讀）堠僕副［遇韻同］銹鷲縐咮灸籀酎詬蔻僦構扣購縠戊懋貿荬嗽湊鼬鏊漚（動詞）

【二十七沁】沁飲（使飲）禁（禁令）任（信任）蔭浸譖譛枕（動詞）譖甚［寢韻同］鴆賃喑滲窨妊

【二十八勘（闞同用）】勘暗濫啖擔憾暫三（再三）紺憨澹［感韻同］瞰淡纜

【二十九艷】艷劍念驗塹贍店占（占據）斂（聚斂）厭焰［儉韻同］墊欠僭釅澰灎俺砭坫

【三十陷（鑒、梵同用）】陷鑒泛梵懺賺蘸嵌站餡

入聲

【一屋】屋木竹目服福祿穀熟肉族鹿漉腹菊陸軸逐苜蓿宿（住宿）牧伏夙讀（讀書）犢瀆牘櫝韣轂復（恢復）粥肅碌騄鷫育六縮哭幅斛戮僕畜蓄叔淑倏獨卜馥沐速祝麓轆鏃蹙築穆睦禿穀覆輻瀑郁（馥郁）舳踘蹴局茯袱鵬鵠髑槲樸蔔簌蔟煜複蝠腹孰墊盡竺曝鞠嗾諑籙國［職韻同］副

【二沃（燭同用）】沃俗玉足曲粟燭屬錄辱獄綠毒局欲束鵠蜀促觸續浴酷躅褥旭欲篤督贖淥蘥碡北［職韻同］矚囑勖溽縟梏

【三覺】覺（知覺）角桷榷岳樂（音樂）捉朔數（頻數）卓啄琢剝駁雹璞樸殼確濁擢濯渥幄握學齷齪榷搉鐲喔邈犖

【四質（術、櫛同用）】質日筆出室實疾術一乙壹吉秩率律逸佚失漆栗畢恤密蜜桔溢瑟膝匹述黜弼蹕七叱卒（終也）虱悉戌嫉帥（動詞）蒺侄躓怵蟋篳篥必泌蓽秋櫛唧怢漆謐昵軼聿詰鼇垤捽苴鬢鷸窒苾

【五物（迄同用）】物佛拂屈或（或或乎文哉）鬱（鬱鬱蔥蔥）乞掘［月韻同］吃（口吃）訖紱弗勿迄不怫沸茀厥倔黻崛尉（姓氏，又尉遲，複姓）蔚契屹熨［未韻同］紼

【六月（沒同用）】月骨發闕越謁沒伐罰卒（士卒）竭窟笏鉞歇突忽襪曰閥筏鶻［黠韻同］厥［物韻同］蹶蕨歿橛掘［物韻同］覈蠍勃渤悖［隊韻同］孛揭［屑韻同］碣粵樾鱖脖餑鶻捽［質韻同］猝惚兀訥（呐）羯凸咄［曷韻同］矻

【七曷（末同用）】曷達末闥鉢脫奪褐割沫拔（挺拔）葛闥

渴撥豁括抹遏撻跋撮潑秣掇［屑韻同］聒獺［黠韻同］刺喝磕
蘖瘌襪活鴰斡怛鈸捋

【八黠（轄同用）】黠拔（拔擢）八察殺剎軋戛瞎刮刷滑轄
鍛猾捌叭札扎帕茁鶻挖薩捺

【九屑（薛同用）】屑節雪絕列烈結穴說血舌潔別缺裂熱決
鐵滅折拙切悅轍訣泄鍥咽（嗚咽）軼噎徹澈哲瞥設囓劣玦截竊
孽浙孑桔頡拮擷揭褐［曷韻同］纈碣［月韻同］挈抉褻薛拽
（曳）蕆洌瞥疊跌閱餮耋垤捏頁闋觖譎鳩撇鱉篾楔愒輟啜綴撤紲
杰桀涅霓霓［齊、錫韻同］批［齊韻同］

【十藥（鐸同用）】藥薄惡（善惡）作樂（哀樂）落閣鶴爵
弱約腳雀幕洛壑索郭錯躍若酌托削鐸鑿箔鵲諾萼度（測度）橐
籥龠瀹著虐掠穫（收穫）泊搏霍嚼勺謔廓綽霍鑊莫箬縛貉各
略駱寞膜鄂博昨柝格拓櫟鑠爍灼瘧翯箬芍躇卻噱犖攫醵踱魄酪絡
烙珞膊粕簿柞漠摸酢怍涸郝垩諤鱷噩鍔顎繳擴橁陌［陌韻同］

【十一陌（麥、昔同用）】陌石客白澤伯迹宅席策冊碧籍
（典籍）格役帛戟壁驛麥額柏魄積（積聚）脉夕液尺隙逆畫（動
詞）百辟赤易（變易）革脊翮屐獲（獵獲）適索厄隔益窄核烏
擲責坼惜癖僻掖腋釋譯嶧擇摘弈奕迫疫昔赫瘠謫亦碩貊跖鶺磧踖
只炙（動詞）躑斥冞鬲舶珀嚇礫拆喀蚱舴劇檗擘柵嘖幘簀扼
劃蜴闢幗蟈刺脊汐藉螫鶩撠襞虢啞（笑聲）繹射（音亦）

【十二錫】錫壁曆櫪擊績績笛敵滴鏑檄激寂覡溺覓狄荻冪戚
鶂滌的吃瀝靂惕剔礫翟糴倜析晰淅蜥劈甓嫡鷊櫟閴茒踢迪晰裼
逖霓鬩汨（汨羅江）

【十三職（德同用）】職國德食（飲食）蝕色力翼墨極殛息
熄直值得北黑側賊飾刻則塞（閉塞）式軾域蟈殖植敕亟棘惑忒
默織匿憝億憶臆薏特勒肋幅仄昃稷識（知識）逼克即唧［質韻

同］弋拭陟惻測翊洫嗇穡鯽抑或匐［屋韻同］

【十四緝】緝輯戢立集邑急入泣濕習給十拾襲及級澀楫［葉韻同］粒汁蟄執笠隰汲吸縶挹浥悒岌熠茸什芨廿揖煜［屋韻同］歙笈［葉韻同］圾褶翕

【十五合（盍同用）】合塔答納榻閤雜臘匝闔蛤衲沓鴿踏拓拉盍塌咂盒卅搭褡颯磕榼遏蹋蠟溘邋跲

【十六葉】（帖同用）】葉帖貼牒接獵妾蝶疊篋愜涉鬣捷頰楪［緝韻同］聶攝懾鑷躡協俠挾鋏浹睫厭靨諜躞燮摺輒婕諜堞氎囁喋碟鰈拈曄躐笈［緝韻同］

【十七洽（狎、業、乏同用）】洽狹峽法甲業鄴匣壓鴨乏怯劫脅插鍤押狎夾恰蛺硤掐札夾眨胛呷歃闔霎［葉韻同］

附錄三　　詞韻簡編

此龍榆生《唐宋詞格律》所附之《詞韻簡編》。龍氏所據，蓋即清人戈載所編《詞林正韻》，去其不常用之字，實有八千餘字，故稱簡編。用者若覺不足，自可查找原書。

《詞林正韻》編纂者戈載，清嘉慶、道光年間吳縣（今江蘇蘇州）人，幼承家學，尤擅倚聲之學，以詞學終老，有《翠薇花館詩集》二十卷、《翠薇花館詞集》三十九卷、《宋七家詞選》七卷、《詞林正韻》三卷並《發凡》一卷。以上皆有書傳世。又據《吳縣志·藝文志》著錄，有《續絕妙好詞》、《樂府正聲》、《詞律訂》、《詞律補》等，俱失傳。

《詞林正韻》初刊於道光元年。上海古籍出版社一九八一年十月據道光元年翠薇花館本影印出版。全書分十九韻部，聲韻體系實與《廣韻》—《平水韻》體系一致。戈載"取古人之名詞參酌而審定"，確定可"通用"之韻部從而合併之。他的歸納基本符合唐宋以來詞體文學創作實際。因而受到學者和詞家普遍認可，此書遂成爲公認的詞韻工具書。

第一部
平聲：一東二冬通用

【一東】東同童僮銅桐峒筒瞳中（中間）衷忠盅蟲沖終忡崇嵩（崧）菘戎絨弓躬宮穹融雄熊窮馮風楓瘋豐充隆窿空公功工攻蒙濛朦瞢籠朧櫳嚨聾瓏礱瀧蓬篷洪葒紅虹鴻叢翁嗡匆蔥聰驄通棕烘崆

【二冬】冬咚彤農儂宗淙鍾鐘龍蘢舂松淞沖容榕蓉溶庸傭慵

封胸凶匈洶雍邕癰濃膿重（重複）從（服從）逢縫峰鋒豐蜂烽葑縱（縱橫）蹤茸蚣邛筇跫供（供給）蚣喁

仄聲：上聲一董二腫　去聲一送二宋通用

【一董】董懂動孔總籠（東韻同）攏桶捅蓊蠓汞

【二腫】腫種（種子）踵寵壠（隴）擁冗重（輕重）冢捧勇甬踴涌俑蛹恐拱竦悚聳鞏慫奉

【一送】送夢鳳洞眾瓮貢弄凍痛棟慟仲中（擊中）粽諷空（空缺）控哄贛

【二宋】宋用頌誦統縱（放縱）訟種（種植）綜俸供（供設，名詞）從（僕從）縫（隙也）重（再也）共

第二部

平聲：三江七陽通用

【三江】江缸窗邦降（降伏）雙瀧龐撞玒扛杠腔梆樁幢蚣（冬韻同）

【七陽】陽揚楊洋羊徉伴芳妨方坊防肪房亡忘望（漾韻同）忙茫芒妝莊裝獎香鄉湘廂箱鑲薔相（相互）襄驤光昌堂唐糖棠塘章張王常長（長短）裳涼糧量（衡量）梁粱良霜藏（收藏）腸場嘗償床央鴦秧殃郎廊狼榔踉浪（滄浪）漿將（持也送也）疆僵薑韁艭娘黃皇遑徨煌倉蒼艙滄傷殤商幫湯創（創傷）瘡強（剛強）牆檣嬙薔康慷（養韻同）囊狂糠岡剛鋼綱匡筐荒慌行（行列葬）閶羌槍鏘搶（突也）蜣蹌篁簧璜攘瓢亢吭（漾養韻並同）旁傍（側也）孀驤當（應當）襠璫鐺泱煬蝗隍快肓汪鞅滂螂愴

（漾韻同）緗琅頏悵蟥

仄聲：上聲三講二十二養　去聲三絳二十三漾通用

【三講】講港項棒蚌耩

【二十二養】養癢象像橡仰朗獎奬蔣敞氅廠枉往顙強（勉強）惘兩曩丈杖仗（漾韻同）響掌黨想鯗榜爽廣享向饗怳莽紡長（長幼）網蕩上（上升）壤賞仿罔讜倘魍魎謊蟒漭嗓盎恍髒[骯髒]吭沆慷襁鏹搶骯獷

【三絳】絳降（升降）巷撞（江韻同）戇

【二十三漾】漾上（上下）望（陽韻同）相（卿相）將（將帥）狀帳唱讓浪（波浪）釀曠壯放向忘仗（養韻同）暢量（數量）葬匠障瘴謗尚漲餉樣藏（庫藏）舫訪貺嶂當（適當）抗桁妄愴宕悵創醬況亮傍（依傍）喪（喪失）恙諒脹悵臟（內臟）吭碭伉壙纊桄擋旺炕亢（高亢）閬防

第三部

平聲：四支五微八齊十灰＜半＞通用

【四支】支枝肢移簃爲（施爲）垂吹陂碑奇宜儀皮兒離施知馳池規危夷師姿遲龜眉悲之芝時詩棋旗辭詞期祠基疑姬絲司葵醫帷思滋持隨痴維卮麾埠彌慈遺肌脂雌披嬉屍狸炊湄籬茲差（參差）疲茨卑虧蕤騎（跨馬）歧岐誰斯澌私窺熙欺疵貲羇彝髭頤資糜飢衰錐姨夔祇涯（佳、麻韻同）伊追緇其箕治（治國）尼而推（灰韻同）匙陲魑錘縭璃驪羸陂罷靡蘼脾芪畸犧羲曦欹漪犄崎崖萎篩獅蛳鴟綏雖粢瓷椎飴夔痍惟唯機耆逵巋丕吡枇貔楣霉輜蚩嗤媸颸垀葹鰤鷥笞灕怡貽禧噫其琪祺麒簃螭梔鸝累踟琵岷

【五微】微薇暉輝徽揮韋圍幃違闈霏菲（芳菲）妃飛非扉肥威祈畿機幾（微也、如見幾）譏璣稀希衣（衣服）依歸飢（支韻同）磯欷誹緋晞葳巍沂圻頎

【八齊】齊黎犁梨妻（夫妻）萋淒堤低題提蹄啼雞稽兮倪霓西棲犀嘶撕梯鼙齎迷泥溪蹊圭閨攜畦嵇躋奚臍醯鯢蠡醍鵜奎批砒睽黃筐虀藜猊鯢羝

【十灰<半>】灰恢魁隈回徊槐（佳韻同）梅枚玫媒煤雷頹崔催摧堆陪杯醅嵬推（支韻同）詼裴培盃偎煨瑰茴追胚徘坯桅傀儡（賄韻同）莓

仄聲：上聲四紙五尾八薺十賄<半>
去聲四寘五未八霽九泰<半>十一隊<半>通用

【四紙】紙只咫是靡彼毀委詭髓累技綺骴此泚蕊徙爾弭婢侈弛豕紫旨指視美否（否泰）痞兕幾姊比水軌止徵（角徵）市喜已紀跪妓蟻鄙啙子仔梓矢雉死履蠡癸趾址以似耜祀史駛耳使（使令）里理李起杞圯跂士仕俟始齒矣恥麂枳峙鯉邐氏璽巳（辰巳）滓苡倚匕迤邐旖旎艤魮秕芷擬你企誄捶屣棰揣豸扯恃

【五尾】尾葦鬼豈卉幾（幾多）偉斐菲（菲薄）匪篚娓悱榧虺煒虺瑋蟣

【八薺】薺禮體米啟陛洗邸底抵弟坻柢涕悌濟（水名）澧醴詆眯娣遞昵睨蠡

【十賄<半>】賄悔罪餒每塊匯（匯合）猥璀磊蕾傀儡腿

【四寘】寘置事地意志思（名詞）淚吏賜自字義利器位戲至次累（連累）偽寺瑞智記異致備肆翠騎（車騎，名詞）使（使者）試類棄餌媚鼻易（容易）轡墜醉議翅避笥幟熾粹蒔誼帥廁

寄睡忌貳萃穗二臂嗣吹（鼓吹，名詞）遂恣四驥季刺駟寐魅積（積蓄）被懿覬冀愧匱恚饋賫簣櫃暨庇攱莉膩秘比（近也）鷙毖嗇示嗜飼伺遺（饋遺）薏祟值惴屣眥罿企漬譬跛摯燧隧悴屎稚雉葳悸肄泌識（記也）侍躓爲（因爲）

【五未】未味氣貴費沸尉畏慰蔚魏緯胃彙（字彙）謂渭卉（尾韻同）諱毅既衣（著衣，動詞）蜚溉（隊韻同）翡誹

【八霽】霽制計勢世麗歲濟（渡也）第藝惠慧幣弟滯際涕（薺韻同）厲契（契約）敝弊斃帝蔽髻銳戾裔袂系祭衛隸閉逝綴翳替細桂稅婿例誓筮蕙詣礪勵瘱噬繼脆睿毳曳蒂睇妻（以女妻人）遞逮薊蚋薛荔嚏捩糲泥（拘泥）媲嬖彗睥睨劑嚔諦締剃屜悌儷鷖貰掣羿棣螮薜娣說（游說）贅憩鱖觬囈謎擠

【九泰<半>】會旆最貝沛霈繪膾薈狋儈檜蛻酹外兌

【十一隊<半>】隊內輩佩退碎背穢對廢悔誨晦昧配妹隊憒吠肺耒塊碓乂悖焙淬敦（盤敦）

第四部

平聲：六魚七虞通用

【六魚】魚漁初書舒居裾琚車（麻韻同）渠葉餘予（我也）譽（動詞）與胥狙鋤疏蔬梳虛噓墟徐豬閭廬驢諸儲除滁蜍如畬淤紓苴菹沮齟茹櫚於袪蘧疽蛆醵紓欂躇（藥韻同）歟据（拮据）

【七虞】虞愚娛隅無蕪巫於衢癯瞿氍儒襦濡須需朱珠株誅硃銖蛛殊俞瑜榆愉逾渝畬諛腴區軀驅嶇趨扶符鳧芙雛敷㲀夫膚紆輸樞廚俱駒模謨摹蒲逋胡湖瑚乎壺狐弧孤辜姑觚菰徒途塗荼圖屠奴吾梧吳租盧鱸爐蘆顱壚蚨孥帑蘇酥烏汙（汙穢）枯粗都茱侏姝禺拘嵎躕桴俘臾萸吁淳瓠糊醐呼沽酤瀘轤鸕鵒斛葡鋪（鋪蓋）菟誣嗚迂盂竽趺毋孺酗鶘骷刳蛄晡蒲葫呱蝴劬殂猢郛孚

仄聲：上聲六語七虞 去聲六御七遇通用

【六語】語（語言）圄圉呂侶旅杼佇與（給予）予（賜予）渚煮暑鼠汝茹（食也）黍杵處（居住、處理）貯女許拒炬距所楚礎阻俎沮敘緒序嶼墅巨去（除也）苣舉詎潊滸鉅醑咀詛芧抒楮

【七虞】麌雨宇舞府鼓虎古股賈（商賈）估土吐圃庚戶樹（種植，動詞）煦詡努輔組乳弩補魯櫓睹腐數（動詞）簿豎普侮斧聚午伍釜縷部柱矩武五苦取撫浦主杜塢祖愈堵廘父甫禹羽怒（遇韻同）腑拊俯罟賭滷姥鷗拄莽（養韻同）栩寠脯嫵廡否（是否）麈褸篡僂酤牡譜怙肚踽虜砮詁瞽牯殀祜滬雇仵缶母某畝蠱琥

【六御】御處（處所）去慮譽（名詞）署據馭曙助絮著（顯著）箸豫恕與（參與）遽疏（書疏）庶預語（告也）踞倨蕷淤鋸覷狙（魚韻同）鬻薯

【七遇】遇路輅賂露鷺樹（樹木）度（制度）渡賦布步固素具務霧騖數（數量）怒（虞韻同）附兔故顧句墓慕暮募註住註駐炷祚裕誤悟寤戍庫護屨訴妒懼趣娶鑄絝傅付諭喻嫗芋捕哺互孺寓赴冱吐（虞韻同）汙（動詞）惡（憎惡）晤煦酗訃僕（偃僕）賻駙婺錮蚷颶怖鋪（店鋪）塑愫蠧溯鍍璐雇瓠迕婦負阜副富（宥韻同）醋措

第五部

平聲：九佳＜半＞十灰＜半＞通用

【九佳＜半＞】佳街鞋牌柴釵差（差使）崖涯（支麻韻同）偕階皆諧骸排乖懷淮豺儕埋霾齋槐（灰韻同）睚崽楷秸揩挨俳

【十灰＜半＞】開哀埃臺苔抬該才材財裁栽哉來萊災猜孩徠

駘胎唉垓挨鎧呆腮

仄聲：上聲九蟹十賄＜半＞
去聲九泰＜半＞十卦＜半＞十一隊＜半＞通用

【九蟹】蟹解灑楷（佳韻同）拐矮擺買駭

【十賄＜半＞】海改採彩在宰醢鎧愷待殆怠乃載（歲也）凱闓倍蓓迨亥

【九泰＜半＞】泰太帶外蓋大（箇韻同）瀨賴籟蔡害藹艾丐奈柰汏癩靄

【十卦＜半＞】懈廨邂隘賣派債怪壞誡戒界介芥械薤拜快邁敗稗矖澫湃寨疥屆蒯簀賣喟聵塊憊

【十一隊＜半＞】塞（邊塞）愛代載（載運）態菜礙戴貸黛概岱漑慨耐在（所在）靅玳再袋逮埭賚賽憝曖咳噯眛

第六部
平聲：十一真十二文十三元＜半＞通用

【十一真】真因茵辛新薪晨辰臣人仁神親申身賓濱檳繽鄰鱗麟珍瞋塵陳春津秦頻蘋顰瀕銀垠筠巾囷民岷泯（軫韻同）珉貧莙淳醇純唇倫輪淪掄勻旬巡馴鈞均榛遵循甄宸綸椿鶉嶙轔磷呻伸紳寅姻荀詢峋氤恂嬪彬皴娠閩紉湮肫逡菌臻幽

【十二文】文聞紋蚊雲分（分離）氛紛芬焚墳羣裙君軍勤斤筋勛薰曛醺蕓耘芹欣氳葷汶汾殷雯賁紜昕熏

【十三元＜半＞】魂渾溫孫門尊（樽）存敦墩燉暾蹲豚村屯囤（囤積）盆奔論（動詞）昏痕根恩吞蓀捫褌昆鯤坤崙婚閽髡餛噴猻飩臀跟瘟飧

仄聲：上聲十一軫十二吻十三阮＜半＞
去聲十二震十三問十四願＜半＞通用

【十一軫】軫敏允引尹盡忍準隼筍盾（阮韻同）閔憫菌（真韻同）蚓牝殞緊蠢隕哂診疹賑腎蜃臏黽泯窘吮縝

【十二吻】吻粉蘊憤隱謹近忿抆（問韻同）刎搵（願韻同）槿瑾惲輼

【十三阮＜半＞】混棍閫悃捆袞鯀穩本畚笨損忖囤遁很沌懇墾齦

【十二震】震信印進潤陣鎮刃順慎鬢晉駿閏峻釁振俊舜賑吝燼訊仞迅汛趁襯僅覲藺浚賑（軫韻同）齔認殯擯縉躪廑諄瞬靭浚殉饉

【十三問】問聞（名譽）運暈韻訓糞忿（吻韻同）醞郡分（名分）紊慍近（動詞）抆（吻韻同）拚奮鄆捃靳

【十四願＜半＞】論（名詞）恨寸困頓遁（阮韻同）鈍悶遜嫩溷諢巽褪噴（元韻同）艮搵（吻韻同）

第七部

平聲：十三元＜半＞十四寒十五刪一先通用

【十三元＜半＞】元原源沅黿園袁猿垣煩蕃樊喧萱暄冤言軒藩媛援轅番繁翻幡璠鴛鵷蜿湲爰掀燔圈諼

【十四寒】寒韓翰（翰韻同）丹單安鞍難（艱難）餐檀壇灘彈殘乾肝竿闌欄瀾蘭看（翰韻同）刊丸完桓紈端湍酸團攢官觀（觀看）鸞巒鬱冠（衣冠）歡寬盤蟠漫（大水貌）嘆（翰韻同）邯鄲攤玕闌珊狻犴桿跚姍殫簞癉讕獾倌棺剜潘拚（問韻同）

347

槃般蹣瘢磐瞞謾饅鰻鑽搏邗汗（可汗）

【十五刪】刪潸關彎灣還環鬟寰班斑蠻顏姦攀頑山閑艱間（中間）慳患（諫韻同）孱潺擐圜菅般（寒韻同）頒鬘疝訕斕嫺鷴鰥殷（赤黑色）綸（綸巾）

【一先】先前千阡箋天堅肩賢弦煙燕（地名）蓮憐連田填巔鬈宣年顛牽妍研（研究）眠淵涓捐娟邊編懸泉遷仙鮮（新鮮）錢煎然延筵氈旃蟬纏廛聯篇偏綿全鐫穿川緣鳶旋船涎鞭專圓員乾（乾坤）虔愆權拳椽傳焉嫣韉騫搴鉛舷躔鵑筌痊詮悛遄（銑韻同）禪嬋躔顓燃漣璉便（安也）翩駢癲闑鈿（霰韻同）沿蜒胭芊鯿胼滇佃畋咽湮狷蠲蔫蹇膻扇棉拴荃秈磚攣儇歡璇卷（曲也）扁（扁舟）單（單於）濺（濺濺）韉

仄聲：上聲十三阮＜半＞十四旱十五潸十六銑
去聲十四願＜半＞十五翰十六諫十七霰通用

【十三阮＜半＞】阮遠（遠近）晚苑返反飯（動詞）偃蹇琬沅宛畹菀蜿綣巘鞔堰

【十四旱】旱暖管琯滿短館（翰韻同）緩盥（翰韻同）碗懶傘伴卵散（散佈）伴誕罕瀚（浣）斷（斷絕）侃算（動詞）款但坦袒纂緞拌懣讕莞

【十五潸】潸眼簡版板阪盞產限綰柬揀撰饌赧皖汕鏟屢棟棧

【十六銑】銑善（善惡）遣（遣送）淺典轉（霰韻同）衍犬選冕輦免展繭辨篆勉剪捲顯餞（霰韻同）踐喘蘚軟蹇（阮韻同）演克件腆跣緬繾鮮（少也）殄匾蜆峴畎燹雋鍵孌泫癬闡顫膳鱔舛娩輾遄（先韻同）臠辮捻

【十四願＜半＞】願怨萬飯（名詞）獻健建憲勸蔓券遠（動

詞）侃鍵販畈曼輓［輓聯］瑗媛圈（豬圈）

【十五翰】翰（寒韻同）瀚岸漢難（災難）斷（決斷）亂嘆（寒韻同）觀（樓觀）幹（樹幹，幹練）散（解散）旦算（名詞）玩爛貫半案按炭汗贊漫（寒韻同。又副詞，獨用）冠（冠軍）灌爨奐幔粲燦璨換煥喚渙悍彈（名詞）憚段看（寒韻同）判叛絆鸛伴畔鍛腕惋館旰捍疸但罐盥婉緞縵侃蒜鑽攔

【十六諫】諫雁患澗間（間隔）宦晏慢盼篡棧（潸韻同）慣串綻幻瓣莧辦謾訕（刪韻同）鏟綰孿篆襇扮

【十七霰】霰殿面縣變箭戰扇煽膳傳（傳記）見硯院練鏈燕宴賤饌薦絹彥掾便（便利）眷倦羨奠遍戀囀眩釧倩卞汴片禪（封禪）譴濺餞善（動詞）轉（以力轉動）卷（書卷）甸電咽茜單念（念書）晛濺靛佃鈿（先韻同）鏇漩揀繕現狷炫絢綻線煎選旋顫擅緣（衣飾）撰喧諺媛忏弁援研（磨研）

第八部
平聲：二蕭三餚四豪通用

【二蕭】蕭簫挑貂刁凋雕迢條鬌調（調和）蜩梟澆聊遼寥撩寮僚堯宵消霄綃銷超朝潮囂驕嬌蕉焦椒饒硝燒（焚燒）遙徭搖謠瑤韶昭招鐃瓢苗貓腰橋喬嬈妖飄逍瀟鴞驍祧鷂鷯獠嘹夭（夭夭）麼邀要（要求）姚樵譙憔標飆嫖漂（漂浮）剽佻韶苕岩嶢嶢嶢了（明了）魈嶢描釗韜橈銚鷂翹桴僑窯礁

【三餚】餚巢交郊茅嘲鈔包膠苞梢姣庖匏坳敲胞拋蛟崤鵁鞘抄螯咆哮㘭淆教（使也）跑艄捎爻咬鐃茭炮（炮製）泡鮫刨抓

【四豪】豪勞毫操（操持）髦條刀萄猱褒桃糟髹袍撓（巧韻同）蒿濤皋號（號呼）陶鰲曹遭羔糕高搔毛艘滔騷韜繅膏牢醪逃濠壕饕洮淘叨嗥篙熬遨翱嗷臊嘷尻鏖鼇葵敖氂漕嘈槽掏嘮滂撈

詩詞寫作教程

癆芼（皓韻同）

仄聲：上聲十七篠十八巧十九皓
去聲十八嘯十九效二十號通用

【十七篠】篠小表鳥了（未了，了得）曉少（多少）擾繞紹杪沼眇矯皎杳窈窱褭挑（挑撥）掉（嘯韻同）肇縹緲渺淼蔦趙兆繳繚（蕭韻同）夭（夭折）悄窅僥蓼嬈磽剿晁皃秒殍瞭（瞭望）

【十八巧】巧飽卯狡爪鮑撓（豪韻同）攪絞拗咬炒吵佼姣（餚韻同）昂茆獠（蕭韻同）

【十九皓】皓寶藻早棗老好（好醜）道稻造（造作）腦惱島倒（跌倒）禱（號韻同）搗抱討考燥掃（號韻同）嫂保鴇稿草昊浩鎬杲縞槁堡皂瑙媼襖懊葆裸芼（豪韻同）澡套潦蚤拷栲

【十八嘯】嘯笑照廟竅妙詔召邵要（重要）曜耀調（音調）釣弔叫眺少（老少）誚料療潦掉（篠韻同）嶠徼跳噭漂鐐廖尿肖鞘俏（篠韻同）峭哨俏醮燎（篠韻同）鷂鷯轎驃票銚（蕭韻同）

【十九效】效教（教訓）貌校孝鬧豹罩棹覺（寤也）較窖爆炮（槍炮）泡（餚韻同）刨（餚韻同）稍鈔（餚韻同）拗敲（餚韻同）淖

【二十號】號（號令）帽報導操（操行）盜噪竈奧告（告訴）誥到蹈傲暴（強暴）好（愛好）勞（慰勞）躁造（造就）冒悼倒（顛倒）燥犒靠懊瑁燠（皓韻同）耄糙套（皓韻同）纛（沃韻同）潦耗

第九部
平聲：五歌獨用

【五歌】歌多羅河戈阿和（和平）波科柯陀娥蛾鵝蘿荷（荷花）何過（經過）磨（琢磨）螺禾珂蓑婆坡呵哥軻沱鼉拖駝跎佗（他）頗（偏頗）峨俄摩麼娑莎迦痾苛蹉嵯馱籮邏鑼哪挪鍋訶窠蝌髁倭渦訛陂鄱嶓魔梭唆騾捼（箇韻同）靴瘸搓哦瘥酡

仄聲：上聲二十哿　去聲二十一箇通用

【二十哿】哿火舸軃舵我拖娜荷（負荷）可左果裹朵鎖璅墮惰妥坐（坐立）裸跛頗（稍也）夥顆禍椏婀邐卵那坷爹（麻韻同）簸叵垛哆碓麼（歌韻同）峨（歌韻同）

【二十一箇】箇賀佐大（泰韻同）餓過（歌韻同。又過失，獨用）座和（唱和）挫課唾播破卧貨簸軻轗軻馱髁（歌韻同）磋作做剁磨（磨磐）懦糯縛銼捼（歌韻同）些（楚些）哪

第十部
平聲：九佳＜半＞六麻通用

【九佳＜半＞】佳涯（支麻韻同）媧蝸蛙娃哇

【六麻】麻花霞家茶華沙車（魚韻同）牙蛇瓜斜邪芽嘉瑕紗鴉遮叉奢涯（支佳韻同）巴耶嗟遐加笳賒楂差（差錯）蟆驊蝦葭袈裟砂衙呀琶杷芭杷笆疤爬葩些（少也）佘鯊查楂渣爹撾吒拏椰珈跏枷迦痂茄椏丫啞劃嘩誇胯抓窊呱

仄聲：上聲二十一馬　去聲十卦＜半＞二十二禡通用

【二十一馬】馬下（上下）者野雅瓦寡社寫瀉夏（華夏）也把廈惹冶賈（姓賈）假（真假）且瑪姐舍喏赭灑罷剮打耍那

【十卦＜半＞】卦掛畫（圖畫）

【二十二禡】禡駕夜下（降也）謝榭罷夏（春夏）霸暇灞嫁赦藉（憑藉）假（休假）蔗化舍（廬舍）價射罵稼架詐亞麝怕借卸帕壩靶鷓貰炙嗄乍吒詫侘罅嚇婭啞訝迓華（姓華）樺話胯（遇韻同）跨衩柘

第十一部
平聲：八庚九青十蒸通用

【八庚】庚更（更改）羹盲橫（縱橫）觥彭亨英烹平枰京驚荊明盟鳴榮瑩兵兄卿生甥笙牲擎鯨迎行（行走）衡耕萌甍巨集閎莖罌鶯櫻泓橙爭箏清情晴精睛菁晶旌盈楹瀛嬴贏營嬰纓貞成盛（盛受）城誠呈程酲聲徵正（正月）輕名令（使令）并（并州）傾縈瓊崢嶸撐粳坑鏗櫻鸚黥蘅澎膨棚浜坪蘋鉦傖檠嚶轟錚猙寧獰瞠繃怦瓔砰氓鯖偵樫蟶塋頳熒賡儧睜

【九青】青經涇形陘亭庭廷霆蜓停丁仃馨星腥醒（醉醒）惺俜靈齡玲鈴伶零聽（徑韻同）冥溟銘瓶屏萍熒螢榮扃坰鵑蜻硎苓聆瓴翎娉婷寧暝瞑螟猩釘疔叮廳泠櫺囹羚蛉嚀型邢

【十蒸】蒸烝承丞懲澄陵凌綾菱冰凝鷹應（應當）蠅繩升繒憑乘（駕乘，動詞）勝（勝任）興（興起）仍兢矜徵（徵求）稱（稱贊）登燈僧憎增曾繒層能朋鵬肱薨騰藤恆罾崩塍膰崚嶒姮塍馮症簦薠凝（徑韻同）棱楞

仄聲：上聲二十三梗二十四迥
去聲二十四敬二十五徑通用

【二十三梗】梗影景井嶺領境警請餅永騁逞穎潁頃整靜省幸頸郢猛丙炳杏秉耿礦冷靖哽綆荇艋蜢皿儆悻婧阱掙（庚韻同）靚悻打癭併（合併，敬韻同）獷眚憬鯁

【二十四迥】迥炯茗挺艇梃醒（青韻同）酩酊並（並行，並且）等鼎頂肯拯謦到溟

【二十四敬】敬命正（正直）令（命令）證性政鏡盛（茂盛）行（學行）聖詠姓慶映病柄勁競靚淨竟孟諍更（更加）併（合併，梗韻同）聘硬炳泳迸橫（蠻橫）摒阱檠迎鄭獍

【二十五徑】徑定聽勝（勝敗）罄磬應（答應）贈乘（名詞）佞鄧證秤稱（相稱）瑩（庚韻同）孕興（興趣）剩憑（蒸韻同）迳甑甯脛暝（夜也）釘（動詞）訂飣錠聲濘瞪蹭蹬亙（亙古）鐙（鞍鐙）瀅凳磴涇

第十二部
平聲：十一尤獨用

【十一尤】尤郵優尢流旒留騮榴劉由油游猷悠攸牛修羞秋周州洲舟酬饈柔儔疇籌稠丘邱抽瘳遒收鳩搜騶愁休囚求裘仇浮謀牟眸伴矛侯喉猴謳鷗樓陬偷頭投鉤溝幽糾啾楸蚯躊綢惆勾婁琉疣猶鄒兜呦咻貅球蜉蝣輈幬罶瘤硫瀏麻湫泅酋甌啁飀鍪篌摳簍諏骰僂漚（水泡，名詞）螻髏艘歐彪掊蚪揉蹂抔不（與有韻"否"通）瓿繆（綢繆）

353

仄聲：上聲二十五有　去聲二十六宥通用

【二十五有】有酒首口母（麌韻同）婦（麌韻同）後柳友鬥狗久負（麌韻同）厚手叟守否（麌韻同）右受牖偶走阜（麌韻同）九後咎藪吼帚垢舅紐藕朽臼肘韭畝（麌韻同）剖誘牡（麌韻同）缶酉苟醜糗扣叩某荙壽綬玖授蹂（尤韻同）揉（尤韻同）溲紂鈕扭嘔毆糾耦掊瓿拇姆擻綹抖陡蚪篓黝赳取（麌韻同）

【二十六宥】宥候就售（尤韻同）壽（有韻同）秀繡宿（星宿）奏獸漏富（遇韻同）陋狩晝寇茂舊胄宙袖岫柚覆復（又也）救廄臭佑右囿豆餾賣瘦漱咒究疚謬皺覯嗅邁溜鏤逗透驟又侑幼讀（句讀）堠僕副（遇韻同）銹鷲綯咮灸籀酎詬蔻僦構扣購縠戊懋貿袤嗽湊鼬甃漚（動詞）

第十三部
平聲：十二侵獨用

【十二侵】侵尋潯臨林霖針箴斟沈心琴禽擒衾欽吟今襟（衿）金音陰岑簪（覃韻同）壬任（負荷）歆森禁（力所勝任）浸暗琛涔驂參（參差）忱淋妊摻參（人參）椹郴芩檎琳蟬（覃韻同）愔暗黔嶔

仄聲：上聲二十六寢　去聲二十七沁通用

【二十六寢】寢飲（飲食）錦品枕（枕衾）審甚（沁韻同）廩衽稔凜懍沈（姓氏）朕荏嬸沈（沈陽）葚稟噤諗怎恁飪罧

【二十七沁】沁飲（使飲）禁（禁令）任（信任）蔭浸譖譏枕（動詞）噤甚（寢韻同）鴆賃喑滲窨妊

第十四部
平聲：十三覃十四鹽十五咸通用

【十三覃】覃潭參（參考）驂南楠男諳庵含涵函（包函）嵐蠶探貪耽眈龕堪談甘三酣柑慚藍擔簪（侵韻同）譚曇壇婪戡頷痰籃襤蚶憨泔聃邯蟫（侵韻同）

【十四鹽】鹽檐廉簾嫌嚴占（占卜）髯謙奩纖簽瞻蟾炎添兼縑沾尖潛閻鐮黏淹鉗甜恬拈砭詹蒹殲黔鈐僉晛崦漸鶼腌襜閹

【十五咸】咸函（書函）緘岩讒銜帆衫杉監（監察）凡饞芟攙喃嵌摻巉（鹽韻同）

仄聲：上聲二十七感二十八儉二十九豏
去聲二十八勘二十九艷三十陷通用

【二十七感】感覽攬膽澹（淡，勘韻同）唵坎慘敢頷（覃韻同）撼毯糝湛菡萏橄欖

【二十八儉】儉焰斂（艷韻同）險檢臉染掩點簟貶冉苒陝諂儼閃剡忝（艷韻同）琰奄歉芡崭墊漸（鹽韻同）罨撿弇崦玷

【二十九豏】豏檻範減艦犯湛巉（咸韻同）斬黯範

【二十八勘】勘暗濫啖擔憾暫三（再三）紺憨澹（咸韻同）瞰淡纜

【二十九艷】艷劍念驗塹贍店占（占據）斂（聚斂）厭焰（儉韻同）墊欠僭釅瀲灩俺砭坫

【三十陷】陷鑒泛梵懺賺蘸嵌站餡

第十五部
入聲：一屋二沃通用

【一屋】屋木竹目服福祿谷熟肉族鹿漉腹菊陸軸逐苜蓿宿（住宿）牧伏夙讀（讀書）犢瀆牘櫝黷縠復（恢復）粥肅碌騄鷟育六縮哭幅觳戮僕畜蓄叔淑倐獨卜馥沐速祝麓轆簇蹙築穆睦禿縠覆輻瀑鬱（憂鬱，鬱鬱蔥蔥）舳掬踘蹴踘茯衭鵬鵒倔槲樸匐簌蔟煜複（複雜）蝠腹孰塾蠱竺曝鞠嗾諔簏國（職韻同）副

【二沃】沃俗玉足曲粟燭屬錄辱獄綠毒局欲束鵠蜀促觸續浴酷躅褥旭欲篤督贖渌蘻碡北（職韻同）矚囑勖溽縟梏

第十六部
入聲：三覺十藥通用

【三覺】覺（知覺）角桷榷岳樂（音樂）捉朔數（頻數）卓啄琢剝駁雹璞樸殼確濁擢渥幄握學齷齪槊搦鐲喔邈犖

【十藥】藥薄惡（善惡）作樂（哀樂）落閣鶴爵弱約腳雀幕洛鑿索郭錯躍若酌托削鐸鑿箔鵲諾蘀度（測度）橐鑰龠汋著著虐掠穫（收穫）泊搏藿嚼勺謔綽霍鑊莫簿縛貉各略駱寞膜鄂博昨柝格拓蠖鑠爍灼瘧蒻箬芍踱卻噱戄攫醵跛醜酪絡烙珞膊粕簿柞漠摸酢怍洞郝埊諤鱷鼉鍔顎繳擴槨陌（陌韻同）

第十七部
入聲：四質十一陌十二錫十三職十四緝通用

【四質】質日筆出室實疾術一乙壹吉秩率律逸佚失漆慄畢恤密蜜桔溢瑟膝匹述黜弼躓七叱卒（終也）虱悉戌嫉帥（動詞）

蕨侄躓怵蟋箪箓必泌葷秋櫛唧帙溧謐昵軏聿詰螯垤捽（月韻同）苗觜鶺窒苾

【十一陌】陌石客白澤伯跡宅席策冊碧籍（典籍）格役帛戟璧驛麥額柏魄積（積聚）脈夕液尺隙逆畫（動詞）百闢赤易（變易）革脊翮屐獲（獵獲）適索厄隔益窄核烏擲責坼惜癖僻掖腋釋譯嶧擇摘弈奕迫疫昔赫瘠謫亦碩貊跖鶺磧蹢只炙（動詞）躑斥夃虢舶珀嚇磔拆喀蚱舴劇檠蘗栅嘖幘簀扼劃蜴鬩幗蟈刺崞汐藉螫鶱摭襞虢啞（笑聲）繹射（音亦）

【十二錫】錫壁歷櫪擊績勣笛敵滴鏑檄激寂覿溺覓狄荻羃戚鶺滌的吃瀝靂霹惕剔礫翟倜析晰淅蜥劈甓嫡鷎櫟閱藥踢迪晳裼逖蜺（屑韻同）闃汨（汨羅江）

【十三職】職國德食（飲食）蝕色力翼墨極殛息熄直值得北黑側賊飾刻則塞（閉塞）式軾域蟈殖植敕亟棘惑忒默織匿慝億憶臆薏特勒肋幅仄昃稷識（知識）逼克即唧（質韻同）弋拭陟惻測翊洫嗇穡鯽抑或匐（屋韻同）

【十四緝】緝輯戢立集邑急入泣濕習給十拾襲及級澀楫（葉韻同）粒汁蟄執笠隰汲吸縶挹浥悒岌熠葺什苙廿揖煜歙笈（葉韻同）圾褶翕

第十八部

入聲：五物六月七曷八黠九屑十六葉通用

【五物】物佛拂屈郁［馥郁，郁郁乎文哉］乞掘吃（口吃）訖紱弗勿迄不怫沸茀厥倔黻崛尉蔚契屹熨（未韻同）絨

【六月】月骨發闕越謁沒伐罰卒（士卒）竭窟笏鈸歇突忽襪曰閱筏鶻（黠韻同）厥（物韻同）蹶蕨歿橛掘（物韻同）核蠍

勃渤悖（隊韻同）孛揭（屑韻同）碣粤樾鱖脖餑鵓捽（質韻同）猝愡兀訥（吶）羯凸咄（曷韻同）矻

【七曷】曷達末闊缽脫奪褐割沫拔（挺拔）葛闥渴撥豁括抹遏撻跋撮潑秣掇（屑韻同）聒獺（黠韻同）刺喝磕槷瘌襪活鶻斡怛鈸挬

【八黠】黠拔（拔擢）八察殺刹軋戛瞎刮刷滑轄鎩猾捌叭札扎帕茁鶻搹薩捺

【九屑】屑節雪絕列烈結穴說血舌潔別缺裂熱決鐵滅折拙切悅轍訣泄鍥咽（嗚咽）軼噎徹澈哲鱉設齧劣玦截竊孽浙子桔頡拮擷揭褐（曷韻同）纈碣（月韻同）挈抉襪薛拽（曳）?? 洌瞥迭跌閱餮耋垤捏頁闋闕譎鴂撇鱉篾楔愒輟啜綴撤紲傑桀涅霓蜺（錫韻同）批（齊韻同）

【十六葉】葉帖貼牒接獵妾蝶疊篋愜涉鬣捷頰楫（緝韻同）蠆擸懾鑷躡協俠莢挾鋏浹睫厭靨蹀躞夑摺輒婕諜堞霎喋喋碟鰈捻曄躐筴（緝韻同）

第十九部
入聲：十五合十七洽通用

【十五合】合塔答納榻閤雜臘匝闔蛤衲沓鴿踏拓拉盍塌呷盒卅搭褡颯磕榼遢蹋鑞溘遝趿

【十七洽】洽狹峽法甲業鄴匣壓鴨乏怯劫脅插鍤押狎夾恰峽硤掐劄袷眨胛呷歃閘霎（葉韻同）

附錄四　　編委撰稿分工

上編　詩體與創作

第一章　詩體的流變與穩固（朱剛）
第二章　古詩體的體裁和寫作
　　第一節　概說（張海鷗）
　　第二節　四言古體詩講解（鍾東）
　　第三節　五言古體詩講解（潘海東）
　　第四節　七言古體詩講解（楊子怡）
　　第五節　樂府與歌行講解（王曉衛）
第三章　格律詩的體裁和作法
　　第一節　格律詩體裁概說（曹旭）
　　第二節　格律詩的譜式（胡可先）
　　第三節　格律詩的律法（譚步雲）
　　第四節　律詩、絕句講解（趙松元、沈金浩）

下編　詞體與創作

第四章　詞體流變及若干常識（彭玉平）
第五章　詞法概說（王曉衛）
第六章　平韻格二十種及例詞講解
趙維江：憶江南　浪淘沙　長相思　浣溪沙　采桑子
汪夢川：阮郎歸　眼兒媚　少年遊　鷓鴣天　臨江仙
　　　　一剪梅　江城子　滿庭芳
張海鷗：水調歌頭　漢宮春　鳳凰臺上憶吹簫　八聲甘州

　　　　　　揚州慢　望海潮　沁園春
　　第七章　仄韻格二十種及例詞講解
　　曾大興：點絳唇　卜算子　憶秦娥　燭影搖紅　醉花陰
　　　　　　木蘭花　釵頭鳳　鵲橋仙　蝶戀花　蘇幕遮
　　馬大勇：青玉案　祝英臺近　洞仙歌　滿江紅　聲聲慢
　　　　　　念奴嬌　水龍吟　雨霖鈴　摸魚兒　賀新郎
　　第八章　平仄韻交錯格十種及例詞講解（汪夢川）
　　　　　　南鄉子　菩薩蠻　清平樂　虞美人　西江月
　　　　　　減字木蘭花　相見歡　定風波　最高樓　渡江雲

附録五　　中華詩教學會理事會名單

名譽會長：葉嘉瑩
會　　長：陳永正
常務副會長兼秘書長：張海鷗
副會長（姓氏音序排名）：
　　曹　旭　程章燦　鄧小軍　黃坤堯　胡曉明　錢志熙
　　蕭麗華　施議對　尚永亮　周裕鍇　鍾振振　張海鷗
副秘書長：彭玉平
理事會三十二人（姓氏音序排名）：

曹　旭	陳永正	程章燦	段曉華	鄧小軍	郭建勳
胡可先	胡曉明	黃坤堯	劉鋒燾	李　浩	劉衛林
李舜華	馬大勇	彭玉平	錢志熙	沈金浩	施議對
尚永亮	檀作文	汪夢川	徐健順	蕭麗華	尹占華
朱　剛	張海鷗	詹杭倫	趙松元	趙維江	周嘯天
周裕鍇	鍾振振				